O marido ideal

Holly Peterson
O marido ideal

Tradução de
ALICE FRANÇA

EDITORA RECORD
RIO DE JANEIRO • SÃO PAULO
2015

CIP-BRASIL. CATALOGAÇÃO NA FONTE
SINDICATO NACIONAL DOS EDITORES DE LIVROS, RJ

P578m
Peterson, Holly, 1964-
    O marido ideal / Holly Peterson; tradução de Alice França. – 1. ed. – Rio de Janeiro: Record, 2015.

    Tradução de: The idea of him
    ISBN 978-85-01-10397-0

    1. Ficção americana. I. França, Alice. II. Título.

15-19704
                                                                                           CDD: 813
                                                                                           CDU: 821.111(73)-3

Título original: THE IDEA OF HIM

Copyright © 2014 Holly Peterson

Texto revisado segundo o novo Acordo Ortográfico da Língua Portuguesa.

Todos os direitos reservados. Proibida a reprodução, no todo ou em parte, através de quaisquer meios. Os direitos morais da autora foram assegurados.

Direitos exclusivos de publicação em língua portuguesa somente para o Brasil adquiridos pela
EDITORA RECORD LTDA.
Rua Argentina, 171 – Rio de Janeiro, RJ – 20921-380 – Tel.: 2585-2000, que se reserva a propriedade literária desta tradução.

Impresso no Brasil

ISBN 978-85-01-10397-0

Seja um leitor preferencial Record.
Cadastre-se e receba informações sobre nossos lançamentos e nossas promoções.

Atendimento e venda direta ao leitor:
mdireto@record.com.br ou (21) 2585-2002

*Aos meus quatro pais, por seu desempenho
como protagonistas de exemplos de vida:
Sally, por ensinar a compaixão; Pete, por representar
a determinação;
Joan, por fornecer orientação básica, e Michael, por
estabelecer um alto nível intelectual para todos nós.*

1
Alameda das lembranças

O taxista desceu a Sétima Avenida como se tivesse acabado de injetar 500 gramas de metanfetamina na veia. O cara estava em uma missão suicida, imprudente até para os padrões de Nova York, onde os taxistas dirigem como loucos pelas ruas, sem se importarem com a vida de seus passageiros.

— Vá mais devagar, senhor, por favor! — gritei pela abertura na divisória de vidro, ao mesmo tempo que considerava a hipótese de saltar na próxima esquina.

Ele afundou o pé no freio.

— Tudo bem, madame! Vou reduzir a velocidade um pouco. Pode deixar.

Mas assim que o sinal abriu, ele começou a ziguezaguear entre os carros e a apostar corrida, para ultrapassar voando os gigantescos ônibus da cidade. Acabou passando de raspão por um entregador numa bicicleta, que revidou dando um soco no porta-malas. Mais uma vez, eu falei de forma pouco convicta que iria saltar, mas era àquela hora crítica de maior engarrafamento, pouco antes da troca de turno dos táxis, quando eu não conseguiria pegar outro, então fiquei quieta e coloquei o cinto de segurança. Além disso, meus filhos esperavam por mim em casa, e eu já havia saído do escritório meia hora mais tarde.

Permaneci presa pelo cinto de segurança no puído banco traseiro, sacudindo de um lado para o outro por toda a Sétima Avenida de Manhattan, como uma bola de pingue-pongue.

Esse cara vai bater.

A noite fatal do acidente de avião veio à minha mente em ondas, começando com uma angústia instintiva me dizendo para não botar o pé na escada frágil e escorregadia do pequeno avião para seis passageiros. *Este avião não vai aguentar uma tempestade de neve como esta,* eu dissera a mim mesma naquela noite. E estava certa.

Desde então, quase toda a minha vida decorrera conforme o previsto, a maior parte planejada ao longo de duas décadas para reparar os danos — o mais dramático ocorrido na véspera do meu décimo sexto aniversário, naquela noite de inverno, há dezoito anos e quatro meses.

Meu pai passara o ano todo organizando a viagem. Ele tinha dito à minha mãe que seria a oportunidade de passar alguns dias sozinho com sua única filha, ensinando-lhe os segredos da pesca no gelo em seu local favorito, em Diamond Lake, no norte. Lembro-me de ele ter falado isso várias vezes, e, finalmente, uma semana antes do meu décimo sexto aniversário, minha mãe disse que eu tinha chegado a uma idade boa para poder ir.

Meu pai entregou seu cartão de embarque do lado de fora e entrou no jatinho em Montreal, tirando neve da barba e dos ombros assim que conseguiu acomodar seu corpo grandão no banco da aeronave. Eu sabia que ele via medo estampado no meu rosto e tentou, de todas as formas, me acalmar. Eu só conseguia pensar no quanto o avião parecia pequeno e frágil contra o vento forte, do lado de fora. No fundo, aquela voz me dizia que aquilo era uma má ideia, mas não falei nada a princípio. Eu não queria parecer uma garotinha assustada.

Meu pai cheirava a metal e ar frio, o que me inquietou ainda mais porque era algo muito diferente do seu habitual cheiro acolhedor do mar. Esfreguei seu braço para eliminar o odor e ele me deu um sorriso.

No avião, senti que o perigo nos rondava, mas não quis assustar ninguém. Outras pessoas certamente tinham essa sensação antes de voar, com previsão de péssimas condições meteorológicas na rota de voo, na dúvida se deveriam entrar pois ele poderia cair. Um momento de hesitação, antes de atravessarem aquele pequeno vão e sentirem a rajada de ar frio do lado de fora, entre a rampa de embarque e a entrada da aeronave. *Será que minha mente está brincando comigo, ou de alguma forma eu sei que esse avião vai cair? Será que estou tendo uma espécie de experiência psíquica? Será que vou aparecer no noticiário local como a única pessoa que sobreviveu só porque desistiu de embarcar no último minuto?*

Por um momento, o corpo inteiro se enrijece na rampa a fim de ganhar tempo e analisar as possibilidades.

Mas então, *não. Isso é ridículo. Dane-se. Vou entrar.* Segundo estatísticas, seria mais perigoso dirigir até o aeroporto do que entrar neste avião.

Pelo menos na maioria das vezes é assim. Acho que não é preciso ser nenhuma vidente para saber que, durante uma nevasca, quando um piloto-lenhador de camisa xadrez, que trabalha para uma companhia aérea regional de poucos recursos na zona rural do Canadá diz "isto é só uma nevezinha", é melhor saltar do Cessna bimotor e sair correndo para salvar sua vida.

Desde então, meu plano *tem sido* correr para salvar minha vida. Escapar de um namorado que vivia viajando para longe. Precipitar-me em um casamento que achei que daria certo. Apressar-me para ter filhos a fim de consolidar a união. Correr hoje para casa para estar com eles. Isso significa que eu tenho tentado resolver tudo rapidamente, antes que a desgraça caia sobre mim, mais uma vez. Traumas são assim. Sem mais nem menos, eles destroem sua vida e simplesmente persistem, gotejando, como uma torneira quebrada.

Num solavanco, o taxista suicida me lançou de volta ao presente, em Nova York, e o cinto de segurança puído travou, sacudindo-me com força.

— Por favor, vá mais devagar, senhor — gritei novamente para o motorista. — Estava na cara que o sinal ia fechar e não daria para avançá-lo, então não adianta acelerar para depois enfiar o pé no freio com toda a força.

— Tudo bem, madame. Obrigado pela dica de direção. É tudo o que eu preciso no final do meu turno.

Dessa vez, ele arrancou dois segundos antes que o sinal abrisse. Eu trinquei os dentes e, novamente, comecei a sentir aquela velha inquietação que havia sentido no meu íntimo, quando o piloto decolou o avião, há cerca de dezoito anos.

Os motores aceleraram quando ele fez uma curva fechada de noventa graus, no fim da pista coberta de neve. Eu agarrei os braços da poltrona, imaginando como seria meu funeral. Caixões de pai e filha combinando. É assim que seria. Então abri e fechei os olhos com força para tirar aquela imagem da cabeça.

Meu pai parecia alheio ao meu temor.

— Na realidade não se fica sentado do lado de fora pescando o dia todo. Você pode deixar as linhas na água e depois verificar — prosseguiu ele. — Você vai adorar, Allie Lamb. Não existe truta com esse sabor em nenhuma parte do mundo. O lago é transparente no inverno; abaixo de um metro e meio de gelo aqueles malditos peixes ainda conseguem...

— Pai — eu disse baixinho. — A neve, está...

Ele segurou minha mão e beijou minha testa.

— Está tudo bem, filha. Conheço uma dezena de homens que voaram até este paraíso num tempo como este. Está tudo bem.

O avião fez um ruído estridente no instante em que aumentou a velocidade na pista, em uma cerração de um fim de tarde nublado e revolto. A decolagem fora absolutamente normal, afora alguns pequenos solavancos quando fizemos a subida inicial, e eu soltei um breve suspiro. Meu pai acariciou minha perna.

— Viu, filha? Está tudo bem. Logo estaremos acima das nuvens e veremos o sol.

O avião subiu.

Pela janela do táxi, pude ver que seguíamos em grande velocidade na direção oeste, na rua 42, logo depois de uma área comercial decadente da cidade, rumo às luzes brilhantes da Times Square e do trânsito parado. Eu disse do outro lado do vidro:

— Você poderia entrar na Nona...

O motorista meteu o pé no freio e se virou para trás.

— Olhe aqui, madame, eu vou levar você até lá.

Dois quarteirões depois, estávamos parados no trânsito. Então fiz os cálculos: eu levaria aproximadamente vinte minutos para ir a pé, mas, se o engarrafamento melhorasse em cinco minutos, só levaria mais quinze até chegar em casa. Daria no mesmo. A mesma explosão de ansiedade por algo com o mesmo resultado, que eu não podia mudar. Recostei-me no banco novamente, frustrada e transpirando, as mãos pegajosas pela viagem de avião na alameda das recordações.

— Você jamais esquecerá a primeira vez que o peixe morder a isca, é uma sensação tão emocionante, a natureza tão delicada — gritou meu pai por cima do barulho do giro das hélices do avião, que ainda ganhava altitude. Ele me aninhou nos seus braços e beijou o topo da minha cabeça.

Meu pai não conseguia conter a empolgação em me fazer participar da sua maior alegria, e eu não podia estragar tudo, diante do seu compromisso tão arrebatado em explorar aquela emoção com a própria filha. Eu quis avisar o piloto que *sentia que* estávamos em sérios apuros, mas permaneci em silêncio. *Eu achava que* não devíamos sequer decolar naquelas condições meteorológicas. Talvez eu fosse jovem demais para protestar, para ser levada a sério. E eu amava muito meu pai para envolvê-lo nas minhas preocupações. Ele não tolerava estraga-prazeres.

Mas havia aquele gelo evidente na asa do avião. Eu tinha visto algo na televisão sobre formação de gelo que causara a queda de uma aeronave grande, e não sabia se era a mesma coisa. Ou eram apenas gotas de água acumulada que acabariam deslizando para fora da asa? Ou era minha mente inventando problemas? Realmente parecia que pequenos cristais de gelo estavam aparecendo. Talvez as luzes na asa apenas refletissem gotas de água. Mas seria possível haver água nesta altitude e a esta temperatura? Eu tinha lembrado a mim mesma que a decolagem fora absolutamente normal. Com certeza, minha mente estava me pregando uma peça.

Estava escurecendo e as luzes nas asas brilhavam de forma irregular, portanto eu não sabia ao certo quão severa a tempestade estava. A neve nos deixou com visibilidade zero. Não víamos nenhum raio daquele sol que meu pai havia prometido.

— Pai. Está, tipo, nevando muito. Tem certeza...
— Allie. Não se preocupe, está tudo bem.

Dez minutos se passaram, e o avião mergulhou em um minibolsão de ar e sacudiu novamente. Foi como se simplesmente tivéssemos caído cinco metros, batido em algo duro, e fôssemos impelidos para cima. O metal nas asas chacoalhou. Eu abafei um grito.

— Ei pessoal, apertem bem os cintos aí atrás; o vento está ficando forte demais — gritou o piloto. — Estamos começando nossa descida, mas vai ter muita turbulência.

As asas agora iam para cima e para baixo, como uma gangorra, com nossa cápsula de passageiros no meio. Meu pai tentava me distrair.

— E no verão? Não quero você vendendo camisetas naquela loja horrível no centro da cidade. Acho melhor servir sorvete de casquinha perto do cais onde eu fico e...

Ele parou de falar e olhou pela janela; o último solavanco foi tão forte que ele teve de botar o braço na frente da cabeça para se proteger.

— Eu sei que adolescentes querem fazer tudo o que seus amigos estão fazendo, mas... — Meu pai continuou a falar, cada vez mais rápido, enquanto a minúscula cabine chacoalhava tanto que suas palavras saíam todas entrecortadas.

Acho que ele estava assustado também e queria distrair a si próprio, além de mim. Ele continuou olhando pela janela, fazendo uma pausa, e voltando a falar, rapidamente.

— Não quero você no carro de nenhum adolescente, então eu teria de levá-la, e não vou conseguir com meu horário de trabalho começando de manhã cedo...

Não sei o que realmente estava acontecendo com ele. Ah, meu Deus, quantas vezes eu me perguntei isso. Como eu gostaria de ter podido perguntar isso a ele. Nunca saberei se ele *sabia* o que eu *sentia naquele* momento.

Meu pai agarrou minha mão. O avião pareceu cair seiscentos metros e depois arremeteu.

O piloto gritou.

— Estamos perdendo altitude muito rápido. Segurem firme!

Meu pai arregalou os olhos. Naquele momento ele percebeu o que eu percebia. Por um milésimo de segundo, uma parte de mim sentiu alívio ao ver que meus temores tinham fundamento, mas ver meu pai preocupado só aumentou meu receio.

— Segure-se, filha! — gritou meu pai.

Eu nunca tinha visto medo nos olhos dele. Nunca. Então também gritei. Acho que todo mundo gritou, mas não tenho certeza. Segundos depois, só o que se ouvia era o barulho do metal sendo esmagado.

Lembro-me de cada solavanco me lançando para a frente quando batemos na grama coberta de gelo. Dizem que devo ter perdido a consciência durante algum tempo após o impacto, mas me lembro disso. O sangue na minha boca. O cheiro das fibras queimadas do tecido sintético do banco azul-escuro.

Depois o avião reduziu até fazer uma falsa parada suave: silêncio total.

— Pai! — gritei. — Pai!

O vento assobiava através das fendas no metal, e a neve começou a precipitar-se no agora despedaçado para-brisa dianteiro. Estava silencioso demais no interior da aeronave. E em seguida, talvez três minutos depois, o barulho de veículos derrapando do lado de fora penetrou a macabra atmosfera no interior do avião. Um homem de casaco amarelo com listras prateadas reflexivas tentou me alcançar pelos destroços, a rajada da neve obscurecendo a luz da sua lanterna. Eu não conseguia ver meu pai nem o piloto. Eu sabia que eles estavam feridos, pois não conseguia ouvi-los e eles não tinham tentado resgatar a mim, a única criança, do meio dos destroços. Então tive a súbita sensação de que estavam mortos.

Quando os homens abriram a janela com a ajuda de uma alavanca, perguntaram se nós podíamos nos mexer. Eu estava toda torta, de cabeça para baixo, e esperei meu pai responder.

— Pai?

Aquele foi o pior momento de todos: o silêncio que se seguiu quando chamei por ele de novo. Àquela altura, eu teria ficado aliviada se pudesse ouvi-lo gritar de dor.

Agora o vento gelado assobiava pela janela dianteira e pela parte lateral do avião aberto. Os homens perguntaram novamente se nós podíamos nos mover, se alguém os ouvira. Finalmente respondi:

— Eu estou bem.

— Bom. Isso é bom. Você pode tentar passar por esta janela?

— Não sei se os outros estão bem.

— Vamos, querida, nós cuidaremos deles; só tente passar pela janela. Solte o cinto se puder. Você tem espaço para sair por baixo do banco. Venha rastejando até aqui.

Havia um corte profundo na parte de cima da minha mão e meus ossos pareciam chacoalhar. Apesar disso, pelo visto, nada estava quebrado. A luz vermelha da sirene da ambulância refletia na neve e no metal, cegando-me toda vez que girava como um farol. Eu não queria sair daquele avião.

Fiz um gesto negativo com a cabeça.

— Tenho que pegar meu pai. Eu preciso pegar meu pai!

— Nós vamos pegá-lo para você. Mas temos de tirá-la primeiro; você está perto da saída. — Ele agarrou a parte superior do meu braço com uma das mãos e apoiou a parte inferior com a outra. — Você consegue sair assim?

Eu tinha a impressão de que o metal havia, de alguma forma, se alojado na minha boca. Minha língua sentiu a aspereza de dentes quebrados, no lado direito. Lembro-me de ficar preocupada que as pontas afiadas pudessem cortar minha língua.

— Cadê meu pai? Cadê meu pai? — gritei, o gosto de ferro do sangue na minha boca, agora espesso e pastoso. Minha cabeça estourava de raiva.

Como meu pai ousou permitir aquela decolagem?

E como ousou permitir que outras duas pessoas do nosso vilarejo entrassem no avião conosco?

— Ei, madame, a senhora não vai pagar, não? O que a senhora está fazendo tão quieta aí atrás? Tricotando um suéter? Eu não tenho o dia todo. Já chegamos — disse o taxista, batendo na divisória para me despertar do meu transe. Instantaneamente, eu estava de volta ao táxi, tremendo com uma raiva que eu não sentia havia muitos anos.

Como ele ousou morrer e me deixar tão jovem?

Tive de secar minha mão trêmula na calça antes de conseguir abrir a carteira e pagar pelo terrível trajeto.

2

Questões domésticas

Quando atravessei a porta do meu apartamento, tive de expulsar cada lembrança daquela corrida de táxi da cabeça. Lucy, especialmente, exigiria de mim toda a atenção, com a empolgação que ela tinha sentido ao usar a fantasia de lagarta, feita de espuma e desentupidor de cano, no qual tínhamos trabalhado por vários dias. Mesmo depois do jantar, Lucy não me deixou tirar a pintura verde do seu rosto, parte da fantasia de lagarta, enquanto seu papai não a visse.

— Wade. Você tem que elogiar bastante o rosto da Lucy — sussurrei.

Meu marido chegou em casa aproximadamente meia hora depois de mim naquela noite, forçado pelo trabalho a perder a peça *Alice no País das Maravilhas*, encenada pela turma de jardim de infância de Lucy.

— Onde está minha atriz preferida? — perguntou Wade a Lucy ao entrar apressadamente no nosso quarto com um buquê de tulipas roxas que tinha comprado no mercado da esquina para ela. — Odiei ter de ficar preso em reuniões chatas na revista o dia todo e não ter ido à sua peça!

Lucy ficou de pé na cama.

— Papai! Não esqueci nadinha desta vez.

Ele a abraçou com força, e quando a soltou pousou as mãos em seus ombros.

— Tem algo verde no seu rosto — disse Wade, fingindo falar sério, o que fez Lucy franzir a testa e depois abrir um enorme sorriso, assim que entendeu a brincadeira.

Então Wade a soltou e ela aconchegou-se a mim, enquanto ele tirava a camisa e a gravata em um movimento só, lançando ambos no cesto de roupa suja.

Foi quando algo muito estranho aconteceu. Uma ficha de cassino, no valor de cinco mil dólares, caiu do bolso da camisa dele. Não sei se eu teria reparado nela se Wade não tivesse se jogado para pegá-la, como um goleiro num jogo de futebol. Não deixei transparecer que eu tinha visto a ficha nem o que era ainda mais alarmante: o valor dela. Mas registrei sua tentativa excepcionalmente atlética de ocultá-la. Embora não houvesse nenhuma razão concreta, senti um aperto no coração, pois aquilo pareceu bem suspeito.

Quando ele se levantou do chão e enfiou a ficha disfarçadamente no bolso da calça cáqui, olhei para meu marido como se não o conhecesse. Ele pegou Lucy e a levou de volta ao seu quarto, carregando-a por cima do ombro, como um saco de batatas.

Fiquei parada na porta do quarto do nosso pequeno apartamento de Nova York ruminando sobre aquela ficha de cassino. Nós não tínhamos cinco mil dólares para sair esbanjando por aí nem para guardar no bolso da calça. Wade era editor de uma revista pomposa, mas isso não significava que tínhamos uma situação financeira confortável. Nova York é assim. Todo mundo aqui, exceto os investidores de Wall Street, que correspondem a um por cento da população, vive com o dinheiro contado, e não sobra quase nada. Meu salário de relações públicas combinado com o salário dele de editor não dava para muita coisa além da manutenção de um pequeno apartamento e duas mensalidades escolares. Cinco mil dólares realmente faziam diferença na nossa renda líquida.

E Wade não era viciado em jogos de azar. Ele não escondia nada de mim. Nós éramos totalmente diferentes, mas vivíamos num território neutro onde eu alimentava a ideia de que a confiança era um elemento-chave no relacionamento. Quando conheci Wade, havia seis pessoas grudadas nele como se ele fosse um encantador de serpentes, mas ainda assim teve energia suficiente para me atrair para seu encanto aconchegante do outro lado do cômodo. E, apesar da distração causada por uma inesquecível paixão do passado, e, para ser honesta, em parte por causa dessa paixão, eu me joguei em uma frenética vida nova-iorquina com Wade, de olhos fechados, o fôlego preso.

Ouvi Lucy gritar do quarto:
— Papai, faz avião!
Eu entrei e vi Wade levantá-la bem alto, quase batendo no lustre.
— Wade. Por favor! Ela vai acabar batendo no lustre! E dê um pouco de atenção ao Blake antes que ele caia no sono; Blake está chateado com...

— Quem é a garota mais divertida do mundo? — perguntou ele ao jogar Lucy para cima novamente, me olhando de rabo de olho.

— Lucy! — gritou ela, caindo em seus braços fortes.

— E quem foi a melhor lagarta na peça da escola?

— Papai, só tem UMA lagarta!

— E quem é a menina que papai mais ama no mundo?

— Lucy!

Ambos caíram na cama, e Wade fez cócegas em Lucy até ela gritar pedindo que ele parasse, com lágrimas de felicidade no rosto. Wade ninou-a por mais algum tempo, cantando uma pequena canção que ele havia composto quando ela era bebê. Depois se virou para mim e segurou meu rosto, o que eliminou qualquer resíduo do desconforto causado pela ficha de cassino, que preferi deixar para mencionar depois.

— Allie, eu dou valor a tudo o que você faz para deixar as crianças felizes, como confeccionar a fantasia dela com tanto carinho um dia antes da peça, e manter as pressões do trabalho longe da vida delas. E amo você por isso. — Ele beijou meu nariz. — E não se preocupe com Blake; sei que você está preocupada com ele também. Posso ver isso estampado em seu rosto.

— É, estou preocupada mesmo. Eles não o incluem em muitas das coisas que o grupo faz o dia todo. Tudo por causa de uma criança que adora excluir os outros. A vontade que eu tenho de ligar para a mãe de Jeremy novamente é tão grande, e...

— Você não pode fazer isso de novo. De jeito nenhum. Ela vai contar à criança exatamente o que você disser ao telefone embora prometa que vai lidar com o problema discretamente. Isso só vai fazer com que Jeremy rejeite Blake ainda mais, e ele vai ficar sabendo que você interferiu. O quarto ano é dureza, mas ele precisa aprender a lidar com os amigos sozinho.

— Wade, eu sei que você tem razão, mas o grupo voltou a excluí-lo, e não sei como um menino de 9 anos pode resolver isso. Eles foram comprar lanche no recreio e disseram ao Blake que ele não podia ir junto.

— Eu vou ensinar o Blake a ser mais durão, e ele vai resolver as coisas sozinho depois.

Outra coisa que eu adorava em Wade: ele sabia exatamente o que as crianças precisavam ouvir quando estavam tristes. Que mulher não ama um homem assim? Mas aquela ficha de cassino voltaria a incomodar e, com o tempo, evidenciaria um deslize que nenhuma esposa poderia ignorar.

3

Passeio entre os poderosos

Na manhã seguinte, corri para falar com meu chefe por quinze minutos, antes de uma reunião com um cliente no renomado Tudor Room de Nova York. Não ajudou muito meu estado de espírito o fato de encontrá-lo em um restaurante que funcionava mais como um clube exclusivo para empreendedores do que um lugar agradável para o almoço. Absolutamente nada na minha maquiagem nem nas minhas experiências anteriores me prepararam para me sair bem no ringue com os gladiadores ricos, que almoçavam lá com frequência; eu apenas trabalhava para um deles, por acaso. Adentrei o saguão do restaurante emanando autoconfiança, enquanto me perguntava se as pessoas que viam minha chegada me classificavam como impostora.

Meu chefe, Murray Hillsinger, que mais parecia um sapo, já havia estacionado seu enorme traseiro no meio de um cobiçado sofá de canto, virando as bochechas para a esquerda e para a direita a fim de perscrutar o cenário de seu ponto privilegiado. Ele tinha muito orgulho de sua mesa quadrada de canto (embora não representasse tanto prestígio quanto as mesas redondas de centro, destinadas a pessoas com cargos, empresas e patrimônio líquido mais relevantes). Respirei fundo e fui em frente, ajeitando o cabelo no caminho, tentando exibir tino profissional, o único atributo com o qual eu podia, com certeza, contar.

— Allie, venha aqui. Que bom que você chegou antes do meu convidado. — Ele apontou para a cadeira de couro ao lado dele. — Você vai se sair bem, menina.

Como tantos homens chamados Murray, ao que parece ele teve uma infância de poucos recursos em bairros pobres, neste caso, Long Island City, Queens. O nariz era torto, resultado de muitas brigas, e a testa grande era coroada por um patético penteado finalizado com graxa para sapatos na tentativa de ocultar a careca. Os caros mocassins que ostentava não tinham sido feitos para aqueles pés que faziam o couro rachar e quase se abrir do lado do seu grande e gordo dedo mindinho.

Eu dei a volta para ficar à direita de Murray.

— Relaxe. Vai dar tudo certo — disse ele, mastigando um enorme pedaço de couve-flor encharcado de molho de endro, e bagunçando meu cabelo, como se eu fosse uma criança. *Eu era* criança quando comecei neste trabalho há uma década, aos 20 e poucos anos. E nem ele, nem eu, para meu desânimo, jamais nos afastamos daquela dinâmica inicial.

Georges — o famoso maître do Tudor Room — apressou-se até a mesa, e uma nuvem invisível da sua água-de-colônia o precedeu. Georges colocou mais molho de endro no ramekin e perguntou:

— Prefere que eu ponha o molho direto na sua gravata, ou devo permitir que o senhor mesmo a suje?

Típico francês, Georges sabia que os poderosos sempre privilegiavam os empregados dispostos a mostrar certa rebeldia temperada com um toque de humor. Eu o observei, enquanto ele se deslocava pelo salão, indo de mesa em mesa, fazendo comentários inteligentes e muitas vezes hilários aos homens e mulheres que basicamente dominavam todos os grandes fundos de hedge, impérios imobiliários e conglomerados dos meios de comunicação em Manhattan.

Murray estava no comando da maior agência de relações públicas de Nova York, a Hillsinger Consulting, destinada principalmente a salvar a reputação da maior parte das pessoas presentes nesse mesmo salão, muitas delas consideradas culpadas pela recorrente queda da atividade econômica que tinha um efeito cascata e afetava negativamente reles mortais como nós. O Tudor Room era o novo point desses guerreiros poderosos que almoçavam em bando, muitos deles vindos do ainda mais exclusivo Four Seasons Grill Room. O lugar era, em parte, local para refeição e, em parte, sociedade secreta, como no interior de um útero, onde todos se sentiam protegidos na bolsa de líquido amniótico, cujo revestimento ficara mais denso depois que essas pessoas foram apontadas como responsáveis pela maior crise econômica desde a Grande Depressão.

— Peça alguma coisa, Allie! — berrou Murray, sempre solícito de um jeito muito particular.

— Obrigada, mas nada de comida. Minha reunião é daqui a pouco — falei. — Além disso, estou nervosa demais.

— Nervosa com o quê? Você é durona. Por isso conseguiu esse cargo importante — disse Murray, tentando me animar para minha reunião que começaria em quinze minutos no bar do Tudor Room, e cuja finalidade era aplacar a irracional repórter Delsie Arceneaux.

Se eu não tivesse sempre a forte sensação de que Murray acreditava em mim, e se eu não tivesse visto que suas ações eram sempre corretas, como quando promovia as mulheres mais inteligentes no escritório, eu teria deixado de fazer coisas insanas para ele há muito tempo.

Ao sentar no bar, Delsie Arceneaux deu uma olhada ao redor e piscou para Murray por trás dos enormes óculos de tartaruga, de grife, enquanto berrava ao telefone, antes do início da nossa reunião. Ela era a impetuosa âncora afro-americana que aparecia o tempo todo no canal de notícias, mais famosa por adornar seu corpo exuberante de 40 e poucos anos com uma camiseta regata, enquanto entrevistava o comandante das forças americanas, em Cabul. Os óculos habituais tinham sido ideia de Murray, para disfarçar a aparência de rainha e destacar seu verdadeiro lado intelectual.

— Não — respondi. — Você é quem tem o cargo importante. Eu atendo aos seus pedidos e anoto suas ideias loucas. — O pedido específico de hoje era acalmar uma âncora de notícias, conhecida por alienar seu pessoal ao antecipar cada decisão e ação deles. — Será que ela ao menos sabe que nós também representamos as pessoas que pedem que ela fale...

— Peça uma sopa, Allie. — Conflito de interesses era um conceito que Murray Hillsinger achava completamente enfadonho. — Tente se acalmar, cacete. Não há nada de

errado em contratar nossos próprios clientes para outros clientes nossos e pegar uma pequena parte dos dois lados.
— Ele segurou o cardápio em pergaminho amarelado bem perto do meu rosto e apontou para as entradas.

Georges se aproximou para derramar mais duas mil calorias de creme de endro no ramekin.

— Não quero sopa, Murray.

— Pode trazer sopa para ela, Georges. Ela trabalha demais e merece um pouco de prazer de vez em quando. Você sabe de qual estou falando. Aquela leve, com bastante caldo. Com aqueles bolinhos de pato.

— Foie gras empanado, senhor. — Georges anotou o pedido com os delicados dedos em volta de uma minúscula caneta de ouro.

— Está falando sério, Murray? — supliquei. — Trinta e oito dólares por um consomê que eu nem quero?

— Ela vai querer o consomê. — Murray olhou para o maître e depois para mim. — Você ainda tem um tempinho antes da reunião. Isso irá acalmá-la. Traga a salada de lagosta antes do meu convidado chegar, como um pequeno pré-aperitivo. Para duas pessoas. — Georges assentiu positivamente e se afastou.

— Por que as pessoas mais famosas são também as mais neuróticas quando têm que falar em público? Ela olha para uma câmera e fala para quatro milhões de telespectadores e não consegue fazer um discurso para duzentas pessoas?

Ele deu um tapinha na minha mão.

— Todos os âncoras de notícias são assim. A câmera é a guardiã e a barreira. Sem isso, o público os aterroriza. Apenas vá até lá e tente acalmá-la para mim. E tome a sopa.

Ao meu lado, uma elegante editora em um vestido de primavera Oscar de La Renta amarelo, que fazia conjunto com um bolerinho, levantou o dedo indicador na direção de Georges e articulou com os lábios a seguinte frase: *Ponha na minha conta,* enquanto caminhava, cheia de afetação, em direção à porta.

Inclinei-me para Murray e sussurrei:

— Eu não preciso da sopa porque não gosto de jogar dinheiro fora como todos os seus amigos aqui.

— A questão aqui neste salão não é dinheiro. É o que a pessoa realizou. — Então ele beliscou a ponta do meu nariz, como se eu fosse uma garotinha de 5 anos. — M-E-R-I-T-O-C-R-A-C-I-A, menina. Esta é a beleza neste local. O dinheiro lhe confere poder aqui, mas só se for a porra do dinheiro que você ganhou. Não há neste salão ninguém com a grana herdada do papai. Ou vença na vida por esforço próprio ou caia fora. — A voz de Murray foi áspera, mais parecida com a de um motorista de caminhão gritando para alguém sair do caminho do que a de um habilidoso marqueteiro. Quando ele se virou para acenar com fingida cordialidade a um rival, dois cachos de cabelo atrás das orelhas saltaram do gel, destinado a mantê-los no lugar, fazendo a parte de cima, penteada para o lado para disfarçar a careca, ficar ainda mais ridícula.

Dei uma olhada no relógio. Faltavam cinco minutos para minha reunião. Do outro lado do salão, vi Delsie jogar a ponta comprida da echarpe primaveril de caxemira verde-limão, em volta do pescoço e por cima do ombro.

— E quanto a Delsie com seu salário anual de "4,5 milhões" de dólares que você trabalhou tanto para divulgar? — perguntei. — E você diz que a questão aqui não é dinheiro?

— Aquela gata tem carisma em seu estado bruto e um atrativo sem meio-termo para os telespectadores, que ninguém pode tocar. Delsie assumiu aquele canal e conseguiu as audiências que eles cobiçaram por vários anos. Ninguém pode dizer que ela não fez aquilo sozinha.

— Sozinha? Está falando sério? Você acredita em tudo que propaga, Murray? Delsie nos paga secretamente para adulterar suas apresentações e muitas vezes seus textos. Ou você esqueceu que me pede para melhorar as fracas matérias que ela escreve?

Ele sorriu.

— Nem mesmo um gênio como eu consegue criar algo a partir do nada. Todo mundo aqui tem que executar sua tarefa.

Não tentei argumentar. Eu sabia que, em certo nível, ele tinha razão: Manhattan realmente concentrava um enorme grupo de pessoas que vinham de pequenas cidades de muitos cantos do país, decididas a se tornarem líderes nos seus campos de arte, moda, publicidade, ou serviços bancários. A maioria dessas pessoas comprovadamente vencedoras estava neste salão.

A sopa chegou, e eu sei que Murray me fez pedi-la apenas para confirmar seu argumento de que um foie gras empanado boiando em um pratinho de sopa de pato pode, de fato, valer 38 dólares. Eu experimentei a sopa, em primeiro lugar. Ela desceu fumegante, com gosto forte e um toque acentuado de mel. Embora fosse apenas uma sopa, estava tão temperada que só duas colheradas me deixaram com sede. Assim como seus fregueses, os chefs também tinham superado todas as expectativas para criar algo extraordinário: eles devem ter assado trezentas carcaças de pato para produzir a consistência desta sopa.

Sorri.

— Você tem razão. Quero dizer, não vale 38 dólares do meu dinheiro por um pratinho de sopa, mas se a pessoa puder pagar, acho, sim, muito especial.

Murray mexeu sua colher enorme na minha sopa, derramou um pouco na mesa, e tomou ruidosamente um pouco.

— Não. Ela vale esse dinheiro! — Ele estava praticamente gritando. — É a lei da oferta e da procura e o esforço para...

Havia personalidades de grande influência em Squanto, Massachusetts, com certeza; na verdade, muitos. Meu pai mesmo liderava o bando. Ele tinha dinheiro, mas nada que pudesse ser chamado de fortuna. E eu me lembro muito bem de como ele se comportava em casa: sempre recebia seus companheiros pescadores depois que todos alugavam seus barcos ou após um dia no mar. Todo mundo levava tortinhas de hambúrguer ou cerveja e ficava falando de forma pomposa, em voz alta e confiante, como os homens e mulheres neste restaurante. Meu pai era um dos mais animados e mais encantadores, impetuoso e estilo *Meter*, mas não achava que todo mundo tinha de concordar com todas as suas opiniões sempre que ele chegava a algum lugar.

— E não se esqueça de dizer a Delsie para ela fazer a cobertura do Fulton Film Festival, no qual eu trabalhei igual a um louco para tornar conhecido. Filmes de arte. Ficção científica. Ação. Qualquer coisa. Foda-se o Sundance! — Murray apanhou uma garra de lagosta inteira da sua salada com os dedos, fez um semirrolo, e enfiou tudo na boca. — Anote bem o que estou dizendo, Allie, você pode nunca vir a ganhar muito dinheiro ou bancar as despesas, mas vai ser respeitada porque fez algo importante. Você salvou pessoas. Inventou pessoas. Seu trabalho como relações públicas as ajudou a alcançar seu maior potencial.

Criar ilusões nunca tinha sido de fato meu plano. Meu plano era escrever romances ou longos artigos de revista, e não usar meu diploma de mestrado em letras para elaborar textos para a imprensa que tirassem pessoas de problemas ou as fizessem parecer ser algo que não eram.

— Olhe aquele cara ali adiante, para começar! — Murray gritou ao lançar os olhos à entrada do restaurante, onde Wade estava para almoçar com um possível entrevistado. Meu marido vinha ao Tudor com o objetivo de estabelecer uma rede de contatos com pessoas importantes que ele precisava pôr na revista ou para ter contato com possíveis anunciantes. Ele tinha a capacidade de lidar bem com poderosos, debitando cada almoço na conta da empresa de seu pai.

— Talvez — assenti.

Do outro lado do salão, Wade deu um tapinha no ombro de Georges, ao mesmo tempo que sussurrou uma fofoca bem quente no seu ouvido. Eu adorava a capacidade do meu marido de conquistar todo mundo, mas sua chegada também me fez sentir ainda mais deslocada, como se todo mundo ali, menos eu, tivesse um código, linguagem e senso de humor que eu nunca conseguiria compreender.

Quando conheci Wade, a primeira coisa que me atraiu foram as grossas ondas simétricas, loiro-acinzentadas do seu cabelo, que desciam de forma perfeita pela parte de trás da cabeça, terminando logo abaixo do colarinho. Quando o vi passar pelo corredor do cinema naquela primeira noite, ele abriu seu sorriso para mim, após me notar algumas fileiras abaixo. Eu estremeci, pois o cabelo longo me lembrou os caras musculosos nas docas de pesca em Squanto, com os quais eu havia crescido. Quando ele se juntou a um grupo de frequentadores entusiasmados para pegar uma bebida no bar, me senti imediatamente excluída. Era esse o efeito que ele produzia em um salão: seu círculo era aquele no qual se deveria estar — e a maior parte de nós ficava do lado de fora, observando.

Murray fez um sinal para Wade se aproximar.

— Bem, em primeiro lugar, seu marido é o único cretino convencido o bastante para vir aqui de jeans, e nem mesmo Georges o impede de entrar.

Meu marido realmente tinha uma capacidade incomum de contornar as regras sem aceitá-las completamente. Uma placa de bronze lá embaixo na chapelaria dizia claramente: OBRIGATÓRIO O USO DE PALETÓ. POR FAVOR, EVITE USAR JEANS NO TUDOR ROOM.

Wade estava usando jeans bem azul, uma camisa de tecido Oxford branca, uma jaqueta de couro surrada e tênis pretos. Ele era como um rebelde no seu setor, por perseguir nas publicações pessoas com as quais ele parecia estar fazendo média socialmente. *"Sempre morda a mão que te alimenta"* era seu lema profissional.

Wade fez um aceno caloroso em nossa direção e Murray o observou.

— M-E-R-I-T-O-C-R-A-C-I-A, querida, ouça o que eu digo. Seu marido não é conhecido por ter muito dinheiro, mas ele faz parte deste grupo, sem dúvida. Aquela revista que ele administra ainda é uma organização gigantesca e poderosa, apesar de ser muito mais fraca agora. Talvez a empresa do pai dele esteja profundamente endividada e ele sempre vai estar com pouco dinheiro, porque, afinal de contas, quanto ganha um editor? Quase nada nesta cidade. — Murray bateu na mesa com tanta força que a couve-flor pulou do prato. — Mas ele tem talento inato; transformou a revista *Meter, que não passava de* uma porcaria decadente, em leitura obrigatória número um para todo mundo neste salão. *O empreendedor mais talentoso dos meios de comunicação.* — Eu não lembrei Murray de que meu marido, dez anos mais velho que eu, fizera tudo isso vinte anos atrás, antes do YouTube, Facebook, Twitter, Instagram, blogs, e qualquer outra coisa on-line. As pessoas que ainda trabalhavam com publicação impressa em papel lustroso em 2013 tinham um futuro muito mais incerto do que qualquer um naquele salão, ainda que Wade se esforçasse ao máximo para evitar isso. — E ele ainda teve o bom senso de casar com você! — Então Murray acrescentou: — *E se algum dia ele não tratá-la bem, juro que o matarei.*

Wade aproximou-se da nossa mesa, me deu um beijo atrás da orelha e sussurrou:

— Você está um *tesão* — disse e deu um tapinha nas costas de Murray. Eu não me sentia um tesão, e duvido que ele tivesse falado sério. Ele só disse isso porque sempre queria que eu me saísse bem e não gostava de me ver estressada. Rapidamente tomei meus últimos 14 dólares da sopa, louca para levantar e ir ao bar, antes que Wade e Murray começassem o bate-papo que costuma rolar entre homens.

— Obrigada pela sopa, Murray. Vejo você à noite, Wade — disse, enquanto me levantava e ajeitava a saia preta na altura do joelho. — Deseje-me sorte em tentar fazer uma mulher totalmente insegura sentir-se satisfeita.

— Vá com tudo — respondeu Murray.

Wade levantou uma sobrancelha para minha saia apertada e me lançou um olhar cheio de ternura.

— Você está linda. E sempre arrasa.

Então eu sussurrei no seu ouvido:

— Obrigada, amor. Mas não é verdade. Você é cego.

— Está linda, sim. — Ele insistiu e acariciou meu rosto. — E vou morrer tentando fazer você acreditar nisso.

Atravessei o salão para ir ao encontro de Delsie, no bar revestido de madeira vermelha, perguntando-me por que meu chefe e meu marido estavam sendo tão gentis comigo. Só quando tive uma visão mais clara do bar pude notar, inicialmente, um par de pernas bonitas, sem meias, pertencentes a uma bela jovem. As tiras da sandália de pele de cobra subiam em volta de seus tornozelos, imitando o réptil que tinha sido esfolado para fabricá-las. Ela estava sozinha, devorando o famoso tártaro de atum do Tudor, feito com atum pescado com anzol e servido em um copo de martíni, diante dela, quando Georges sussurrou algo *engraçado* no seu ouvido. Ela então jogou o cabelo para trás, por cima da jaqueta branca acinturada. Seu cabelo loiro brilhante descia em formato de V e roçava o topo de uma bundinha bem redonda.

Sem dizer sequer um olá, Delsie já foi falando:

— Não posso fazer discurso para Murray mais uma vez, em mais um dos seus empreendimentos de caridade. Eu sei que tinha combinado que faria, mas agora resolvi voltar atrás. Ele quer que eu me venda por cada causa idiota com a qual ele se envolve.

— Vender-se? — perguntei.

— Isso mesmo. — Ela agora estava mais aborrecida ainda pois também não admitia que ninguém desafiasse suas opiniões, uma característica encantadora, aparentemente compartilhada por cada cliente naquele salão. — Me vender. Foi o que eu disse e, por mais engraçado que possa parecer, foi isso o que eu quis dizer.

Inspirei lentamente.

— Delsie. Vamos só relembrar por que você aceitou fazer o discurso, porque o termo "se vender" tem a conotação de, talvez, você estar sendo usada ou que não tenha sido escolha sua. Você nos contratou para ganhar mais visibilidade, então nós a colocamos para ser a oradora principal no almoço da imprensa do Fulton Film Festival, que é um acontecimento de muito de prestígio. Tudo bem, o festival levanta fundos para escolas de jornalismo, mas...

Ela me lançou um olhar inflexível, como se estivesse decidindo se deveria chamar Murray para me repreender.

Eu fui em frente, fazendo o discurso que eu tinha feito tantas vezes.

— Você vai ser muito bem remunerada como profissional para ser a apresentadora do evento, Delsie. E é uma festa importante que só lhe trará reconhecimento sob os refletores da mídia que eu sei que você tanto valoriza. Você vai se sair maravilhosamente bem, não se preocupe.

Ela cedeu um pouco.

— Quem vai? Alguém importante?

— Quem não vai, você quer dizer — respondi. — Todas as pessoas importantes que se preocupam com o futuro desta cidade vão estar lá. O Fulton Film Festival traz um monte de filmes de alto nível para cá durante todo o próximo mês, então, ao mesmo tempo que se impulsiona a cultura de Nova York, há uma boa recepção por parte da imprensa. — Eu posso ter passado a ideia principal nesta conversa, mas não estava prestando nem um pouco de atenção enquanto fazia isso. Minha mente e meus olhos estavam voltados para a jovem sentada no bar. Ela estava olhando para nós. Algo nos seus olhos me fez estremecer.

Suas pernas nuas brilhavam como as cortinas douradas que cobriam as janelas da frente, filtrando a forte luz do meio-dia, que agora irrompia através das nuvens tempestuosas. A altura elevada das paredes de vidro dava a impressão de estarmos no topo do mundo, com vista para toda Manhattan, embora estivéssemos no nível da rua. A jovem tomou um longo e lento gole do seu chá gelado, sem dar nenhuma pista de que estava secretamente revelando a loucura que seria detonada para todos nós mais tarde.

Olhei para Wade, que fez um breve aceno encorajador, como fez para Lucy, quando, no outono passado, ela esqueceu suas três falas de Cenoura Número Um na peça da escola.

Eu fui em frente, motivada por todas as vezes que precisei empurrar clientes poderosos para um palco.

— Não sei se há um aspecto negativo, a menos que você não goste de ser vista com estrelas de cinema. — Então fitei os olhos carentes de Delsie. — Você precisa de mais cultura no seu portfólio se pretende acontecer em Manhattan, ser alguém neste salão. Posso garantir que essa é a boa e velha relações-públicas para uma mulher bacana de Carolina, como você.

Eu não conseguia evitar a alternância entre me concentrar e me desconcentrar na minha argumentação toda vez que meu olhar se fixava à devoradora de homens sentada no bar revestido de mogno. Ela parecia ter uns 28 anos, mas percebi que, na verdade, era uma garota confiante de 25 anos. Discretamente ajeitei a blusa e o cinto. Minha roupa era bem parecida com a dela — saia-lápis, sem meia, sandália alta e blusa branca —, mas a diferença de sensualidade era enorme. Os meus 1,60 m de altura não me proporcionavam pernas longilíneas e sensuais. Eu tinha um belo cabelo escuro, volumoso, até um pouco abaixo dos ombros e um rosto razoavelmente bonito de 35 anos, mais por causa da combinação incomum dos meus olhos azuis e cabelo escuro do que pela verdadeira beleza de chamar atenção.

A mulher que estava no bar mordeu os lábios grossos, vermelhos, e se aproximou com determinação.

Ela nos interrompeu.

— Desculpe, ouvi sem querer. Eu só gostaria de dizer que Allie Crawford é famosa por ter mais talento natural de relações-públicas do que qualquer outra pessoa aqui. — Ela aproximou o corpo do ombro de Delsie e sussurrou: — *Assim como o chefe dela, Murray Hillsinger.* Se eu estivesse interessada em realizar algo com muita divulgação, seguiria o conselho dela e faria o que ela quer.

— Humm, obrigada... — Isto foi tudo que consegui dizer, enquanto ela voltava ao bar. Àquela altura, eu nem sequer sabia seu nome, nem imaginava por que ela quis me ajudar.

Georges se aproximou para atender mais uma vez a bonitona, cujos olhos castanhos brilhavam para ele. Então ele sussurrou algo no seu ouvido. No início, imaginei que ele pudesse estar tendo um caso com ela, mas então percebi que eles estavam ensaiando alguma coisa. Do bolso esquerdo da jaqueta, ele tirou uma ficha de cassino e a colocou discretamente na bolsa dela. Eu cheguei a ver um pedacinho da ficha, a parte de cima, onde estava escrito "cinco", como parte do valor por extenso, "cinco mil dólares".

Também, exatamente como na ficha que havia caído do bolso da camisa do meu marido, na noite anterior.

4

Festa em casa

A festa daquela noite tinha começado como qualquer outra. Eu estava decidida a desempenhar meus papéis de mãe e esposa da melhor forma possível, levando em conta a iminente agitação prestes a sacudir meu apartamento. Wade gostava de organizar pequenas reuniões informais todo mês na nossa casa, para bajular anunciantes da revista *Meter* e pessoas que poderiam render uma boa reportagem. Cada festa apresentava um novo elenco de aspirantes a fama, ex-famosos e já famosos. Nosso pequeno apartamento não podia acomodar uma grande multidão, por isso os convidados entravam na lista de forma alternada, cada um deles tentando desesperadamente compreender a fórmula usada para os convites, que era muito lisonjeira, muito inteligente, muito manipuladora, muito Wade Crawford.

Eu queria passar a noite inteira na cama com meus filhos, encontrar tempo para ficar com meu Blake e descobrir por que seus amigos ainda o excluíam. Eu não estava com a menor vontade de participar desta festa, com pessoas que não se preocupavam nem um pouco comigo, uma anfitriã que não tinha o poder de facilitar suas mobilidades ascendentes. Todas as atenções estariam voltadas para o brilho de Wade, o Rei de Sol que poderia colocá-los na sua revista. Cresci com pessoas que podiam ter menos dinheiro e poder, mas certamente tinham mais educação e sabiam dizer "olá" e "obrigado" à esposa do anfitrião.

Antes que a festa começasse, pensei em perguntar a Wade se ele conhecia a mulher que estava no Tudor, que tinha me ajudado. Ele diria que nunca a tinha visto, mas, quando eu perguntasse por que ela estava com a mesma ficha de cassino que ele havia tentado esconder de mim, ele se recusaria até mesmo a tomar conhecimento da minha pergunta. Eu o conhecia muito bem. Ele iria para o hall e faria parecer que não era nada, quando eu sabia que definitivamente alguma coisa estava acontecendo. Ele então diria que seu grupo ia com frequência a Atlantic City com Murray e vários clientes. Em primeiro lugar, eu tinha de descobrir mais detalhes por mim mesma, para estar pronta para uma reação diante da negativa dele.

Wade vasculhou seu closet organizado por cores até encontrar a roupa exatamente apropriada que passasse a ideia de que ele era um cara divertido porém tranquilo. Então tirou uma gravata estilosa, roxa, e uma camisa azul-celeste e perguntou:

— Que tal? Esta vai me deixar atraente? — Em seguida me puxou para junto dele. — Vai me permitir transar com minha bela esposa?

— Sim, Wade. Exatamente — respondi, notando que ultimamente ele parecia mais desesperado em acertar com a aparência. — A gravata roxa é o que dá certo comigo. — Será que ele estava tentando de forma exagerada ser bonzinho ou eu estava imaginando coisas?

— A roxa é minha favorita — disse Lucy, ao entrar no quarto e abraçar a perna dele.

— É a minha também, lindinha — concordou ele, acariciando o cabelo dela, arrastando-a até o espelho. Para o toque final, Wade jogou por cima seu blazer preto "estiloso" com pequenos botões de ouro velho. — Agora venha aqui e me dê um beijo de boa-noite.

Eu vi minha oportunidade e corri de volta ao quarto das crianças, onde encontrei Blake teclando seu Nintendo DS com imensa raiva.

— O que houve com Jeremy hoje, querido? Ele respondeu ou você explicou a ele que queria ir desta vez? Você usou o dinheiro que eu dei para o lanche?

— Mãe. Eles foram pegar Doritos nas máquinas sem mim. Não vou perguntar por quê. Está na cara. Eles não queriam que eu fosse.

— Bem, querido, eu...

— Mãe. Eles não queriam que eu fosse. Não há nada que você possa dizer que vá me fazer sentir melhor. Depois da aula de estudos sociais, quando peço que eles esperem antes de irem para o parquinho, enquanto estou arrumando a mochila, eles sempre fogem.

— Que coisa horrível, querido. — Eu beijei a testa do meu filho magoado de 9 anos e desejei de todo o coração sofrer no lugar dele.

— E não fale com a mãe dele para ele ser mais bonzinho comigo, como você fez na última vez.

— Não vou, eu... — Claro, aquilo era exatamente o que eu gostaria de fazer.

— Vai me fazer parecer dedo-duro. Ela foi dizer a ele para ser mais legal e ele contou para todo mundo que eu tinha reclamado, então não faça isso novamente. Sério, mãe. Não faça.

— Adoro você, filho. Estou aqui para conversar se você quiser.

— Já disse que não quero.

Fechei a porta do quarto delicadamente, resmungando baixinho.

— Mãe sofre com as dores de um filho.

Magoada, mas ao mesmo tempo conformada em deixá-lo pensar por si, fui para a cozinha para colocar trinta canapés da Trader Joe's nas assadeiras, no forno quente. Com a grande redução das receitas obtidas com anúncio, a revista de Wade tinha limitado seu orçamento para as festas em casa a quase nada. Mal dava para pagar uns dois estudantes para preparar as bebidas, uma quantidade medíocre de bebidas e o canapé mais barato da seção de congelados. Para cada festa, eu tinha que comprar flores e alguns extras com nosso próprio dinheiro. Quando reclamei que essas festas não se encaixavam no nosso orçamento mensal apertado no caro estilo de Nova York, Wade refutou que não poderia fazer da *Meter* um sucesso se não pudesse continuar a estabelecer uma rede de contatos, quando e como desejasse.

Os barmen baratos do serviço de bar da Universidade de Columbia estavam atrasados, e as caixas de vinho e de club soda estavam empilhadas no apertado corredor da cozinha, ainda lacradas. Seis e meia. Estava quase na hora da festa, e eu percebi que os convidados poderiam chegar de fato antes dos dois garçons. Esforcei-me para empurrar as caixas alguns centímetros pelo chão para que eu pudesse me movimentar em volta delas e abrir a porta do forno.

No forno, dúzias de minitortas congeladas de massa crocante e outras de massa folhada de espinafre começaram a descongelar quando puxei uma cadeira até o armário para poder alcançar acima da geladeira e pegar duas garrafas de vodca. Como meu apartamento fica em Nova York, o espaço na prateleira e na mesa, na sala, era valioso demais para ser usado com garrafas difíceis de serem transportadas, quando não havia visitas.

Por que era eu que estava a ponto de quebrar o pescoço tentando pegar uma garrafa de vodca, e nervosa porque havia pouca tônica e limões para a *festa do trabalho* de Wade, enquanto ele estava alheio a tudo, na cama, fazendo cócegas em Lucy às 18h49? Era uma pergunta à qual a maioria das esposas sabe a resposta.

Minha blusa de seda vermelha começava a mostrar pequenas e lindas manchas de suor em volta das axilas, por conta de toda a atividade aeróbica que eu executava na cozinha. Às 18h53, os rapazes responsáveis pelo serviço de bar finalmente chegaram do campus universitário de Columbia, pedindo desculpas e culpando o metrô pelo atraso.

Quando voltei ao closet para escolher outra blusa, ouvi Lucy gritando, dando gargalhadas e pulando alto na cama. Wade tentava bater um travesseiro nas pernas dela, enquanto ela pulava, para que caísse de lado sobre a cama. Isso sempre acabava em choro. Por mais que eu pedisse que eles não brincassem com aquilo, Lucy sempre queria mais.

— Wade, você pode falar com Blake antes da festa? Jeremy e aqueles meninos egoístas estão...

Wade não escutou. Ele estava contando o tempo do salto de Lucy, para conseguir bater nela com o enorme travesseiro assim que ela levantasse os pés no ar.

— Wade. Você está escutando?

— Ouvi! — gritou.

Lucy pulou noventa graus para um lado, com a força do travesseiro, em completa histeria.

— De novo, papai!

Wade se virou para mim.

— Consegui pegá-la. Eu disse a ela que brincaria até conseguir pegá-la. Agora vou falar com Blake, mas ele não vai querer falar sobre o assunto, tenho certeza.

— Seria bom se ele pudesse receber um pouco de apoio do pai, então, por favor, vá logo falar com ele. Eu estou correndo de um lado para o outro, como o diabo-da-tasmânia. Estou suando, minha aparência está horrível... — Arranquei a blusa que estava usando e vasculhei meu closet, tentando achar outra que, por algum milagre, não estivesse amarrotada.

Quando vesti um suéter preto apertado, Wade, o guru da moda, deu uma olhada e fez esta sugestão inoportuna:

— Aquela blusa vermelha tradicional estava boa com aquele sapato de salto stiletto. Se você trocar por este look preto, mais contemporâneo, vai precisar de um salto mais pesado.

Quando fiz um gesto negativo com a cabeça, ele se aproximou e beijou minha testa, de forma cautelosa.

— Desculpe, amor, sei que você se esforça, mas a roupa simplesmente não está boa. Mas eu te amo, e se quisesse me casar com uma designer de moda, acho que teria feito isso. Esta noite, entretanto, preciso que você resolva essa questão em relação à roupa, porque convidamos um monte de anunciantes de moda.

Onde eu cresci, todo mundo usava sapatos que, de maneira sensata, insultavam o meio ambiente, não os Nazistas da Moda de Manhattan. Que merda uma cidadezinha como Squanto, onde nasci, no Atlântico, ensina alguém sobre decoração e estilo? Minha família morava em uma pequena casa colonial, a umas cinco quadras das docas, onde a água salgada e a areia penetravam todos os cômodos. Nós vivíamos de botas de inverno, tênis ou chinelos de dedo. Eu só fui ter sapatos de salto alto quando entrei na Middlebury College, e acho que os usei um total de cinco vezes, antes de avançar a barreira crítica de Manhattan.

— De que sapato você está falando? — gritei. — E você quis dizer sandália ou sapato mesmo? Será que dava para vir aqui e me mostrar? Eu tenho que deixar a Lucy mais calminha, agora que você a agitou. Se Blake não quiser falar, certifique-se de que ele está fazendo o dever de casa. — Eu tinha certeza que Blake ainda estava jogando Nintendo, e nem um pouco pronto para estudar, mas eu não podia realmente culpá-lo, em parte por causa dos alunos da Universidade de Columbia, que agora faziam um barulho estridente na cozinha, do lado de fora do quarto das crianças.

— *Que sapato?*

Mas Wade já tinha ido embora.

— Queria que o papai ficasse — choramingou Lucy, com uma brusca mudança de humor. Este era o aspecto negativo da farra dos dois: ela sempre queria mais. Então me veio a imagem momentânea do meu pai saindo de casa, para ir até seus dois estimados barcos de pesca, para receber alguns turistas ricos de verão, passando direto pela menina de 5 anos, de braços abertos, simplesmente indo embora, deixando-me por vários dias. Quando ele voltava para casa e abria aquele sorriso emoldurado por sua barba salgada, era como se ele nunca tivesse me deixado com minha mãe, que passava a maior parte do dia desmaiada por causa da bebida, diante do brilho azul dos programas de televisão.

O encanto do meu pai, assim como o do meu marido, era tão irresistível que eu não conseguia deixar de perdoá-lo no instante em que ele aparecia na porta do meu quarto. Não é de admirar que Wade conseguisse tudo o que queria de mim: eu não tinha adquirido muita prática em ficar zangada com o homem que eu mais amava no mundo.

— Blake está bem — anunciou ele. — Como eu disse, ele não nos quer interferindo em suas amizades. O quarto ano é o momento de lidar com problemas sozinho.

Como sempre, pouco antes do início de todas as festas, Wade dava uma última olhada no espelho, para conferir o visual. Ele jogou a gravata por cima do ombro, e ajeitou a parte da frente da camisa. Para caprichar na aparência moderna de mestre da mídia, ele ajeitou cuidadosamente uma mecha do cabelo acima da testa.

Wade também vinha de uma pequena cidade do leste, porém, como filho de um contador de classe média alta, e, além disso, arrogante, as elevadas aspirações profissionais do meu marido pareciam asseguradas, a hora que ele bem entendesse. Sua autoconfiança era mais uma das peças que se encaixavam no nosso relacionamento.

Observá-lo em ação ajudava a inspirar um lado meu que temia não poder alcançar praticamente nada.

— Você sabe o nome de todos na lista, certo, Allie?

— Não tenho certeza, Wade. Espero que sim.

— Isto é importante. — Ele acariciou minha orelha. — Vamos lá, amor. Eu sei que você está preocupada com Blake porque ele está magoado, com o traje de lagarta da Lucy e que está enfrentando uma barra no trabalho, mas eu confio na sua fantástica capacidade de dar conta do recado. Faça este pequeno favor para mim? Vou ficar te devendo um.

— Não se preocupe, Wade. Já entendi. — Eu queria ajudá-lo, mas estava tão cansada naquela noite. Então trinquei os dentes e fui em frente de qualquer maneira, ignorando o tsunami em meio ao qual eu me encontrava.

— Esta é a minha outra menina querida. — Ele me beijou rapidamente nos lábios. — Agora, Lucy, seja uma boa menina, e eu prometo dar uma escapadinha para ler um livro para você na hora de dormir. — Ela ergueu o dedo mindinho e ele o enlaçou no seu, irradiando seu amor no rostinho dela. Em seguida, ele foi para a sala para assegurar-se de que as velas e a música estabeleciam o ambiente descontraído apropriado para combinar com sua aparência. Eu me levantei e fui até o hall, a fim de fazer um agrado e dar um pouco mais de carinho a Blake, qualquer coisa que pudesse atrasar minha entrada na sala, em meio ao grupo de convidados, que logo estariam, na maior cara de pau, num alvoroço em volta do meu marido.

5

Aquela mulher novamente

Eu atravessei a multidão com dificuldade, colocando potinhos de vidro cheios de castanhas e ervilhas wasabi em cada mesinha e peitoril da janela, com o intuito de dar a ilusão de que a comida era farta. Quando voltei, após verificar o último lote de aperitivos do Trader Joe, quase tropecei nas belas pernas de Delsie Arceneaux, estendidas no canto da sala. Ela fez um aceno de cabeça, numa tentativa pouco convincente de me cumprimentar, a mulher que se esforçava tanto para que suas palavras fossem claras e precisas em cada discurso que tinha feito nos últimos dois anos.

Dei uma paradinha no bar e coloquei um pouco de gelo em um copo pequeno, enquanto refletia sobre a técnica de ataque de Delsie com o ainda cheio de tesão, de 72 anos, Max Rowland, recentemente libertado após nove meses na divisão de crimes de colarinho branco da prisão de Allenwood. Ele era um dos nossos melhores clientes, em termos de pagamento (e um dos maiores em custos de manutenção). Murray o aconselhara a investir no nosso festival de cinema para afastar sua imagem ligada à sonegação fiscal de criminoso empresarial ganancioso — um daqueles conflitos de interesse que trazem um benefício adicional, para o qual Murray vivia.

— Diga, Max — murmurou Delsie, enquanto ajeitava o blazer azul-celeste de malha Chanel com uma jaqueta curta, justa, e minissaia. — Como você ficou lá? Todos estavam tão preocupados, e eu vivia dizendo a todo mundo: "Ah, qual é. Estamos falando do Max. Ele é o que o meu pai chamaria de homem com projetos ambiciosos. O cara construiu um império de estacionamentos com as próprias mãos. Ele vai dominar aquele pessoal da prisão..."

Max, um texano atarracado que, aos 21 anos, em Nova York, começou a construir sua igualmente imensa fortuna, afundou-se no sofá macio, de cotelê branco. Ele colocou os pés em um dos pufes de zebra Ralph Lauren, que Wade tinha roubado de um dos seus ensaios fotográficos.

— Você está cerrrta — disse ele rindo baixinho. — A comida era uma merda, mas os caras da prisão não eram tão ruins. Eu tenho que admitir, eles ouviam com atenção tudo o que eu dizia.

— Como todos nós, Max.

Os óculos de armação grossa que Delsie usava intensificavam o poder sexual que emanava de cada palavra que ela falava com a voz rouca e ligeiramente ofegante. Ela estava posicionada como se estivesse a ponto de transar loucamente com aquele homem velho, com os quadris arqueados para trás e o peito para cima: era seu modo de tentar marcar a primeira entrevista pós-prisão. Ele não tinha falado com a imprensa desde que fora solto, e se Murray conseguisse que ele falasse com Delsie esta seria mais uma situação mutuamente vantajosa, uma vez que ambos eram clientes.

A festa tinha um caráter de exclusividade, embora nosso apartamento fosse situado em um quarteirão bem movimentado, no circuito comercial, e não em uma localização cara. Nós tínhamos aberto a parede entre a sala de jantar e a sala de estar, criando um espaço maior, capaz de acomodar várias pessoas bem juntas. Havia também uma janela em um cantinho verde, com um sofá bege gigantesco e a mesa que Wade usava como home-office, onde as pessoas que gostam de ficar em grupinho costumavam se reunir.

Wade preocupava-se muito mais com o "cenário" do que eu jamais me preocupei, e não mediria esforços para adquiri-lo de forma exata, com nossos recursos limitados: o tom exato das anêmonas vermelhas, as bandejas pretas de laca que ele tinha cobiçado a ponto de ir até Chinatown para comprá-las, os trajes que os estudantes que trabalhavam na festa usavam (camisas pretas, sem gravatas, para projetar o mesmo estilo "moderno de Chelsea" que o anfitrião), os pratos frios servidos antes da refeição (nunca bolinhos de caranguejo ou salmão defumado. A Sra. Vincent Astor uma vez disse a ele, há uma década, que eles deixavam os convidados com mau hálito), e até os guardanapos (sempre na mesma cor harmoniosa do vestido da garota da capa, neste caso uma supermodelo conhecida simplesmente como "Angel"). Cartazes brilhantes da última capa e foto estavam pendurados aleatoriamente como arte em uma parede branca, na entrada do apartamento. O vestido de Angel era rosa-fúcsia, como o logotipo da capa da *Meter*, com a frase em negrito **você quer ação?** E também dessa cor eram os guardanapos de coquetel.

Quando a vodca gelada tocou meus lábios, um reflexo verde perto de Wade chamou minha atenção, e eu quase deixei o copo cair. Era a garota bonita que tinha me ajudado no Tudor Room, no dia anterior. Toda produzida, em um vestido justo verde-azeitona, ela conversava animadamente com um financiador de fundos milionários, e no rosto exibia a expressão de alguém fazendo um striptease. Quando eu a fitei, ela percebeu, mas então olhou para Wade — que estava de costas para mim — e acenou com a cabeça na direção da cozinha. Então ela atravessou lentamente o hall. Eu achei aquilo muito estranho. Uma mulher que eu não conhecia estava sinalizando de forma bem clara que ia até minha cozinha... e o que ela estava indicando em relação a Wade exatamente?

— Está tudo certo, não é amor? — gritou Wade acima do barulho, satisfeito por ter monitorado os últimos detalhes do território da festa e eu não ter me preocupado. Mais convidados haviam chegado e rapidamente preencheram o amplo espaço aberto. — Dei uma olhada no Blake. Ele está bem, parece ter esquecido tudo sobre a implicância do Jeremy. A festa, tudo bem por enquanto, certo?

— *Sim* — articulei com os lábios, enquanto comia uma miniquiche que estava quente ao toque, mas fria por dentro. Em seguida respirei fundo e procurei o garçom totalmente chapado, de 19 anos, pela sala para lembrar-lhe de deixar os próximos salgados no forno por mais tempo.

— Tem certeza? — Os olhos de Wade percorreram a sala e se moveram em direção à garota de vestido verde.

— Absoluta. — Naquele instante, com aquele relance até a garota, eu percebi que a intuição que me atormentara por todo o ano passado estava correta, e que eu tinha que parar de ignorar os problemas; enquanto aparentemente estávamos como antes, algo interiormente havia mudado para Wade. Quente por fora, frio por dentro.

Houve uma discreta, porém relevante, mudança nos seus menores gestos: ele costumava fitar meus olhos por longo tempo, mas esta noite interrompeu o olhar para observar aquela mulher. Achei que ficar o tempo todo me dizendo que eu estava tão sexy era digno de dúvida, porque ele não estava agindo de acordo. Ele costumava querer me agarrar no elevador, mesmo depois que as crianças nasceram, até o ano passado. Agora, seus elogios eram mais frequentes; porém os beijos, mais superficiais.

— Vou verificar a comida. O serviço está muito lento.

Wade me deu outro daqueles beijos caprichados, virou-se rapidamente e desapareceu atrás da mulher extremamente sexy, sem nem ao menos perceber que eu o estava observando.

6

Comportamento estranho

Boquiaberta, em um grito silencioso, procurei em meio à multidão por Caitlin, minha amiga e braço direito no escritório, em parte esperando que sim, e em parte rezando para que não tivesse visto meu marido perseguindo a garota maravilhosa que tinha me ajudado no Tudor Room. Finalmente consegui chamar sua atenção, e ela deu um pulo por cima das pernas longas e bronzeadas de Delsie para ficar ao meu lado.

— Qual é o problema, quer dizer, além desta festa — resmungou Caitlin. Seu cabelo curto, loiro e encaracolado, estilo anos 1920, emoldurou-lhe o rosto quando ela forçou um sorriso. — Todos os babacas indispensáveis estão aqui. Wade deve estar muito satisfeito.

— Sim — respondi, tentando permanecer calma, enquanto observava o corredor, na expectativa da volta do meu marido ou daquela mulher. — Ele está satisfeito com tudo.

Caitlin me lançou um olhar desconfiado ao perceber meu ar de inquietação.

— Mas você não está. O que aconteceu?

Não consegui me conter.

— Ele simplesmente desapareceu com uma garota bonita, que na verdade foi muito gentil e generosa comigo, durante minha reunião com a Delsie. Não deve ser nada de mais. Ele não iria... ele só está muito agitado esta noite com o...

— Ah, ele não iria na casa dele. — Caitlin cruzou os braços. Ela parecia muito zangada. — As crianças dormem daquele lado?

Eu certamente não esperava que meus receios de um marido traidor voltassem a despertar naquela noite. Quando Wade teve um caso *aquela única vez*, alegou que estava se sentindo "ignorado e solitário", e que tinha cometido um enorme erro com uma assistente de fotografia da *Meter*, na época em que eu estava amamentando Lucy. Aquilo quase arruinou nosso casamento. "*Foi uma única vez*", ele havia jurado. Não se passou um dia que eu não me lembrasse da dor, quando percebi o que estava acontecendo. Eu ouvira sua conversa uma noite, quando ele dizia as coisas sensuais que gostaria de fazer com ela — sussurrando no banheiro, com a porta entreaberta. Ele não percebeu que eu estava em casa e tinha ouvido a conversa inteira. Joguei meu corpo flácido de pós-gravidez na cama, esperando pelo fim do telefonema. E não havia nada que ele pudesse dizer para me desmentir, quando me viu, minutos depois. Precisei de um longo tempo, até para sentar ao lado dele em um mesmo sofá.

Por vários meses depois disso ele passou a voltar para casa direto do trabalho, todas as noites, para me assegurar que havia sido um "erro" e que ele entendia que quase destruíra tudo entre nós. Eu tinha decidido acreditar que ele estava livre daquilo e que era coisa do passado. Agora, não tinha tanta certeza.

— Espere aqui. Eu já volto. Tenho que verificar a comida — menti. Por que aquela mulher se aproximaria de mim no Tudor, me ajudaria, conversaria comigo na maior cara de pau e tão de repente, se estivesse transando com Wade? Tinha até insinuado, há um minuto, com aquele aceno de cabeça na direção da cozinha, que eles iam para algum canto, lá nos fundos.

Que merda é essa?

Eu fingi entrar rapidamente na cozinha, sem problema, só verificando a comida, e encontrei o garçom-estudante enchendo freneticamente bandejas de laca pretas com aperitivos quentes por fora e congelados por dentro. Nenhum sinal de Wade.

— Jim. Você viu meu marido?

— Desculpe, estou muito ocupado para... — Jim balançou a cabeça, nitidamente exasperado, tentando alimentar sessenta pessoas, contando com um pequeno forno, as escassas guloseimas que cabiam nele e muita maconha antes do trabalho, diminuindo suas funções cognitivas.

A área de serviço estava fechada, mas dava para ver a luz por baixo da porta. *Não pode ser.* Nervosa, verifiquei o quarto no fim do corredor. Nenhum sinal de dois adultos, só meus dois filhos na nossa cama king size, hipnotizados pela televisão.

— Mais dez minutos e vocês terão de ir para suas próprias camas. Mamãe ama vocês!

Com o coração em frangalhos, voltei para a parte da frente do apartamento, onde Caitlin me aguardava, com as mãos nos quadris, pronta para me ajudar de qualquer modo possível.

— Onde estão eles? — Ela insistira diversas vezes para que eu não deixasse Wade sair tarde com frequência, quando ele já havia tido um caso uma vez. — E não me diga que você estava checando a comida. Eu vou ajudar você a descobrir o que está acontecendo. — Ela parecia quase mais determinada a desmascarar o comportamento dele do que eu, o que achei um pouco bizarro.

— Acho que eles estão na área de serviço — falei, apertando as mãos, enquanto as lágrimas brotavam nos olhos. Pisquei com força para controlar o choro. — Foi o único lugar que não verifiquei.

— Não acredito.

— Ele não está na festa. Não está na cozinha. Eles não pularam pela janela nem botaram as crianças para dormir. É o único lugar que faz sentido. A luz está acesa lá.

— Tem certeza que ela não é redatora? — perguntou Caitlin. — Talvez ela o esteja ajudando a escrever um discurso para um brinde.

— Ela definitivamente não é da *Meter*. E é gostosa o bastante para ser a capa da revista. Além disso, eu já redigi a porra do discurso do brinde.

— A propósito, quando você vai parar de fazer isso? Ele é um homem crescido com dezenas de redatores à sua disposição...

— Na área de serviço, Caitlin. *Onde eu lavo as roupas dos filhos dele.*

— Eu, no seu lugar, tentaria pegá-lo em flagrante. — Ela falou com veemência, e acabou cuspindo. — Nós devíamos ir até lá e escancarar aquela porta.

— Nós, não. Eu. Você é apressada demais; vai estragar tudo — respondi. Ela começou a reclamar, mas percebeu o que eu pretendia. — Tente evitar que alguém vá para os fundos do apartamento. Preciso resolver isso sozinha.

Atravessei o hall e sentei em um banco da cozinha, enquanto meus olhos ardiam com a humilhação por algo louco demais para ser verdade. Quando o garçom-estudante foi tirar a última bandeja de aperitivos folhados e esfarelados, deixou cair tudo no chão.

— O chão está limpo — falei. — Pegue tudo, coloque nas lindas bandejas de laca e sirva aos convidados, Jim.

— Tem certeza, Sra. Crawford? Eu não iria nunca...

— Tenho certeza. Pode pegar.

Eu estava tão nervosa que não conseguia respirar, então esperei no hall, em um canto escondido, observando a luz sob a porta da área de serviço. Se meu marido e a garota saíssem juntos, eu não poderia gritar com ele na frente *dela* e de todos os convidados. Ou poderia? Eu tinha de pensar em uma abordagem que me favorecesse e encontrar uma nova personalidade inabalável dentro de mim para manter esse discurso. Se eu não resistisse, jamais conseguiria sustentar que tinha provas incriminadoras contra ele. Tudo seria apenas boato e insinuação, que poderiam ser facilmente refutados. Então perguntei a mim mesma: Por que tenho que ficar indecisa se estou pegando *o cara* em flagrante? Resposta fácil: porque eu não queria que fosse verdade.

No exato momento em que decidi — corretamente — que não havia outra saída além de bater na porta, e os nós dos dedos das minhas mãos cerradas firmemente já estavam a poucos centímetros da porta, Lucy apareceu na cozinha, grogue, de camisola cor-de-rosa de princesa da Disney, já cheia de bolinhas de tanto lavar, e sem a qual ela insistia, há dois anos, não conseguia dormir.

— Cadê o papai? — murmurou Lucy, esfregando o olho esquerdo. — Estou pronta para minha história de dormir.

— Filha, você tem que voltar para a cama. Se você andar por aí e ficar acordada, vai acabar ficando exausta e... — E assistir à sua mãe pegando seu pai em flagrante.

Nesse instante, Blake apareceu atrás da irmã. A situação estava saindo do controle.

— Mamãe — chamou ele. — Eu *tentei* falar para ela ir para a cama, mas ela não obedeceu. *Cismou* de encontrar o papai.

— Tudo bem, Blake. Vamos combinar uma coisa. Se você ler *Angelina Ballerina* para ela, vai contar como o resto da leitura que você tem a fazer. — Então beijei o topo da cabeça de Lucy, virei-a de costas e fiquei observando Blake levá-la de volta para o quarto deles. Se esta situação da área de serviço era tão séria quanto parecia, como eu iria atenuar os danos que causaria a eles?

— Allie! — Murray gritou logo depois, fazendo enormes círculos com os braços musculosos na minha cozinha. Eu pude notar um relógio de ouro do tamanho de um disco de hóquei em seu pulso, que parecia um tronco. Então olhei para além dele, a fim de articular com os lábios um "PQP" para Caitlin, por deixá-lo vir aqui, mas não consegui vê-la.

O penteado de Murray para disfarçar a careca parecia ligeiramente torto, quando ele parou para tomar fôlego.

— Allie — chiou, apanhando um palito de queijo e apontando-o para meu coração, antes de enfiá-lo na boca com a palma da mão. — Onde é que está o seu marido?

Dei de ombros. Murray apoiou o cotovelo no balcão da ilha, expondo manchas de suor através das dobras da camisa azul-escura. O garçom-estudante da Universidade de Columbia não conseguia colocar as últimas tortas de espinafre folhadas, nem os pastéis fresquinhos na bandeja diante dele mais rapidamente que os movimentos ágeis dos braços de Murray, da bandeja à boca, da bandeja à boca. Mais rápido que um sapo pegaria uma mosca com a língua.

Enquanto engolia mais alguns salgadinhos, Murray disse no meu ouvido:

— Delsie acha você fantástica! Sua argumentação funcionou e ela está muito satisfeita em receber sua ajuda para redigir a grande apresentação para a imprensa que nós...

— Obrigada, Murray, mas eu tenho que cuidar da festa. — Saí da cozinha e me escondi no hall para observar como Wade sairia da área de serviço.

Então o inimaginável aconteceu. Meu chefe olhou para a porta da área de serviço, viu a luz por baixo da porta e se dirigiu ao cômodo onde meu marido provavelmente estava transando com a amante. Ele então bateu na porta com as costas da mão. Murray me fez ganhar o dia, e meu carinho por ele aumentou.

— Wade, seu idiota louco! Você está aí dentro?! Eu vou te ferrar! — Ele então sacudiu a maçaneta trancada.

— Já vou sair, Murray. Só tenho de terminar mais, uma, coisinha, aqui... — Wade respondeu, em tom indiferente, do interior da área de serviço, como se não estivesse a ponto de gozar na boca sensual de uma mulher.

Vinte e dois longos segundos depois — eu sei por que contei —, Wade apareceu, cabeça erguida, como se não fosse jamais dar satisfação dos seus atos a Murray, nem à sua mulher, por suas grotescas trapaças. Só eu percebi uma pontinha de raiva na sua postura. Não deve ter sido nada emocionante dar de cara com Murray zangado, do outro lado da porta — ou ter de apressar a ejaculação.

— Tudo bem? — Murray então bateu nas costas dele com mais força, deixando farelo de massa e manchas de gordura na camisa de Wade.

A poucos metros dali, no hall, tentei dar uma olhada na área de serviço, mas Wade cuidadosamente fechou a porta e conduziu Murray na direção da festa.

Wade não me viu observá-lo.

— Sim, foi só um... Eu tive que pegar um... um, não importa. Que diabo está acontecendo com você, Murray? — Ele se virou para o garçom de uma forma muito mais agressiva do que seria considerado sensato. — Como é que alguém consegue uma bebida por aqui? — Eu podia ver gotas de suor surgindo na raiz dos cabelos que começavam a formar umas entradas. Ele estava definitivamente enfurecido.

— É pra já, senhor — respondeu Jim, endireitando a parte de baixo do seu blazer preto, amarrotado. Era isso o que estava faltando: o blazer de Wade.

Sem esperar por sua bebida, ou perceber minha presença, Wade pôs o braço no ombro de Murray e começou a recontar uma das suas proezas semificctícias. Murray gargalhava, enquanto Wade jogava seu charme comunicativo em meio ao falatório da sala adjacente, que tinha alcançado mil decibéis.

7

Mistérios de esposa

Eu fiquei tamborilando na parede atrás de mim, enquanto esperava a madame Sapatos de Réptil sair da minha área de serviço. Um mal-estar começou a me incomodar enquanto pensava em como lidar com aquilo. O que eu deveria fazer? Entrar na sala e perguntar a Wade, bem ali, o que significava aquilo? Será que ficar falando o tempo todo que eu era *tão gostosa*, quando a gente mal estava transando era um sinal claro de que ele amava outra pessoa?

Reuni coragem para voltar à área de serviço, mas a porta se abriu assim que cheguei. Lá estava a mulher do Tudor, com o cabelo perfeitamente arrumado e os lábios grossos pintados com muito gloss, mas de forma irretocável, sem o menor sinal de que estivera executando sexo oral, minutos antes. Ela devolveu meu olhar com calma; simples e elegante.

Embora enfurecida, eu estava também deprimida por sua beleza e o que isso deveria representar para meu marido.

— O que estava acontecendo aqui?!

Então ela fez o inimaginável. Ela estendeu a mão.

— Jackie Malone.

— Mas o que... — Meus olhos se voltaram ao cômodo vazio atrás dela.

— Olhe, ele é todo seu. — Ela disse me olhando bem nos olhos. — Não é o que você está pensando. Você pode não acreditar em mim agora, mas eu estava lá dentro para seu benefício. Eu estava procurando uma coisa e ele me flagrou.

Procurei sinais em sua roupa que mostrassem que eles estavam se agarrando e transando loucamente. Eu tinha que admitir que ela realmente parecia muito tranquila. Tudo que eu conseguia ver atrás dela era roupa lavada, cuidadosamente dobrada, e o único cheiro que eu sentia era o de sabão em pó — nenhum odor de luxúria, nenhuma bagunça.

— Você está dizendo que estava sozinha, trancada com meu marido, e quer que eu acredite que não estava acontecendo nada?!

— Exatamente. Nada. E mais importante... — Ela fez uma pausa e segurou o meu braço. Então disse: — Isto parece extremamente inacreditável, mas você precisa confiar em mim.

Puxei meu braço e sussurrei com os dentes firmemente cerrados:

— Confiar em você? Você passou os últimos dez minutos trancada na área de serviço, com meu marido, que acabou de sair daqui.

— Eu já disse. Eu estava procurando algo que tem a ver com os homens que estão na sua sala, sobre os quais você não sabe nada. O que eles estão fazendo vai corroer suas finanças, qualquer estabilidade que você tenha. Provavelmente acabar com tudo que você economizou. Não é seguro de jeito nenhum. Nada de sexual aconteceu aqui. Ele entrou e me pegou procurando algo no terno dele.

Ela me puxou para dentro da área de serviço.

— O que você estava procurando? E o que você tem a dizer sobre as fichas de cassino que vocês dois têm — exigi, enquanto olhava na direção do hall, caso Wade voltasse.

— As fichas de cassino não significam nada. — Jackie pareceu vulnerável por um momento e interpretei aquilo como um sinal de que as fichas não eram um simples acessório, qualquer que fosse seu jogo. — Nós fomos a Atlantic City, só isso. Mais cedo, da sala, eu o vi tirar o terno aqui atrás, então voltei e achei que poderia encontrar...

— Allie? — Ouvi a voz de Caitlin antes de vê-la caminhando furiosamente na nossa direção, sua minissaia esticada ao máximo no seu corpo firme, pequeno e atlético, e as grossas sandálias de salto plataforma fazendo barulho e pisando duro no chão. Ela era uma amiga querida, mas curiosa demais para tomar conhecimento dessa cena. Então avancei no interior da cozinha e fechei a porta da área de serviço atrás de Jackie tão rápido que poderia ter batido no nariz dela.

— Agora não, Caitlin.

Ela estava a poucos centímetros de mim.

— Tudo bem aí? Wade está na sala com os caras babando com as fashionistas gostosas, e parece enfurecido. Vocês brigaram?

— Você pode voltar para a sala, por favor?

Caitlin cruzou os braços e plantou os pés no chão, numa pose de impasse.

— Eu conheço você e sei que está me escondendo alguma coisa. — Ela olhou para a porta fechada. — Você a encontrou?

— Eu estava enganada — respondi, virando-a de costas e empurrando-a na direção da sala. — Vá assegurar-se de que Wade não está com a mão na bunda de ninguém, por favor.

— Beleza — disse Caitlin, apreciando a possibilidade de pegar meu marido em outra situação difícil.

Assim que ela se afastou, abri a porta e entrei novamente na área de serviço para dar continuidade a minha linha de interrogatório.

— Olhe, eu preciso saber algumas coisas além da pergunta óbvia, ou seja, por que você estava aqui com Wade: Quem é você? Por que você me ajudou com a Delsie? O que você estava procurando? O que Wade está fazendo com que homens que vai acabar com nossas economias, como você supostamente afirma?

Apesar de todas as minhas suspeitas, nos confins do meu cérebro, realmente levei em conta a possibilidade de que ela estivesse falando a verdade.

— A questão não é quem. E sim *o quê*. Documentos e fotos — respondeu ela concisamente, ainda tentando me avaliar, mesmo enquanto examinava o chão. — Ou um pen drive, aquele dispositivo que se espeta na parte lateral do computador.

— Eu sei o que é um pen drive. Quem é você, afinal?

— Eu já falei. Meu nome é Jackie.

Apoiei-me na secadora, segurando a cabeça latejante com uma das mãos.

— Pare de bancar a esperta. Eu a pego em flagrante com meu marido. E você vem com essa história babaca de "estou tentando ajudá-la". Parece uma desculpa para fugir de mim. Mas admito, é bem criativa. — Fiquei surpresa de ter dito aquilo sem que minha voz falhasse. Quando sinto que posso chorar, minha determinação se evapora imediatamente.

Jackie começou a dobrar a roupa que tinha se espalhado pelo chão.

— Desculpe, sei que isso é confuso e realmente difícil de acreditar, mas juro por tudo na vida que não estou mentindo em nada. — Ela de repente pareceu mais indefesa.

Interrompi seus movimentos frenéticos para dobrar a roupa com um tapinha na sua mão, e olhei bem nos seus olhos.

— Que tipo de documentos e fotos? — Eu considerei a possibilidade muito remota de que ela e Wade não estivessem fazendo nada "errado"; o cabelo dela estava muito arrumadinho, a blusa não estava amassada, o batom também não estava borrado.

— Encontre-me no bar do Tudor amanhã por volta das 17h — disse ela calmamente, mas com um brilho inflexível nos olhos. — Você tem de manter isso em segredo, mas se achar qualquer coisa diferente nos documentos e arquivos dele que pareça não ser... — Ela começou a anotar o número do celular em um papel de goma de mascar retirado da bolsa e o passou para mim.

Enfiei o papel no bolso, satisfeita por ter algum modo de falar com ela, caso eu encontrasse prova de que ela e Wade estavam juntos; eu poderia usar isso para confrontá-lo de alguma forma.

— O que você ia dizer em relação aos documentos e arquivos? — perguntei em um tom desagradável e zangado. — Ele é jornalista, editor de uma revista de interesse geral. Ele pode ter todos os tipos de documentos relacionados a tudo que se possa imaginar na sua mesa de trabalho. Estrelas de cinema, guerras judiciais, corrupção política, como é que eu vou saber... o que não é seguro? Eu pago as contas; está tudo lá... — sussurrei.
— O que você quer dizer? E se eu achasse alguma coisa, você não iria tomar conhecimento, só para você saber. Ele é meu marido. Você é uma completa estranha.

Ela falou de forma tão clara que eu não podia mais me esquivar, por mais que tentasse.

— Escute aqui. Isso tudo vem acontecendo há muito mais tempo do que você imagina. E você nunca vai entender como sem a minha ajuda.

É mesmo?

Em seguida a mulher acrescentou:

— E para seu governo, quem se fodeu aqui não fui eu; *foi você*.

8
Até o limite

Jackie Malone sabia muito sobre Wade. Minha mente estava em disparada. *A relação deles — ou o que quer que seja — devia estar rolando há algum tempo.* Quando ela caminhou um pouco cambaleante de volta à sala, exibindo a panturrilha bem-torneada e o vermelho na sola do sapato alto, não consegui deixar de olhar, derrotada, a mulher mais sexy que eu já tinha visto.
Então ela não tinha sido fodida, mas eu, sim?
Desejando que houvesse uma pílula que deixasse minhas pernas mais longas, fui ao meu quarto dar um tempo e pensar no que faria em seguida. Quando pinguei colírio nos olhos e joguei água fria nas bochechas vermelhas para voltar à sala, metade dos convidados já tinha ido embora. Jackie não estava em lugar nenhum. Outros convidados estavam pegando seus casacos e começavam a sair. Caitlin estava conversando animadamente com uma estilista bem alta e tão magra que parecia um louva-a-deus.

Quando Wade finalmente notou a expressão no meu rosto, pediu desculpas a uma modelo russa lindíssima chamada Svetlana, e apressou-se na minha direção.

— Olhe, não pense que eu não sei o quanto essas festas são irritantes para as esposas.

Eu o encarei com o olhar atravessado. Ele realmente achava que eu estava aflita por causa da quiche mal assada.

— Murray e Max Rowland querem que eu vá a Atlantic City. Eu não quero ir, mas... — ele encolheu os belos ombros, como quem aceita. — Acho que devo.

— Wade, tenho que perguntar uma coisa a você — disse, com a voz insegura o bastante para que ele percebesse. O que não aconteceu.

— Wade! Venha logo! — gritou Murray, impaciente, batendo na porta aberta do elevador.

Wade fez um gesto indicando que iria em um segundo. Então se virou para mim e disse:

— Olhe, podemos conversar amanhã? Eu preciso ir. Murray tem quinze clientes em Atlantic City que irão comprar espaços de anúncio, grandes espaços, e eu preciso... — Ele nem sequer olhava para mim.

— Quem era a mulher? Primeiro você me fala e depois pode ir.

— Que mulher? — Wade perguntou como se eu tivesse indagado a respeito de uma girafa roxa na nossa casa.

— Wade. A... MULHER... NA... ÁREA DE SERVIÇO. Eu a vi sair logo depois de você.

— Ah, meu Deus. É apenas uma mulher que frequenta o Tudor. Ela tinha documentos de algum evento que está tentando organizar e eles estavam no bolso do meu blazer e, sei lá, ela queria...

— Vocês estavam lá com a porta fechada.

— Wade! — berrou Murray, agora bem zangado.

— Amor, parece esquisito, eu sei. Só achei que seria melhor falar com ela em particular para não levantar suspeitas porque eu sei que você fica aborrecida quando mulheres bonitas às vezes se aproximam de mim, e sinto muito que minha tática tenha provocado o efeito oposto. Ela só queria conselho sobre como gerenciar um dos clientes e eu... Tenho que ir. Te amo. — Ele correu em direção à porta. Eu sabia que não conseguiria tirar nada dele dessa forma.

Caitlin olhou para mim novamente e correu para meu lado, enquanto eu reunia alguns guardanapos em tons de rosa escuro não usados em uma pilha arrumada no bar. Qualquer coisa para me manter ocupada.

— Você não se importa se eu for para casa, não é? — Ela perguntou, tentando buscar nos meus olhos mais uma pista sobre o que tinha acontecido. — Você está bem?

— Estou ótima — respondi, mesmo imaginando Jackie Malone com as pernas entrelaçadas em volta do meu marido no helicóptero de Max Rowland em direção ao hotel cassino Borgata, em Atlantic City. — Alarme falso.

Quatro minutos depois, quando a porta do elevador finalmente se fechou levando os dois garçons da Universidade de Columbia totalmente chapados, que eu praticamente botei para fora, recostei a cabeça na porta da frente, sabendo que meu marido negaria tudo.

Com lágrimas, que obscureciam minha visão e meu discernimento, fui até o escritório de Wade e, completamente descontrolada, examinei cada papel que poderia ter passado pelas mãos do meu marido. Não encontrei nada excepcional, exceto esta nova dor no peito indicando que estávamos nos encaminhando para algo ruim, em pouco tempo.

UMA HORA DEPOIS, me joguei sobre o sofá de canto, sentindo-me derrotada e enganada, com uma foto amassada nas mãos, minha e de Wade, tirada na noite em que nos conhecemos. Quando a encontrei, eu a amassei e joguei na lata do lixo, do outro lado da sala. Eu adorava aquela foto. Era em preto e branco e fora tirada momentos após a exibição de um filme. Estivéramos conversando por uns dez minutos apenas, mas ele ficou esticando o pescoço na minha direção, como se estivesse completamente paralisado pela minha simples presença. Eu tinha recuperado a foto do lixo, e agora tentava desamassá-la com um livro grande, no meu colo. Então simplesmente fitei a foto, fitei nós dois.

Em seguida, observei os raios luminosos de uma dúzia de velas tremeluzentes reunidas no peitoril da janela, e disse a mim mesma o seguinte: na idade madura de 34 anos, eu realmente tinha de crescer e começar a enfrentar realidades que não queria aceitar. Uma coisa jamais mudaria: eu iria confrontar Wade, que, por sua vez, correria porta afora para conquistar e seduzir o mundo. Esse era o problema: ele era muito bom na arte da sedução, e incapaz de resistir à recompensa que essa qualidade proporcionava.

A foto na minha mão trêmula tinha sido tirada na noite em que a Hillsinger Consulting fazia um trabalho voluntário para promover um projeto que beneficiaria causas de veteranos de guerra; estávamos lançando um documentário extraordinário e uma série de livros sobre a Segunda Guerra Mundial e que ganhariam vários prêmios no inverno seguinte. A agitação na sala era eletrizante.

Em algum momento durante a empolgação que se seguiu ao evento, Murray me apresentou ao meu futuro marido, depois se afastou em até a entrada do cinema para colher os louros do meu trabalho árduo: eu tinha convidado todas as pessoas importantes de Nova York. Wade e eu havíamos mergulhado em uma profunda conversa, até que o cara que tentava pegar a pipoca grátis nos cutucou. Na nossa primeira foto, agora amassada, estávamos dando os primeiros passos, concentrados um no outro, na passagem entre os bancos, como se "nós dois" já fôssemos um fato consumado.

Wade tinha agido com um charme desajeitado quando me acompanhou na saída da sala de exibição para a multidão de convidados, demonstrando uma timidez sensível que eu nunca veria nele novamente.

— Você deve estar com fome depois de organizar este grande evento, certo? — perguntou ele, e eu assenti. — Podemos conseguir uma mesa no Gotham. A menos que você prefira ir ao bar.

Eu gostei do modo como seu braço tocou minhas costas quando ele me guiou pelo salão. Sua altura era compatível com a minha, e ele era bem magro — o extremo oposto da constituição física de James, minha alma gêmea de toda a vida, que eu deixaria para ficar com Wade, e que estava no leste da Ásia havia onze meses, trabalhando na vacinação de crianças.

Verdade seja dita, eu não gostava muito de caras magricelos, mas achei que mesmo assim talvez pudesse me apaixonar por esse tal de Wade. Os ombros eram fortes e altivos, o que ajudava bastante. O cabelo longo, com fios loiros, passava a ideia de que ele deveria ser descolado como os caras das docas, com os quais eu havia crescido; mas ele também era refinado: era um belo pacote pelo qual eu tinha deixado minha pequena aldeia de praia. A cidade e seus habitantes sofisticados estavam lá para me salvar, e eu estava disposta como nunca. Eu também tentava ao máximo me manter solteira, com James longe, explorando o mundo, em vez de explorar meu corpo.

Entramos no ambiente iluminado do Gotham, um lugar borbulhando com aquela penetrante e pulsante energia de Nova York, que eu começava a amar. Um bando de gente aguardava no bar — investidores, modelos, fantásticos editores gays de moda, todos aparentemente muito aptos a requisitarem qualquer mesa, em qualquer restaurante de Nova York. Ainda assim, a recepcionista nos conduziu rapidamente para além de todos eles a um cantinho romântico, completo por uma vela vermelha solitária e um buquê saboroso de papoulas roxas. Três pessoas tentaram chamar a atenção de Wade enquanto nos dirigíamos à nossa mesa.

— O que eles querem? — perguntei, como se nem imaginasse por que eles queriam falar com ele. A revista em que ele trabalhava como editor estava no auge da popularidade na época, e eu não via nenhuma necessidade de massagear seu ego.

Eu o colocara em uma posição na qual este Wade Crawford, sobre o qual eu tanto ouvira falar, teria de se gabar. E isso fora um pequeno teste: ou ele seria discreto sobre sua posição na hierarquia de Nova York, ou seria um daqueles babacas inseguros, de quem Caitlin e eu sempre zombávamos — aqueles que se sentiam compelidos a destacar sua coragem com marca-texto.

— Acho que eles querem aparecer na revista — respondeu ele, puxando a cadeira para mim e me passando o guardanapo. — Talvez eles pensem que isso ajudará suas carreiras. Quem sabe?

Aquela reação estava à altura das exigências. Honesto na medida certa, sem se exibir.

Antes que pudéssemos nos acomodar naquele encontro não planejado, um cara aparentemente inteligente, de uns 30 e poucos anos, usando um terno Hugo Boss surrado, aproximou-se discretamente da mesa e deu um tapa bem forte nas costas de Wade.

— E aí, cara, pegou o livro? Já está sendo vendido em Hollywood; e vou dizer uma coisa: é a junção de *Mar em fúria* e *Tudo pela vitória*. Uma corrida ao redor do mundo que...

— Joe. Eu peguei. E entendi. — Em seguida Wade piscou para Joe, um homem que eu deduzi tratar-se de um representante. — E sabe de uma coisa? — Ele inclinou a cabeça na minha direção. — Estou cuidando disso também, mas estou no meio de algo importante. — Então ergueu a mão espalmada, bateu na mão aberta de Joe e se virou, antes que Joe pudesse dizer mais alguma coisa.

Durante nossa ininterrupta conversa naquela noite, Wade me escutou atentamente, fixando seus lindos olhos castanhos em mim, prendendo-me com um olhar profundo, no seu rosto bem-delineado, como se estivesse completamente envolvido.

— Então eu simplesmente encomendei uma matéria sobre essa empresa no Texas que ferrou muita gente mesmo — disse ele, enquanto tentava pegar uma azeitona no fundo do copo. — Eles estavam manipulando preços de energia, o tempo todo, na Califórnia por...

Apoiei a cabeça sobre a mão, demonstrando repugnância.

— Corrupção de 400 dólares. E a resposta é: escândalo da Enron.

— Então você sabe sobre...

Eu dei um riso descontraído e feliz.

— Wade, estou emocionada por jantar com você; mas, falando sério, você abriu o jogo totalmente.

— Como assim? — perguntou, agitado. E embora eu mal o conhecesse, interpretei como uma reação até então inexistente.

— Você obviamente tem saído com mulheres que não entendem seu trabalho. Você não precisa ficar surpreso que eu tenha ouvido falar do escândalo da Enron. Está na primeira página do *New York Times* há uma semana. E a propósito, você está um pouco atrasado, criticando a história.

— Eu estava apenas tentando...

— Eu sei, você estava sendo educado, mas, como eu disse, foi desmascarado. Só uma "angel" da Victoria Secret poderia não ter ouvido falar a respeito da Enron.

Ele deu uma gargalhada e me olhou como se fosse me pedir em casamento naquele instante.

— Você me pegou — disse ele com um diabólico sorriso de canto da boca. Meus seios pequenos e minhas pernas curtas não eram exatamente o estilo "angel" ao qual ele aparentemente estava acostumado, mas fui em frente.

Apesar da sua reputação de obstinado mandachuva, só duas vezes durante a refeição eu o vi dar uma olhada no salão. E embora isso pudesse ter sido um recorde em termos de restrição para Wade, ele só levantou uma vez, para dizer um olá a uma mesa cheia de pessoas jovens, ligadas de alguma forma ao circuito de Hollywood.

— Desculpe — disse ele quando voltou. — Não pensei que tivesse que trabalhar esta noite, mas tenho que me prostituir às vezes. Só estava tentando convencer um idiota de Hollywood de que ele tem de fazer a capa da minha revista em vez da capa da *People*.

Wade parecia um pouco desesperado, como se tivesse sido ofendido pessoalmente. Ficou claro que o ego do cara era completamente associado a quem ele poderia garantir para sua revista, como uma anfitriã que se preocupa com a lista de RSVP de sua festa.

— E ele se animou?

— Não sei. A verdade nua e crua é que agora tenho de puxar o saco de um bando de idiotas durante um bom tempo para conseguir o que quero deles.

— O que você fazia antes de puxar o saco de idiotas?

Ele engasgou um pouco diante da pergunta.

— Sabe, infelizmente, é exatamente assim que passo a maior parte do meu dia. Mas não foi sempre desse jeito. Comecei a trabalhar com 20 e poucos anos *para o Boston Globe*, que era uma espécie de jornalismo muito mais agressivo, e algo que pensei que faria para sempre. Bem, sem querer parecer muito moralista, mas eram as matérias perfeitas para qualquer repórter; exposição de políticos e criminosos corporativos, o tipo de assunto que traz fama e satisfação ao jornalista.

— E por que você saiu? — perguntei.

— Eu comecei a escrever artigos mais longos para revistas, e logo obtive meu primeiro emprego como editor, e a possibilidade de crescer era grande demais para deixar passar.

— E o que o deixa com saudades são as notícias mais fortes?

De repente, ele se enrijeceu, como se tentasse compensar algo errado que acabara de fazer.

— Sabe o modo como a vida afasta a pessoa das suas metas, antes que a gente perceba o que está acontecendo? Eu tenho uma espécie de prestígio diferente trabalhando na *Meter,* acho que posso dizer assim, mas não é a mesma sensação real das notícias de última hora. Tenho de escolher pessoas importantes para seguir, e produzimos algumas notícias fortes e bem significativas às vezes, mas há muito mais material de celebridade com o qual eu nunca pensei que iria me envolver. A verdade é que para essas pessoas uma capa da *Meter* pode fazer a carreira de alguém. É uma exposição da maior importância. Ponto final.

Ele tomou um gole da sua bebida e me olhou de modo estranho, como se talvez eu fosse a primeira mulher, depois de muito tempo, com quem ele tinha saído e com quem poderia conversar. Ele gostou de mim. Eu via isso estampado em seu rosto.

— Não estou dizendo que sou eu, entende. É a revista que precisa estar lado a lado com artigos mais substanciais sobre filmes, escândalos aristocráticos e sucessos literários. É uma enorme oportunidade para aquele jovem do outro lado do salão, pura e simplesmente, e ele está me fazendo trabalhar para isso quando normalmente é o oposto. Sim, eu entrei nesse negócio para acabar com os vilões, mas agora que sou o editor, o resultado financeiro mantém meu emprego a salvo e tenho de me concentrar no que a revista precisa, ou seja, fofoca de celebridades. — Ele balançou a cabeça.

— Incomoda o lance de se sentir "prostituído"?
Ele não desviou o olhar.
— Você quer saber a verdade?
— Claro. — Eu nem me atrevi a pestanejar.
— Entenda desta maneira: eu não gosto de perder. — Ele deslizou os braços sobre a mesa na minha direção. — E prefiro pensar que sou uma cortesã de primeira classe, e não uma prostituta barata.

Conversamos noite adentro e eu estava surpresa com minha capacidade de me sair bem com um editor experiente, dez anos mais velho que eu. Bem, eu me sentia uma fingida, como frequentemente me sinto, até hoje, quando estou perto de pessoas que conheço na cidade, mas também sentia que aquele homem diante de mim precisava ser domado. Ele gostou das minhas opiniões, gostou que eu o colocasse no seu lugar, e até gostou de não precisar agir como um babaca pretensioso. Eu tentei fazer meu trabalho de relações públicas requisitado por Murray parecer mais sério do que planejamento de eventos, que foi a maior parte do que fiz no começo. Wade estava interessado no meu trabalho, mas não tão interessado quanto estava em explicar o dele.

Enquanto ele admitia a ideia de que tinha finalmente encontrado uma mulher atraente, que se importava com seu mundo de notícias e fofocas contínuas, eu percebi que também gostava da ideia desse tal de Wade Crawford diante de mim. Ele preenchia todas as arestas, como um prego quadrado que se encaixa perfeitamente em um buraco igualmente quadrado. Seu entusiasmo com a vida e com o trabalho suavizava minhas perdas: a perda do meu pai em um acidente de avião durante uma nevasca inoportuna, e a perda de James causada por uma obsessão incessante de salvar cada criança do outro lado do mundo.

Nova York brilhava à nossa volta naquela noite, da forma que acontece quando a espontaneidade se faz presente. Depois do jantar, Wade me acompanhou em duas festas na parte central da cidade, repletas de escritores e de fumaça de cigarro. Eu esperava um dia ser como seus amigos escritores, que escreviam longos artigos de revista e livros que eles extraíam das próprias almas. Estava claro por cada ângulo que a incansável alegria de viver de Wade era mais do que contagiante. Ele era a diversão em pessoa, e cheio de opções, de renovação inclusive.

Ele me deixou na porta da minha casa ao amanhecer, me beijando com carinho nos lábios e desaparecendo no primeiro raiar da manhã. Enquanto eu o observava descer a rua, não conseguia parar de pensar que ele tinha a empolgação e a confiança do meu pai. E aquilo era perfeito para mim.

EU JOGUEI A foto na mesinha lateral, com o coração apertado. Em seguida vasculhei um pouco mais a mesa dele à procura de algo que uma garota poderia classificar como "perigoso" e uma pista do seu interesse pela mesma garota. Nenhum recibo de joias, nenhuma viagem a hotéis elegantes em South Beach, nenhuma foto suspeita que o prejudicasse. Será que meu pressentimento de esposa estava errado? Será que Jackie estava honestamente tentando me ajudar no bar? *E* na minha área de serviço?

Na área de trabalho de Wade só encontrei fotos de celebridades entre projetos jornalísticos que eu sabia que ele estava desenvolvendo: traficantes de cocaína em Tijuana, fotos de conhecidos executivos americanos em uma conferência exclusiva no Rockies, e um esboço sobre um assassinato na Argentina, ligado ao neto de um oficial nazista — mas nada parecia secreto ou execrável. Ou tudo parecia secreto e execrável, mas essa era a natureza do trabalho de Wade: histórias bizarras que atraíam as pessoas.

Então algo escondido dentro de um livro, na gaveta do lado direito — um relatório anual de empresa sobre chips eletrônicos Luxor — chamou minha atenção. Luxor, uma empresa de rede de computadores em expansão, não era o tipo de história sensacionalista que Wade normalmente buscaria. Era algo suspeito simplesmente porque parecia muito banal. Será que ele estava investindo dinheiro de alguém? A única coisa que qualquer esposa, em qualquer situação comum, acharia normal ver na mesa do marido — um relatório anual de uma empresa —, eu achei completamente esquisito.

Aquilo me perturbou o bastante para abrir o papel de goma de mascar no bolso de trás e enviar uma mensagem a Jackie.

EU: *Jackie? Oi, é a Allie.*

Uns trinta segundos depois, ela respondeu:

Achou alguma coisa?
EU: *Não. Nadinha.*
JACKIE: *Podemos nos encontrar? Amanhã no Tudor?*

Encontrar com uma mulher que eu gostaria de ver sumida da face da Terra? O problema é que o aviso que ela deu quando saiu da área de serviço ainda estava nos meus pensamentos, e eu teria que entender o que ela quis dizer antes que ela ficasse bêbada. Estremeci. Era tudo muito precipitado. Eu não tinha nenhum negócio com ela. Não sei o que estava pensando quando mandei a mensagem de forma tão impensada e impulsiva.

EU: *Amanhã está fora de questão. Só queria me certificar de que o telefone era seu.*

Imediatamente pesquisei sobre ela no Google, mas não consegui encontrar nenhuma informação. Nenhum rastro digital.

Só percebi uma coisa: Jackie Malone usava de apelo sexual para levar os homens à loucura. O que ela fazia com aquele poder depois que eles enlouqueciam eu não sabia.

9

Nenhuma opção além de trabalhar muito

A luz fria do dia tranquilizou minha mente, quando sentei à mesa, uma semana depois. Eu estava fazendo o possível para me concentrar na tela diante de mim, aberta em uma página em branco, o cursor pulsando como um pretendente nervoso. Pelo menos era algo todo *meu,* não uma tarefa para impulsionar a carreira ou a imagem de um cliente exigente. Dois meses antes, eu tinha reunido coragem e mandado um roteiro que tinha abandonado para um curso de roteirista, às terças-feiras à noite, na Universidade de Nova York. Eu imaginei que seria rejeitada, mas para minha surpresa fui aceita, e a tarefa desta semana corria o risco de ficar atrasada se não conseguisse me concentrar e começar a escrever.

Eu havia escrito algumas frases de um diálogo, mas quando não conseguia encontrar a palavra que eu procurava, a angústia do meu casamento embaçava minha mente, e as carinhas radiantes dos nossos dois filhos me entristeciam ainda mais. Uma semana tinha se passado, e ainda não tinha me programado para encontrar Jackie. Eu queria dar um tempo, encontrar pistas, considerar minhas atitudes antes de agir rápido demais. Perguntar a Wade como ele a conhecera acabaria produzindo mais evasivas até que eu pudesse comprovar algo sólido.

Eu estava muito tentada a mandar outra mensagem para Jackie e encontrá-la. Ela poderia dizer algo que eu usaria para contestar quando Wade negasse ter algo com ela. Também tinha de compreender o que significavam seus avisos estranhos, se é que eles tinham algum significado.

No entanto, se eu fizesse contato com ela, como saberia se ela estava mentindo ou não? Será que ela estava fazendo sexo oral no meu marido na área de serviço? Talvez essa busca inútil para achar documentos não passasse de um esquema para distrair a esposa.

Uma coisa era certa: eu precisava encarar o fato de que andava irritada com Wade — agora talvez porque sentia que ele se distanciava. Antes vivíamos em sintonia; agora não era mais assim. Ele tomava a iniciativa. Durante uma festa, tinha beijado minha orelha de um modo sensual, como se me desejasse muito, mas então quando ficamos sozinhos, ele estava muito cansado e exausto. Em parte, estava acostumada a excitá-lo e deixá-lo em paz. Entretanto esta percepção aos poucos transmitia algo novo: ele estava tendo um caso ou simplesmente não sentia o mesmo em relação a nós. Senti-me magoada, confusa e zangada e com vontade de trucidar essa tal de Jackie.

— Allie — gritou Caitlin, ao colocar a cabeça loira na porta entreaberta. — Selena me pediu para avisá-la

de que Murray quer você na sala dele em dez minutos.
— Olhei para o relógio no cantinho da tela. Caramba, já eram 9h25? Agora eu não conseguiria terminar nem uma página antes da aula. — Está tudo bem? Por que você está com os olhos vermelhos?

— Não é nada. Estou ficando resfriada.

— Tem certeza? Quer conversar? — perguntou, com carinho.

— Não há nada de novo. Saí cedo hoje de manhã.

— Ele estava fora novamente? — Caitlin quis saber, furiosa.

— Sim, jogando, eu acho, ou se divertindo.

Caitlin bufou.

— Como se houvesse diferença. — Então ela colocou as mãos nos quadris. — E você ainda não me contou tudo sobre o episódio na área de serviço na semana passada. Por que ele estava escondido, no meio da própria festa, quando normalmente é o centro das atenções?

— É uma longa história, Caitlin.

Ela se aproximou da minha mesa e abriu os braços do outro lado, com o queixo apoiado na tela do computador.

— Uma coisa você tem de me contar. O que exatamente está acontecendo ou não acontecendo com vocês dois? Você e Wade parecem dois robôs toda vez que os vejo. Acredite, eu observo vocês. Eu vivo dizendo isso.

Eu apoiei a cabeça nas mãos.

— Eu ainda amo nele o que amei desde o dia que nos conhecemos: a irreverência, o trato mágico com as crianças, mas apenas estou aborrecida com ele no momento. É esquisito, como se eu estivesse questionando algumas coisas... não é nada. Vai ficar tudo bem.

— Questionando o quê? Seu amor por ele?

— Não, mas sabe de uma coisa? Não é fácil ser casada com Wade; ele está em todos os lugares todo o tempo. O outro lado disso é que adoro o jeito como ele é animado, mas de repente estou pensando em coisas que antes eu tinha menosprezava.

— Tipo o quê?

Eu endireitei a postura. Caitlin sempre pressionava muito em tudo, não adiantava impor nenhuma resistência.

— Como há muito tempo quando, até no dia do nosso casamento, talvez, possivelmente, posso ter visto algumas coisas que realmente não digeri.

— E o que você viu?

— Para começar, vi a mão dele na bunda da minha dama de honra. — Eu ri baixinho; de alguma forma a cena pareceu ridícula naquele instante de lucidez. De vez em quando, durante aquela primavera, eu sentia um estalo, como aquelas lentes que oftalmologistas giram acima dos olhos para testar e definir a nitidez da visão do paciente. A cada clique, um grau melhor entra em foco.

— Não! — Caitlin aproximou-se da mesa e cruzou os braços. — É sério? Naquela época? Você nunca me contou.

— Bem, eu estava colocando o véu em uma antessala e o vi conduzindo Kathy Vincent pelo hall, e a mão dele estava praticamente na bunda dela. Aí eu pensei, "Caramba". Mas então simplesmente segui em frente e me joguei nos laços daquele matrimônio nada sagrado. Não dava para começar a criar caso com aquilo.

— E você acha que a garota da festa e ele... e deveria ficar desconfiada sempre, depois da traição com a assistente de fotografia, quando você estava amamentando.

Era difícil fazer Caitlin de boba, não que fosse tão difícil ligar os pontos. Talvez eu só não estivesse disposta a isso.

— Bem, talvez eu tenha andado meio ocupada com filhos e trabalho, e agora ele anda distraído e não tão concentrado em mim e... De repente, me veio um estalo.

— Escute, Allie, quando uma mulher casa com um cara como Wade, há um limite para o conhecimento profundo. Você não estava deixando passar daquela vez. Ele é assim. Você só ia saber *disso* casando.

— É como se ele não sentisse mais aquela paixão por mim como antigamente.

— E você sente por ele? — A pergunta de Caitlin parecia esquisita, como se ela esperasse que eu respondesse com uma negativa.

Aquela foi a pergunta fundamental do dia para a qual eu não estava preparada. Ela literalmente me afligiu. Senti uma forte acidez invadir meu corpo, apertar meu coração e me deixar, na mesma hora, com dor de cabeça. Caitlin falou na minha cara, imediatamente, de um modo que eu nunca analisaria a fundo.

Como e quando eu senti paixão por ele?

O que aquele cara me ofereceu de fato? Por um momento terrível, aterrorizante e também muito franco, pensei comigo mesma: *Será que eu apenas queria e precisava tanto ser a paixão dele que nem sabia a resposta?*

— Caitlin, não sei responder. É claro que tenho sentido, senti ou sinto de vez em quando — falei, para convencer a ela e a mim. — Estou ocupada demais satisfazendo as necessidades infantis dele, cuidando das crianças e lidando com cada explosão do Murray para conseguir responder honestamente agora.

— Ele anda transando com outras por aí novamente, não é? — perguntou ela. — Eu vou literalmente cortar o pau dele se ele estiver fazendo isso.

— Meu Deus, Caitlin! Você não ouviu o que eu acabei de falar?

— Claro que ouvi, mas não sei se *você* ouviu. Como você pode num dia dizer que ama o toque mágico do cara, e no dia seguinte que é muito difícil ficar com alguém como ele? — Ela sentou na beira da mesa e olhou diretamente para mim. — *Você* está transando com alguém?

— Enlouqueceu? — respondi, esfregando a testa para aliviar a dor e desejando que ela fosse embora.

— Com certeza tem alguma coisa que você está me escondendo. — Ela olhou para mim atentamente, por um longo tempo. — Você tem de me contar. Você sabe que eu vivo para isso. Não tenho mais nada na vida, Deus é testemunha.

Lancei-lhe um sorriso.

— Acontecerá logo quando você menos esperar, Caitlin. Ele vai simplesmente surgir do nada.

— Não saberia se acontecesse, já faz um ano que nenhum cara sequer olha para mim — desabafou Caitlin.

— Do que você está falando? Os homens gostam de você; você apenas não vê isso.

— Não, Allie. Você não entende: os caras não gostam de mim. Eu sou a melhor amiga para diversão, não aquela que eles querem levar para casa.

— Bem, então vamos mudar isso. — Lancei os olhos aos seus sapatos brutos e suas coxas grossas, muito musculosas, forçando a saia. — Vamos suavizar sua aparência um pouco ou algo assim. Prometo que ele não vai demorar a aparecer. Mas primeiro deixe-me lidar com o monstro na outra sala.

Peguei caneta e papel e atravessei rapidamente o corredor até a sala no canto, para falar com Murray.

SELENA, UMA COLOMBIANA curvilínea, e um dos únicos seres no planeta que não temiam Murray Hillsinger, acenou com a cabeça para mim, revirando os olhos grandes e franzindo os enormes lábios brilhantes, delineados com lápis escuro. Meu chefe com certeza não estava de bom humor. Era tudo que eu precisava.

— Não estou nem aí para quem ele *pensa que* é — berrou Murray ao telefone quando entrei. Ele fez um sinal para que eu sentasse na cadeira de espaldar reto, ao lado do sofá de couro preto, onde ele costumava ser o centro das atenções entre os amigos. Eu cruzei e descruzei as pernas várias vezes, enquanto seu longo discurso continuou. Sua gravata amarela com pequenas coroas roxas não cobria a barriga, que sobressaía como uma bola, acima do cinto. — Você tem que dizer o que eu mando você dizer publicamente ou está ferrado. Ponto final. Detesto afirmar o óbvio, mas esconder a verdade é sempre pior do que o crime, amigo. Apenas admita seu erro e siga em frente. Caso contrário você está fodido. Confie em mim, é para isso que você me paga. Vou arranjar um bom repórter para assumir seu *mea-culpa*. Alguém importante. Já sei: vou falar com Delsie Arceneaux para fazer isso para você. Tudo bem? Ela vai ser generosa.

Dispostos sobre a mesa de café estavam as variedades mais fresquinhas de croissants de chocolate, biscoitos dinamarqueses amanteigados e muffins da Padaria Bouley, entregues diariamente assim que Murray chegava. Enquanto ouvia a pobre alma do outro lado da linha, ele gesticulou em direção à cafeteira para que eu colocasse café para ele. Eu me senti uma aeromoça.

De repente, Murray jogou o telefone no sofá, pegou um enorme muffin de framboesa, tirou a parte de cima e deu uma abocanhada, lançando bolinhas de açúcar por todo canto.

— Estou muito feliz por Delsie estar disposta a apresentar o almoço da mídia no Fulton Film Festival e algumas mesas-redondas. É como se uma luz se acendesse para ela depois do seu discurso, e ela está empolgada. Mas agora temos de criar ainda mais agito. Lembre-se de que consegui que Max Rowland investisse no festival, e ele manda o pessoal da cadeia quebrar minhas pernas se a gente colocar tudo a perder.

— Tudo bem — falei e escrevi *mais agito* no meu bloco de anotações. Murray sempre gostava que as pessoas tomassem notas, por mais simples que fossem suas exigências. Ele sabia muitíssimo bem que o agito que íamos buscar já estava para acontecer. O Fulton Film Festival praticamente se autopromovia.

— O que quer que você tenha, não estou impressionado, não é o bastante para Delsie ou Max...

— Murray — interrompi. — Por que você fez aquele criminoso do Max Rowland investir em um festival filantrópico como o nosso e ainda por cima nos pressiona para agradá-lo? Eu estou administrando tantos projetos que não sei se tenho tempo para... — Minha situação em casa me consumia tanta energia que eu mal conseguia escutar as ordens do meu chefe, muito menos executá-las.

— Bobagem. Você tem coragem e inteligência. — Ele contou esses atributos nos dedos, sem soltar o doce de framboesa. — Você gosta de argumentar. Delsie também. Eu também gosto. Preciso ser avisado quando estou errado.

Durante os últimos dez anos, Murray nunca tinha me escutado quando eu lhe dizia que ele estava errado. Então pousei a caneta.

— Afinal o que você quer que eu faça?

— Quero que você me prometa que tudo vai dar certo com o festival.

— Em primeiro lugar, por mais que você desejasse, Murray, eu não sou a sua mamãe. E em segundo lugar, por que tenho que me virar sozinha? Por que você não pode participar mais?

— Você tem de lidar sozinha com Max nos negócios do festival; eu não vou mais fazer isso. Coma um doce. Você está magra demais.

Por que todo homem na minha vida estava agindo como uma criança que tinha que obter tudo do modo que bem entendesse, imediatamente? Acho que eu os mimava. Esse pensamento me deprimiu quando pensei em fazer um esforço para barrar a próxima geração de homens-bebê. Decidi que deixaria Blake lidar sozinho com os problemas com os amigos; e depois elogiá-lo quando ele fizesse isso.

Então me virei para Murray:

— Você *tem* que falar comigo sobre o outro assunto com Max Rowland; ele é criminoso, portanto mereço saber que você está tendo cuidado, ou eu me recuso...

Selena apareceu na sala e disse:

— Desculpe, Sr. Hillsinger. Sua mãe. Linha dois. O senhor sabe como ela reage quando digo que está em reunião, portanto a luz vai ficar piscando até o senhor atender.

— Merda! — berrou Murray batendo na mesa. — Nunca está satisfeita. Ela agora está tentando me convencer a ir ao Festival de Cinema de Veneza no fim do verão. Acha que é uma *expert* em filmes porque o filho tem alguns clientes famosos em Hollywood. — Ele apanhou o telefone e mudou completamente o tom da voz. — Sim, mãe. — Baixou os ombros, parecendo um garotinho.

— Sim, claro, mãe. Vou resolver isso. Pensei que você gostaria da ideia de ir a Boca Raton com suas amigas novamente, mas se prefere Veneza, tudo bem então. — Em seguida caiu pesadamente no sofá diante do último pedido da mãe. — Não, mãe. Você sabe que os hotéis estão todos reservados. Não, mãe. Não importa o que eles dizem, o Cipriani não é o único bom. Mas, tudo bem, mãe, vou tentar conseguir um quarto, mas, por favor, lembre-se de que se eu não conseguir para você, é porque foi reservado para celebridades há mais de um ano.

Ele precisou afastar o telefone da orelha quando ela reagiu ao que ele disse.

— Mãe, eu vou tentar colocá-la. Eu ligo para você depois. — Pausa. — Sim, eu amo você. — Em seguida, ele desligou o telefone.

— Por que você parece um garotinho triste de 8 anos sempre que fala com ela?

— Porque ela me aterroriza, por isso — admitiu ele em completa derrota. — Ela pede de propósito o hotel que está sem reservas há cinco anos. Eles querem Clooney e DiCaprio no Cipriani nessa semana, não minha mãe com aquela maldita pochete e sapato Mephisto! Por Deus!

Eu olhei para a explosão de migalhas diante de mim e sacudi a cabeça.

— Você quer que eu escreva algo específico para o discurso da Delsie no festival?

— Você decide o que vai colocar. Você escreveu aqueles ótimos discursos ambientais quando a contratei. Uma garota recém-saída da faculdade que escreve discursos com tamanho impacto, eu quero atuando rapidamente agora.

— Certo, Murray. E muitas pessoas me ajudaram; não foi tudo feito por mim.

Ele limpou as migalhas das mãos e se levantou, preparando-se para me dispensar.

— Não me interessa se o êxito da sua redação ambiental naquela época foi talento herdado do amor do seu pai pelo mar, ou pura sorte na regulação do tempo, com o mundo se tornando mais verde e os malditos terroristas controlando todo o petróleo. A questão é a seguinte: você vai fazer o que eu mandar e você é a melhor redatora que eu tenho... e devo muito a você, embora não o diga tanto quanto deveria.

— Claro, Murray — respondi, voltando a me abrandar em relação a ele, como sempre acontecia.

— Ouça, menina — disse ele. Então me virei na direção do som carinhoso da sua voz. — Seu pai ficaria orgulhoso. É uma pena que os bons morram cedo, e que ele não tenha tido a chance de ver seu trabalho promover uma causa que patrocinou o oceano no qual ele viveu.

— Mais ou menos isso.

Então ele pôs o braço no meu ombro, conduzindo-me para o lado de fora.

— Lembro-me da primeira vez que ouvi você fazer um discurso. Naquele instante, eu vi que você poderia cuidar de todos os meus clientes e redigir todos os seus discursos. Você parecia um político: a senadora Barbara Boxer ou algo assim. Só não vá agir como uma lésbica.

— Como é que é? — perguntei.

— Quero dizer, o cabelo curto, toda durona...

— Não acho que Barbara Boxer seja conhecida por ser gay; acho que ela...

— Não quero nem saber se ela é ou não é. Só não comece a se levar muito a sério. — Ele pegou o telefone sem fio, começou a teclar alguns números e olhou para o aparelho, como se ele gritasse obscenidades no seu ouvido. — Cacete, Selena, venha aqui e disque esta coisa.

Selena chegou rapidamente, sua bunda estilo Kim Kardashian saltando para cima e para baixo, como uma bola de praia, e pegou o telefone, enquanto Murray terminava de me dar um sermão.

— Quero que você escreva mais releases de cada filme para criar mais agito na imprensa sobre tudo o que fazemos aqui. Você sabe. Coisas inovadoras às quais senadoras lésbicas prestam atenção.

Selena entregou-lhe o telefone e esperou ser mandada de volta à sua mesa. Então me lançou um olhar de solidariedade. Murray não havia terminado.

— Ponha cada noticiário sensacionalista da televisão a cabo falando sobre o brilho, a qualidade do festival.

Agora ele estava sendo ridículo.

— Ninguém da rede de notícias a cabo se preocupa com arte e cultura. Eles estão muito ocupados gritando uns com os outros. Estamos na pista certa, Murray. Estamos indo bem. Estamos adquirindo a boa cobertura já nesta semana...

— Max? — Ele disse ao telefone, dando um tapinha em Selena e em mim. — Aquela morena parecia que poderia enfiar suas bolas *e* seu pau na boca!

— Depois do seu comportamento ontem à noite em A.C., você me deve cinquenta mil e duas piranhas, seu safado. — Uma ruidosa gargalhada se seguiu. Honestamente eu não tinha a menor ideia se Murray estava brincando ou se fazia uma afirmação verdadeira ao cliente criminoso, que parecia estar invadindo nossas vidas cada vez mais, a cada dia.

10

Avaliação necessária

Quando voltei à minha sala, Caitlin estava sentada no sofá, lendo um relatório tirado da bolsa de computador rosa-shocking que eu tinha dado a ela de presente, no seu aniversário de 29 anos, no inverno passado.

— O que era tão fantasticamente importante? — perguntou ela.

— Murray quer que eu consiga mais publicidade para o festival de cinema porque o discurso da Delsie foi muito bom, e porque agora ele conseguiu Max para investir financeiramente no festival — respondi, enquanto sentava e clicava na tela do computador. Eu rolei o que pareceu uns cem e-mails que tinham chegado, desde minha saída da sala. — Sabe como é, só mais agito.

— Murray sempre quer mais atenção. — Caitlin lembrou. — Ele nunca está satisfeito, você sabe disso.

— É. Eu sei. Por isso meu emprego é uma merda.

Caitlin ficou ereta e lançou o relatório na mesa do café.

— Isso está uma merda. Enfim, não importa o que você tenha feito ou não corretamente, o que importa é que o que você disse pareceu funcionar para ele.

Parei o que estava fazendo e olhei para ela.

— Sério, Caitlin, isso é tudo o que importa?

Caitlin e eu passávamos tanto tempo juntas, o dia todo, que muitas vezes agíamos como irmãs. Tive vontade de brigar com ela só pelo fato de estar diante de mim.

Ela inclinou a cabeça.

— Não foi isso o que eu quis dizer. — Em seguida, recostou no sofá. — Você é boa no que faz, mas deveria estar concentrando sua ansiedade em outros de seus talentos. Talvez conseguisse progredir mais rapidamente e fosse capaz de deixar este lugar.

— Por quê? — perguntei, sarcasticamente. — Está querendo pegar meu emprego?

— Deus do céu, Allie. Relaxa. Por que você pensa isso, quando tudo que estou fazendo é mostrando meu apoio para seu roteiro?

— Desculpe. Eu estava brincando, ou tentando brincar — respondi. Tinha sido injusto da minha parte; ela estava certa.

Ela sorriu, desculpas aceitas.

— Leio seus relatórios e discursos todos os dias. Eles são o que de melhor se vê por aqui. Você deveria usar esse poder com Wade ou com Murray para impulsionar sua própria carreira de roteirista de ficção e deixar de se preocupar com as coisas insignificantes, pelas quais Murray sempre vai levar crédito, de qualquer maneira.

— Ela se acomodou para um pequeno sermão. — Se eu tivesse acesso aos contatos de Murray como você tem, ou aos de Wade, eu os estaria pressionando, só isso. Se eu estivesse escrevendo sobre uma mãe de aluguel, como você está, eu pediria a Wade para mostrá-lo a Sarah Jessica Parker, mãe representante das mães de aluguel.

— Ficou maluca? Não vou envolver Wade na minha carreira de escritora. Quero fazer tudo ao meu modo.

— Tudo bem. Faça tudo lenta e apropriadamente. Mas não se esqueça de que o lento e apropriado normalmente é derrotado nas bilheterias pelo rápido e perspicaz. — Caitlin começou a equilibrar uma almofada nos pés. Esta mulher não conseguia ficar parada. — Max vai se encontrar com Murray e o pessoal do festival e novamente amanhã. Você poderia conseguir que Max investisse no seu roteiro.

— Isso é impossível — falei, referindo-me à reunião de Max, e não à noção imatura de que um script que eu ainda nem tinha terminado poderia ser promovido. Murray não mentia para mim. Isso era uma coisa com a qual eu podia contar. — Murray não vai discutir negócios com as pessoas do festival durante algum tempo Ele quer que eu trate de tudo.

— Bem, na agenda dele estava escrito FF para amanhã. Eles irão se reunir em algum hotel em West Forties. Tenho certeza.

Fiquei surpresa de novo com a espionagem dela.

— Como você sabe que FF é festival de filme?

— Bem, para começar são as iniciais, e eu perguntei a Selena, porque sou muito curiosa, e ela disse que sim, mas que eu não deveria dizer nada.

Fiquei quieta. Caitlin era sempre leal; uma aliada, mas um pouco difícil de controlar. Eu só precisava direcionar sua energia para áreas produtivas, como esta revelação de que meu chefe tinha mentido sobre não participar do festival. A habilidade de Caitlin era quase sempre valiosa, mas de vez em quando fazia com que ela parecesse cinco anos mais nova do que era.

— Tem um pacote para você lá na frente — avisou ela, seguindo em direção à porta. — Quer que eu pegue? Talvez seja Wade tentando agradá-la.

— Ah, meu Deus, Caitlin! Você fala como um leiloeiro de gado! Sim, vá pegar o pacote. Minha Nossa!

Permaneci diante da mesa, pensando que havia algo estranho com meu chefe. Ele disse que não estava mais tratando de assuntos comerciais do festival com Max Rowland, e tem uma reunião particular sobre o assunto sem me falar? Será que todos os homens na minha vida estavam me enganando, de um jeito ou de outro?

De repente, um estalo.

Caitlin apressou-se para fora da sala e voltou tão rápido quanto saiu, segurando uma caixa embrulhada em papel marrom-escuro, coberta por uma quantidade absurda de selos postais tortos, e meu endereço, escrito em uma letra familiar. Passei o dedo por cima da bonita anotação VIA AÉREA e descobri imediatamente sua procedência. Então abri o pacote. Nenhum cartão, mas, como eu esperava: uma segunda pele térmica de seda preta. Eu não tinha tido notícias de James desde a última encomenda.

Caitlin observou meu computador novamente.

— Quem envia roupa de baixo longa em pleno mês de maio?

— Não é nada.

— Ah. É alguma coisa. Alguma coisa que você não quer me contar. — Em seguida sorriu, abrandando completamente a situação. Também por saber que não chegaria a lugar nenhum. — Tudo bem. Eu ainda te adoro. Guarde seus segredos. Mas se precisar de alguém para desabafar, conte comigo. — Ela teve o bom senso de fechar a porta atrás de si e me deixar sozinha, com uma expressão de ironia em seu rosto.

James novamente. Todos esses anos, ele sempre tentava me fazer sentir protegida enviando uma segunda pele térmica, como esta, com um bilhetinho dizendo: *Eu sempre a manterei quentinha e segura.* Eu começava imediatamente a me sentir um pouquinho melhor, só de lembrar das suas palavras.

James tinha começado a prometer esta sensação quentinha e segura logo depois do acidente, na terrível nevasca — e que eu nunca sentiria aquele medo novamente. Dissera isso quando partiu para a faculdade, em São Francisco. Ele enviava a segunda pele térmica toda vez que saía da cidade — como na época em que viajou repetidamente para trabalhar no leste da Ásia, quando tínhamos 20 e poucos anos — ou quando sentia que eu precisava de apoio.

Uma vez, depois de enviar uma dessas, ele disse que tinha novidades no bilhete que acompanhava o pacote. Um pavor começou a subir pelos meus tornozelos, instalando-se nos meus joelhos e me deixando totalmente imobilizada diante da percepção de que meu primeiro amor estava de fato, finalmente, apaixonado por outra pessoa — uma mulher chamada Clementine, em Paris, que ele conhecera na UNESCO. Acho que daquela vez o pijama foi seu modo de dizer que nosso acordo ainda se mantinha, que ele me manteria segura, independentemente do que a vida trouxesse ou com quem ele vivesse, ainda que o nome dela fosse inspirado num tipo de tangerina.

E aqui, mais uma vez, estava a segunda pele térmica do cara que não deixava de ser aquela alma gêmea que eu nunca pude chamar de minha. Eu permanecia imóvel cinco minutos depois, quando Caitlin colocou uma xícara de chá na minha mesa.

Então fechei os olhos, toquei a seda preta com os dedos e decidi abrandar um pouco minha atitude.

— James envia isso porque se preocupa comigo, e é sempre esquisito o quanto o timing dele é preciso.

— Ele a conhece muito bem. Quando a amizade de vocês começou vocês deveriam ter uns... 13 anos? — Ela empoleirou-se na ponta da mesa e eu me recostei na cadeira.

É seguro dizer que qualquer conexão com James, em qualquer sentido, me deixava inquieta diante do questionamento "e se...". Olhei as fotos dos meus filhos na parede e pensei: *Esta é uma estrutura repleta de harmonia e beleza. James jamais pertenceria a essa realidade. Eu tinha Blake e Lucy em vez disso. Eu tenho meus filhos e não quero nada de outro jeito (embora meus filhos, além de James não fossem as piores...).*

— James não parece conhecer as estações do ano muito bem — disse Caitlin.

Eu ri.

— É mesmo, bem, se quiser saber detalhes mais interessantes, isto é uma lembrança de um determinado momento da nossa atormentada relação. — Toquei a seda macia um pouco mais, me perguntando como seria minha vida se, em vez de ficar com Wade, eu e James tivéssemos selado o acordo depois de nosso segundo breve caso, quando tínhamos 20 e poucos anos. — Embora a segunda pele que ele tirou do meu corpo fosse de lã pesada e molhada.

Caitlin inclinou-se tão perto de mim que praticamente sentou no meu colo.

— O que *ele* estava usando?

— Roupa de esqui. Era o último ano dele no ensino médio. Nós tínhamos passado o dia inteiro na Montanha Loon. Estava tão frio que éramos as únicas pessoas no estacionamento quando chegamos, congelados, ao jipe dele.

— Conte tudo — pediu ela em tom exigente. — Eu nunca consigo extrair de você o bastante a respeito de James.

— Somos velhos amigos com um passado complicado. Simples assim. Não gosto de ficar falando sobre os momentos em que as coisas se tornaram esquisitas entre nós. Eu já falei com você sobre isso muitas vezes. É muito doloroso, e depois me lembro de tudo o que aconteceu no acidente do avião. Portanto é melhor parar. — Então eu a empurrei para fora da mesa e apontei seu corpo pequeno, mas forte, em direção à porta. — Vá procurar o que fazer.

Ela recuou.

— Só se você prometer me contar a parte excitante da história todinha depois.

Lancei um lápis na sua direção. Assim que ela saiu, disquei o número de James. Porém logo desliguei, antes que o telefone tocasse. Repeti a ação e a reação umas cinco vezes, até dizer a mim mesma que eu precisava me controlar. Será que algum dia haveria um momento na minha vida em que ele deixaria de ser *o que foi embora*?

Senti-me constrangida pelo meu comportamento de adolescente. Um cara me magoa e eu saio correndo para outro? Era isso que deveria acontecer com uma mulher adulta, quando o cara que a magoou era o marido? Seria possível encontrar um jeito de apenas me sentir mais forte em relação ao que estava acontecendo? Ou de convencer a mim mesma de algo que me desse confiança, em vez de achar que os interesses do meu marido estavam em outra direção, então eu não aguentaria enquanto James não me dissesse que eu ainda estava bonita? Meu Deus!

Girei a cadeira para olhar o céu, segurando a seda da segunda pele, me perguntando quantas mulheres com 30 e poucos anos não conseguem crescer totalmente. A lembrança cheia de saudades do jipe gelado, das mãos quentes de James e do calor do respiradouro ainda me deixava sonolenta sempre que pensava nisso.

COM CERTEZA ELE também sentiu a mesma angústia. Eu queria muito que ele deslizasse as mãos pelas minhas coxas arrepiadas antes de se formar e ir morar na Costa Oeste para entrar na faculdade. *Se não for agora, quando vai ser?* Esta pergunta não parava de martelar na minha cabeça. Então, no jipe, naquela tarde, de repente ele se debruçou sobre mim e com a mão direita reclinou meu banco. O gesto pareceu tão fácil e natural para ele que precisei me conter para não pensar em quantas vezes ele tinha feito exatamente aquilo com outras garotas. Eu já havia ficado com outros rapazes, mas isso não enfraquecia a emoção de ter fantasias com meu melhor amigo, de forma tão realista. Ele rapidamente subiu em cima de mim, como se fosse a coisa mais normal a fazer.

Primeiro, James me deu um beijo longo, segurando minha cabeça com as mãos. Mas logo afastou-as, para abrir a calça. Em seguida, arrancou a roupa impermeável do meu corpo e deslizou a segunda pele pelas minhas coxas geladas. Quando ficou em cima de mim, estava completamente excitado, antes mesmo que eu o tocasse. Segundos depois, quando nossos corpos se mexiam, o espaço claustrofóbico do jipe se revelou ao nosso redor. Conforme a noite escura de inverno se instalava e os flocos de neve começavam a girar no brilho distante da luz do estacionamento, eu me apavorei. O mergulho fora profundo demais, e eu sentia como se estivesse me afogando, em vez de sentir que estava fazendo amor. Ele colocou a mão na minha perna novamente. O poder dos nossos corpos juntos me assustou tanto que quando ele me fez gozar, eu caí no choro.

— Está tudo bem, Allie — sussurrou James quando terminou, com a voz frágil e suave, enquanto me dava um beijinho após cada palavra. — Não vou a lugar nenhum. Nada mudou.

— Eu sei — respondi baixinho demais para ele ouvir. Em seguida o empurrei de volta para seu banco do jipe e apressadamente puxei minha calça de esqui pelas pernas nuas. — Nós vamos chegar atrasados.

Ele vestiu a calça, observou a neve por um longo tempo, então simplesmente bateu no volante com a palma da mão.

— Por que você tem que se apavorar com tudo? Você não demonstrou que não estava a fim. Não vá negar que tem me olhado de um modo estranho há mais ou menos um mês.

— Não tenho olhado. E eu realmente queria isto. Mas eu quero ir embora. Só isso. Agora. — Para falar a verdade, eu estava simplesmente morrendo de medo de perdê-lo, após ter perdido meu pai e com minha mãe bebendo tanto.

Ele puxou meu rosto, de modo que eu olhasse para ele.

— Pensei que fosse o que você queria. Ainda somos amigos. Como sempre. Isto não muda nada.

Eu me encolhi no banco, incapaz de encará-lo durante todo o trajeto para casa.

— Não sei como devo me sentir e não quero falar sobre isso.

A tristeza era evidente em seu semblante, enquanto ele dirigia em silêncio.

AGORA EU OLHAVA para o papel de embrulho rasgado, a segunda pele de seda e a caixa. Joguei tudo no canto da sala, num ataque de fúria silenciosa e confusa, com o que possivelmente deveria ter acontecido. Talvez eu teria sido bem mais feliz com James se meu capricho, seu péssimo timing e suas vinte viagens viagens filantrópicas pelo mundo não tivessem desviado nossas chances. Como ele se atreve a entrar de repente na minha vida cuidadosamente planejada, enviando outro pacote, justo quando eu estava com mais problemas com Wade do que poderia aguentar. O telefone da mesa tocou, e eu agarrei o aparelho, algo me dizendo que era James.

— Muito engraçado — falei, com uma leve ponta de capricho na minha voz áspera.

Wade retrucou.

— Está ocupada?

— Ah, é você.

— Allie, não fique assim. Desculpe ter passado a noite inteira no trabalho, fazendo o fechamento semanal da revista e não ter chegado em casa a tempo para ajudá-la com as crianças hoje cedo. Que tal se eu compensá-la pegando os dois mais tarde para você sair para beber com a Caitlin ou algo assim?

— Hoje é seu dia de ficar com as crianças. Lembra? — O fato de evitar a pergunta a respeito de Jackie estava me matando. — Eu tenho aula. Esqueceu?

— É mesmo! Melhor ainda. Pensei em levar as crianças à estreia do filme *Fundo do mar*, em IMAX. Consegui entradas especiais para eles irem à festa da baleia e depois ao museu — disse Wade.

Ele sempre fartava os filhos com passeios com que as crianças normais apenas sonhavam, principalmente quando elas tinham de dormir cedo. Cuidados paternais envolvem saber a hora de ser rigoroso — algo que "Wade, o Narcisista" jamais se preocupou em considerar.

Suspirei, exasperada, sabendo que sua melhor qualidade era seu pior defeito.

— Eles precisam acordar cedo amanhã, Wade.

— Talvez você precise! Qual é! Não seja chata, Allie. Eles não serão pequenos para sempre, e Blake poderia ser liberado da tarefa de casa só desta vez.

— Olhe, faça o que quiser em relação ao filme IMAX, apenas certifique-se de que Blake faça o dever de casa antes de sair.

Eu me contive para não sugerir que ele pedisse à sua jovem namorada, Jackie Malone, que o ajudasse com o trabalho de Blake, uma vez que os conhecimentos escolares da garota deveriam ser muito mais atuais que os de Wade.

— Claro. Você tem razão. — Seu tom se abrandou, indo de rabugento a arrependido. — Nós vamos fazer o trabalho de casa, prometo.

— Antes do filme?

Wade riu.

— Tudo bem, faremos como você quer, "Mãe do Ano". Não teríamos como sobreviver sem você.

— Estou longe disso — retruquei e desliguei o telefone, resolvida a não perguntar sobre seu interesse por Jackie Malone até que eu pudesse confirmar mais alguma coisa.

11

Curso intensivo

Se eu quisesse terminar este período de encontros robóticos com Wade e chegar a uma fase decisiva, tinha que me aproximar de Jackie. Ele negaria qualquer envolvimento com ela se eu o pressionasse. Começaria até a me chamar de paranoica, como costuma fazer quando pergunto sobre modelos ou estagiárias gostosas que ficam à sua volta em eventos. Para falar a verdade, nunca peguei nenhuma delas na área de serviço com ele, mas eu sabia que ele ficaria irritadíssimo tentando negar um relacionamento com Jackie, e de alguma forma me faria parecer estúpida por mencionar isso novamente.

Então uma nova lógica se desenvolveu: entrar em contato com Jackie parecia um passo insano, mas me ajudaria traçar o caminho que eu deveria seguir. Poderia me levar a compreender por que ela me apoiou em relação a Delsie, e por que ela me avisou sobre os homens no meu apartamento. No mínimo, o que eu tinha a perder? Ou eu conseguiria de alguma forma a prova de um caso amoroso, ou ela seria um bom material para um futuro roteiro.

Então, em uma tarde no meu escritório, mandei uma mensagem para ela.

> EU: *Oi, é a Allie. Estou pronta para falar com você.*
> JACKIE: *Ótimo. Quer beber alguma coisa ainda hoje? Vamos ao Tudor. Vai estar vazio à tarde, e todo mundo que conhecemos terá ido embora.*
> EU: *Daqui a duas horas.*

O tempo passou rapidamente depois que comecei os preparativos para os últimos pedidos de Murray e terminei outras poucas páginas do meu roteiro (ambos concluídos em estado de confusão mental). A hora do encontro chegou, e peguei o casaco na porta da sala e corri para a rua, a fim de encontrá-la.

ENTREI NO BELÍSSIMO salão do Tudor, completamente silencioso nesse horário pouco antes do happy hour, dez minutos adiantada, tempo suficiente para ir até o restaurante no andar de cima, pedir uma bebida no bar e me compor para esta reunião tão peculiar que eu tinha encaixado, à força, na minha agenda.

O relógio art déco dourado atrás de mim bateu 16h. Fiquei de pé no patamar da escadaria que se abria na entrada, com os olhos no nível da sala de jantar principal vazia e silenciosa. Todas as mesas estavam arrumadas com buquês baixos de peônias rosa-escuras em vasos de prata. Cilindros de cristal com velas novas, ainda apagadas, rodeavam os centros de mesa. Após dois minutos completos, um garçom passou calma e propositadamente. E nada. Apenas o silêncio. Os líderes e as sacerdotisas da indústria já tinham saído havia muito tempo, deixando nosso encontro livre de curiosos. Georges, o maître, só controlava o almoço de negócios e, seguramente, a esta altura, já tinha ido embora. À minha direita, no bar vermelho com prateleiras de livros, o bartender secava a parte interna de duas taças de champanhe com um guardanapo branco, limpinho, preparando-se para a agitação da noite.

A minha missão estava clara agora: obter a informação de Jackie e usá-la para confrontar Wade de forma apropriada. Ele e eu éramos os verdadeiros atores neste drama, e os personagens secundários à nossa volta não poderiam mais me distrair. Do patamar no meio da escadaria pude ver as belas pernas de Jackie em volta de um dos bancos do bar. Ela pediu uma bebida e passou os dedos pelo cabelo loiro, com mechas, de olhos fechados. Exalando um longo suspiro, demonstrou estar aborrecida, como se todo mundo, tudo e todo maldito homem querendo grudar-se nela fossem um grande incômodo.

Fechei os olhos por um momento para reunir forças e me dirigi até o bar. Jackie de fato sorriu ligeiramente quando me viu. Ela estava resplandecente em um vestido branco justo, como se a equipe de filmagem de Marlene Dietrich a tivesse iluminado perfeitamente. Uma bolsa Gucci bronze de camurça, com uma espécie de alça de chifre, estava sobre o balcão de mármore preto. Onde ela conseguia dinheiro para se vestir tão bem? Sentei-me ao lado dela.

O bartender se aproximou.

— Desculpe, senhorita, só vamos abrir daqui a uma hora, mas eu posso...

— Ela está comigo, Robby — interrompeu-o Jackie. — Dê um tempinho e traga para ela uma xícara de chá ou de café. Ou talvez até uma dose de algo forte. Pela expressão no rosto dela, acho que precisa de uma.

— Uma xícara de chá, por favor. E uma taça de chardonnay. Obrigada. — Percebi que precisava tanto de um estimulante quanto de um calmante para lidar com este confronto.

Jackie me olhou atentamente.

— Temos muito para conversar, mas primeiro você terá que, pelo menos, tentar acreditar que o que estou dizendo é a verdade — disse ela, me colocando imediatamente na defensiva.

— Acredito apenas que você me ajudou uma vez aqui, com Delsie Arceneaux. — Observei seu rosto jovem, tentando compreendê-la. — Por que você fez aquilo? Pode ter sido um modo conveniente de ter a mim do seu lado. O que você quer?

— Eu disse aquilo a Delsie porque você é boa no seu trabalho e você merecia — respondeu, prendendo o cabelo em um coque desarrumado com um grampo, suas mechas loiras quase brancas com a luz da tarde que brilhava pelas janelas envidraçadas, atrás dela. Ao mesmo tempo que a odiava com todas as forças, eu a considerava extremamente sedutora.

Eu não poderia ficar nervosa para dizer o que queria, mas estava.

— Deixe-me ir direto ao ponto: *Você está transando com meu marido?* Normalmente significaria algo o fato de ele fugir com você para a área de serviço, no meio da festa. Vamos simplesmente abrir o jogo. — Minha voz falhou, tomara que não tenha revelado demais o quanto eu estava ansiosa por dentro.

— Não se esqueça de que olhei você nos olhos na sala, durante a festa, e fiz um sinal de que algo estaria acontecendo nos fundos do apartamento. Depois virei a cabeça para comunicar que você deveria ir até lá.

Ela realmente tinha feito isso. Assenti muito ligeiramente, evitando admitir qualquer coisa, mas, sim, ela de fato me avisou que iria para lá. E realmente insinuou que Wade iria também, o que ele fez; imediatamente. Tive de admitir isso.

— Certo — prosseguiu ela. — Então, por que eu faria um sinal à esposa se estivesse tentando transar com o marido dela, na casa dela?

— Não sei. Realmente acho tudo isso um pouco confuso, admito. Por isso vim até aqui.

— Fico contente que você tenha vindo, pois nada aconteceu naquela noite na área de serviço, exceto que ele me flagrou procurando algo. E estou lhe dizendo, você tem de ficar atenta; há coisas acontecendo com esses homens que almoçam aqui todos os dias, e que você não sabe.

Não havia nenhum sinal de fraqueza na sua voz, nenhum tremor nos lábios. Eu tinha que direcioná-la, ou no mínimo imitá-la.

— Qual é, Jackie. *O que está acontecendo de verdade?* Não estou pronta para dizer que vou acreditar que você e meu marido nunca...

Ela me interrompeu e jogou uma mecha solta do cabelo por cima do ombro.

— Tudo bem, então vamos esclarecer uma coisa: eu nunca vou mentir para você. Ouviu?

— Ouvi. Não sei se acredito em você, mas ouvi, sim.
Ela abaixou a cabeça por um momento e amarrou o cabelo em um nó.

— Vou repetir: eu nunca vou mentir para você. Sua intuição estava certa. Eu realmente tive algo com Wade.

Senti uma dor enorme no peito.

Ela continuou:

— Não estou falando sobre o ocorrido na área de serviço naquela noite, estou falando de muito tempo antes daquilo. E embora eu assuma a devida responsabilidade pelo que aconteceu, ele tinha o domínio da situação.

Ela confessou um caso de forma tão simples? À esposa traída? Eu a pressionei:

— Você está admitindo abertamente que dormiu com meu marido?

Ela assentiu, seus olhos expressavam generosidade em relação a mim; claramente não gostou de ter de confirmar isso. Não posso dizer que eu sentia alguma coisa além de animosidade em relação àquela mulher, mas, apesar de estranho, ela realmente parecia estar em sintonia com a minha situação naquele momento.

— Como aconteceu? — consegui perguntar. Imaginar Wade na cama com aquela mulher linda era tão doloroso quanto me lembrar dele na cama com a assistente de fotografia, alguns anos atrás. Contraí os lábios, soltando o ar lentamente, como se pudesse extinguir a imensa dor que sentia por dentro.

— Apenas aconteceu. E agora conhecendo você, me sinto realmente arrependida. Tenho que confessar isso.
— As últimas frases foram ditas de maneira lenta e decidida; e naquele momento eu senti que acreditava nela.

— *Você* está apaixonada pelo meu marido?
— Não.
— E ele está apaixonado por você?
— Infelizmente, esteve em algum momento.

Lembrei-me de Wade dando beijinho em mim e nas crianças à noite, agindo como marido e papai, todo animado. Então me lembrei dele caindo de sono na cama, antes de surgir qualquer possibilidade de sexo. Não é de admirar — ele já tinha transado horas antes. Meu peito apertou um pouco mais do que imaginei ser possível.

— E não está mais?
— Não.

Eu tinha de saber. Minha voz estava mais fraca do que eu queria quando perguntei:

— Então como tudo começou com Wade?
— É complicado. — Ela colocou o cotovelo na borda do balcão e tocou a ponta do queixo ligeiramente com a ponta dos dedos. Fitei seus olhos e tentei, em vão, compreender de onde vinha sua calma extraordinária.

O que foi que Wade viu quando olhou estes mesmos olhos e pensou: *Esta eu posso tentar;* ou até: *Esta eu amo?*

— Você estava tendo um caso com meu marido há algum tempo?
— Acho que é preciso algum sentimento para se ter um caso. Não é? O que aconteceu com Wade é passado agora. Você pode ficar tranquila em relação a isso pelo menos.
— Tem certeza? — Aquela noção do caso deles ter acabado suavizou o golpe que eu acabara de receber. Eu não estava pronta para deixá-lo, portanto senti um falso e momentâneo alívio ao saber que talvez meu marido pudesse voltar a ser todo meu.

— Independentemente do que aconteceu, não terminou com mágoa ou raiva, porque, francamente, eu não me preocupei muito, e ele seguiu em frente. — Ela tomou calmamente um longo gole da bebida, pelo cheiro, um gim-tônica, e pousou o copo com delicadeza. Jackie prosseguiu, mudando de assunto. — Nós sabemos que o país está em uma desordem financeira porque muitos homens e mulheres, neste mesmo salão, que administram enormes bancos de investimento e enormes corporações multinacionais, acham que podem foder o país em favor de seu próprio lucro.

— O que você está calculando exatamente? — perguntei. — As finanças de Murray? Com certeza não pode ser as de Wade.

— Acorda! Todo mundo está mal com as finanças nestes tempos instáveis. A pergunta é: a que você recorre quando as finanças estão desequilibradas? Você se vira sozinha ou faz alguma mutreta? — Ela tocou levemente o meu braço. Estava muito mais quente do que eu esperava. — Você encontrou algo na mesa dele? Você procurou?

— Quase tudo na mesa dele, aliás. — Eu não estava a ponto de entregar o relatório da empresa a uma mulher que acabou de admitir um caso com Wade.

— Tipo o quê? — perguntou Jackie.

— Atrizes em programas de reabilitação para tratar seu vício. Membros de quadrilhas em Mônaco. Meu marido trabalha com comunicação. Ele lê todas as informações que recebe como material de suporte para os artigos que publica. Se tiver na mesa dele o arquivo do caso Interpol que envolve Pablo Escobar, não significa que ele estava ou está envolvido com cocaína.

— É isso? — Ela brincou com o limão na borda do copo.

— Não que eu fosse contar algo a você, de qualquer maneira, pois ele é meu marido e não tenho nenhuma prova de que você está falando a verdade. Mas, diga, o que você está insinuando?

Ela me interrompeu colocando a mão no meu braço.

— Eu observo muito como as pessoas aqui interagem.

— Como? — Eu quis saber.

— Você estudou administração, Allie?

— Não, e você? — perguntei em tom irônico e arrogante.

— Estou terminando meu segundo ano da Wharton School, na Universidade da Pensilvânia, na Filadélfia. Na verdade, vou receber o diploma no fim do mês. Mas não tive, nem de longe, uma criação como as crianças ricas que são preparadas para os negócios. Cresci em uma casa horrível com minha mãe, uma mãe solteira e que trabalhava fora. Morávamos só nós duas. Portanto não vá fazer suposições sobre minha vida só porque estou na faculdade.

— Isso é muito bom, mas não sei se...

Então ela deu um suspiro e pegou uma pequena carteira Louis Vuitton, de onde tirou um cartão de identificação da Wharton School of Business.

— Isso basta? Não me importo de fazer qualquer coisa para lhe provar tudo isso, mas juro que nunca vou mentir para você. — Em seguida, ela enfiou a mão no fundo da bolsa novamente e pegou um caderno espiral grande, com três divisões, com o emblema U Penn na frente.

— Muito bem. Então você está estudando. Talvez entenda de planilha.

— Sim, entendo de planilha, de modelo de avaliação de ativos financeiros e consigo administrar uma simulação de Monte Carlo até de olhos fechados.

— *Jura?*

Ela riu da minha ironia.

— Ei, não critique meu diploma. Estou fazendo especialização em indústria do entretenimento e vou lhe dizer uma coisa: cinema, ramo no qual você está investindo, é um modelo de negócios falido, algo de que realmente entendo, e, a propósito, isto é mais uma prova de que estou estudando o assunto. Uma coisa é certa: os estúdios só estão apostando em previsíveis sucessos de bilheteria e o mercado independente está simplesmente morto. Você nunca irá ganhar dinheiro com um festival de cinema; é uma questão de entender os canais de distribuição com VOD, PPV...

— Desculpe, VOD? PPV?

— Video on demand. Pay per view. Robert Redford ganhou dinheiro com o canal Sundance, não com o festival. Lembre-se disso quando fizer seus planos para o festival e arranjar pessoas influentes para investirem nele.

— Tuuuudo beeem — respondi, lentamente aceitando a veracidade do seu conhecimento em negócios. — E agora você está trabalhando... — Eu ainda estava tentando compreender como ela sempre usava sapatos que fariam Carrie Bradshaw, de *Sex and the City*, chorar de emoção.

— Estou empenhada no meu curso de administração até me formar, este mês. E em alguns projetos de pesquisa. Trabalho em bancos de investimentos durante o verão e ganho muito dinheiro para alguém da minha idade.

— E esse salário explica toda essa roupa de grife e sapatos e bolsas Gucci que você parece ter?

— Minha companheira de quarto da faculdade é assistente de um estilista de revistas de moda, então ela me dá a roupa usada em ensaios fotográficos e desfiles da estação anterior. Não sou tão desonesta quanto você pensa, Allie — retrucou ela. — O comportamento desses homens é tão esquisito e desconhecido para mim como é para você. Portanto, não se deixe intimidar ou se enganar por roupas da estação anterior. — Ela tomou outro gole lento da bebida. — Olhe, passei longe de uma criação em Manhattan e uso algumas estratégias para me encaixar. Não me diga que você não faz isso; é uma questão de sobrevivência.

Aquilo me fez pensar no quanto algumas pessoas se adaptavam a Nova York melhor e mais rapidamente do que outras. Após onze anos morando em Nova York, nunca senti que tinha acertado uma roupa da cabeça aos pés. E embora odiasse concordar com qualquer coisa que ela dissesse, eu afirmei:

— Certo, você tem razão.

Eu estava tonta por causa do álcool ingerido com estômago vazio e do excesso de informação, algumas intensamente dolorosas, que me atingiram de forma muito agressiva. A dor de cabeça de uma ressaca precipitada começou aos pouquinhos num ponto da minha cabeça. Então pestanejei várias vezes para conter as lágrimas que começavam a se formar.

Jackie colocou as mãos nos meus ombros.

— Você precisa manter sua mente disciplinada. Precisa separar suas emoções dos fatos concretos neste caso e deixar que eu a ajude a chegar a alguma conclusão para poder se proteger. Esqueça seu marido mulherengo por um segundo.

— Bem, é um pouco complicado falar de mulher para mulher com alguém que acaba de confessar que dormiu com meu marido. E esquecer meu marido mulherengo é fácil falar. Nós temos uma família.

— Bem, então você precisa, pelo menos, proteger a si e às crianças. Eu preciso saber se você viu algum documento de empresa, talvez algo chamado Luxor? É uma companhia de rede de computadores em expansão.

Permaneci em silêncio, lembrando que aquele era exatamente o mesmo nome do relatório escondido na mesa de Wade, e tomei um enorme gole do meu chardonnay.

— Alguma vez Wade foi a Liechtenstein, aquele principado na Europa onde há contas secretas e...

Agora eu tinha de perguntar que medicamentos ela andava usando.

— Você pode ser uma excelente estudante de administração, mas está muito equivocada. E não vou revelar nada dizendo que Wade é um verdadeiro homem da idade da pedra em termos de negócios e não tem nenhum dinheiro extra. Acredite, eu pago as contas.

— Ele tem algo melhor. Ele tem acesso a todo mundo. E todos precisam dele.

— Todo mundo sempre precisa dele. Não sei se estou levando muita fé nisso, mas estou escutando. Mais uma vez, por que você quer me proteger?

Ela respirou fundo e realinhou os ombros.

— Minha mãe foi muito ludibriada financeiramente por um homem, e odeio ver isso acontecer com outra mulher desavisada como você.

— Sinto muito pela sua mãe, mas acho que há algo mais em jogo — insisti.

Seus olhos me disseram que havia, de fato, algo mais.

— E você não vai me dizer o que é. Por que você não confessa logo, Jackie? Já chegamos até aqui. Quero dizer, a suposta ex-amante e a esposa estão conversando sem o marido sequer saber. Estamos totalmente expostas; apenas complete o que começou e me conte tudo.

Cada uma de nós tomou um gole de suas bebidas, e pousamos os copos na mesa, ao mesmo tempo. Ela se virou para mim:

— Você está escrevendo um roteiro, certo?

— Quem contou a você?

— E sua posição na empresa de relações públicas de Murray Hillsinger é seu emprego principal?

— Enquanto não for terminado, o roteiro é utopia, não um salário. Pelo menos por enquanto.

Jackie então acenou com a cabeça e girou o banco, preparando-se para ir embora.

— Entro em contato com você quando descobrir algo mais. Mas observe as ações da Luxor e veja se Wade menciona alguma coisa. — Com seu vestido branco bem justo, ela pulou do banco e inclinou-se no meu ouvido. Seu hálito estava quente e perfumado, como o gim que ela havia bebido. — Só mais uma coisa. Você tem que escrever como se sua vida dependesse disso.

Em seguida ela saiu lentamente, como se tivesse controle sobre meu mundo, o que mais tarde eu descobriria que basicamente era verdade.

12

Algo inesperado

— Cada pessoa acha que sua vida é um filme. Isso é uma grande besteira. A vida tem seus meandros. A pessoa pode ser extremamente ousada, feliz ou infeliz no amor, mas o triângulo nascimento-vida-morte não lhe dá a estrutura em três atos de que se precisa num roteiro. — Então, nosso professor de roteiro, o odiado e respeitado David Heller, equivalente em Nova York ao mais famoso Robert McKee, saltou da beirada da mesa, onde estava sentado, e lançou os braços no ar. Ele deu a volta na minha mesa e apontou na minha cara.

— Também, antes desta sexta-feira, espero, vamos ver Braden, Foster, Greenfield, e Keller mandarem um e-mail à turma com suas vinte primeiras páginas. Se você for ao cinema esta semana e olhar para o relógio por dez minutos, garanto que alguma coisa aconteceu para lançar o protagonista fora da sua zona de conforto. Então que importância tem se sou um pequeno agricultor estrangeiro, há uma princesa em perigo! Vou perseguir o cara com sotaque britânico e seu par de robôs e me juntar à causa rebelde! Se o protagonista não estiver correndo risco lá pela página vinte, você está morto em Hollywood, e nesta turma, portanto nem se dê ao trabalho de enviá-lo. Está acompanhando meu raciocínio, Braden?

— Sim — respondi, acenando com a cabeça para mostrar que estava entendendo tudo. Eu tinha adotado meu nome de solteira, Braden, quando me matriculei para as aulas de roteiro na universidade de Nova York, alguns meses atrás. Não era o nome que eu usava no trabalho, com Murray, mas enquanto estivesse nesta turma, queria garantir certa independência do conhecido Wade Crawford.

Heller voltou à sua mesa e se virou para o quadro.

— Lembrem-se dos três atos simples. — Escrevi cada palavra. — Também se lembrem de que centenas de alunos usam meus métodos óbvios para...

A porta se abriu e Tommy O'Malley entrou sem pedir licença. Ele e eu sentávamos um ao lado do outro, tomávamos café com o grupo depois da aula, e comparávamos anotações dos períodos anteriores.

Duas cadeiras em volta do círculo ainda estavam vazias. Ele escolheu uma ao meu lado, olhou para mim com um olhar cheio de segundas intenções e caminhou lentamente, como se fosse o Brad Pitt. Heller olhou para ele com raiva.

— Não se esqueçam de que este é um curso muito disputado, com uma lista de espera do tamanho do meu braço. Tentem chegar sempre na hora. — Então olhou para o resto da turma, e acrescentou: — Agora, como vocês podem ver, já escrevi no quadro os Atos I, II e III.

Após uma breve explicação do esboço mencionado, Heller bebeu um gole d'água e continuou, encantado por cada conceito que saía de sua boca.

— No meio do Ato I, lá pela página vinte, o problema tem que ser configurado.

Tommy escreveu algo em um pedaço de papel e passou para mim. Estava escrito: *Afinal, qual é seu problema esta semana?*

Então eu escrevi no verso do mesmo papel: *Meu novo roteiro está uma porcaria. Não sei se estou no caminho certo. Garota perde o namorado por causa de bebê. E o seu?*

Ele escreveu de volta: *É possível um grupo muito unido de salva-vidas de verão permanecer junto quando a vida real se instala... Tipo o filme* O primeiro ano do resto de nossas vidas, *com todos enfrentando economia desfavorável.*

Alguns minutos depois, Tommy me cutucou, enquanto tomava notas.

— Desculpe — disse ele. Então tirou uma barrinha de Twizzler da mochila, abriu a embalagem e me ofereceu. — Você vai precisar de um pouco de açúcar para absorver toda essa informação — sussurrou, tão perto de mim que já não havia espaço entre nós.

— Até o segundo ato. — Heller olhou para Tommy e lançou um olhar de reprovação para o doce. — Seu herói *deve se empenhar na* sua façanha. — Ele destacou a linha entre o Ato I e o Ato II no quadro, com repetidos traços do marcador de texto. — Isto é o que Blake Snyder chama de premissa da perspectiva da história. É neste ponto que Roy Scheider, marinheiro de primeira viagem, vai para o mar aberto à procura do seu tubarão, ou James Bond vai atrás de Goldfinger.

Eu parei de prestar atenção e, em vez disso, dividi minha vida real em três atos, exatamente como aqueles no quadro diante de mim. Meu primeiro ato estava definido, até o ponto onde o pai da heroína morre tragicamente em um desastre de avião e a mãe mergulha ainda mais no inevitável caos regado a mais bebida, nos dez anos que se seguem. Pensei no meu segundo ato. A heroína da história decide não ficar com o homem que é a sua alma gêmea e eventual amante, James. Em vez disso, casa-se com um homem elegante, porém com alguns defeitos, tem dois filhos com ele, mas é forçada a reavaliar suas antigas decisões.

O problema desta premissa é que ela não tinha absolutamente nenhuma perspectiva, e eu sabia disso. James tinha ido embora havia muito tempo, quando a atração e a repulsão da nossa amizade durante os anos finalmente o desanimaram e o lançaram para a segurança além-mar.

Depois olhei para Tommy O'Malley. Talvez o cara das barrinhas fosse um pequeno atrativo malicioso que um roteirista de cinema lançaria no meio do segundo ato para incendiar o enredo. Pela milésima vez naquela semana, eu havia tentado pensar em um modo de sair daquele estado de sofrimento por causa da última traição de Wade, e me animei ao notar que as pernas de Tommy, uma delas agora desnecessariamente perto da minha, eram de fato bastante fortes. Olhar não tira pedaço.

Heller voltou ao quadro e sublinhou Ato III.

— O terceiro ato vem imediatamente depois do momento "tudo está perdido". Por uma hora, uma hora e quinze, uma hora e meia, seu herói deve estar no fundo do poço. Drama intenso. Ajuste de contas passional.

Fundo do poço não parecia tão bom quanto ajuste de contas passional. Embora a lógica sugerisse que se a heroína realmente reunisse forças para se livrar do marido traidor, então alguém poderia simplesmente aparecer para salvar a pátria e fornecer o final feliz que Hollywood — e o mundo — tanto adorava.

Seria tão bom se a vida pudesse ser tão certinha como Hollywood.

Heller acrescentou drama à sua voz para apresentar a moral da história.

— Depois que tudo está perdido, o herói se ergue das cinzas, sacode a poeira e salva a princesa, ou mata o tubarão antes de ser morto. Hamlet finalmente para de reclamar e arrasa — disse ele, diretamente para mim.

— Isso deve acontecer até a página noventa, e a partir disso é uma corrida de curta distância até o final. Já não há mais artifícios, é hora da recompensa. É perfeito no primeiro ato dizer "vou matar o tubarão". Outra coisa é pegar a arma e fitar aquele enorme maxilar e os dentes afiados como uma navalha enquanto seu barco está afundando. Então depende de você, o escritor, decidir como ele vai sair dessa situação.

Tommy levantou o braço e parte do seu quadril ficou visível, quando a camisa subiu o bastante para expor o músculo pélvico em forma de V, que se estendia até sua zona erógena, logo abaixo.

— Ainda não consegui entender por que todos os professores batem na mesma tecla dizendo que todo filme tem que seguir uma fórmula. Quando sigo regras, meu script acaba se transformando num daqueles filmes bobos com a Jennifer Aniston que nunca pretendi escrever.

Heller se ofendeu.

— Você está querendo dizer que minhas tentativas de ajudá-lo a estruturar seu trabalho é algo prosaico...

Tommy pareceu satisfeito em ter provocado a reação que buscava em Heller. Notei que ele sorriu de modo afetado, e examinei sua aparência: cabelo curto escuro, olhos azuis penetrantes e testa ligeiramente quadrada. Mais para macho do que bonito. Uma mistura perfumada de sabonete de alecrim flutuou na minha direção. Então dei uma olhada atrás da sua cadeira e vi seu capacete e sua mochila preta. Talvez minha saída do Ato II estivesse no banco de trás de uma motocicleta e eu devesse simplesmente montar nela, totalmente despreocupada. O comportamento de Wade com certeza justificaria isso.

Naquele momento, virei de costas para Tommy, como se pudesse simplesmente desligá-lo, como uma lâmpada. Eu tinha de me concentrar na aula, ou pelo menos tentar.

A tática funcionou por aproximadamente trinta segundos.

— A verdade é que quase todo filme realmente segue estas regras; eu só odeio que me digam o que preciso fazer — sussurrou Tommy, olhando nos meus olhos depois que não consegui evitar olhar para ele. — Isso só vai me deixar confuso, como na última aula.

Tommy virou todo seu corpo forte em direção ao meu, com os cotovelos apoiados nos joelhos quando a aula acabou. A turma inteira tinha parado na lanchonete, na semana anterior, para comemorar seu aniversário de 32 anos, mas esta noite ele estava mais curioso e atento. Seus membros musculosos estavam completamente abertos, como uma espécie de convite de acasalamento masculino humano. Ele tinha sobrancelhas grossas, que combinavam com o cabelo espesso e escuro. E o aspecto desleixado e rústico avisava, como um letreiro em néon piscando: **perigo**. Quando levantamos ao mesmo tempo, acabamos batendo nossas cabeças, e ele se ergueu até pelo menos um metro e noventa.

— Quer tomar um café em um lugar que conheço aqui na rua? — perguntou Tommy. — Nós não fomos lá ainda. — Nosso grupo habitual já tinha saído da sala; ou seja, ele não estava propondo um café com o grupo, mas sim um passo no mundo externo; só nós dois, e eu não sabia ao certo como me sentia em relação a isso.

— Claro — respondi e suspirei.

Tommy levantou-se, pegou meu casaco da cadeira e o colocou nos meus ombros, como se já fosse meu namorado.

— Vamos. Acho que vamos precisar entender esse professor e decidir se devemos aceitar seu conselho, ou mandá-lo se foder junto com suas regras de roteiro.

13

Encontro com a desgraça?

Tommy vinha na minha direção com uma xícara fumegante de cappuccino — tudo que eu precisava às dez da noite — na pouco iluminada confeitaria húngara, quatro blocos abaixo da nossa escola, perto do Washington Square Park. A confeitaria tinha aproximadamente vinte mesas empoeiradas, cobertas com montículos de velas, a cera derretida repetidas vezes, em diferentes camadas coloridas. Alguns professores mais velhos e alunos fitavam atentamente seus laptops, em mesas próximas.

— Afinal, conte-me como é o lugar onde você cresceu — disse Tommy, entregando-me uma xícara de café. — Só sei que, com certeza, você não passou muito tempo em Nova York.

— Como você sabe disso?

— Seu jeito; você não tem aquele jeito convencido de achar que é dona do mundo, nascida e criada em Nova York, na maneira de falar, nem na forma de andar. — Seus olhos estavam fixos nos meus, como um sistema de armas. Mordi a parte interna da bochecha forte demais quando ele esfregou o queixo com a barba por fazer. Pensei em correr para a porta.

— Eu acho — respondi, apertando o suéter contra os ombros, como se quisesse me defender. — Que não abandonei totalmente minha cidade de pesca em Squanto, Massachusetts. Minha mãe era dona de casa, mais ou menos, quando não bebia. E meu pai tinha um barco de trabalho e de turismo, qualquer coisa para escapar para o mar, algo que ele realmente amava. — *E qualquer coisa para escapar da minha mãe.* Enrolei os braços do suéter uma vez, em volta do pescoço e ainda me sentia completamente nua.

— Ele ainda está vivo? Parece que não...
— Não. E por falar em não, por que você não dá um tempo ao professor durante a aula? Eu sei que ele é chato, mas...
— Bem, eu gosto de provocá-lo, e ele reage bem rápido.

Eu estava tão nervosa por estar a sós com Tommy, que tinha que bombardeá-lo com perguntas.

— Por que você começou a escrever roteiros? Só sei que você cresceu aqui. No Queens, certo?
— Rockaways. Estive em cada casa que o Furacão Sandy destruiu. É uma área basicamente de operários, cheia de policiais e bombeiros. Cresci a alguns quarteirões da praia, logo depois do calçadão. — Seus olhos azuis brilhavam com mais intensidade contra o reflexo da sua pele irlandesa, clara.

— Você já pensava em escrever naquela época?
— Sempre escrevi mentalmente. Eu costumava ir ao SoHo e comprar roteiros de filmes que eles vendiam em

bancas, nas calçadas, para ver como era feito. Devo ter lido *Chinatown* umas cem vezes.

— Você ganha a vida escrevendo?

— Claro que não. Esse é o sonho. Ganho dinheiro com consultoria nesses restaurantes sofisticados de Nova York, onde ajudo a comprar vinhos mais baratos em leilões. Eu não bebo, já tem bastante gente que bebe na minha família, mas aprendi muita coisa quando trabalhava na loja de bebidas do meu tio, e tenho conhecimento bem abrangente quando o assunto é boa compra de vinho.

Caímos em um silêncio constrangedor enquanto eu tentava pensar em um assunto seguro.

Pouco depois, ele não conseguiu se segurar.

— Quer dizer que seu pai morreu recentemente?

— Quando eu tinha uns 16 anos, ou quase.

— E sua mãe?

Tomei um gole rápido do café e queimei a língua.

— Quando eu tinha 22 anos. A bebida acabou com o fígado dela.

— É muito triste perder ambos tão jovens. Como era seu pai? Você falou dele algumas vezes, parece que vocês eram muito chegados.

Tomei um gole mais cuidadoso do café, principalmente porque assim eu teria algo a fazer com as mãos, que tremiam sem parar.

— Ele era incrível, sabe? Maior que a vida. — Sacudi a cabeça e olhei dentro da xícara, controlando meus pensamentos. — Ele era um pai maravilhoso, sempre me levando a lugares na minha imaginação que poucos pais arranjam tempo para fazer. Se tiverem capacidade para isso. Ele costumava ler para mim histórias de um antigo livro de contos de fadas, e depois me pedia para mudar os personagens e alterar o final. Se fosse uma história triste, ele me pedia para ajudá-lo a torná-la feliz. — Nesse momento, pisquei os olhos com força para afastar as lágrimas, e esfreguei a pálpebra inferior direita, que senti arder.

— Sinto muito que ele não esteja mais vivo — disse Tommy em tom suave. — Ele deve ter sido um grande homem. Como morreu tão jovem?

— Ele foi um grande homem. E morreu em um desastre de avião, na neve. — Suspirei profundamente. Eu queria que as pessoas simplesmente não tocassem no assunto. Ainda parecia um tumor maligno dentro daquela empatia construída, que nunca sequer pedi que existisse.

— Sinto muito. Eu queria falar nas coisas boas da vida dele.

Eu me virei na direção do balcão da confeitaria e li o cardápio na parede, atrás de uma garota húngara que limpava migalhas no balcão como se não ouvisse o que ele falava.

Dez segundos se passaram, ele tirou um pedaço do seu cookie e olhou diretamente para mim.

Como não esbocei nenhuma reação, ele entendeu meu gesto como um sinal de que eu queria que ele continuasse falando e cutucasse mais ainda a ferida.

— Tenho certeza que deve ter sido difícil, você estava em uma idade tão vulnerável.

Dei um sorriso desgostoso e curvei o lábio para prevenir qualquer demonstração de emoção.

— Então por que você continua falando sobre isso?

— Desculpe mais uma vez. Tenho medo de voar, se você quiser saber a verdade. — Ele deu de ombros, tentando parecer menos desconfortável diante da minha presença embaraçosa.

Então me virei, ficando de frente para ele.

— Eu estava no avião.

Tommy olhou para mim como se eu tivesse dado um soco no seu estômago. Em seguida bebeu um gole do café, esperou outros dez longos segundos, e disse suavemente:

— Jesus Cristo! Eu não podia imaginar.

— Muitas pessoas não sabem dessa parte.

— Alguma outra pessoa que você conhecia também estava no avião?

— Sim. Duas pessoas. Uma ficou bem; a outra não sobreviveu.

— Bem — Tommy disse mais encorajado —, você já escreveu sobre isso?

Lancei-lhe um olhar inexpressivo e acenei negativamente com a cabeça.

— Olhe, desculpe — falou. — Poderia ser um roteiro excelente, só isso.

— Obrigada pela dica.

— Tudo bem. — Então ele tocou meu braço. — Vamos falar de outra coisa. O que você tem escrito desde a última aula?

— Quer mesmo saber? — Sorri, tentando pensar em um modo de tornar envolvente qualquer coisa que eu tenha feito.

— É claro. — Seu sorriso de canto de boca era caloroso e adorável, e tive de continuar olhando para baixo para evitar seu olhar fixo. Ele passou a mão direita pelo cabelo, revelando uma grossa cicatriz que eu não tinha notado antes. Isso me fez sentir melhor, ao imaginar que a vida dele também não tinha sido completamente isenta de sofrimento.

De repente, senti que estava fazendo algo ilícito.

— Fale-me do seu roteiro sobre a garota que perde o namorado por causa do bebê — pediu Tommy, ao estender o braço sobre a mesa para tirar uma migalha do meu lábio inferior.

Ruborizei.

— Ah, você se baseou em alguém conhecido — acrescentou, interpretando minhas bochechas coradas como um convite para sua mão ficar mais tempo no meu queixo.

Eu abaixei a cabeça e olhei para meu café.

— Mais ou menos. Menos a parte do bebê, talvez.

— Qual é o nome dele?

Hesitei um pouco antes de responder à sua pergunta.

— James. Tipo, melhor amigo ao longo da vida, com alguns momentos complicados, digamos assim. Tecnicamente foi meu primeiro amor, eu acho. Embora nunca realmente chegássemos a ser um casal de verdade.

Tommy fez um círculo preguiçoso em volta da xícara de café com o dedo.

— Ainda assim é alguém que afeta você. Tenho muitas pessoas assim na minha vida.

— Não afeta mais, não exatamente — retruquei, mentindo. — Alguns momentos de arrependimento de vez em quando, mas ele simplesmente estava por perto, sempre.

— Como depois que seu pai morreu?

— Não, como *quando* ele morreu. — Minha garganta se apertou. — Ele estava lá, no avião, com a mãe.

— Desculpe. Caramba. — Ele sacudiu a cabeça com força.

Tomei um gole generoso do meu café, enquanto permanecíamos em silêncio por um longo momento, ele certamente tentando arranjar algo para dizer, ao mesmo tempo que eu me lembrava de muitas coisas, muito rapidamente.

Tinha sido uma surpresa. James e a mãe estavam sentados na parte de trás, com os cintos de segurança, quando finalmente entrei no pequeno Cessna.

— Oi, Allie — dissera James. Pude ver o mesmo medo por trás do seu sorriso forçado. — Será que... vamos a alguma cabana e faz muito frio lá em cima? — Ele sorriu normalmente, mas ergueu as sobrancelhas, transmitindo que algo estranho estava acontecendo.

— Huum, é isso mesmo. Oi, senhora... — Eu me dirigi à mãe dele.

— Não se preocupe. Pode me chamar de Nancy. Eu disse que está tudo bem.

— Certo. — Sentei de frente para ela. Ninguém disse outra palavra até meu pai entregar o bilhete de embarque do lado de fora e entrar no avião.

— O que *eles dois* estão fazendo aqui? — Eu temia desagradá-lo mais do que qualquer coisa, porque ele tinha ficado muito tempo no mar. Mas convidar meu amor secreto na nossa viagem especial de aniversário, sem me avisar, pareceu injusto.

— Sabe de uma coisa — respondera ele, sem olhar para mim, enquanto se esforçava para achar o cinto de segurança gasto que estava entrelaçado no metal debaixo do banco. — Nancy e eu planejamos isto na semana passada, já que eles iriam estar aqui visitando a família. Achamos que seria uma surpresa bacana.

Pode me chamar de Nancy, ela tinha dito. Naquele momento, a traição se confirmou. Eu queria chorar, mas também não queria que meu pai visse o quanto eu estava assustada e aborrecida. Não por minha mãe, do outro lado da fronteira. Mas por destruir minhas ilusões de que ele era um bom marido, o tipo de homem com quem um dia eu gostaria de casar. Observei seu semblante e tentei avaliar se sua empolgação era por causa da pesca no gelo com seus amigos que já estavam lá em cima ou era por causa da mulher sentada atrás de mim, porque de alguma forma eu sabia a resposta e me sentia excluída.

James agarrou meu ombro ao lado da janela onde ninguém poderia ver e se inclinou para a frente para sussurrar no meu ouvido esquerdo, de modo que meu pai não pudesse ouvir:

— Anime-se. Ele está numa fase de sorte. Nada irá detê-lo agora.

— Espero que você esteja certo — respondera num sussurro. — Só não entendi por que vocês dois estão aqui.

— Veja o lado positivo, então — dissera James, quando virei a cabeça para olhar seus olhos. — Você não estará sozinha quando congelar a bunda no lago frio.

Alguém bateu com força no balcão do bar.

— Ei. Helloooo? Pedi que você respondesse a uma simples pergunta, por favor — disse Tommy. — Por um minuto, você simplesmente desligou. O que aconteceu com James e a mãe dele?

— A mãe de James. Meu pai. Morreram. James e eu sobrevivemos. Certo? — Forcei um sorriso para quebrar a tensão. Então puxei a manga do suéter, para cobrir uma cicatriz feia provocada pelo acidente daquela noite, que ficara no meu pulso... um local apropriado, que eu tinha que olhar mil vezes todos os dias.

— Quer que fale sobre meu roteiro bagunçado em vez de falarmos sobre isso?

— Isso mesmo, Tommy. — Então me acomodei na cadeira. E logo perguntei: — Será que nós poderíamos ir a algum lugar para beber alguma coisa? — Interrompi sua sinopse apenas três minutos depois. — Preciso de uma taça de vinho — acrescentei.

— Meu roteiro está realmente muito ruim, não é? — Ele riu.

— Não. Só estou um pouco... sei lá. — Sorri diante da sua expressão ansiosa. — Só quero um pouco de vinho. Preciso beber alguma coisa se quiser ficar concentrada, por mais estranho que possa parecer.

— Não parece estranho, parece bom.

Sim, eu estava acompanhando a descrição do roteiro dele. Sim, ele tinha ouvido o esboço do meu. E sim, tínhamos conversado profundamente, várias vezes, sobre todos os impasses em roteiros que poderíamos criar. Mas uma frase continuava martelando meu cérebro, algo mais ou menos assim: *O que você pensa que está fazendo?*

— Conheço o lugar perfeito — disse ele praticamente me levantando da cadeira.

Tommy e eu caminhamos em silêncio até um bistrô francês, na esquina. Ele abriu a porta, e eu entrei em um salão escuro, com espelhos atrás das varas de bronze que alinhavam o topo das banquetas de veludo. Por mais que tentasse disfarçar o que realmente estava acontecendo, não conseguia convencer a mim mesma de que Tommy era apenas um cara inteligente do curso, que me ajudava a falar sobre meus sentimentos ou sobre meus roteiros. Ainda assim, decidi por vontade própria permanecer ali em vez de correndo e pegar um táxi. Ficamos separados a uma distância de aproximadamente meio metro, até nos acomodarmos no bar, nossas pernas avançando lentamente uma em direção à outra, por uma força de atração.

Tommy crivou-me de mais perguntas:

— Se você estiver escrevendo sobre amores perdidos, garota perde o namorado, aquele desejo que pode ser tão poderoso, você está focando esse tal de James? Caramba, você passou muita coisa com ele.

— Sim, de certo modo. — Tentei não engolir de uma vez só meu chardonnay. — Quero dizer, estou tentando, e descobrindo no roteiro, que o desejo é muito mais pungente do que a cena real deles finalmente juntos.

— Falando em focar, para várias garotas, suas histórias de amor são muito entrelaçadas com o relacionamento delas com o pai.

Olhei para baixo, para sua mão a milímetros da minha perna, e juntei os joelhos.

— Não vou falar sobre o acidente.

— Não estou pedindo que você faça isso. Só que escrever sobre ele poderia exorcizá-lo de alguma forma. — Então ele não conseguiu resistir: — Aquele acidente de avião bagunçou sua cabeça em termos de relacionamento, certo?

Fechei os olhos e respondi:

— Você quer mesmo saber o quanto bagunçou?

14

Zona de perigo

Tommy olhou para mim como se quisesse me medir em relação ao tamanho da sua cama.

— Você e James alguma vez transaram de fato ou apenas se torturaram?

Tomei um gole da bebida e estalei a parte de trás do pescoço. Outros notívagos, além de alguns casais, entraram no bar acolhedor, portanto não me sentia exatamente tão sozinha com Tommy.

— Tudo bem, vou satisfazer sua curiosidade — respondi, sentindo-me disposta a me abrir de um modo que raramente fazia. — Este é o resumo verdadeiro: Não sei se foi porque James entrou na minha vida nos anos que antecederam a morte do meu pai e testemunhou tudo, mas, apesar dos meus sentimentos por ele, eu jamais consegui realmente aceitá-lo daquele modo profundo, íntimo, romântico. Ele era um jogador entusiasmado no jogo de empurra e puxa. Quero dizer, nós passamos por tanta coisa juntos que fica difícil compreender a gangorra de emoções que sempre senti em relação a ele, mas era como se eu tivesse que proteger algo. Esta privação que parecia mais segura. Você entende?

— Entendo, mas acho que sou o oposto, sou mais como um viciado medíocre em amor — respondeu ele. — Isto vai ajudar seu roteiro, prometo; quando foi a primeira transa? Fale da cena quando você soube que aquele cara era sua alma gêmea.

— Quando eu estava com 13 e ele com 14 anos, durante o verão, eu estava com um grupo de crianças jogando Marco Polo, brincando de balançar no lago com um pneu amarrado em uma corda... O sol já estava se pondo quando James apareceu de bicicleta, como se tivesse a intenção de brincar com os meninos. Mas nós dois sabíamos que ele estava lá para me ver, e aquela emoção provocou no meu íntimo uma ansiedade até então desconhecida. Ele era muito mais desenvolvido do que os outros garotos. E seu cabelo loiro era todo sujo e desalinhado. — Tommy tentou desarrumar o próprio cabelo curto, mas não funcionou. Eu sorri e mordi o lábio inferior. — Até hoje, ele é o cara que nunca se preocupa com o que as pessoas pensam ou observam, e ele sempre foi rude e sem noção no plano emocional. Mas havia também uma seriedade que me atraía. — Então fitei os olhos azuis de Tommy. A luz fraca do bar refletia um tom amarelado. — Havia um pequeno enxame de mosquitos em volta da sua cabeça, formando uma espécie de halo. Aquilo me fez perder o fôlego.

Eu tossi e girei as pernas para a frente do bar, no momento em que as pernas dele tocaram as minhas e permaneceram em contato por um tempo mais longo do que o normal, para duas pessoas que *não estavam em um encontro*.

— No início, James apenas brincou ao lado do nosso grupo, mas depois veio até mim e me colocou sobre os ombros, para fazer uma brincadeira de luta com outra dupla de crianças. Eu sempre caía do seu ombro e tinha de me agarrar às costas dele, com a roupa de banho toda molhada, escorregando para baixo. Meu novo corpo cheio de curvas ficou tão excitado, que chegava a doer.
— Meu rubor se transformara em uma vermelhidão permanente.
— Você chegou a dizer alguma coisa a ele?
— Quase, mas meu pai apareceu bem na hora para inspecionar meu primeiro verdadeiro contato íntimo e muito sexual com um garoto, e me chamou da estrada. — Eu o imitei: — "Allie! Você está atrasada. Sua mãe vai me matar se eu não colocá-la neste carro imediatamente. É a festa dela!" Ele estava suado e coberto de sujeira do cais.

Tommy perguntou:
— Tem certeza que ele a viu escorregando nas costas de James?
— Sem dúvida ele nos viu; eu o vi nos observando. Eu me senti subitamente nua e envergonhada. Estranho. Quando nos aproximamos do banco de areia, meu pai me puxou para um lado e fez James ficar do outro, e de repente disse a ele: "Você é filho de George Whitman. Nossa! Como você parece com ele. E com a mulher dele, Nancy." Aquilo foi bem esquisito. James respondeu, "Exatamente. Eles são meus pais", o que reforçou o quanto meu pai tinha agido de modo estranho.
— O que foi tão estranho? — perguntou Tommy, com o rosto cada vez mais perto do meu.

— Não sei exatamente.

Quando éramos um pouco mais velhos, tipo 17 anos, James e eu deduzimos que a mãe dele e meu pai definitivamente estavam tendo um caso, senão por que haviam embarcado no avião tão secretamente, no último minuto? E havia outras pistas que percebemos depois, mas eu não estava disposta a acrescentar aquilo à minha lista de confissões para Tommy.

— Realmente me lembro do meu pai assumir uma atitude rígida ao nos ver com roupas de banho, quase caindo, e perguntar: "Será que vocês não têm toalhas?", nitidamente desconfortável. Mesmo depois de tudo isso acontecer e de tudo que eu só entenderia muitos anos depois, ainda me lembro desse detalhe com clareza: *Será que vocês não têm toalhas?* Ele foi sempre o pai bacana. Eu nunca o tinha visto irritado como naquele momento, tentando nos cobrir.

— Ele sabia que James era o cara. Ele queria proteger sua garotinha, obviamente.

— Acho que sim. Enfim, James colocou a bicicleta no rack, na parte de trás do jipe do meu pai, pulou para dentro e ficou segurando o guidão. Estava tão quente do lado de fora que nossos corpos secaram rapidamente e eu me senti pegajosa da sujeira no lago. Quando meu pai avançou pelo caminho cheio de obstáculos, James instintivamente pôs a mão na parte de baixo do meu quadril para assegurar-se de que eu não cairia. Eu o fitei, um pouco chocada por ele me tocar, e por manter a mão no meu corpo. Ele sussurrou bem no meu ouvido: "Está tudo bem?" Só consegui balançar a cabeça com a intensidade do toque. "Que bom", ele disse, e senti o rubor da excitação tomar conta do meu rosto. "Muito bom."

Tommy estava encantado diante de mim.

— Você escreveu tudo isso, certo? Quero dizer, isto está no seu roteiro? Este rubor com o primeiro amor?

— Não esta parte especificamente.

— Bem, esta é a parte em que tudo começou, não é? Você se apaixonando, o olho vigilante do seu pai, tanto paternal quanto edipiano. E você perde ambos? Este é o cerne da questão. Esta é a trajetória da sua heroína; recuperar o amor perdido, ou encontrá-lo em outro lugar. Você tem que escrever sobre isso. É a autenticidade que dá certo.

Eu sabia que Tommy tinha razão: minha vida se definia a partir do que tinha começado naquela noite. Foi naquela noite, sob os olmeiros, com o luar espreitando entre as folhas de bordo castanhas, que eu soube pela primeira vez o que era o amor. Algo que não se pode evitar. Algo do qual eu passaria décadas tentando fugir, ou procurando desesperadamente em lugares onde não existia. E desde o acidente, em meio a toda aquela neve intensa e horrível, tinha sido uma corrida desenfreada, em busca de uma ilusão de confiança, que acabou não dando em nada.

— Acho que tenho que ir para casa — falei, vestindo o casaco. — Quero aproveitar para escrever sobre isso enquanto ainda está fresquinho na minha mente.

Tommy abotoou meu casaco em volta do meu pescoço e levantou uma sobrancelha.

— Quer uma carona?

Antes que eu me desse conta, estava agarrada ao corpo rígido de Tommy, e seguíamos em alta velocidade pela Oitava Avenida, na sua motocicleta em péssimo estado.

Eu só pensava numa coisa: *Isso é realmente, muito louco*. Em um sinal vermelho perto do meu apartamento, na 23 West com a Décima Avenida, ele entrelaçou os dedos nos meus. Eu tentei soltá-los, mas ele os apertou ainda mais. Quando paramos a um quarteirão do meu edifício, eu estava tremendo. Ele tirou o capacete e colocou a moto no descanso.

— Você não pode subir — falei sem pensar.

— Eu não pedi para subir. — Ele chegou mais perto de mim. — Mas você pode ir ao meu apartamento em vez disso.

— Eu sou casada — falei mais uma vez sem pensar.

— Você está brincando — retrucou ele, pondo a mão no meu braço, a cabeça inclinada para a esquerda. — Nós íamos nos divertir. Prometo que você iria adorar.

— Bem, não estou tendo a relação mais maravilhosa do mundo.

— Grande surpresa. — Ele sorriu com o rosto bem perto dos meus lábios.

— Mas não é, quero dizer, eu nunca... isto não é o que... Eu só queria conversar sobre o curso... Não pensei em levar isto tão longe e dar a impressão de que você subiria, que eu iria correr para seu apartamento, ou que estava pronta de alguma forma a...

— Pare de se preocupar. Não tem nada a ver.

Tommy segurou meu rosto com a mão grande e áspera e me beijou tão intensamente que precisou amparar a parte de trás do meu pescoço com a outra mão, para que eu não caísse de costas.

15

Girando sem parar

Com a cabeça girando sem parar, entrei no apartamento, em silêncio. Aquela fora a única vez que eu tinha beijado outra pessoa desde que me casei com Wade.

Claro.

Eu não era como Wade. Eu não experimentava outros caras, nem ficava tentada ou envolvida em situações secretas. Quando deitei na cama à noite com ele, percebi que nunca iria querer ficar com outra pessoa. Meus nervos não conseguiam lidar com aquilo. Acho que, dentro de vinte segundos, eu deixaria escapar que o havia traído, e que estava arrependida.

Agora meus nervos tinham que lidar com aquilo. Agora era diferente: eu disse a mim mesma que Tommy *não tinha sido* uma retaliação, mas que ele fora posto diante de mim, naquele momento, para me ajudar a enxergar as coisas. Naturalmente, em um momento de honestidade, eu sabia que aquele beijo proibido havia sido uma espécie de "olho por olho, dente por dente", em algum nível. Muitas coisas estavam bastante confusas naquele momento, portanto me agarrei à crença de que o encorajamento de Tommy em relação aos meus roteiros iria me conduzir a algo positivo.

Já passara de uma hora da manhã havia muito tempo. Wade e as crianças estavam esparramados, entrelaçados no sofá, com a televisão ainda ligada e embalagens de sorvete de chocolate Häagen-Dazs espalhadas em volta deles. A inquietação que Tommy provocara em mim com o beijo sumiu no instante em que percebi como Wade tinha conseguido bagunçar o apartamento, em apenas quatro horas sozinho com as crianças. Mesmo enfurecida por causa da desordem, o brilho nos seus rostinhos sujos expressava o quanto eles devem ter se divertido durante a noite livre de deveres, sem regras com a ausência da policial chata.

Wade era o palhaço indomável com as crianças, sempre o pai irresponsável que tomava o partido delas em uma ridícula discussão comigo por causa da hora de dormir, comida não saudável, ou um filme impróprio — tudo isso ainda me fazia ser profundamente apaixonada por Wade e seu imponderado amor sem limites pelos nossos filhos. Como eu não poderia ainda amá-lo de alguma forma, o homem que era meu parceiro, pai dos meus filhos, vendo-o ali com eles? Embora Wade nunca se oferecesse para a árdua tarefa de cuidar das crianças — narcisistas não simpatizam muito com desconforto pessoal —, ele era o melhor grandalhão que qualquer criança gostaria de ter por perto.

Era terrivelmente óbvio que Wade seria capaz de viver daquele jeito para sempre, alimentando a síndrome de

Peter Pan em uma segunda infância ao lado de Lucy e Blake, e depois na etapa seguinte, com os netos. Não é de admirar que ele tenha ficado tão empolgado cada vez que eu ficava grávida. Ele estava gerando companheiros de diversão.

Eu os observei ali deitados em um amontoado, seis pernas entrelaçadas, e senti a tristeza da dúvida. Como eu iria ficar com um marido que me traía? E como algum dia eu iria embora, se ambos amávamos tanto nossos filhos?

Levando em conta que as declarações de Jackie Malone não fossem cem por cento verdadeiras — que Wade estava envolvido em um escândalo maior —, eu tinha uma grande suspeita de que ela sabia de alguma coisa — talvez até algo perigoso.

Sem fazer barulho, peguei Lucy no colo e a levei para seu quarto, deixando que pai e filho se acomodassem, caso mudassem de posição. Parecia que um rebanho de rinocerontes tinha passado pelo apartamento inteiro, esmagando tudo; as gavetas estavam abertas, as coisas que deveriam estar no closet de Wade achavam-se espalhadas pelo chão, e sua mesa e todo o escritório estavam virados de cabeça para baixo. Eu suspirei. Seria uma longa noite restaurando a ordem em vez de escrever. Não havia como me concentrar no roteiro com aquele caos à minha volta, isso sem falar na tentativa de tirar da cabeça o beijo maravilhoso de Tommy.

Depois de vestir o pijama na minha filha grogue de sono, levei sua roupa imunda para a área de serviço. Então peguei algumas toalhas, e um brinquedo caiu no chão, fazendo barulho. Quando me abaixei para puxar uma boneca Polly Pocket sem cabeça, antes que ela causasse mais um entupimento e uma visita de US$ 400 do encanador, vi algo parecido com uma caixinha de fósforos na fresta entre a parede e a secadora. Peguei uma pequena chave de fenda da prateleira de ferramentas e puxei o objeto de plástico.

Era um pen drive, o tipo de coisa que teria caído de um bolso de casaco esportivo. A desordem na nossa casa naquela noite adquiriu um significado maior: Jackie poderia estar certa; Wade tinha perdido algo que ela estava tentando encontrar, no casaco dele, na área de serviço. Toquei o pen drive com os dedos e me perguntei uma coisa: seria aquele pen drive, juntamente com meu roteiro, a passagem de saída da minha vida agitada e a entrada em um capítulo completamente novo, onde eu poderia deixar para trás o mundo de bajulação que envolve as atividades de relações públicas? Um mundo novo, onde eu me concentraria em duas coisas: cuidar dos meus filhos muito bem e escrever melhor do que nunca.

Inseri o pen drive misterioso de Wade no meu computador, como se fosse meu carro de fuga. Em seguida, digitalizei uma planilha confusa de Excel de doze páginas, com palavras de código no topo das colunas: Projeto Negro, Projeto Vermelho, Projeto Verde, e assim por diante. Não consegui decifrá-las. Decidi que deveria copiar o material rapidamente tanto no meu laptop quanto num segundo pen drive, e guardar o original em segurança, no bolso da minha calça. Com Wade ainda adormecido no escritório, enrolado com Blake, andei na ponta dos pés de volta à cozinha, para tomar um chá, e voltei ao nosso quarto, deixando a porta entreaberta. Fiquei perambulando pelo apartamento, tentando entender como projetos com nomes de cores tinham a ver com algo ilegal.

Abri meu computador para me distrair e tentar escrever uma cena sobre aquele dia no lago, que Tommy tinha arrancado de mim. Com beijo ou sem beijo, ele queria me ajudar, cacete. Desde o primeiro dia de aula, ele e eu tínhamos muito para dizer a um ao outro. A intimidade fácil que compartilhávamos poderia me ajudar a colocar para fora cenas dolorosas e pungentes do meu interior. Ele era uma muleta conveniente, uma muleta lógica e inofensiva, destinada a me ajudar a escrever e encontrar a verdade. Eu não precisava temê-lo.

Eu também não precisava retribuir o beijo, como se fosse nosso adeus em um navio que está afundando.

Com a chama de uma vela tremeluzindo perto de mim e a tela do computador em branco, me senti agradecida quando meu telefone tocou e reconheci o número de James, a última pessoa que eu esperaria que ligasse para mim agora. Minha mente saltou de Tommy ao homem do outro lado do Atlântico. James telefonaria de Paris a qualquer hora, ou talvez estivesse telefonando agora secretamente, enquanto sua Clementine dormia. Em todo caso, eu estava mais transtornada do que imaginava, e fiquei agradecida por James me ajudar a pensar claramente.

— Oi, eu estava mesmo precisando conversar. Sincronia perfeita de momento — disse eu, com um enorme suspiro, na esperança de expelir um pouco de mágoa e loucura junto.

Após um instante de silêncio, ambos falamos ao mesmo tempo.

— Como é Paris? — E... — Como está aquele seu marido?

— Em geral Paris é legal. — E... — Wade está legal. O mesmo de sempre.

Então fiz uma pausa para que ele pudesse falar.

— Bem, isto não parece um grande elogio. — James finalmente disse.

— Sabe como é. Está tudo indo — murmurei. — A gente pode conversar um pouco agora e eu o coloco a par das novidades. As coisas não vão nada bem. Na realidade estão bem ruins.

— Por que estão ruins?

— Não sei. Se você quiser que eu simplifique, é como se ele não fosse quem eu imaginei.

— Talvez ele tenha sido sempre assim, e você apenas não viu ou *não me ouviu com atenção quando tentei avisá-la, antes de você se casar* — disse ele, cutucando a ferida.

Eu ri um pouco para mostrar que entendera seu recado.

— Prefiro pensar que ele mudou.

— Bem, você poderia vir a Paris neste verão e nós poderíamos dedicar um tempo a essas coisas.

— Como Clementine se sentiria em relação a isso? — perguntei com uma pontinha de ressentimento que não consegui evitar.

— Ela não veria problema nenhum; ela está totalmente envolvida com suas obrigações na UNESCO, ajudando estudantes em muitos lugares — respondeu James, sem deixar nenhuma pista de mudança no relacionamento deles. — Você pode trazer as crianças. Poderíamos passear todos juntos. Nós dois poderíamos jantar e conversar. Clementine é ótima com crianças.

— Talvez — falei, desanimada com a ideia de um encontro em Paris. — Talvez não seja uma ideia muito boa. — Permanecemos em um impasse silencioso, quando a sirene de uma ambulância tocou, ao mesmo tempo, do lado de fora da minha janela e pelo telefone.

— Cacete — disse, quase deixando o telefone cair. — Você não está em Paris!

— Não, não estou — respondeu ele. — Pronto, fui pego no flagra!

— Você ligou para me dizer que está aqui? — Meu rosto estava em chamas, mas se era raiva que continuava presente ou emoção por ele estar aqui agora, eu não tinha a menor ideia. — Você sequer mencionou que viria a Nova York.

— Caramba, Allie, relaxa. Você se lançou nessa crise com o homem que eu disse que a colocaria em crise constante se você casasse com ele. Vou ficar na casa do Jerry por um tempo. Fica no mesmo quarteirão.

— Você vai o quê? — pensei que tivesse ouvido mal.

James riu da minha ansiedade, que ele conhecia tão bem.

— Só cheguei a Nova York há umas três horas; meu voo da Europa atrasou muito, e lamento não tê-la avisado antes. Tirei uma soneca, tomei um banho. Vou sair quando amanhecer, para ir a Connecticut, porque meu pai está doente pela centésima vez. Eu tinha pensado em ligar para você de lá. Mas devo voltar a Nova York algumas vezes, se você quiser fazer alguma coisa.

Sim, eu queria fazer alguma coisa.

Pode dizer que é um estalo, ou "olho por olho, dente por dente"; pode dizer que é desejo muito antigo, mas havia um monte de coisas que eu queria fazer naquele momento com James.

16

Catalisador de confrontos

Wade abriu a porta do quarto naquela mesma noite, e me assustou tanto que acabei derrubando um copo d'água na bandeja de joias. Eu tinha encerrado a ligação com James apenas uns trinta segundos antes.

— Merda, Wade. Você não pode avisar antes de entrar? — Eu me sentia como se o tivesse traído com dois homens, em duas horas, e estava muito tensa.

— Da última vez que verifiquei, este também era meu quarto. Só vou pegar meu pijama antes de voltar para o escritório. Você tem um problema com isso que devo saber? — Ele entrou no banheiro, tirou rapidamente a cueca e jogou-a no cesto de roupa suja, com raiva.

— Você está muito magro, Wade. — A pele dele estava flácida.

— Estou experimentando um tipo de vida saudável que promete reduzir os danos causados pelos radicais livres, estimular antioxidantes e ômegas...

— Wade, dieta detox do site Goop é para mulheres que querem ficar iguais à Gwyneth Paltrow. Um homem de 49 anos não pode viver com suco de salsa por uma semana.

— Suco de salsa e uma escapadinha da dieta com uma barra de Häagen-Dazs. Eu estou me sentindo ótimo. Energia psíquica.

— Bem, você tem um nível patológico de energia quando não está fazendo dieta detox, então vamos reconsiderar isso. Fico contente que se sinta tão bem, mas seu aspecto não fica bom quando não se alimenta. E por que o apartamento está parecendo um chiqueiro? — perguntei, friamente. — Eu deixo você uma noite com as crianças e a casa fica essa zona?

Enquanto escovava os dentes, ele resmungou como resposta:

— Perdi algo do qual estou precisando muito.

O pen drive.

— Tipo o quê? — Pronto. Peguei o cara, eu sabia. Aquilo me fez pensar que provavelmente Jackie não estava mentindo.

Ele parou de escovar os dentes, mas o barulho da água continuou na cuba da pia durante algum tempo. No reflexo do espelho de corpo inteiro da porta, pude vê-lo de cabeça baixa, apoiando-se na borda da pia, antes de ir até a porta e olhar para mim.

— Desculpe, Allie. Do fundo do coração. Sinto muito sobre tudo. — Em seguida enxaguou a boca e jogou a toalha no chão. — Odeio fazer isso...

— Odeia fazer o quê? — Eu não tinha nenhuma ideia do que viria. Pensei que ele poderia admitir que estava apaixonado por alguém, ou pedir a separação, ou poderia estar apenas pedindo um simples favor de esposa, como mandar refazer uma bainha desmanchada. Então me preparei para tudo. E considerei a hipótese de contar a ele que eu queria me separar porque ele havia mentido e me traído com Jackie Malone, e sempre faria isso.

Ele parecia aflito, portanto eu sabia que ele não iria falar sobre bainha nenhuma.

— Odeio mencionar o incidente inoportuno da festa. É só que, enquanto eu fazia um monte de perguntas àquela mulher, perdi algo importante e tive de virar o apartamento de cabeça para baixo tentando achá-lo, e não sei o dia que a moça da limpeza vem e ela poderia tê-lo colocado em algum lugar e...

— Aventuras na Área de Serviço por US$ 600, Alex.

— Allie. Pare de brincadeira. Isto é sério. Eu preciso desse objeto e não consigo achá-lo e estou ficando muito preocupado tentando descobrir onde...

Tirei o objeto do bolso.

— E a solução para seu problema: é um pen drive?

— AH, MEU DEUS! — Wade ficou tão aliviado que caiu na beira da cama, apoiando a cabeça nas mãos para recuperar um pouco de calma. Então resmungou entre os dedos. — Onde você o achou?

— Uma boneca Polly que vale mil dólares tentava fugir com ele. O que tem no pen drive, Wade?

— Desculpe por toda essa confusão, Allie. É para um projeto de filme relacionado a um dos artigos da nossa revista. Eu não conseguiria explicar isso. Por favor, apenas me perdoe desta vez. — Ele levantou os olhos para mim, parecendo um cachorrinho que acabou de fazer xixi no carpete. Não havia o menor problema dar o pen drive a ele. Eu tinha feito uma cópia no meu computador e em outro pen drive.

Eu não tinha certeza absoluta se a vida me levaria a esse ponto, mas pensei em um dia poder me livrar do meu casamento e conhecer algo novo: libertação. Inspirei profundamente para ter uma ideia de como seria a sensação de liberdade. Chega de marido contando mentira enquanto escova os dentes, ou apoia a cabeça nas mãos para não ter que me olhar nos olhos. Chega de ter que analisar meias verdades. *(O pen drive com números de conta tem a ver com um projeto de filme relacionado a um artigo da revista? Que resposta mais idiota!)* Eu não teria mais que fingir que tudo estava tão bem com o homem que eu amava. Sim, eu o amava, ou pelo menos algumas características dele, mas a situação não estava perfeita. Esses conceitos podem viver em perfeita harmonia.

— Wade, tome o pen drive — falei, jogando o objeto no ar, e ele pulou para pegá-lo, correndo de volta ao escritório como um garoto que acabara de roubar alguns biscoitos do pote da cozinha.

Senti alguma coisa abater meu corpo, que um dia eu reconheceria como força verdadeira. Precisei de muita determinação para sair daquele avião, para viver sem meu pai tão jovem e, sim, sorrir com as "distrações" do meu marido. Mas isso não significava que eu tinha de tolerar Wade no futuro caso não quisesse — essa parte era opção minha, e entender essa questão me fez sentir muitíssimo bem, de repente. Claro, a dor me acompanhou como um cachorrinho, mas talvez, somente talvez, por todo esse tempo, a força interior também tenha me seguido de perto.

Sentei na nossa cama e pensei: *melhor agir com calma.*

Então fui atrás dele e achei-o enfiando furiosamente o pen drive no seu computador.

— Allie, não consigo fazer esta merda funcionar; será que você poderia me dizer como...

— Tenho uma ideia melhor — respondi, sem conseguir mais manter o plano de Jackie Malone de não confrontá-lo.

Ele levantou os olhos, estranhando meu novo tom de voz e visivelmente assustado. Eu mesma não reconheci muito bem meu próprio discurso. Aquela breve noção de liberação realmente me fez sentir tão bem, que quase considerei assumir a Mulher Maravilha — de collant vermelho sensual e um escudo de super-herói.

— Qual é a ideia melhor?

Nenhuma resposta.

— O que foi, Allie? — Ele parecia apavorado e culpado.

— Só uma pergunta: que "incidente inoportuno da festa"?

Ele fechou os olhos e começou a esfregar o rosto com as mãos, como se pudesse limpar sua encrenca instantaneamente com elas.

De novo, carinha de cachorro que fez xixi no carpete. E mais uma vez, não engoli.

— Que *incidente inoportuno,* Wade?

— Não foi bem isso — respondeu ele.

— Não foi como o lance da Jessica, a assistente de fotografia tarada que se jogou para cima de você enquanto eu estava amamentando seu filho? Não foi assim desta vez? — Ergui a cabeça para o lado, demonstrando aguardar a resposta. — Então como foi? Esclareça, se puder. Foi você que se jogou para cima *dela*?

— Não! — respondeu ele, desesperado.

— Você não o quê? Você não transou com aquela garota na festa que voltou à cozinha com você? Quer dizer que não transou com ela na festa ou que nunca transou com ela?

— Não fiz isso!

Cruzei os braços.

— Bem, eu acho que fez, várias vezes. Talvez, em um determinado momento, você até a amasse.

— NÃO! — Ele gritou desta vez, mas tentou se aproximar e me abraçar, quando viu meus olhos cheios d'água, apesar da minha arrogância. Ele falou suavemente: — Aquela mulher estava remexendo minhas coisas e...

Prolongando a última reserva de coragem, consegui dizer:

— Aquela mulher? Que mulher, Wade?

— A mulher na festa; eu a encontrei na cozinha. Eu estava pegando uma bebida e ela simplesmente apareceu lá.

— Humm, não acho que foi assim. — Sacudi a cabeça de um lado para o outro e engoli em seco para conseguir falar algumas palavras. A raiva deve prevalecer à dor.

— Acho que o vi segui-la até lá. Caitlin também viu.

— Aquela garota estava simplesmente revistando minhas coisas, e eu tinha que fazê-la parar. Além disso, eu realmente tinha que ajudá-la com algumas informações e, sim, sem maldade, entramos na área de serviço...

— Eu sabia que ele nunca admitiria; por isso precisava

da ajuda de Jackie, caso contrário, esta confrontação não daria em nada. Ele poderia até afirmar que ela estava lá *para um projeto de filme ligado a um artigo da revista.*

— Então por que você ficou lá com ela por tanto tempo?

— Não sei. Acho que eu precisava perguntar a ela o que estava fazendo.

A nova e corajosa Allie estava desaparecendo rapidamente, mas antes de perdê-la na frente dele, empurrei-o para fora do quarto e joguei seu pijama em cima dele. Pelo menos ele não teria a satisfação de testemunhar minhas reservas de força irem de um milhão ao zero. A traição doeu, pura e simplesmente.

17

Atormentada de todas as formas

De alguma forma, no dia seguinte, superei as dificuldades no trabalho, ilesa. De pé no corredor, do lado de fora do apartamento, às 17h30, com os sapatos na mão, fiquei indecisa e então trinquei os dentes quando cuidadosamente virei a enorme maçaneta de latão. De jeito nenhum as crianças perceberiam o barulho da fechadura. Abri a porta muito lentamente e enfiei o rosto pela fresta para inspecionar o hall antes de entrar, na ponta dos pés, delicadamente como a fadinha Tinker Bell, para dar um telefonema que Murray acabara de pedir.

O vulcão pressurizado explodiu de uma só vez.

— Onde você *estaaaava*?! — gritou Blake, lançando os braços em volta da minha cintura e derrubando meus sapatos no chão.

— Mamãe! Mamãe! — berrou Lucy de forma mais dócil, porém igualmente indignada.

— Nossa, eu amo vocês — sussurrei baixinho. Abracei-os com força e por muito mais tempo do que eu normalmente faria. Se não podia mostrar-lhes o amor entre marido e mulher, precisava começar a lhes mostrar uma alternativa: uma mãe firme, decidida, e pais que os amavam independentemente do que a vida pudesse oferecer.

Ajoelhei-me para ver Lucy e Blake no nível deles.

— Meus amores. Eu senti muita falta de vocês o dia todo, mas tenho que dar um rápido...

Blake reclamou.

— Ahhhh, mãe. Você não pode fazer isso no trabalho? Por que agora? Eu tive o pior dia da minha vida na escola.

Meu telefone tocou antes que eu tirasse o casaco. Como as crianças estavam agarradas no meu corpo, tive de fazer acrobacia para conseguir pegar o fone Bluetooth na bolsa e colocar no ouvido.

— É melhor que esteja pronta, porque tem uma agência do governo me enchendo o saco e...

— Mamãe, mamãe, meu dente está mole! — gritou Lucy, enrolada na minha cintura. — Temos que entregá-lo à Fada do Dente!

Blake intrometeu-se:

— A Fada do Dente não é...

— Pare com isso. — Coloquei a mão na sua boca antes que ele destruísse a obsessão de Lucy com uma verdadeira fada que rondava seu quarto.

— Caramba, Allie — berrou Murray no meu ouvido. — Eu concedo horário flexível, mas será que você poderia retribuir o favor trancando essas crianças durante uma reunião...

Coloquei o telefone no mudo para calar o grito primitivo de Lucy quando Blake bateu nela por nenhuma razão aparente.

Em seguida, soltei a tecla do telefone, tempo suficiente para dizer:

— Murray. Você tem dois meninos. Eu sei que a Eri faz todo o trabalho pesado, e não estou dizendo que você não é um pai moderno, mas não me diga que eles não ficam decepcionados se você volta para casa e pega o telefone imediatamente. — Mas a choradeira era tão barulhenta que tive de gritar por cima das reclamações de Lucy. — As crianças sentiram minha falta o dia todo. Eles acabaram de me ver voltar para casa, mas vou entrar em uma sala e trancar a porta com meus filhos do lado de fora para você poder falar.

Eu o odiava por me fazer incapaz de atender às necessidades das crianças, especialmente as de Blake. Ele continuava excluído do seu grupo por Jeremy, um menino cruel que adorava ter o poder e fazer os outros brigarem entre si. Explicar ao meu filho de 9 anos que Jeremy era sedento por poder não estava adiantando nada, já que os sentimentos de Blake eram constantemente feridos na hora do recreio, todos os dias.

— Você é uma mãe espetacular, mas precisa gastar um pouco do salário que eu pago a você com uma ajuda satisfatória.

— Minha babá é mais do que satisfatória, mas Stacey tem a vida dela, Murray. — Coloquei o telefone no mudo e levei as crianças para a cozinha, onde Stacey já tinha vestido o casaco. Então falei através de gestos para ela, *só mais cinco minutos, por favooor?* As crianças iriam reclamar.

— Então diga àquele pão-duro do Wade que, na minha opinião, você deveria ter arranjado um casamento melhor! — disse Murray antes de morrer de rir, sem saber que eu começava a concordar com aquela afirmação.

— Vou falar, com certeza. — Sequei as lágrimas do rosto de Lucy e abri o freezer para pegar picolés, um para ela, outro para Blake, o que a fez parar de chorar imediatamente. Meu coração ansiava por abraçá-la e dar-lhe todo meu amor e atenção. Então abracei os dois com força novamente, enquanto eles desembrulhavam os picolés atrás de mim.

— Preste atenção, a próxima situação caótica é Max Rowland. Não é nada fácil sair da prisão e fazer as coisas voltarem ao normal, quando se está administrando um império que desmoronou com a recessão da atividade econômica. Todo mundo está pressionando Max Rowland, e nós precisamos de uma boa divulgação para reabilitar sua imagem. O *New York Post* está veiculando de manhã um artigo chamado "Como o grande Max perdeu sua boa vida".

— Murray, como vou conseguir que publiquem uma matéria elogiosa sobre alguém que destruiu a própria empresa? O cara praticou sonegação fiscal, lavagem de dinheiro. É um criminoso condenado, cuja empresa teve uma queda na participação de mercado de quarenta por cento. Foram mais suas atitudes gananciosas do que a economia que fizeram com que tantos funcionários dele perdessem seus empregos. — Coloquei o telefone no mudo várias vezes, conforme as crianças começaram a brigar sobre o sabor dos seus picolés. E tentava atravessar o corredor para longe deles quando desativava o mudo. — Quero dizer, ele é um traste da pior espécie, Murray. — Mudo ligado. — Lucy, pegue o de uva. Blake não gosta desse. — Mudo desligado. — Eu posso escrever um bom discurso para ele fazer para uma obra de caridade que nós cobriríamos. Algumas daquelas escolas de áreas mais pobres que ele e cada patrocinador de fundo de investimentos patrocinam. — Mudo ligado. — Blake, por favor, pare de implicar com ela. Você odeia picolé de uva. Você só está pegando esse para... — Mudo desligado. — Você sabe. Algo mostrando como Max Rowland se preocupa com crianças pobres. — Mudo ligado. — Fiquem na cozinha por mais cinco minutos que eu já vou. Mamãe adora vocês, por favor! — Mudo desligado. — Mas isso é tão falso, Murray. Os Rowlands nunca tiveram filhos porque não gostam de crianças, então, por que estariam ajudando crianças de bairros mais pobres? Fica difícil atestar a generosidade dele quando ele simplesmente despede dois mil funcionários e perde quarenta por cento do dinheiro dos seus acionistas; tudo por causa da própria ganância. Isso me dá nojo.

Murray ignorou meu discurso cheio de interrupções.

— Rowland e crianças pobres. Gostei. Posso trabalhar em cima disso. Vá em frente. Talvez uma foto em uma escadaria do Harlem, com crianças em volta dele, fazendo com que ele pareça um participante do *Vila Sésamo*. E para o festival de cinema, quero que você produza alguns painéis bem atrativos, algo de que Max poderia fazer parte e que seja informativo para as pessoas.

Tirei uma barrinha Tootsie Roll da bolsa e lancei um olhar significativo para Blake. Ele pegou o chocolate e pôs o braço no ombro de Lucy, levando-a de volta para a cozinha para substituir o picolé. Eu suspirei e tirei o telefone do mudo.

— Você sabe que a primeira exibição é amanhã, certo?

— Depois de cada filme, quero uma mesa-redonda que explore algum tópico do roteiro, com especialistas, atores ou diretores. Eu sei que temos alguns já planejados, mas quero mais. Quanto ao público, não quero uma amostra de cinéfilos tietes chatos de Nova York. Precisamos de formadores de opinião em meio ao público. Amanhã à noite quero Max cheio de tesão na entrada *e* na saída do nosso primeiro filme. Entendeu, Allie?

— Murray — falei suavemente, tentando tirá-lo do pequeno mundo de fantasia que ele criava. Eu não iria, de jeito nenhum, ignorar meus filhos esta noite para me assegurar de que teríamos *formadores de opinião* indutores de tesão em meio ao público. — Você está numa daquelas crises de mau humor.

— Bem, então você sabe que sou um filhinho da mamãe que precisa ser mimado. E não sossego enquanto não conseguir o que quero.

— Não sou sua mãe, Murray.

— Ainda bem que você não é a porra da minha mãe. Ela iria arrasar a produção inteira. Iria perceber que não havia agito suficiente no festival que fosse vantajoso para Max e que fomos nós que o convencemos a investir nele!

— Alguns dizem que você tem uma grande mente para os negócios, Murray. Talvez possa amortizar parte dos milhares de dólares que gasta anualmente com seu psiquiatra para lembrar que está muito nervoso porque pode não estar realizando uma coisinha específica, mas está realizando muitas coisas ao mesmo tempo, e muito bem — disse. Senti um cutucão no antebraço e olhei para baixo. Era Lucy. Eu a levei para o corredor.

— Allie! Você também não é a porra do meu psiquiatra. Foda-se minha mãe. Foda-se meu psiquiatra. Vamos apenas cuidar disso.

Levei a sério o que Murray quis dizer com a palavra *Vamos* quando voltei à cozinha. Então sussurrei para Stacey:

— Desculpe, não posso desligar o telefone.

Ela sorriu e atraiu Lucy para os fundos da cozinha, com a promessa de um livro que ela gostava de colorir. Só Deus sabe o que tinha acontecido a Blake, mas o som abafado de um video game vindo da sala de televisão, de repente, me deu a resposta. Eu tirei o mudo novamente, esperando ser a última vez.

— Sinto tanto dizer-lhe isso, chefe, mas você terá de sofrer um pouco com sua impaciência. Não posso realizar nenhum evento novo para amanhã à noite. Não há tempo suficiente para contatar as pessoas importantes que você quer. Você terá de me dar um tempo e ser razoável.

Murray gritou:

— Caramba, Allie, preste atenção. Se for aquele filme sobre radiação nos mares perto do Japão, precisamos de um babaca corporativo "a favor da energia nuclear" em uma mesa-redonda para dizer que não sabe do que eles estão se queixando, com um volume de água de "mais de sessenta bilhões de quilômetros quadrados" cobrindo o planeta. Entendeu?

— Você quer controvérsia, Murray. Vou lhe dar controvérsia, só que não pode ser amanhã à noite.

— Quero fogos de artifício naquele palco depois de cada filme, e fale com a Caitlin para organizar a festa após o evento; ela é boa nisso. Você se concentra no conteúdo. — rugiu Murray. — Quero que as pessoas digam que eu abri seus olhos. Quero todo mundo dizendo que foi um sucesso espetacular. Quero tesão, Allie.

Sufoquei um riso.

— Tesão. Esse era sempre o plano.

— Sabe quem eu quero, Allie? — Murray gritou tanto que tive de afastar o telefone do ouvido. Lá vamos nós de novo. — Chega de puxar o saco de celebridade. Já fiz isso. Quero um puta criminoso naquele palco. Alguém que todo mundo adora odiar. Lembra daquele CEO britânico sacana do derramamento de óleo no Golfo da Louisiana? O cara do BP que disse que queria sua vida de volta quando a negligência da sua empresa tinha acabado de matar onze homens na plataforma de petróleo e cinquenta mil pelicanos? Vamos chamá-lo para ele dizer que não há nenhum problema nas águas do Japão.

As pessoas de muito poder sempre tinham grandes ideias. Mas muitas dessas ideias eram atrapalhadas e pouco realistas, ou pior, ofensivas.

— Murray, você está fora da realidade. O CEO da British Petroleum foi massacrado pela imprensa; ele não vai...

— Não quero saber. Diga-lhe que pagaremos uma passagem de primeira classe e lhe daremos um pacote de spa no hotel. Poderia até acontecer um final feliz para o cara! — Murray deu uma risada alta. — E você, nesta sexta-feira. Quero ver todos os contratos dos filmes na próxima semana. Prepare um relatório do que podemos fazer para mesas-redondas em uma semana. Organize tudo para que faça algum sentido, OK? Quero cartazes do modo antigo que eu gosto. Faça o evento ficar bonito.

— Mas não posso simplesmente...

— Você pode. Por isso eu a contratei.

Assim que a conversa com Murray acabou, consegui me concentrar totalmente nas crianças, na esperança de acabar o dia de forma mais ou menos normal. Eu queria dar todo meu amor aos meus filhos e permitir que a inocência deles me fizesse sentir melhor, como sempre acontecia.

Naquele momento recebi uma mensagem.

> JACKIE: *Vou à exibição amanhã à noite. Vai acontecer amanhã.*
> EU: *Que tipo de coisa? Algo realmente sério?* VOCÊ TEM QUE ME CONTAR!

Eu temia que Wade perdesse o emprego, ou alguma coisa que eu tivesse feito inocentemente assessorando alguém pudesse estar ligado a algo ruim.

> JACKIE: *Não sua segurança pessoal, mas seu sustento está em perigo. Fique de olhos abertos e você verá que tudo que eu disse vai acontecer. É hora de confiar em mim um pouco mais. Preciso daquele pen drive.*
> EU: *Preciso de pistas,* POR FAVOOOR. NÃO POSSO FAZER ISSO!
> JACKIE: *Não sei muito além do que eu já disse; tudo irá se esclarecer essa noite. Continue observando como todo mundo interage — seu chefe vai estar resmungando mais do que o habitual. E lembre-se, eu nunca minto.*

Joguei o telefone na cama e decidi que amanhã seria um daqueles dias de ajuste de contas de que meu professor de roteiro falou na aula. Talvez eu fosse finalmente ver coisas que não queria.

Esta noite, de todas as noites, as crianças estavam irritando tanto uma a outra que Lucy vomitou o jantar por todo o carpete do quarto, depois que Blake enviou seu centésimo recado para ela, inclusive sussurrando no seu ouvido que a Fada do Dente não viria porque não... Eu consegui interrompê-lo novamente, no momento exato. A inocência alegre deles já não estava me fazendo sentir melhor; eles quase acabaram comigo naquela noite.

Enquanto colocava a roupa suja no cesto do quarto das crianças, de costas para Lucy, que estava poucos metros atrás de mim, minhas lágrimas começaram a cair. Especialmente à noite, quando eu estava cansada, quando me permitia ficar com medo de me virar sozinha; em vez de achar que poderia dar conta, a queda parecia terrivelmente perigosa. Nenhum desejo sexual ou escudo fariam diferença quando a descida começasse, e pude sentir que deslizava no momento que abracei meus filhos naquela noite.

Lucy era intuitiva demais para permitir que eu escondesse os olhos vermelhos.

— Mãe. Por que você está triste? Onde está o papai?

Será que minha filha de 5 anos perguntou "onde está o papai" porque procurava outro adulto para me ajudar, porque é inquietante ver um adulto chorar? Ou porque ela instintivamente sabia que o pai era a razão das lágrimas?

— É alergia, filha.
— O que é isso?
— É algo no ar que faz os olhos das pessoas ficarem cheios d'água.
— É algo no ar?
— Sim, amor. Chama-se pólen. — Não consegui nem terminar a palavra sem que minha voz soasse fraca e pouco convincente.
— Mamãe. Por que o pólen a deixa tão triste?

Eu estava tão nervosa que conseguia ouvir meu coração pulando nos ouvidos. Como é que algum dia eu iria deixar meu marido traidor e mentiroso encontrar uma nova casa, pagar por essa casa e, durante esse tempo, manter-me forte o bastante para Lucy e Blake? Eu me deitei no beliche de baixo, ao lado dela.

— Mamãe, por que você está chorando? — Lucy não estava acreditando na história do pólen.
— Filha. — Eu tinha de dar um fim naquilo. Tinha de juntar forças para ela. — A mamãe só está se sentindo frustrada. Como você se sente quando seu dia não está se desenrolando do jeito que você quer. Como quando Samantha cancelou a visita para brincar aqui em casa na semana passada e você estava querendo muito aquilo.

Ela assentiu. Ter uma pequena conversa com ela fez minhas lágrimas e medos desaparecerem por um momento.

— Lembra que preparamos todos os ingredientes para sua nova sorveteira?
— Sim. Os morangos e o leite.
— Isso mesmo, filha. E o creme, a gelatina e tudo que dizia nas instruções ficou sobre a mesa e ela nem

ao menos telefonou para dizer que não poderia vir? E você queria tanto fazer o sorvete com ela que insistiu e esperou, esperou e não me deixou ir em frente e fazê-lo com você?

A fúria e a frustração daquele dia voltaram na sua pequena psique.

— Bem, é como eu me sinto, porque eu estava contando em não ficar doente com o pólen, e tenho tanta coisa para fazer que me sinto frustrada e zangada. Como você, o plano não irá se realizar, portanto mamãe está um pouco triste.

O mais certo seria *arrasada*.

Ela se reclinou e fitou o teto. Acho que, talvez pela primeira vez na vida, ela considerou a absurda e remota hipótese de que sua mãe não era somente uma máquina que dá comida, diversão, carinho e amor, mas que talvez ela fosse uma pessoa com seus próprios sentimentos. Ela permaneceu concentrada, apertando os olhos e balançando a cabeça.

— Você está tão contrariada assim?
— Talvez não tanto, mas perto disso, filha.
— Uau. Isso é muito. Então por que não está chorando mais?
— Porque eu preciso ser forte para você, filha. Mães têm que ser fortes. Para cuidar dos filhos, o que eu sempre farei.

Ela assentiu e aceitou aquela explicação. Então apertou os olhos novamente, como se isso a ajudasse a se concentrar. Mas desta vez suas pálpebras superiores e inferiores estavam tão próximas umas das outras que simplesmente não resistiram à força de se tocarem e permaneceram fechadas. Em vinte segundos, ela estava totalmente adormecida. Eu poderia tropeçar em uma mesa e derrubar um serviço de chá completo que ela não iria se mexer.

Com Blake não foi tão fácil. Ele estava encolhido na minha cama, com seu enorme urso marrom já gasto após três anos como seu bicho de pelúcia favorito preso entre as pernas.

Esfreguei o rímel manchado na parte de baixo dos olhos com os dedos, antes de deitar ao lado dele, de costas, com as mãos entrelaçadas sobre o estômago. Ultimamente, Blake muitas vezes não deixava que eu me aconchegasse a ele enquanto não conversasse um pouco. Mas seu sono iminente aumentava sua necessidade de carinho da mamãe.

— Por que hoje foi o pior dia da escola?

— Os meninos jogaram queimado e Jeremy disse a todos para não me escolherem. E parece que todo mundo obedece ao que ele diz.

— Todo mundo tem tanto medo dele assim?

— Sim, todo mundo menos William. William só quer jogar futebol com as meninas e com dois outros meninos.

— Bem, por que você não se junta a eles esta semana? Assim Jeremy verá que você não se preocupa com as regras dele. Se ele não puder ameaçá-lo, o poder dele acaba.

— Não sei.

Acariciei seu cabelo.

— Tente por mim, querido. Por favor. Faça isso por mim.

— Eu só quero jogar futebol. Ninguém quer jogar futebol. — Em seguida ele se virou de lado, de costas para mim e me aninhei atrás dele.

— Sei que é muito difícil, querido. Você consegue dormir?

— Onde está o papai? — perguntou, como se tivesse segurado a pergunta por algum tempo.

— Ele está em um jantar — menti. Eu não fazia a menor ideia de onde ele estava.

— Por que ele fica fora o tempo todo? — perguntou Blake baixinho.

— Humm, não sei, filho. Eu acho, conforme já conversamos, que a economia anda realmente muito ruim, portanto as empresas estão sofrendo e os anunciantes não estão dispostos a fazer anúncios. Papai já explicou isso. Quando ele fica fora à noite, está normalmente saindo com pessoas que trabalham na Vitamin Water ou na Gap para convencê-los a anunciarem na *Meter*. Depois que ele os leva para jantar é mais fácil perguntar se eles querem algum espaço de anúncio. Infelizmente, ele tem de fazer isso agora com mais frequência porque as pessoas não estão gastando tanto...

— Vocês estão se divorciando?

— O quê? — Pulei mais rápido do que um boneco de caixa de surpresa e o segurei pelos pequenos ombros, em seguida o imobilizei na cama. — O que você disse?

— Nada.

— Não me venha com essa. Você disse alguma coisa. Você me fez uma pergunta, Blake, e eu quero falar sobre tudo. — Eu não tinha absolutamente nenhuma ideia de como ele havia chegado àquela conclusão. Wade e eu raramente brigávamos diante das crianças, e não havíamos deixado nenhum sinal que levasse nosso filho a deduzir aquilo.

— Por que o papai dormiu no sofá por duas noites na semana passada, no escritório dele? Logo depois que o pai de Christopher dormiu no sofá, os pais dele se divorciaram.

Ok. Talvez nós tenhamos deixado alguns sinais.

Eu não sabia como responder àquela pergunta, então tentei falar a verdade.

— Porque o papai e eu começamos uma grande discussão, e precisamos de alguns dias para fazer as pazes.

— Vocês já fizeram as pazes?

Essa foi uma pergunta mais difícil do que a primeira.

— Seu pai e eu às vezes brigamos por algumas coisas. Ele e eu somos muito diferentes. Às vezes precisamos de alguns dias para resolver tudo. Exatamente como acontece com seus amigos. — Comecei a massagear a testa de Blake para fazê-lo dormir e poder interromper aquela linha de interrogatório.

— Por que o papai não fica mais tanto em casa? Ele costumava correr para casa depois do trabalho.

Senti-me aliviada por me concentrar neste assunto.

— Foi o que eu tentei explicar, querido. Todo mundo está economizando dinheiro. Nós desistimos da nossa viagem à Flórida no Natal passado e ficamos aqui em Nova York; exatamente na semana passada falamos sobre jantar em casa, e não gastar dinheiro saindo para comer. Todo mundo no país está gastando menos do que costumava gastar. Mas não se esqueça de que temos sorte de estarmos melhor do que muita gente, e muitas famílias estão passando um momento terrível, sofrendo com esta economia, muito mais do que nós.

— Mas sem dúvida papai tem que trabalhar mais do que antes para convencer as pessoas a anunciarem na revista, pois todas essas empresas têm menos dinheiro, justamente porque as pessoas estão gastando menos. Os clientes dele não têm mais tanto dinheiro quanto antes, portanto, ele precisa levá-los para sair e realmente ser gentil, para tentar fazer com que eles vejam o quanto a revista dele é boa.

— Então é isso que ele está fazendo esta noite?

— Sim, filho.

Permanecemos juntos em silêncio durante algum tempo. Cobri os olhos com o braço e mordi o lábio inferior para não me descontrolar novamente. Se eu começasse a chorar, Blake saberia imediatamente que meu choro tinha a ver com sua linha de interrogatório. Não conseguia acreditar que as coisas estavam tão ruins, que minha vida em família tinha chegado ao ponto de meus filhos pensarem em divórcio. Blake nunca me crivaria de perguntas do jeito que Lucy conseguia, embora ela fosse quatro anos mais nova que ele. Ele mudava o foco do pensamento facilmente, do jogador de futebol americano Eli Manning ao último jogo da FIFA Xbox, daí ao implicante Jeremy e ao divórcio, sem dar mais destaque a um ou a outro. Os cérebros confusos dos meninos funcionam assim.

Os olhos de Blake tremularam algumas vezes antes de se fecharem, e enquanto esperava até que sua respiração se acalmasse, eu o abracei com força. Esta semana inteira tinha me afetado de tal forma que só abraçando meus filhos poderia me sentir melhor. Então apaguei a luz e permaneci ali, quietinha, ao lado do meu filho, ganhando forças apenas com minha promessa de proteger ambos.

18

Convidados do baile de máscaras

— Cacete, Allie — bufou Murray atrás de uma corda que isolava o bando de repórteres em uma elegante galeria da cidade. Eles cobriam a estreia de *The Lost Boys of Sudan*, um documentário do Fulton Film Festival. — Quantas vezes lhe disse que quero que os repórteres digam olá a Eri e tirem foto dela? Não posso fazer isso, vai parecer uma atitude egoísta.

Será que Murray não sabia que cada atitude que ele tomou na vida foi egoísta?

— Minha esposa quer a foto dela nas páginas das celebridades. Ela é linda; por que eles não podem fazer isso por nós? Parece até que nós não damos boas matérias a esses repórteres todos os dias; é o mínimo que eles podem fazer. Em vez disso, ficam me perguntando sobre Max Rowland.

Apertei a testa com força.

— Meu Blackberry estava inundado com alertas de notícias sobre a possível aquisição da Luxor por Max

Rowland. — Naturalmente não esqueci que o relatório anual da companhia de computadores Luxor estava escondido na mesa do meu marido, mas eu tinha tanto trabalho esta noite que não podia me concentrar totalmente naquela coincidência. — Murray, Max é conhecido como um criminoso. Todo mundo sabe que você o está aconselhando sobre sua volta, portanto eles irão atrás de você até ele chegar.

Eu tinha aprendido havia muito a ser sincera com Murray ou ele ficaria muito irritado e me daria uma bronca.

— Desculpe, Murray, você tem que ser realista. Nós atravessamos uma crise econômica muito séria neste país. Wall Street está em alta, mas os empregos das pessoas ainda estão em perigo. O objetivo do evento desta noite é ajudar jovens almas perdidas na zona de guerra mais violenta do mundo, e você está enviando a mensagem oposta. Um banqueiro criminoso acaba de sair da prisão e a primeira coisa que ele faz é cogitar a compra de uma empresa forte, em expansão. E quando ele diz isso, as ações atingem níveis recordes. — Eu o pressionei. — Por acaso você tinha conhecimento do potencial da Luxor?

— Claro que não. — Ele contraiu-se com desconforto e coçou o rosto. — Eu teria dito a você ontem à noite para ficarmos preparados para isso. Ele ainda não assumiu o controle da empresa; ele só está considerando a hipótese.

Ele estava mentindo; e naquele momento comecei, apenas um pouco, a confiar mais em Jackie, a mulher que transou com meu marido, do que no homem que era meu chefe havia dez anos.

— Bem, parece que Max Rowland está tramando mais um dos seus velhos truques: de alguma forma o povo sofrerá e ele continuará se dando bem. Você é visto como o facilitador dele, goste disso ou não, porque é pago para defendê-lo e protegê-lo.

— Que maravilha, Allie, torne-me vítima das minhas próprias armadilhas e assegure-se de que a imprensa testemunhe a execução. Você é de grande ajuda. — Ele zombou e olhou o relógio.

Antes de falar, tirei o casaco para me refrescar.

— Murray, Delsie Arceneaux passou a tarde inteira enfatizando isso na CNBC, como se essa pudesse ser a maior aquisição do ano. Ela estava tão orgulhosa por dar a notícia em primeira mão, dava para ver no rosto dela. E estava muito presunçosa, não era normal.

Murray começou a coçar o rosto como um cachorro pulguento, algo que ele fazia quando estava chegando ao nível de enrolar clientes.

— Delsie está satisfeita o dia todo, não importa o que esteja fazendo. Só quero que minha mulher seja atendida pelos repórteres de celebridades agora mesmo, ou ela vai me matar.

As pessoas agora se aglomeravam no saguão da Paul Kasmin Gallery, na Décima Avenida, para uma rápida taça de champanhe antes da exibição do Fulton Film Festival desta noite, na sala ao lado. No final do tapete vermelho apareceram Max Rowland e a esposa, Camilla. Eles saltaram do Mercedes; ele, em um elegante terno sob medida, com uma gravata verde-musgo listrada e um lenço de bolso de cor semelhante à gravata. Ela, em um vestido St. John rosa-chiclete com escarpins de plataforma da mesma cor, como sempre exibindo traços mais característicos de Las Vegas do que de Nova York. Ela parecia que tinha atravessado uma nuvem de algodão-doce.

Camilla segurava orgulhosamente o braço do marido texano quando eles caminharam sobre o tapete vermelho, em meio a duas fileiras paralelas de pessoas, até o enorme espaço da frente da galeria. Aquela era a primeira aparição pública na vida social de Nova York, com a presença de fotógrafos, desde sua prisão.

— *Max, Max!* — Eles gritavam sob as estrelas de uma noite quente de maio em Nova York. — *Fale sobre a Luxor! Você está tentando ser o novo Rei da Rua?*

É muito fácil achar que o ser humano só age por interesse e supor que todo o dinheiro de Max mantinha Camilla leal a ele, especialmente porque ela usava enormes brincos de diamante. Mas, observando o modo que ela segurava o braço do marido, conforme ele arrastava seu desgastado porém másculo corpo até a entrada, decidi acreditar que ela o amava quando ele era pobre e logo depois da faculdade teve a ideia de abrir uma garagem de estacionamento na parte central de Dallas, e que ela ainda o amava da mesma forma quando ele começou a administrar cada garagem de grande porte, hangar e terminal, por todo o país. Você não estacionava nada com rodas neste país sem Max Rowland levar uma parte nos lucros. E agora parecia que ele ficaria com uma fatia da Luxor, uma das mais fortes empresas de rede de computadores no país, também.

Na área cercada em uma tenda lateral, nós observamos a agitação. Os convidados pegavam seus passes com belas jovens sentadas às mesas com as letras do alfabeto expostas em cartões escritos A-I, J-Q, R-Z.

Algumas socialites famosas de Nova York posavam para fotos no tapete vermelho para mostrarem o quanto eram comprometidas com assuntos diplomáticos no continente africano. Mas elas pulavam imediatamente de volta aos seus carros, que ficavam à espera delas, sem qualquer pretensão de realmente assistir à nossa exibição sobre o Sudão, assim que os fotógrafos acabavam de clicá-las.

Murray se virou para uma repórter obstinada que tinha pulado a corda.

— Sem comentários — disparou ele, lançando à mulher um sorriso encantador, como o de um rei, antes de se virar para mim e resmungar.

As palavras de Jackie voltaram aos meus pensamentos: independentemente do que estava a ponto de perder, Murray realmente parecia mais tenso do que durante seus "normais" ataques de bebezão. Procurei por Jackie em todos os lugares, mas não a encontrei.

Verifiquei meu telefone e vi uma mensagem de texto.

TOMMY: *Quer resolver alguns dos seus problemas mais tarde?*

Senti um sorriso brilhante, culpado, surgir no rosto e torci para que ninguém estivesse olhando. Este tal de Tommy era capaz de me tirar de qualquer desânimo, até de um homem de cento e quarenta quilos parecido com um sapo, andando de um lado para o outro, totalmente descontrolado. Mordi o lábio e respondi à mensagem.

EU: *Você não tem tempo suficiente para isso.*

Recebi outra mensagem.

TOMMY: *Pode ter certeza que tenho tempo suficiente.*

— Oi, amor.

Levantei os olhos e dei de cara com Wade, de pé, com sua vodca com cranberry pela metade, todo animado, entre todas aquelas pessoas intratáveis, que ele poderia matar. Ele parecia o velho Wade naquela noite, porém com a racionalidade fora de época dos tempos das vacas gordas, nos anos 1990. De frente para mim, ele massageou a parte de trás do meu pescoço com uma das mãos.

— Caramba. — Ele disse ao decidir massagear um pouco mais. — Relaaaaxe.

Dei um tapa na sua mão.

— Wade! Ah, meu Deus. Pare com isso!

— Qual é seu problema?

— Às vezes, especialmente se estiver dirigindo um evento com duzentas e cinquenta pessoas, eu *quero* ficar ansiosa. Isso me mantém cheia de energia. A adrenalina me deixa mais preparada para tudo.

— Relaxa, amor. É só uma exibição de filme. — Wade segurou meus braços, olhou no fundo dos meus olhos e disse, como se eu fosse uma amiguinha de Lucy do jardim de infância: — Seu cliente vai se sair bem, amor. Não se preocupe.

Eu avistei uma saída do outro lado da sala e plantei um sorriso no rosto.

— Claro, tem razão. Olha só, Bruce Cutter fumando lá no canto. Você não disse que o queria para uma capa da revista? — Bruce estava de pé na sombra de uma pequena plataforma, fumando sem parar, sem falar uma palavra. Em Hollywood, isto significava que ele era um gênio.

Wade se virou e fugiu em direção ao pretendente a Ryan Gosling, antes que eu terminasse a frase. Eu queria bater em Wade por esconder tudo, ou tentar fazê-lo. Com certeza, ele tinha sido infiel de alguma forma, mais uma vez, porque estavam acontecendo coisas sobre as quais ele mentia. Ele faria isso no futuro. Eu iria continuar sorrindo apesar de tudo, ou ignorar os sinais. Eu iria me sentir zangada, perdida e sozinha. Eu rasgaria fotos que representassem ideais românticos, novamente, no futuro.

De repente senti, à minha volta, um mar de VIPs chorosos, como criancinhas de desenho animado, com lágrimas brotando dos olhos, em pânico total, por causa da iminente dança das cadeiras na *première* de Nova York. Todos também queriam sugar todas as informações que pudessem.

— Allie! Eu tenho ou não tenho um lugar? — berrou um publicitário chamado Jimmy Marton, como se eu fosse sua ama-seca.

— Há trezentos lugares no teatro, Sr. Marton. O senhor encontrará um sem dificuldade. — Na realidade, eram cadeiras confortáveis, que balançavam um pouco para um conforto extra. — Pode levar sua bebida. Prometo que o senhor encontrará...

— Eu tenho lugar *reservado*?

Caitlin empurrou seu pequeno corpo de ginasta entre nós.

— Só para os astros de algum filme, participantes de um documentário, ou patrocinadores do festival. Desculpe, Sr. Marton, eu não sabia que...

— Não sou nada disso. Entendi. Só imaginei que com o meu... não importa — disse Jimmy irado antes de se virar para encarar a multidão.

— As coisas nunca mudam — falei a Caitlin. — Teoria do sétimo ano da escola. Por falar nisso, não posso ficar a noite toda; tenho muito trabalho para fazer no escritório. Você tem tudo sob controle, certo? Eu nunca iria...

— Está tudo sob controle — confirmou Caitlin.

Eu estava surpresa por não ter visto Jackie ainda.

— Ótimo. Você também consegue dar conta dos atrasadinhos de última hora. — Comecei a enfiar a pasta com papéis do evento em uma bolsa já cheia de coisas, acrescentando: — Tenho um ponto de mira no peito com os dizeres: "Posso ajudá-lo com seus problemas insignificantes." E quanto mais faço isso, mais furiosa eu fico. Parte do problema é que sou muito boa em resolver problemas insignificantes, e todo mundo sabe.

Fico emocionada ao ver que meu diploma de roteirista resultou em mimar bilionários.

Notei que todas as pessoas no teatro olhavam de um lado para o outro, para Max Rowland e Murray Hillsinger, como se estivessem assistindo a uma partida de tênis — todo mundo tentando descobrir se Max iria assumir a Luxor e se a técnica de relações públicas de Murray o preservaria.

A poucos metros à minha direita, meu marido era o centro das atenções, como Scarlett O'Hara num churrasco. Caitlin escutava atentamente não muito longe dele, o que, claro, me irritou bastante.

— Nós vamos fazer uma bela capa com Blake Lively e Ryan Reynolds — disse Wade ao seu público bajulador, tão alheio ao seu processo ultrapassado quanto ele próprio. — E eles de fato me disseram que estão tentando ser o próximo "casal Brad e Angelina", e querem que eu vá jantar com eles para mostrar algumas campanhas contra a fome que eles poderiam ajudar...

Àquela altura, eu precisava de Rivotril na veia, quando avistei Camilla Rowland correndo na minha direção e falando sem parar.

— Não quero Max sentado na parte lateral — resmungou ela. — *Principalmente* considerando tudo o que ele passou. Você sabe muitíssimo bem que ele merece coisa melhor, Allie.

— Ele tem um bom lugar, Camilla, no corredor, onde ele pode entrar e sair facilmente caso... — expliquei, contendo-me para não dizer algo pior.

Camilla aguçou o olhar.

— Bom não é o mesmo que ideal. Você está querendo dizer que nós somos pessoas sem importância, Allie? Depois de tudo o que fizemos por seu marido?

Olhei bem nos olhos dela e de repente vi uma oportunidade inesperada. O que ela e Max tinham feito por Wade, exatamente? Será que Wade tinha investido na Luxor utilizando informação privilegiada antes da valorização das ações? Talvez eu conseguisse verificar os avisos de Jackie sozinha.

— Claro que não, Camilla. Vou pedir a Caitlin para resolver isso. Você tem toda a razão, tem toda a razão, seu lugar reservado não é o lugar reservado apropriado.

— Caitlin — gritei, aborrecida com sua risada estridente voltada à "não tão engraçada" direção do meu marido. — Você poderia colocar avisos em dois lugares na seção central para Camilla e Max, e marcá-los com a inscrição Rowland?

Eu estava prestes a deixar Camilla saber das boas notícias — achamos seus lugares! — quando vi Jackie Malone na entrada lateral do teatro, parecendo um fantasma. Ela fez um sinal com o dedo, me chamando. Consegui atravessar a multidão e chegar ao corredor com mais disposição do que um atacante em direção ao gol.

— O que foi, Jackie? — sussurrei. — O que aconteceu?

— Está tudo explodindo bem diante dos seus olhos, e você não consegue ver. Estou dizendo, eu consegui juntar as partes e o quebra-cabeça completo está diante de você.

A Jackie que perecia normalmente calma aparentava estar um pouco enlouquecida quando me puxou para trás da cortina. As veias do seu pescoço sobressaíam em uma linha longa, clara e acentuada.

— Bem, o negócio é o seguinte: vou confiar em você e contar a história toda agora, e você faz sua parte e começa a acreditar em mim e continua procurando aquele pen drive.

— Talvez eu faça isto. Talvez, mas uma coisa estou percebendo. Agora o preço da Luxor está tão alto que Max está ferrado e não pode comprá-la.

— Você acha mesmo que é isso que está acontecendo? Não consegue ligar nenhum dos pontos sobre os quais conversamos? Veja como as ações subiram agora, com as notícias de que Max Rowland pode assumir a empresa. Você não vê que há um cenário onde isso pode ser boa notícia para ele? — perguntou ela. — Você percebe que seu chefe pode perfeitamente mentir para você e colocá-la diante do público para fazer alegações falsas para ele? Ele pediu a você para dizer aos repórteres que isso não era para ter vazado?

— Sim, pediu Jackie. Mas ele não queria mesmo que vazasse, certo? — Jackie suspirou e puxou o cabelo para trás, afastando-o da testa, antes de deixá-lo cair em uma onda perfumada.

— Certo, vou correr o risco e ligar os pontos para que você entenda que estou no caminho certo e prestes a descobrir algo. *Isso é tudo uma fraude*. Vou deixar tudo muito claro para você:

Um: *Murray está fingindo que está aborrecido com o vazamento de uma possível aquisição.*

Dois: *Murray está fingindo que Max não será capaz de comprá-la com o preço repentinamente tão alto.*

Três: *Murray está pedindo que você diga isso à imprensa para assegurar-se de que sua história esteja sendo divulgada.*

E o mais importante, quatro: *Max Rowland quer mais é que as ações da Luxor subam, porque ele já possui uma tonelada delas através de uma entidade não identificada em Liechtenstein.*

— Eles aumentaram o preço através de falsos rumores dos meios de comunicação, alegando que ele estaria assumindo a empresa. Agora, as ações que ele comprou secretamente há algumas semanas dobraram de valor em consequência dos rumores. Pense bem, Allie: *rumores dos meios de comunicação*. Quem você conhece muito bem que é importante nos meios de comunicação?

— Wade está investindo neste negócio sem me dizer nada? — perguntei.

— Não! Para uma mulher inteligente, você é muito cega! Ele está no controle dos rumores dos meios de comunicação. Você não vê que este é o talento dele? Distorcer fofocas e rumores que fazem os investidores reagirem? E de um modo que certos indivíduos pudessem se beneficiar, caso apostassem na alta do mercado de ações? Wade coloca isso on-line, naqueles serviços de notícias sobre corretagem, e convence Delsie a divulgar na CNBC que alguém muito parecido, e que age como Max Rowland, está prestes a fechar uma aquisição da Luxor. Ele faz um repórter contar a outro repórter. E adivinhe o que acontece? As ações disparam porque os investidores acham que isto representa boas notícias para o futuro da Luxor. É tudo o que Wade tem que fazer — concluiu ela, friamente. — Observe tudo, pense no poder da informação e nos mecanismos dos meios de comunicação, e em como eles podem ser usados para manipular os preços das ações.

— Isso não é uso indevido de informação sigilosa?

— Bem, pergunte isso à CVM, comissão de valores mobiliários, mas é manipulação de rumores com o objetivo de influenciar os preços das ações. Fácil de fazer quando se tem um mago dos meios de comunicação como Wade sintonizando o aparelho. Ele se vendeu mais do que você pode imaginar.

Eu me recusava a acreditar que meu marido, que começara no jornalismo para pegar bandidos, de alguma forma acabou se tornando um deles.

— Não foi a *Meter* que publicou as notícias — retruquei, em tom melancólico. — Foi a Delsie, na CNBC.

— Você acha que não sei disso? — perguntou ela. — E você acha que Delsie e Wade não são próximos? Vai dizer que não notou que ela fica jogando a echarpe de tons vibrantes pelos salões do Tudor e piscando para ele?

— Ele comprou a echarpe para ela?

— Ele não comprou para ela, mas ele está criando situações para que ela possa comprar coisas assim. Isso é tudo que vou dizer.

— Tem certeza?

— Acho que todos eles ganharam muito dinheiro esta noite. Estou bastante segura disso.

— Allie! — gritou Camilla Rowland novamente, uma leoa protegendo seu debilitado Max, acompanhada por uma assistente do festival, cujo fone de ouvido voava atrás dela. Jackie apertou meu braço e com a maior facilidade se escondeu atrás de uma cortina decorativa, ao lado da porta, esquivando-se de Camilla.

— Não pense que não entendi o que você obrigou aquela garota a fazer — disse Camilla. — Aqueles eram lugares reservados falsos. — Ela estava agora à beira das lágrimas de verdade. — E por que uma repórter brega que fica galinhando por aí de camiseta ganha um lugar reservado melhor do que o nosso?

Eu especulei.

— Acho que Murray queria que Delsie cobrisse o evento de perto. É como a imprensa gosta de trabalhar.

— Será que é porque Max é um criminoso condenado? É isso? Perigoso a ponto de ficar na prisão com verdadeiros criminosos por nove meses em Allenwood, mas agora que está livre não pode ser tratado normalmente? Você tem que esnobá-lo também e dar-lhe lugares de menor prestígio? Bem, ele está fora do negócio de evasão fiscal. Então ele pediu ao seu gerente do banco para abrir uma conta para nós, em Liechtenstein. É só para ter um pouco de privacidade. Depois que os suíços se livraram do sigilo bancário... como se não bastasse eles terem financiado a organização nazista de Hitler! — Ela disse furiosa. Em seguida, chegou tão perto de mim que pude sentir seu hálito, com cheiro de hortelã, da pastilha Altoids. — E agora seu Wade está protegido também.

Jackie cutucou meu quadril por trás da cortina, e endireitei as costas e tossi, sinalizando para ela. Camilla não havia terminado. Ela sussurrou:

— Se você acha que ele não deu a Wade uma parte dos lucros no exterior, em certos assuntos dos quais todos nós nos beneficiamos...

Eu tinha que extrair mais informação dela, só não sabia como.

— Mas o que aconteceu com as contas no exterior está tudo resolvido, certo? Quero dizer, você sabe melhor do que eu, no sentido que... — Ela ignorou minha insinuação.

— Ei, querida. Pode parar. Não quero causar problema. Allie é uma garota legal; ela só está fazendo o trabalho dela — disse Max, finalmente conseguindo alcançar a esposa. — Nós vamos ter que sentar em outro lugar. Um dia de cada...

— Camilla, querida — chamou Wade, aparecendo de repente e dando dois beijinhos nela. — Claro que uma mulher charmosa da sociedade como você precisa... — Ele era capaz de encantar qualquer um, em qualquer situação, e minha angústia confusa e ferida diminuiu um pouco ao observá-lo fazer a raiva de Camilla sumir. Sempre me senti atraída por esta característica dele: o lado alegre, o lado calmo, o lado que nos tiraria do marasmo diário em que a vida nos envolvia.

Ele disse baixinho para mim:

— Vou compensá-la por tudo. Perdoe-me por ter sido tão imprudente. Eu te amo. Amo as crianças. Amo o que temos. Não se esqueça disso. Tenho que me esforçar para fazer você se lembrar disso. E vou conseguir.

Sua franqueza e honestidade súbitas me surpreenderam. Quanto mais eu o observava com Camilla, mais eu notava que ela sucumbia ao seu toque delicado, e mais meu coração doía.

Os sapatos de pele de cobra que Jackie usava eram visíveis atrás da cortina aveludada. Wade estava de costas para ela, sem imaginar que ela estava a poucos centímetros dele, mas possivelmente capturando uma brisa do seu perfume forte, que era sua marca. Por um momento, me perguntei se deveria puxar a cortina só para confrontá-los e ver Wade se esquivar. Eu podia ver Jackie avançar lentamente ao longo da parede e depois caminhar em direção à saída.

— Você está deslumbrante, Max, meu camarada — afirmou Wade. — Eu sabia que você se sairia melhor do que antes. É bom vê-lo em forma e em um grande evento. Você parece forte e descansado, pronto para assumir o mundo novamente.

Ouvi o barulho da porta de saída sendo fechada. Jackie tinha conseguido escapulir.

— Vou dar um jeito nisso. — Wade deu os braços ao Sr. e à Sra. Max Rowland, caminhando com um de cada lado, e sentou entre eles, em lugares excelentes, na segunda fileira. Naturalmente, aquele gesto magnânimo não foi só para me salvar; provavelmente ele também estava puxando o saco de alguém que poderia garantir um pedaço relativamente grande da nossa aposentadoria.

Corri para fora do teatro, atrás da mulher que tinha as respostas para minhas perguntas: Como eu cheguei nesta situação, por que cheguei e como sairia desta posição instável. Enquanto observava Jackie fugir, notei um SUV preto descer a rua atrás dela, mantendo uma distância cuidadosa de três metros. Tentei, em vão, alcançá-la; só consegui ouvir o barulho dos saltos altos correndo e batendo no piso de tijolos, em meio ao agradável ar noturno da primavera.

19

Concentrada e frustrada

— Não posso acreditar que você não vai à sua própria festa. — Caitlin adentrou nosso escritório, no edifício adjacente à galeria, com uma bandeja da Starbucks. — Tome. Isto deve mantê-la alimentada durante as próximas horas, um frappuccino de caramelo para sua dieta e um macchiato triplo para suas artérias.

Levantei-me da cadeira de couro branca, onde estava sentada havia duas horas, tendo deixado o teatro assim que a exibição começou. Eu pretendia organizar ao máximo os pedidos de Murray para a mesa-redonda, antes de me dedicar ao meu trabalho do roteiro, ambos devendo ficar prontos ao meio-dia do dia seguinte — uma noite de maratona estava à minha espera. Minha mesa de vidro estava repleta de marcadores e planejamentos do festival. Eu tinha que acabar meu trabalho e não pensar na possibilidade de que meu chefe, meu marido e um magnata do ramo de estacionamento estavam tentando manipular o mercado de ações em conjunto.

Tudo que Jackie havia dito fazia cada vez mais sentido — Max e Murray compram ações secretamente em nome desconhecido; fazem Wade Crawford, o mago da mídia, espalhar boatos a amigos jornalistas desavisados que uma empresa deve estar elaborando alguma coisa que faria suas ações subirem. Em seguida, as ações que eles já possuem realmente sobem. Então eles as vendem imediatamente com lucros, enquanto os rumores alcançam novos investidores.

Mesmo que o rumor fosse falso, as ações subiriam a tempo de eles venderem. Eu nem sabia se era ilegal Wade mentir para a imprensa com o objetivo de fazer com que eles espalhassem um falso rumor; isso dava a impressão de falta de ética e fraude. Eu odiava o fato de ter que acreditar em Jackie, mas isso não era o tipo de coisa que alguém simplesmente inventaria.

— Allie! Estou falando com você, e estou colocando na sua frente uma bebida quente que está a ponto de derramar; acorda!

— Obrigada, Caitlin. Cada pedacinho do meu corpo agradece.

Ela colocou uma sacola branca de papel na minha mesa.

— E umas barrinhas de limão para suas pernas.

O telefone tocou e eu atendi, me perguntando quem ligaria para o escritório uma hora daquelas. Só ouvi o clique de desligar e lembrei que tinha ouvido alguns cliques como aquele nos últimos dias, de um número privado. Se aquilo acontecesse novamente, eu começaria a me perguntar sobre o SUV que eu acabara de ver.

— Que estranho. Não era ninguém. — Tomei um gole rápido, quente demais, do café, tentando decidir se eu estava sendo paranoica ou prudente. — Como foi cuidar dos bebezinhos crescidos depois que o filme começou? — Quando pegou seu próprio café na bandeja de papelão, Caitlin respondeu:

— Bem, todo mundo estava tão embasbacado com Murray, e depois com Max diante da sua possível iniciativa em relação à Luxor, que o salão ficou tomado por uma atmosfera de loucura. Não pense que alguém assistiu ao filme.

— Deve ter sido engraçado.

— Foi um pesadelo! Ofuscou completamente a importância do filme. — Caitlin pegou uma cadeira e tentou olhar nos meus olhos. — O que está acontecendo com você, Allie? Está tudo bem entre você e Wade? Você e Murray?

Em seguida, ela se deslocou para mais perto da mesa e começou a reorganizar pilhas de papéis sobre o chão branco brilhante. Mal começara a tarefa, ela sentou novamente.

— Sabe de uma coisa, toda a decoração desta sala está horrível. Eu me lembro no começo, quando nos instalamos aqui, tudo era clean, elegante e minimalista. Uma mesa de vidro. Um buquê de flores vermelhas. Nada na mesa exceto um porta-lápis básico de metal e um computador Apple de cor metálica. Agora está parecendo um daqueles reality shows de acumuladores compulsivos.

— Esqueça isso e vá para a festa do documentário. Tente fazer a imprensa se interessar pelo filme, e não pelas fofocas superficiais sobre a crise econômica, certo? O documentário é um possível ganhador de prêmio, cacete. Faça a imprensa se concentrar no Sudão, em vez de focar em como Max está ficando mais rico depois da prisão.

— Já tem tanta gente lá abordando a imprensa, que não me incomodo de ficar aqui — respondeu.

— Isto tudo é trabalho que tenho de fazer sozinha. Vá.

— Você está falando sério? — Caitlin praticamente pulou da cadeira. — Sem brincadeira, é melhor eu ficar. O que posso fazer para ajudar agora?

O telefone tocou e ela atendeu.

— Alô? — Ela riu um pouco e me entregou o aparelho com olhar severo, como se desdenhasse de quem ligou. — É Wade. Para você.

Eu tampei o fone com a mão.

— Pensei que você odiasse Wade. Pare de rir das piadas dele. Volte para a festa, anime-se e divirta-se.

— Tem certeza?

— Pode ir! — Joguei um lápis nela quando passou pela porta, em seguida voltei ao telefone. — Parece que não vou voltar para casa tão cedo. Você pode liberar a Stacey quando sair da festa?

— Que horas ela a esperava? — perguntou Wade.

Sacudi a cabeça.

— Não sei, Wade. Que horas ela o esperava?

— Por que você está tão zangada? — Ele quis saber.

— Até parece que você não sabe.

Um longo tempo de silêncio se seguiu enquanto ele pensava em uma resposta.

— O que eu deveria saber, Allie?

Ah, meu Deus. Por onde eu poderia começar? Girei a cadeira para olhar para o lado de fora pelas janelas que iam do chão ao teto do nosso loft. Um rebocador puxava um barco lixeiro pelo rio Hudson, sinistramente escuro àquela hora.

Sacudi a cabeça.

— Bem, estou cheia de trabalho aqui, Wade. Tenho de preparar uma apresentação para as mesas-redondas das exibições da semana que vem e, de alguma forma, entre uma coisa e outra, encontrar tempo para escrever um bom começo de um roteiro até amanhã e enviar por e-mail ao professor. Lembra-se de quando nos conhecemos, eu queria muito escrever ficção e ganhar a vida com isso, e não escrever comunicados fictícios à imprensa para babacas e criminosos.

— Sei que você está trabalhando muito. — Wade tentava ser paciente, mas eu podia sentir a tensão no seu maxilar, através do telefone.

— Mas você sabe no que estou trabalhando? — perguntei, ganhando tempo. Não conseguia mais jogar esse jogo. Eu mal podia me concentrar em qualquer trabalho sem me perguntar quem, de fato, era a pessoa com a qual tinha me casado. Então me armei de coragem. — Diga-me, Wade, quero a verdade. Você anda transando com outra mulher, inclusive esta noite?

— Ah, por favor. Vão sei de onde você tirou essa ideia.

— Você não está me traindo atualmente com nenhuma garota?

— Allie. Ouça a si mesma.

— Sim ou não? Pergunta simples. Merece uma resposta simples, Wade.

— Não estou com nenhuma garota.

— Então com uma mulher?

— Neste exato minuto?

Eu suspirei.

— Não sou idiota.

Finalmente ele disse em tom brando.

— Eu estava e acabou, mas não tinha certeza se você sabia.

Esperei um longo tempo. Senti-me aliviada, horrorizada e com a sensação de um chute no estômago, de uma vez só. Em parte me sentia melhor porque, de alguma forma, era consolador ter a confirmação do que eu sabia ser verdade. A tensão de não estar cem por cento certa era pior do que a dor da confirmação. Pelo menos naquele momento.

— Bem, eu sabia, Wade! — gritei no telefone. — E já tinha perguntado a você no nosso quarto e você teve a cara de pau de negar. Fica muito mais fácil se você simplesmente me disser a porra da verdade! Sim, faça isso, mesmo sabendo que dói tanto quanto da última vez.

— Não fiz nada para magoar você, Allie. Só estou... vivendo minha vida. Não tem nada a ver...

Houve uma pausa bem longa.

Então afirmei claramente:

— Bem, você imaginou que isso me magoaria, e que você prometeu nunca mais fazer isso? Caramba, nós temos uma família e sei que você ama essa família. Mas é como se você fosse totalmente desequilibrado e estivesse, entre aspas, "*vivendo*" uma outra vida. Não entendo como você pode fazer isso novamente.

— Não é outra vida. Foi somente uma noite, e algo que aconteceu. Não significa...

— Não significa o quê? Que você não me ama? Tem certeza? Você transa com outra, sabendo que isso já me destruiu uma vez, e faz de novo? O que devo pensar, Wade? Será que de fato casei com um daqueles caras que simplesmente não conseguem se controlar?

— Não é bem assim, não é uma coisa impregnada em mim. Foi só uma vez com talvez uma...

— Uma, Wade? Posso contar duas agora.

— Tudo bem, você tem razão... duas garotas — admitiu ele.

— E o que você tem a dizer? Realmente, eu gostaria de ouvir.

— A vida para um homem é uma sequência de imagens e para a mulher é um filme — respondeu ele em tom firme. — Para mim é tudo uma sequência de imagens, uma coisa rápida não relacionada com a outra. Você está transformando isto em um filme inteiro, de narrativa, ligando a ação com essa tendência. Eu juro, só aconteceu com ela uma noite e...

— Não estou criando a narrativa de um drama feminino, portanto não tente pôr isto ou qualquer paranoia em mim nesta situação. E não se trata só das garotas. É verdadeiro, Wade, o que estou vendo e sentindo. É a mentira constante, a ocultação constante das merdas que você pensa que não sei.

— Ocultação de quê? — perguntou ele.

— Ocultação de qualquer coisa em todos os níveis. É um verdadeiro insulto à "nossa relação". Lembra do significado da palavra "nós"... tudo o que sempre prometemos um ao outro?

— Eu realmente amo o significado da palavra "nós".

— Só isso, Wade. Você ama a comodidade que a palavra *"nós"* traz a você. Mas e eu? E por falar nisso, o que você me oferece mentindo para mim toda hora? Eu sei que há coisas suspeitas rolando e sei que você não está me contando.

Pausa longa.

— Eu não vou à festa — disse ele. — Não precisa se apressar para voltar para casa. — Ele parecia ao mesmo tempo derrotado e aborrecido, como se eu tivesse, de algum modo, arruinado sua noite de diversão.

— Talvez eu não volte para casa — falei, agora com a voz destituída de emoção. — Não tenho certeza ainda, mas acho que vou dormir no sofá, aqui no escritório. Você vai ter de chamar um táxi para a Stacey voltar para casa; está ficando muito tarde. Se eu não chegar de manhã, dê às crianças algum tipo de proteína no café da manhã, por favor; diga-lhes que meu relatório estava atrasado e que estou no trabalho. Não se esqueça de que nós combinamos que você apanharia as crianças, ao meio-dia. É metade do dia e a Stacey tem um exame, portanto não pode trabalhar. Lembra?

Foi esquisito o quanto a confissão dele me fez mergulhar rapidamente na logística dos cuidados paternais. Regra de separação número um: concentre-se nas crianças, para não sentir a dor.

— Entendi — falou. — Allie...

Prendi a respiração.

— Perdoe-me. Eu não dei a importância que você está dando — disse ele, parecendo derrotado e confuso. — Nos vemos amanhã. Não sei como isso vai acabar.

Naquele momento, desejei que ele tivesse dito outra coisa, algo que reafirmasse nossa vida em família ou sua disposição de continuar tentando, ou qualquer coisa parecida.

Segurei o telefone com cuidado, sentindo-me impotente apesar de toda a preparação para este momento. E eu não tinha sequer mencionado a rede ilegal que Jackie o fizera engendrar.

— Nem eu, Wade, não agora, mas logo vou saber mais.

— O que mais você vai saber? — perguntou ele inocentemente.

— Eu tenho de me concentrar no trabalho ou as contas não serão pagas, e não posso me alongar nisso; são dez da noite. Eu ligo para você amanhã. A menos que haja algo mais que você queira me dizer, tipo... que está apaixonado por outra mulher, mas vai me dar o apartamento.

— Allie, pare com isso. Não chega a esse ponto.

— Bem, a que ponto sua sequência de imagens nos levou exatamente, Wade?

— Não sei. Eu apenas faço umas coisinhas às vezes. Não quer dizer exatamente...

— Não quer dizer o quê, Wade?

Ele não respondeu à minha última pergunta; eu só ouvia sua respiração agitada no outro lado da linha. Olhei a desordem à minha volta. Como é que eu iria terminar meu trabalho com esta conversa grotesca, descoordenada, inacabada e dolorosa na cabeça?

— Wade, não posso fazer isso agora.

Desliguei o telefone e de repente me vi de volta naquele avião destroçado, na neve, querendo desesperadamente que alguém me protegesse. Será que Wade estava aumentando a mesma sensação de insegurança da qual eu queria fugir? Então me ocorreu que eu não tinha exatamente construído uma nova vida ao me casar com ele, tinha simplesmente voltado à estaca zero. Estranho como buscamos justamente o que queremos evitar.

20

Deixando para depois

Após trinta minutos de muito trabalho duro, mais trinta minutos chorando no banheiro e outros trinta irritada no sofá do escritório, já era quase meia-noite. Eu sentia tantas coisas ao mesmo tempo — mágoa, raiva, fracasso — que não conseguia acompanhar o curso das emoções. Permanecer em meio a uma névoa tinha suas vantagens; a saber, eu podia andar por aí agindo como se estivesse tudo bem. Essa estratégia tinha expirado desde que Jackie Malone entrou na minha vida. Então abri a bolsa e peguei o celular para ver uma mensagem.

> **TOMMY:** *Pare de deixar as obrigações para depois para ficar verificando o telefone. Você deveria estar escrevendo!*

Liguei para ele imediatamente.
— Oi, aqui é aquela que deixa tudo para depois.

— Por que você não está escrevendo? — Perguntou. — Você tem que enviar as páginas amanhã para termos tempo de ler tudo antes da aula, na semana que vem. Espero que tenha algo em mente, porque o professor disse que o prazo era meio-dia, na sexta-feira.

— Espere um pouco. — Sentei no sofá e soltei todo o ar dos pulmões. — Tive um dia complicado. Tive que trabalhar no evento esta noite e recebi uma ligação esquisita, que não vou detalhar, mas finalmente acabei o trabalho que eu tinha para fazer aqui no escritório e vou começar a escrever.

— Escrever o roteiro é o trabalho que você tem para fazer, sua idiota. Quer me contar a respeito do que está escrevendo?

— Não sei o que escrever esta noite — admiti, afastando a ideia de sair com ele. — Heller disse para entregarmos uma boa cena, e tentei, por meia hora, redigir algumas coisas, mas acho que não tenho nada para escrever.

— Escreva sua própria história — sugeriu Tommy. — Escreva sobre o que é mais importante para você. Nada de coisas passageiras, nada de eventos transitórios ou que entraram e saíram da sua vida por acaso. Escreva o que a define, algo sem o qual você não poderia viver, o que a encoraja.

O que me encoraja neste momento é conversar com você. Tentei pensar em escrever sobre assuntos que tínhamos discutido.

— Bem, tem aquele cara, James, que fez parte da minha vida, perto do lago... — Eu disse constrangida, ponderando a possibilidade de converter minha supostamente antiga obsessão romântica em trabalho produtivo.

— Você já esteve em uma situação em que fugia de alguma coisa, e, talvez, você apenas seja, tipo, a maior fujona do mundo? — Tommy disse a última frase com um riso sarcástico. — Não sei, pode me chamar de louco, mas acho que você se mete em situações que acredita querer, mas justo quando está a ponto de conseguir, *e é tão bom que você nem imagina,* você afasta o cara, não volta ao apartamento dele, e escapa por nenhuma razão aparente.

— Tommy. Não vai rolar nada entre nós, portanto pare de me provocar com isso — disse em voz alta.

— Honestamente, não sei por onde começar porque quero escrever uma cena completamente nova, talvez até descartar o trabalho anterior.

— Não vai dar tempo — respondeu ele. — Mas acho que posso ajudar. Preciso de meia hora para vestir alguma coisa e chegar ao centro da cidade.

— Você está pensando em vir ao meu escritório?

Aquilo provavelmente não era uma boa ideia, mas eu não estava em condições de recusar. Tinha ido da alegria ao desespero, lembrando o trauma da confissão de Wade. E queria esquecer o fato triste que acabara de confirmar, mas ele se estendia à minha volta, como um nevoeiro.

— Pode me dar o endereço.

— Humm, 553 West Nineteenth, à direita do rio, ao lado do Edifício IAC.

— Vou levar o laptop. Podemos escrever juntos, e vou incitá-la a fazer coisas que você jamais imaginou que poderia fazer.

— Por favor, dá para parar com a insinuação sexual de mau gosto? EU TENHO QUE ESCREVER ESTA NOITE.

— Você vai escrever como uma verdadeira fada das palavras assim que eu colocá-la na direção certa e você parar de evitar o óbvio. Está tudo aí na sua cabeça. Ciclos ruins. Porcarias que a dominam. Escreva tudo. Este é o problema no seu roteiro. Entendeu? Então o Ato III, a perseguição ao tubarão, a destruição do Império Galáctico, para você vai significar perseguir qualquer coisa que puder tirá-la daquele ciclo confuso. Você não é a primeira pessoa no mundo com tristezas que fodem com a mente. Será um filme maravilhoso. As pessoas dirão: "Ah, meu Deus, eu faço isso todos os dias." Estarei aí em vinte minutos, vou acelerar a moto na West Side.

— Não se mate — supliquei.

— Acho que você corre mais perigo de fazer isso. — Ele desligou.

O NEVOEIRO SE dispersou um pouquinho. O trabalho tem o poder de derrotar a depressão. Eu estava tentando fazer exatamente o que Tommy dissera, ou seja, escrever o que me encoraja, quando o vigia telefonou do saguão. Em seguida, ouvi a voz de Tommy ecoando do elevador. Como eu não me apaixonaria por um cara que conseguia me entender mais rápido do que eu mesma me entendia?

— Allie? Em que lugar desta caverna você está?

— Ah, sim, aqui dentro — gritei da minha mesa, tentando agir com indiferença, como se não estivesse realmente tão interessada nele.

Tommy colocou apenas a cabeça na porta, com o capacete no braço, exibindo um sorriso malicioso.

— Está pronta para parar de enganar a si mesma?
— Ele veio até mim como se estivesse decidido.

— Parece um processo doloroso.

Ele abriu a mochila, de onde tirou um punhado de Twizzlers, barrinhas de Milky Way, chicletes de uva e jogou tudo na minha mesa.

— Trabalho considerável precisa de quantidade de açúcar considerável. Pelo menos na minha opinião.

Depois contornou a mesa, foi até a enorme cadeira de couro branca e jogou a mochila e o capacete no chão.

— Você pode se levantar, por favor? Preciso me sentar na sua cadeira.

— Por que, o que você...

— Faça o que estou pedindo, Allie. Confie em mim.

Dei um grande suspiro, e quando levantei fiquei quinze centímetros distante dele. Ele sentou, agarrou meus quadris e me puxou para perto. Sua língua deslizou pelo meu umbigo e depois, muito lentamente, desceu até um pouco abaixo do cós do meu jeans. Eu cobria o rosto com as mãos, me perguntando por quanto tempo poderia agir como se não estivesse interessada. Bem, Wade tinha cometido este ato de infidelidade várias vezes, mas isso não significava que eu poderia, ou deveria, fazer o mesmo.

— Você está tentando me fazer entrar em contato com o que quero ou algo assim? — Então o empurrei, percebendo que não estava totalmente pronta para me permitir algo loucamente sexual com ele. Foi uma sensação muito boa, mas também parecia uma vingança arriscada.

— Não. — Tommy me puxou para que eu sentasse no seu colo e passou minhas pernas por cima dos braços da cadeira, para poder me segurar firme. Talvez uma pequena proximidade não fosse problema. Talvez me sentir atraída por alguém que apoiava o que eu precisava fazer; o que eu sempre quis fazer, ou seja, escrever de verdade, não fosse a pior coisa do mundo. Enquanto me beijava lentamente, ele enfiou as mãos na parte de trás da minha calça, para poder roçar seu corpo contra o meu. Ele estava totalmente excitado.

— Acho que está bem claro o que você quer — falei, tentando me afastar dele apoiando os cotovelos nos braços da cadeira. Ele pôs meus braços nas suas costas e me beijou mais ardentemente, enquanto acariciava minha bunda.

Quando estava tão excitada que percebia que não seria capaz de dizer não a algo para o qual não estava pronta, ele segurou minha cabeça.

— Agora. Vamos parar, se você não se importa.

Embora fosse a coisa certa a fazer, eu tinha resvalado para um território ousado e misterioso, e não tinha muita certeza se, naquele momento, parar seria uma boa ideia.

— A razão pela qual estamos parando é simples: açúcar e tensão sexual vão dar a você uma energia combinada para escrever bem. — Ele se levantou, metodicamente, me empurrou de volta para a cadeira, colocou meu teclado diante de mim e arrumou uma pequena fileira de balas do lado direito.

Em seguida foi até o sofá e se deitou, enquanto casualmente recompunha sua protuberante ereção.

— Isto não é nada fácil para mim também. Mas vai ajudá-la, prometo. Temos todo o tempo do mundo à nossa frente para fazer o que quisermos, quando quisermos. Este é seu escritório e seu roteiro tem que estar pronto de manhã. Você está desperdiçando muito tempo escrevendo sobre o enredo de seis anos atrás. Um casal estéril encontra a mãe de aluguel. Então instala-se o caos. Isso era uma ideia nova e divertida antes de Sarah Jessica Parker usar uma mãe de aluguel para ter aquelas gêmeas. O problema é: se não tem relação com sua vida, será desprovido de intensidade quando for escrito.

Fiquei vermelha de vergonha diante da sua análise crítica simples.

— Ótimo. Quer dizer que estou na estaca zero? Obrigada por aparecer por aqui e destruir anos de trabalho.

Ele sorriu.

— Para a tarefa de amanhã, escreva apenas sobre James e veja aonde isso a levará. Escreva cenas que signifiquem algo, e depois a gente amarra tudo. Eu vou ajudá-la. Agora que você está ligadona, vamos ouvir sobre o pior momento de todos, quando você quase dormiu com James mas não conseguiu. O que aconteceu?

— Deus do céu, Tommy. Não sei. Essa foi a rotina da nossa relação inteira, até crescermos e fazermos nossas escolhas. Os melhores momentos foram sempre os piores momentos, de um modo esquisito. Houve uma cena realmente desagradável em São Francisco.

— Tudo bem. Por enquanto, estamos buscando o desejo; o pungente, doloroso e tangível desejo que produzirá cenas de grande desgosto e depois de intensa paixão.

Lembre-se de que falamos que desejar é melhor do que realizar. Quero que você produza um pouco disso.

Eu estava um tanto surpresa enquanto ajeitava a calcinha de volta no lugar, na parte de trás da calça jeans.

— Não sei se tenho tanta certeza.

— Não. Isso significa deixar mais coisas para depois — afirmou ele. — Vamos tentar assim: Dê um exemplo, o pior de todos. Alguma vez você fugiu de um cara, embora quisesse tanto transar com ele que nem conseguia respirar direito? Mas sua raiva, fúria, medo ou qualquer outra coisa a deixou apavorada? Pense nos cinco sentidos. Foi isso que me ensinaram no primeiro dia de aula em outro curso de roteirista, e parece trivial, mas realmente ajuda. Ponha sua mente para trabalhar na sensação, na visão, nos sons e no cheiro. Vamos começar com isso: como era o cheiro quando você estava na pior, morrendo de vontade de transar, mas, como de costume, fugiu? Em uma cidade fedorenta? Em uma floresta com cheiro de pinheiro?

— Isso é fácil. O cheiro era de gordura trans.

Uma deliciosa gargalhada ecoou do sofá onde Tommy estava com suas botas de motoqueiro, em cima da minha almofada branca impecável.

— Como assim? Gordura trans?

— Exatamente.

— De onde?

— Do restaurante Jack in the Box, em Berkeley.

— Certo. Então vamos começar seu maldito roteiro a partir daí. — Ele estava muito empolgado. — Do lado de dentro: garota no Jack in the Box. Bebericando um milk-shake de morango, batata frita gordurosa e cheiro de gordura trans de espetinhos de frango flutuando pelo ar, perdida nos seus pensamentos enquanto observa crianças brincando do lado de fora, no estacionamento do playground, naquelas gaiolas de cores esquisitas para crianças.

— Sei do que você está falando. Já passei por isso.
— Eu me senti melhor. Talvez pudesse fazer um monte de coisas que não sabia que podia fazer. Como escrever melhor. Como transar com este cara emocionalmente disponível e generoso, no meu sofá. Mas não agora.

— Certo. Agora vamos recuar um pouco. Como você acabou lá?

— Eu tinha ido a Berkeley visitar James na faculdade e estávamos no seu minúsculo aposento de um quarto, fora da cidade.

— Como era o aposento?

— Era uma pequena casa azul, em péssimas condições, com friso branco. Quando cheguei, ele estava sentado nos degraus com aquele sol seco da Califórnia refletindo em seu cabelo despenteado, como se estivesse esperando por mim a semana inteira.

— Ótimo. Excelente retrospecto, nítido e ensolarado. E depois?

— James me deu um forte abraço e disse: "Quanto tempo! Quanto teeeeempo!" Então beijou minha testa, e vi que as coisas iam ficar esquisitas. Ele adorava agir o tempo todo como se fôssemos amigos, sem problema, mas essa tendência às vezes surgia rápido demais.

— Como?

— Não sei... uma espécie de caso mal resolvido crônico entre nós.

— Vamos voltar a São Francisco, por favor.

— Ok. De volta ao passado: pensei que ele iria me arrastar para a casa dele e transar comigo lá mesmo.

— Mas ele não fez isso.

— Não. Em vez disso, disse que tinha uma surpresa, que chamou de a mais incrível de todas. Então tranquei meu carro e pulei no jipe com ele. Seu corpo estava mais desenvolvido, e o cabelo, muito sexy e despenteado sob o boné dos Yankees.

— Estou esperando... — disse Tommy, ao fazer um movimento com a mão, e colocar um braço por cima dos olhos.

— Não gostei de James ter mudado tanto naqueles os três meses depois do verão. As pernas dele estavam mais fortes, e os ombros, mais largos. Eu não sabia que aquilo iria acontecer, que ele se transformaria em um homem. Isso me fez sentir tão distante, mesmo estando ao lado dele. A barbicha alourada no rosto refletiu a luz do sol quando ele virou para a autoestrada. Ele parecia que andava transando muito.

— Isso é bom. É bem verdadeiro — disse Tommy ainda com o braço sobre os olhos. — Algumas pessoas simplesmente ficam com uma expressão diferente quando andam transando muito. Você tem de incluir isso de alguma forma, embora um roteiro seja somente diálogo, portanto não será fácil, mas encontraremos um jeito.

— Sim. Bem, ele tinha aquele brilho de muitas transas no semblante, e eu não gostava nadinha daquilo.

— E depois?

— Fomos direto para a Bay Bridge, por São Francisco e pelo Golden Gate, em direção à Highway 1. Quando fazia uma busca por evidências de outra mulher no jipe, achei um hidratante labial ChapStick de morango, bem de menininha, no pequeno cinzeiro. Aquilo pareceu suspeito, sobretudo quando ele o tomou de mim e o guardou no bolso. Pareceu uma confissão de culpa.

— Detalhe interessante — disse Tommy pensativo. — Grande modo de transmitir "te peguei" sem palavras. Fácil de usar no roteiro.

— Obrigada. — Desembrulhei um Milky Way e tirei um pedaço. — Quando paramos no estacionamento Stinson Beach e vi pessoas colocando roupas de neoprene e pegando pranchas de surfe dos tetos dos carros, fiquei imediatamente furiosa. Eu não surfava desde a morte do meu pai, e disse isso a ele. Então ele agarrou meu braço e gritou: "Você acha que eu não sei? Você acha que é a única pessoa que perdeu um ente querido naquele dia?"

Tommy ergueu o corpo para ficar sentado. Eu parei de falar por um segundo, sem saber se queria mergulhar na dor que as palavras de James tinham infligido.

— Continue, está muito bom — disse Tommy.

— Tudo bem. — Respirei fundo. — James continuou me segurando e gritou: "Você acha que eu não sabia que seu pai adorava surfar com os amigos de barco, pescar e ficar na água? Ou que tinha nascido para viver ao ar livre, mas estagnou em uma situação claustrofóbica na sua pequena cidade de pesca? Minha mãe fez a mesma coisa: casou com um cara em uma cidadezinha afastada, que anulou seus sonhos. Você pensa que a esta altura eu não sei tudo sobre você e sua maldita história? Minha mãe, seu pai perseguindo o arco-íris, escapando da prisão na qual ambos se colocaram, e acabando mortos?

Por que você acha que estamos aqui?" Os olhos dele estavam cheios de lágrimas, e eu sei que tinha tudo a ver com aquele acidente.

— Caramba, isso é bem forte — disse Tommy. — Vocês dois perseguindo um pouco de alegria que os fizesse esquecer dos seus pais mortos?

— Acho que sim; ele estava muito decidido a ir até as ondas fazer algo que meu pai adorava.

— E sexo? — perguntou Tommy. — Você ainda sentia que as coisas estavam esquisitas?

— Sim, havia uma tensão sexual enorme no carro. Era uma mistura impetuosa do familiar e do novo. Ele me assegurou: "Quando você entrar naquela onda, garanto que não haverá sensação melhor. Bem, talvez haja uma sensação melhor, mas é bem parecido." Nós fomos para a água, ele tentou surfar comigo, nós dois na mesma prancha, mas acabamos caindo repetidas vezes e parecia que estávamos dentro de uma máquina de lavar roupas.

— Não rolou nenhum beijo salgado?

Sacudi a cabeça tristemente.

— Não, aquilo basicamente acabou com minhas intenções românticas. Eu bati a cabeça e tivemos que parar.

— O que aconteceu quando vocês voltaram para casa?

Fechei os olhos e comecei um monólogo, como se estivesse em transe, sobre uma das piores cenas na minha memória.

— James ficou tirando sarro de mim durante todo o tempo, na volta. "Seus movimentos surfando são tão graciosos, Allie. Realmente, algo inato." Ele ria enquanto puxava a prancha da parte de trás do jipe, quando finalmente achamos uma vaga a um quarteirão de sua casa. Ele tinha uma toalha de praia pendurada no pescoço, estava sem camisa e eu podia ver seu rosto exposto ao vento e o cabelo despenteado pelo espelho do meu para-sol. Permaneci no jipe por um momento, sorrindo comigo mesma sobre o quanto aquele dia tinha sido cheio de ternura. Tinha sido um contraste absoluto aos meses rígidos do inverno, quando tínhamos transado muito naquele mesmo jipe.

— Por que São Francisco não facilitou as coisas? — perguntou Tommy, voltando a deitar no sofá e sujando todas as minhas almofadas com suas botas imundas. — Vocês já estavam se molhando no mar, certo? Mais sexual impossível.

— Porque as coisas se complicaram. Em primeiro lugar, fiz um comentário sobre morrermos lá juntos, o que não foi muito engraçado, já que quase tínhamos morrido juntos no avião, com nossos pais. Algo sarcástico como "É, foi exatamente como você prometeu, James. Que *sensação maravilhosa*. Tanta agitação para quase morrer com meu melhor amigo." Ele me lançou um olhar estranho, de repente. Mas o verdadeiro problema foi que, ao me virar praticamente tropecei *nela,* nos degraus.

— Nela quem?

— Samantha. A namorada dele. Ele gritou, logo atrás de mim, sem fôlego. Deve tê-la visto do meio-fio. Tudo parou, exceto minha cabeça, que na mesma hora começou a girar. Olhei para James, mas seu rosto estava inexpressivo.

— "Allie. Samantha." Ele disse, erguendo a mão na direção dela. E acrescentou "Sam, não pensei que você voltaria a tempo de conhecer a Allie."

— Ela virou o belo rosto bronzeado da Califórnia para mim e sussurrou: "Espero que tenha gostado da minha prancha." Eu mal consegui murmurar um "obrigada". Então ela se levantou e suas pernas totalmente bem-torneadas se ergueram acima de mim. Em seguida me olhou e disse: "Ele surfou atrás de você na mesma prancha? Ele *adora* fazer isso." Ah, meu Deus, Tommy, eu estava tão enfurecida, que você nem imagina. — Ela usava vários braceletes lindos, de contas, que tilintavam conforme andava até James.

— Ela era gostosa? — perguntou Tommy. Quando fechei os olhos, sacudi a cabeça e não respondi, ele acrescentou: — Deixe-me reformular a pergunta: Ela era muito gostosa?

— Vamos dizer assim: ela era uma garota do sul da Califórnia, loira, que parecia a modelo de biquíni mais gata e extravagante do mundo. Cabelo loiro-claro, bem comprido, shorts jeans rasgados e uma camiseta que praticamente expulsava os seios sem sutiã.

— Claro que ela era linda. Blake Lively pode interpretá-la quando você vender o roteiro.

— Muito obrigada; agora estou com a imagem de Samantha *e* o corpo sexy de Blake Lively plantados na minha cabeça. — Eu disse, jogando um Milky Way em cima de Tommy. — Enfim, depois que nós três comemos um rápido jantar de tacos horríveis, a última coisa que precisávamos era tentar conversar mais. Portanto, no instante em que atravessamos a porta, James e eu dissemos juntos: "Que sono." Após uma constrangedora rodada de boas-noites, James me mostrou o quarto e disse: "Nós vamos dormir aqui, no futon."

— Bem constrangedor — disse Tommy, rindo enquanto comia seu Twizzler de um jeito que me fez querer comer a outra ponta do doce, ao mesmo tempo.

— Totalmente. Eu entrei no quarto, empilhei minha roupa e coloquei tudo sobre uma cadeira bem pequena, que reconheci do quarto de James, de quando ele era criança. Tentei conter as lágrimas copiosas quando gritei: "Vocês dois, por mim está tudo bem!" Mas não estava. Então enfiei a cabeça na porta para olhar a sala. Eles estavam sentados no sofá.

— "Vocês dois, quer dizer..." Eu não conseguia nem olhar para ele. "Podem ficar à vontade aí mesmo. Tudo bem." Eu bati os dedos indicadores em conjunto. Acho que pensei em transmitir dois corpos, um ao lado do outro, no futon aberto, mas por causa da batida dos dedos, pareceu, bem, exatamente outra coisa. Depois fechei a porta, mas quando Samantha ligou o chuveiro, James entrou no quarto, de moletom e camiseta amarrotada. Ele sentou na beira da cama e pôs a cabeça entre as mãos.

— Babaca — disse Tommy. — Ele queria sexo a três?

— Não. Ele falou baixinho: "Se você tivesse dito a ela: 'Isso é tão legal, tããããão legal' mais uma vez, eu ia matá-la. E por favor, *pare* de agir de modo tão falso", ele pediu.

"Eu estava muito apegada e atraída por ele naquele momento. Eu tinha a fixa ideia na cabeça de que oficialmente estávamos em melhores condições apaixonados do que como melhores amigos, mas ele não estava de acordo. Apenas abracei uma almofada de estampa indiana que tinha cheiro de gato e me concentrei em uma rachadura no teto. Então ele disse: 'Sinto muito, Allie. Eu estava tão feliz por você ter vindo passar alguns dias, e estava com saudades de você.' Ele imitou meus dedos indicadores batendo em conjunto. 'Você disse para a gente ficar à vontade? Em primeiro lugar, foi uma coisa muito lá de esquisita e tosca para se dizer.'"

Tommy ergueu o corpo para se sentar.

— Isso vai funcionar muito bem. Eu gosto; parece *Harry e Sally — Feitos um para o outro,* só que eles não terminam juntos: é bem mais real de fato, e menos final feliz hollywoodiano. Amizade entre homem e mulher sempre acaba em sexo, e fica destruída e complicada. Essa é a verdade. As pessoas tornam-se possessivas e ficam com raiva do namorado ou namorada do amigo ou amiga terem mais poder, e percebem que o ciúme é, mesmo, amor, mas nem sempre é amor. Você pode explorar isso no roteiro.

— Bem, me sentia definitivamente possessiva naquela noite. É claro que não queria que ele transasse com ninguém a poucos metros de mim; eu queria que ele a mandasse de volta para casa e depois fizesse amor *comigo.* Meus fortes sentimentos em relação a ele me deixavam apavorada.

— Cascata! — gritou Tommy novamente, ouvindo de olhos fechados, com o peito largo sujo de migalhas de brownie que aumentavam em contraste com meu sofá branco. — Mas, por favor, continue.

— Como de costume, James me pôs numa situação difícil, dizendo: "Qual é a sua, Allie?" Convenientemente, ele perguntou a mim, em vez de dizer algo significativo.

— Você disse alguma coisa?

— Bem, consegui me esquivar, dizendo: "Sabe de uma coisa, nós temos o dia todo amanhã para conversar sobre isso sem uma garota nua no seu chuveiro." Então dei-lhe um sorriso falso.

— Deve ter funcionado.

O telefone do escritório tocou novamente. Já passava da meia-noite. Eu não queria falar com Wade na frente de Tommy, mas atendi, em tom arrogante:

— O que foi?! — Só ouvi o telefone sendo desligado.

— Quem era? Tudo bem? — perguntou Tommy.

— Número errado. Deixe-me voltar à história. — Eu tentei mergulhar de volta, mas me senti incomodada pelos cliques do telefone sendo desligado pela segunda vez: agora e quando vi o SUV. — Enfim, James, no seu bagunçado alojamento de faculdade, bateu na minha perna e levantou, dizendo: "Eu tenho uma aula ao meio-dia, mas sim, acho que teremos tempo para conversar." Em seguida soltou um enorme, melancólico e derrotado suspiro. Nenhum de nós parecia muito a fim de uma sessão apressada de agarramento no dia seguinte, em plena luz do dia, entre a aula dele e a hora que Samantha poderia bater na porta e nos surpreender, mais uma vez. Antes de ir a São Francisco visitar James, eu não estava imaginando nenhuma Samantha no cenário; só velas, privacidade total e todo o tempo do mundo.

— Você é tão romântica — acrescentou Tommy.

Eu ignorei seu comentário e prossegui.

— "Você é a culpada", James finalmente disse. "Você é que ficou...", e bateu os dedos indicadores "com tudo quanto é canalha em Massachusetts." Eu disse a ele que não tinha sido com todos os canalhas, e que ele estava exagerando.

Esperei Tommy analisar aquele comentário, o que ele prontamente fez:

— Ok, então você transou com caras aleatoriamente, diversas vezes, para se livrar da dor, e só conseguiu piorar as coisas. Estratégia atrapalhada, mas nada incomum. Não consigo acreditar que você e James consigam ter uma amizade um tanto normal agora, depois de todo esse distúrbio na história de vocês. E depois?

— James caminhou até a cama e colocou as mãos nos meus ombros. Depois sentou, segurou minha cabeça e disse: "Eu preciso de um sinal, está bem?"

— Até que enfim, James! — gritou Tommy.

— A porta do banheiro foi aberta e fechada com violência. Eu estava apavorada, então sorri e disse: "Acho que ela acabou de tomar banho."

— Que atitude grosseira — disse Tommy.

— Com certeza, grosseira. Não consegui dormir nadinha, primeiro escutando a conversa abafada dos dois, e em seguida o que pareceu uma briga, acompanhada de uns sons que pareciam miados de gato, que ela fazia como se tentasse seduzi-lo. Talvez tenha conseguido. Não importava; eu não aguentaria encarar nenhum dos dois novamente. Lembro de ficar na enorme cama dele, sozinha, naquela noite, querendo tanto estar com ele que meu corpo inteiro doía.

"Na manhã seguinte, fugi para a cidade antes que eles levantassem, e chorei enquanto segurava o gorduroso sanduíche de ovo no Jack in the Box, na estrada, o cheiro de gordura trans se espalhando pelo ar."

Olhei para Tommy, que não estava mais deitado. Ele estava sentado, completamente fascinado, com os cotovelos sobre os joelhos. Então se levantou, aproximou-se da minha mesa e me beijou lentamente, acariciando minha boca com a língua, uma das mãos dentro do meu sutiã e a outra abaixando meu zíper, bem devagar.

Após uns dois minutos, ele tomou fôlego, ainda segurando meu rosto com uma das mãos.

— Agora vou embora — disse ele, me deixando apenas com o desejo de que continuasse explorando sob minha roupa. — Junte tudo o que acabou de me contar e escreva a cena inteira. Não omita nenhum detalhe.

TRÊS HORAS DEPOIS, apertei o botão *Salvar* em uma cena que eu reconhecia que havia gostado. Agitada pela tensão sexual com Tommy, a conversa franca e definitiva com Wade, o clique do telefone sendo desligado, e cafeína, eu me enrosquei no sofá e enfiei o rosto profundamente na almofada, que ainda cheirava ao xampu amadeirado de Tommy, e me deixei levar em um sono sem sonhos.

21

Fascinada por ele

Na tarde seguinte, após apertar *Enviar* na cena do meu roteiro para a aula, e escrever no debate do festival de cinema com marcadores cor-de-rosa, laranja e roxo exatamente como Murray havia determinado, mandei uma mensagem de texto para Jackie para marcar um encontro, uma vez que eu sabia que Georges e os mandachuvas da indústria teriam ido embora. Eu começava a acreditar em parte do que ela me dizia e até me questionava *sobre sua* segurança — se ela estava ciente do SUV que a seguia na rua. Eu não sabia se as ligações interrompidas na minha linha telefônica tinham alguma coisa a ver com isso, mas perguntaria a ela também.

COM AS MÃOS trêmulas, paguei ao taxista em frente ao Tudor Room. Meu coração batia com uma intensidade grotesca, e minhas pernas me empurravam escada acima para o restaurante onde eu não tinha nenhum negócio em andamento no meio da tarde. Aquelas vozes, do tipo que aconselham o ouvinte a reconsiderar o plano, sussurravam na minha cabeça. Mas nada poderia me preparar para o que vi.

Enquanto esperava na entrada, alguns ajudantes de garçom arrumavam as mesas a distância.

— Você está me procurando? — A voz de uma mulher veio do bar à minha direita. — Fico contente que tenha vindo.

Jackie. Como de hábito, ela bebericava o seu café como se estivesse descansando em um pequeno bangalô no Mediterrâneo. Ela sorriu.

— O que você quer beber?

— Só uma xícara de chá. — Eu me sentei e tentei ficar confortável para poder ter outra conversa com uma mulher que me dissera muito claramente que havia dormido com meu marido.

Ao girar para ficar de frente para mim, olhei discretamente para sua cintura firme, que Wade deve ter agarrado. Uma grande parte de mim especulou seriamente como encontrar um pouco de cianeto por ali. Mas primeiro eu precisava de mais informação... e as histórias dela ficavam cada vez mais plausíveis.

— Você está começando a entender as conexões do caso? Tem alguma pergunta? Ainda tem dúvidas quando olho nos seus olhos e digo que nunca vou mentir para você?

Era possível que ela realmente não tivesse mentido para mim. Então perguntei:

— Nós corremos algum tipo de perigo ou estamos envolvidos em alguma situação ilícita? Realmente preciso saber.

Ela sacudiu a cabeça e sorriu amavelmente.

— Não. Posso garantir.

— Bem, eu a vi deixando o evento ontem à noite depois de me cutucar e se afastar.

— Eu só queria mostrar que Camilla, Max e Wade estão agindo em conjunto. E Camilla estava pensando que você sabia de todos os detalhes das contas no exterior, quando vocês conversaram. Isso não mostra que...

— Jackie. Eu vi você sair. Um SUV enorme a seguiu na rua.

— Não é nada. Posso garantir. — Ela pareceu tão confiante que me fez sentir um pouco melhor. E no instante em que ela disse aquilo, meus olhos esquadrinharam a sala e notei um homem que, mesmo de costas, eu começava a conhecer bem demais. Não pode ser. — Humm, Jackie. Desculpe. — Então me levantei e comecei a andar, como em transe, na direção dele.

Um homem com corpo musculoso organizava garrafas de vinho em uma adega de madeira, perto do maître. No início não tive certeza, mas quando ele apanhou algumas caixas pesadas de vinho, reconheci aquelas pernas inconfundíveis. Dei um tapinha no seu ombro.

Tommy se virou e soltou uma risada alta.

— O que você está fazendo aqui? Você deveria estar dormindo depois de todo aquele trabalho.

— Eu que pergunto: que você está fazendo aqui?

— Este é um dos lugares onde presto consultoria sobre a compra de vinhos em leilões. Você parece tão espantada. O que foi? Não acha que trabalho em restaurantes tão bacanas como este?

— Só pensei, não sei, não necessariamente aqui com os caras que...

— Você está agindo de forma tão esnobe; acha que eu não posso...

— Não, não, não é isso. Só que aqui é tão diferente do tipo de lugar que eu tinha imaginado você...

— Bem, na realidade dou assistência ao sommelier principal com bons negócios, que ele talvez não conseguisse encontrar sem mim. Ontem mesmo, achei umas ótimas garrafas em leilões porque, acredite ou não, nos dias de hoje, até este lugar está à procura de bons preços.

— Ele se levantou e tocou meu rosto com as costas da mão, e depois acariciou a parte de trás da minha orelha com a ponta dos dedos.

Eu afastei sua mão.

— Você não me disse que era aqui! Você nunca disse: "Ah, eu presto consultoria *para o Tudor!*"

— O que há de errado com você, Allie? Só porque trabalhei na loja de bebidas de meu tio em Rockaway não significa que não entenda de vinho. Eu conheço vinho razoavelmente bem, e meu tio me ensinou muito.

— Eu não quis insultar seu conhecimento de vinho, o que eu quis dizer foi...

— Bem, foi o que pareceu. Você tem algum problema com este lugar?

Na verdade, eu realmente tinha um grande problema com a presença de Tommy naquele restaurante, a começar pelo fato de que Wade almoçava ali, por conta de despesas da revista *Meter*, pelo menos uma vez por semana, nos últimos vinte anos. Tommy nunca perguntou sobre meu marido, e o silêncio sobre o assunto parecia um acordo tácito na nossa relação, desde aquele primeiro beijo. Eu nunca tinha sequer mencionado o nome de Wade. Então me desloquei para trás, enquanto ele continuou me puxando para junto dele.

— A pergunta é: Allie, o que *você* está fazendo aqui? Consegui me desvencilhar.

— Eu... precisava verificar uma coisa.

— Verificar o quê? Ainda vai levar algumas horas até chegar alguém para jantar.

— Bem, eu estava aqui e tinha uma reunião. Às vezes marcamos reuniões nas salas reservadas, quer dizer, eu deixei algo...

— Não há ninguém aqui, Allie. — Tommy olhou furtivamente por cima do ombro. — Aliás, por que você não vem aqui atrás das caixas para que eu possa dizer boa tarde de forma apropriada? — Ele agarrou minha mão, e eu imediatamente a puxei. — O que há com você? E por que está tão nervosa?

— Eu só não pensei que o veria aqui; é algo totalmente fora de propósito.

— Para mim não tem nada fora de propósito, exceto ver *você* aqui — sussurrou ele no meu ouvido. — Vou sair daqui a uma hora; vamos comemorar a cena que você entregou. — Joguei a cabeça para trás, sabendo que Jackie estava olhando. — Você vai ficar por aqui? Eu preciso voltar lá embaixo para fazer um inventário do estoque. Eu te mando uma mensagem mais tarde; tenho que explorar um pouco mais dentro dessa calça jeans.

— É... acho que sim, talvez, com certeza — respondi ainda em choque, enquanto ele descia correndo as escadas.

Em seguida fui ao encontro de Jackie, mais atordoada que antes.

Ela riu baixinho.

— Quer dizer que você conhece Tommy?

— Por favor, não me diga que você o conhece? — perguntei.

— Só sei que ele é o cara gostoso do vinho, que trabalha meio período e tem uma luz à sua volta, na qual todo mundo quer se banhar.

Tentei minimizar nossa relação o melhor que pude.

— Pois é. Só que é tão estranho; ele está na minha turma, num curso que estou fazendo, e às vezes colaboramos na redação um do outro, mas eu mal o conheço *realmente* e...

— E ele exerceu seu fascínio sobre você.

— O que você quer dizer com isso?

— Apenas deu essa impressão. Aquela carícia da mão dele no seu rosto foi como se ele tivesse arrancado seu sutiã.

— Não tem nada a ver! — Eu me sentei e tentei, de todas as formas, convencê-la do contrário, falando pelos cotovelos. — *Não tem nada a ver, mesmo.* Quer dizer, eu só o conheço do curso de roteirista, e as aulas estão nos ajudando com esses roteiros confusos e...

— Tudo bem. Eu só juntei dois mais dois — disse ela, revirando os olhos. — Aquele cara se apaixona toda semana. Ele é muito intenso.

— Eu sei — respondi. Jackie me pegara. Ela viu quando ele me tocou, não só meu rosto, mas quando ele puxou as minhas mãos para junto de si. Ah, meu Deus, como senti desejo de me jogar em cima dele, mas me contive. Pensei muito nas conversas que Tommy e eu tínhamos ultimamente, e percebi que eu me importava muito com o que ele pensava sobre trabalho e sobre mim. Mas, naturalmente, eu tinha que pegar leve com a sedutora de nível internacional sentada diante de mim.

— Quer dizer, eu conheço o lado intenso. Da ajuda que ele me deu em uma aula, só isso.

— Você está interessada nele?

Eu tive vontade de falar: *Ele poderia ser um barco salva-vidas para mim, se algum dia eu criar coragem para fugir do rolo compressor chamado Wade Crawford*. Mas não disse nada. Apenas me mantive firme à minha, até agora incompleta, missão de compreender por que Jackie tinha entrado daquele jeito na minha vida.

— Isso não tem nada a ver comigo ou Tommy. Não é por isso que estou aqui — respondi, assumindo um tom metódico.

— Você tem uma lista enorme de clientes e um chefe insuportável, autodestrutivo e obcecado, e deveria estar se concentrando no seu roteiro em todo tempo livre que tem agora, não em Tommy, cujo tipo aparece às dúzias se você estiver procurando — disse Jackie.

Ela não conhecia Tommy. Não tinha como entender o quanto ele me compreendia. Eu precisava mudar de assunto.

— Como você sabe tanto a respeito de Murray? Você teve um caso com ele?

Ela jogou a cabeça para trás com aquela pergunta.

— Caramba. Definitivamente não. Estou decidida a descobrir o papel dele em tudo isso. Quero que ele abra o jogo sobre coisas que ele nem sabe.

— Por quê? Sobre o quê? Murray é a pessoa mais transparente que conheço — falei, agora mais preocupada com meu emprego e meu sustento do que nunca.

Aproximei discretamente minha bolsa do corpo, com meu último item de poder no seu interior — o segundo pen drive, no qual eu tinha copiado tudo — e tentei mudar de assunto. Naturalmente não confiava nela o bastante para cogitar entregar-lhe o pen drive.

— Podemos falar um pouco sobre você? Eu vejo que odeia muitas pessoas daqui, que estão bêbadas além da conta. Acredite, eu também: também não faço parte deste mundo. Se você quiser saber, eles agem como alienígenas. Mas por que se importa tanto com tudo isso? E por que você estava na exibição? O que você sabia de antemão e como? — As perguntas jorravam em tal velocidade que mal me permitia articular as palavras.

— Já expliquei quase tudo. Com o tempo você vai entender por que não posso contar nada agora, enquanto eu não tiver certeza. Mas vou acrescentar uma coisa: eu sabia que eles tinham uma tonelada de ações da Luxor e esperavam que elas subissem. Algumas simples notícias na mídia sobre uma potencial aquisição falsa causaram a súbita valorização daquelas ações. Algo maravilhoso quando se possui secretamente uma tonelada delas. Tenho certeza que não foi a primeira vez que eles fizeram isso, este grupinho animado. Na realidade, sei que eles estão planejando anunciar outro falso rumor na mídia, para fazer outras ações subirem ainda mais, e vão ganhar muito dinheiro com isso. A Luxor foi apenas para pegar a prática, um jogo de crianças, para o que eles têm em mente.

Escutei tudo com atenção, mas ainda tinha muito a argumentar pelo bem da minha família.

— Desde a primeira noite que vi Wade, ele costumava falar sobre destruir os canalhas, o tempo todo. Está no sangue dele; por isso ele gosta de jornalismo. É como se essa atividade fosse um comitê de vigilância, ou algo assim. Ele tem um espírito muito irreverente que se rebela contra a autoridade. Mas ainda tenho muita dificuldade em acreditar nisso.

Ela me fez parar colocando a mão no meu braço.

— O rebelde que existe dentro dele pode estar desaparecendo. Seu marido está um pouco desesperado, e mais do que um pouco corrompido, para sua informação. — A ex-amante do meu marido então tomou um golinho do cappuccino. — Só estou tentando acordar a esposa para a realidade.

— Como dele você consegue descobrir tudo isso? — perguntei. — Afora quando vasculha a roupa suja desses homens.

Lancei os olhos na direção de Tommy para assegurar-me de que ele ainda estava lá embaixo, e longe do alcance dessa conversa.

— O que você está procurando? — perguntou ela.
— Nada, eu só...

Ela apertou os olhos, intrigada.

— Você é *ninfomaníaca*?
— Bem, eu quis me assegurar de que ele tinha ido...

Jackie sacudiu lentamente a cabeça, tentando não rir.

— Estamos falando de uma coisa muito mais importante.

Sorri discretamente por Jackie ter me surpreendido. Ela sorriu também.

— Você me pegou.

— Não me diga que você é uma dessas mulheres que são capazes de enfrentar o mundo, mas deixa o homem controlar sua vida? Wade e seu comportamento infantil? Murray? Posso acrescentar o sedutor Tommy a esta lista?

— Eu não deixo homem...

— Você com certeza parece e age dessa forma — acrescentou Jackie, com um sorriso largo, gentil e indulgente.

— Não acho que seja tão fácil — respondi, mas não consegui deixar de acrescentar: — Poucas mulheres que conheço, eu mesma inclusive, conseguem ser inflexíveis, como era de se esperar, da forma que você parece ser. Homem às vezes é uma obsessão doentia...

— Ah, caramba, o jeito é simplesmente foder com esses caras. — Ela tomou um gole lento do café, mantendo seu olhar furioso na minha direção.

— Bem, quanto a ignorá-los é mais fácil falar do que fazer...

— Não é isso o que estou dizendo — disse ela, o rosto muito bonito, bem perto do meu. — Quero dizer, literalmente, *apenas foda com eles*. Para que toda essa tortura por causa de Tommy? Por que você está resistindo? Acabe logo com essa agonia.

Coloquei a mão na testa.

— Preciso de Tommy para me ajudar a escrever, mas não tenho nenhuma intenção de transar com ele.

— Isso é tão encantadoramente tradicional. Você o deixa excitado; acabei de vê-lo puxando você para o canto, como se quisesse atacá-la. Você precisa apenas transar com o cara e descobrir se vale a pena para *você*.

Aquilo realmente pareceu tentador em mais de um nível.

— Bem, pelo que me consta, sou casada.

— Como pode ser tão recatada e puritana, quando ainda está na sua melhor forma? — Ela lambeu a espuma do cappuccino.

— Jackie, se você quiser conversar, de mulher para mulher, e quiser que eu confie em você, então vou realmente pensar nisso, mas não prometo nada. Vamos ouvir sua história — respondi, bebendo alguns golinhos do chá morno, entre as perguntas. — Você tem um namorado que a faça agir de maneira inflexível sobre tudo? Você ao menos deixa algum cara entrar na sua vida? Nenhum homem jamais a deixou obcecada, fascinada, teve controle sobre você?

Ela fechou os olhos e sacudiu a cabeça.

— Não exatamente.

— Você não parece muito segura.

— Há alguém que conheci que é um pouco diferente, na verdade bem diferente e especial, mas ainda não dei um passo decisivo... Quanto aos outros... — Ela sorriu de modo afetado e tomou um gole do café. — Eu gosto de sexo, e gosto sem nenhuma complicação.

— Claro que transei com alguns caras no segundo grau e na faculdade — respondi, defendendo minha capacidade de ter sexo por diversão. — Dando pra todo mundo do meu jeito.

— Ouça a si mesma. — Ela levantou a cabeça com desdém. — Você não estava dando pra todo mundo; você estava experimentando a mercadoria, descobrindo o que queria.

— Não, não acho que me preocupava muito com a qualidade da mercadoria. — O problema é que eu nem olhava a mercadoria, muito menos examinava a data de validade.

— Bem, por que você não pode fazer isso agora? — perguntou ela, como se sugerisse que eu experimentasse um novo par de sapatos.

— Talvez eu queira dar um bom exemplo a Lucy. — Devo ter olhado para ela daquele modo arrogante que as mães fazem com mulheres sem filhos. Não teve efeito nenhum.

— Então você prefere este estado carente no qual está agora com Tommy, em que teme tanto sua própria sombra e seus próprios desejos que não consegue nem compreender o que quer? — Claramente foi a vez dela ser arrogante. — Além disso, seu marido está fazendo isso, então, por que você não pode?

— Não é porque ele faz coisas erradas que eu concorde em fazer o mesmo — respondi, levantando o tom de voz. Eu me sentia um tanto desconfortável me abrindo com ela, mas realmente gostava de ouvir como ela enfrentava os problemas, mais independente do que eu seria capaz. Com exceção de Caitlin e algumas mães boazinhas na escola e em raras ocasiões, eu não gostava de deixar que as pessoas soubessem como me sentia por dentro, o que significava que não me abria naturalmente com muitas amigas. Além disso, James me conhecia de um modo que ninguém mais conheceria. E isso bastava.

Ela fez um gesto com a mão ignorando minhas preocupações.

— Sexo é como você o interpreta. Pode ser apenas um alívio, se você assim o quiser. Pergunte a qualquer homem.

— Você pode pensar que isso é liberdade, mas não estou tão segura...

— Para mim não significa nada, se eu não quiser que signifique alguma coisa — disse Jackie com um gesto desaprovador diante da minha intenção de categorizar seu comportamento. — E significa o mundo, se eu estiver apaixonada. Tomarei a liberdade de fazer essa escolha qualquer dia. Você age de acordo com o que quer ou com o que a sociedade quer que você queira? Cuidado para não sair por aí com a letra escarlate colada no peito, ou dando uma de madame Bovary, tomando arsênico, toda aquela asneira repugnante de "punição à mulher".

— Esses romances têm mais de cem anos.

Ela fez um coração com o canudinho e o lançou diante de mim.

— É exatamente isso o que estou querendo dizer. Você está seguindo princípios antigos. — Ela bebeu a última gota do cappuccino e guardou o laptop na bolsa. — Transe com ele, se é o que você quer. Nós não estamos na Arábia Saudita. — Então se inclinou perto do meu ouvido. — Seja o que for que você decida, não deixe a sociedade estereotipá-la.

Olhei bem nos seus olhos castanhos e aveludados, as pupilas enormes na luz fraca. Minha opinião em relação a ela oscilava, desde achar que aquela mulher era louca, e alguém que eu tinha que odiar (ou envenenar), a achar que ela realmente poderia ter bons argumentos.

— Acho que não vou fazer nada, e se fosse fazer alguma coisa, certamente não iria abrir o jogo com você, mas vou pensar no que me disse. Prometo.

— Bem, pense em tudo o que eu disse; e se você se permitir, observe aqueles caras no grupo "abaixo dos 30". Eu sei que Tommy tem mais de 30 anos, ele é o que...

— Trinta e dois.

— Bem, a julgar pela aparência, ele é uma incógnita.

— Você disse para observar o que exatamente?

Ela lambeu os lábios e se levantou para ir embora.

— Ah, você sabe...

— Não sou exatamente uma virgem, nem era antes de conhecer Wade — respondi.

— Acho que você pode identificar um homem pela faixa etária. Pelo menos eu posso. — Jackie respondeu como uma especialista no assunto, que pelo visto era. — Os caras de 50 anos estão todos desesperados para mostrar que ainda estão com tudo em cima. Eles tentam exibir posições pouco confortáveis das quais eles mesmos nem gostam.

Pensei em Wade, perto dos 50 anos, agindo como um completo tolo na cama, com Jackie, em algumas posições tão esquisitas que eu nem conseguia imaginar. Uma parte de mim estava humilhada de ser ligada a ele.

— Continue.

— Os de 30 e os de 40 anos são basicamente iguais; eles sabem como satisfazer uma mulher e sabem do que elas gostam. São bem práticos e objetivos. Eles gostam de deixar a mulher excitada e entendem que, ao excitá-la, na verdade tornam as coisas melhores para ambos. Sabe como é, sexo normal, prazeroso, como se esse fosse o objetivo.

— E os que têm menos de 30 anos?

— Esta é a faixa etária incógnita agora, pelo que estou vendo.

— Você está vendo ou suas amigas estão te contando? — perguntei, intrigada.

— Bem, uma combinação de pesquisa de campo direta e o que ouço, digamos assim. Mas os caras com menos de 30 anos são, com certeza, obcecados por pornografia na internet; eles a usam como aula. Foi assim que eles aprenderam tudo sobre sexo, não como antigamente, quando os homens aprendiam com a babá do vizinho que os ensinava os toques que uma mulher realmente gosta. Eles se masturbam vendo aquilo, imitam, tentam se igualar, e não sabem que há outro modo. Eles batem na sua bunda do nada, se excedem um pouco tentando segurá-la; basicamente transam como se fossem astros de filme pornô, o tempo inteiro, e esperam que você faça o mesmo.

— Cruzes, deve ser horrível. É só isso ou tem mais?

— Muito mais, mas estou atrasada e tenho que ir. — Ela lançou a bolsa por cima do ombro e sussurrou, quando se preparava para sair: — A verdade é que todos eles querem reproduzir as cenas dos filmes e são estúpidos e imaturos demais para entender que aquilo é só para espectadores, não para gente de verdade transando pra valer.

— E *money shot* quer dizer... — Eu falei como a garota de um vilarejo de pescadores, que na verdade eu era.

— Eles gostam de gozar em você, em vez de dentro de você. Aquela cena de filme pornô, de gozar do lado de fora para dar visibilidade à ejaculação, puro efeito visual. Eles esquecem que não há nenhum espectador aguardando o final do filme. E se você não conseguiu entender, o que eu quis dizer foi: pegue um lenço para o rosto, vamos dizer assim. Ou esfregue para completa absorção; dizem que é bom para a pele.

— Humm, bem — disse eu, irritada. — Obrigada pelo conselho, em todos os aspectos.

Seu súbito sorriso iluminou o bar.

— Não me agradeça ainda. Até onde eu sei, apesar de toda intensidade e entusiasmo, talvez Tommy seja ruim de cama. Não seria irônico?

— Com certeza. — Eu ri meio desajeitada e com relutância. — Seria engraçado.

Jackie me fitou longamente ao colocar a mão na bolsa, e me beijou suavemente no rosto.

— E tenho certeza que você pode ter isso da maneira que quiser, na cama de quem quiser, seja qual for a idade do cara. Mas pense no que eu disse sobre os homens na sua vida que exerçam poder demais sobre você. Eu falo sério.

22

Calor explosivo

No dia seguinte, no escritório, não consegui parar de pensar na teoria de Jackie "homem de acordo com a faixa etária". Quanto às suas ideias em relação aos padrões morais de transar por aí, uma parte de mim queria matá-la por fazer aquilo com o homem com quem me casei (e por parecer tão tranquila em relação a isso), mas eu tinha que admitir que gostei de ouvir uma mulher falando como um homem. Pelo menos ela não amava Wade, e só o considerava uma transa casual com um "cinquentão tentando provar alguma coisa". O relógio bateu uma da tarde e meu telefone tocou.

— Allie. — Murray começou a falar sem dizer olá. Parecia um pouco ofegante, até para um homem cuja respiração era sempre barulhenta, agitada e forte, como se fosse ter uma parada cardíaca a qualquer momento.
— Faça o que eu mandar.
— Eu sempre faço o que você manda, Murray.

— Sim, eu sei, eu sei. Mas desta vez não estrague tudo improvisando com seus comentários. Faça *exatamente* o que eu mandar — instruiu ele.

— Certo, em primeiro lugar, você parece sua mãe, que é exatamente quem você não quer ser na vida. E em segundo lugar, eu não estrago nada. — Fiquei preocupada que algo sério pudesse estar acontecendo, mas não quis revelar a Murray o quanto eu sabia.

— Você não estraga nada. Só estou acostumado a ter que dizer isso a todo mundo. Desculpe, apenas faça o que eu mandar, entendeu?

— Sim — respondi. — Acho que já concordamos nisso.

— Preciso ver seus relatórios, mas quero tudo pessoalmente agora. Em Southampton. Hoje.

Aquilo me preocupou. Por que eu não podia enviá-los por fax ou mandá-los por e-mail?

— Hoje? Você quer que eu vá aí? Nós falamos sobre fazer isso por videoconferência.

— Não, preciso de algo mais também. Um homem do banco irá procurar você. Ele chegará aí embaixo daqui a aproximadamente três minutos. Avise ao porteiro que ele pode subir. Ele vai entregar pessoalmente um envelope com alguns documentos na porta da sua sala. Não é um mensageiro, é um funcionário do banco. Ninguém pode ver os documentos. Nem você. Nem o cara que os entregar. Entendeu? Há uma fita adesiva lacrando o envelope. Certifique-se de que não esteja violada em nenhum lugar.

— O que devo fazer com o tal envelope? — perguntei com grande apreensão.

— Pegue a via expressa de Long Island e traga o envelope para mim. E se você se envolver em um acidente de carro, e o carro estiver prestes a explodir, pegue meus documentos e deixe a porra da sua bolsa pegar fogo.

Alguns minutos depois, um homem sério, com ares de banqueiro suíço e vestindo um terno, apareceu na minha porta, após ter a entrada permitida pelo porteiro. Ele permaneceu no andar de cima durante quarenta segundos completos, antes de ir embora, sem dizer uma única palavra.

Coloquei o envelope — lacrado com fita vermelha onde se lia: Confidencial — na minha bolsa. Fiquei me perguntando o que haveria nele, mas sabia que não podia abri-lo para descobrir. Então reuni todos meus documentos e, ao sair apressada porta afora, acabei esbarrando em Caitlin, que me trazia um frappuccino fresquinho, derramando parte nas minhas pernas. Nesse instante, meu telefone tocou.

Wade.

— Que foi? — disse eu praticamente gritando.

— Ah, graças a Deus consegui encontrá-la.

— O que foi? — gritei novamente.

— Estou aqui embaixo com as crianças.

— Embaixo onde?

— No edifício onde você trabalha.

— Certo, bem, meu dia hoje está cheio conforme conversamos, e também combinamos que você cuidaria delas durante a metade do dia, lembra? De qualquer maneira, estou saindo neste momento para uma reunião com Murray, portanto não posso ficar com elas agora.

— Agradeci a Caitlin com uma piscadela e peguei o copo frio de plástico.

— Ótimo — disse ele, antes de afastar a boca do aparelho. — Elas adorariam dar um passeio, não é, crianças?

Fechei os olhos, tentando não dizer "filho da puta" em voz alta.

— Wade, nós conversamos sobre o quanto estou atarefada com o volume de trabalho. Quantas vezes eu o poupo de ficar com as crianças quando você está sobrecarregado? Quantas vezes digo que tenho que trabalhar em vez de tomar conta delas? *Nunca*. Hoje é diferente. É a minha vez de estar sobrecarregada. Não posso levar as crianças até Southampton; isso é loucura. — Então olhei para Caitlin e falei baixinho: *filho da puta*, apontando para meu celular.

— Eu sei, eu sei, mas surgiu um imprevisto e tenho que jogar uma rodada de golfe com Max Rowland hoje à tarde. Temos que conversar a respeito de um filme no festival que ele está patrocinando; como não vai ter um bom lançamento, posso ajudar com alguma publicidade pertinente, então...

— Sobre o que você tem que falar com Max? As críticas já foram publicadas. Não há como revertê-las.

— Ele quer falar sobre a distribuição internacional para poder dobrar seu investimento aqui e no exterior. O carro dele está esperando para me levar ao Bayonne Country Club, agora.

— Filho da puta! Wade, é sério mesmo? Golfe? Essa é sua desculpa para acabar com minha apresentação?

— Prometo compensá-la...

— Compensar o quê? Por suas traições durante todo nosso casamento ou por largar as crianças comigo justamente no dia do relatório para meu chefe? — As sobrancelhas de Caitlin se ergueram ao máximo, embora ela rapidamente se ocupasse em ajeitar meus arquivos e diagramas, na bolsa no chão.

Wade não respondeu por um longo tempo e, então, finalmente sugeriu:

— Allie. Desculpe. Nossa, nós estamos em um mau momento. Eu, eu...

— Sim, Wade, você vai compensar o que exatamente?

— Eu me referia ao planejamento lamentável e atabalhoado de hoje. Pensei em compensá-la por isso, foi o que eu quis dizer.

— Você não pode fazer isso também, Wade. — Em seguida, desliguei o telefone.

— Caraaaca — disse Caitlin. — Quando você falou em traição, você se referia à garota da festa ou a algum fato muito anterior a isso, quando Lucy nasceu?

— A esta pergunta eu não vou responder.

Ela olhou nos meus olhos, ficando na ponta dos pés para fazer isso.

— Você tem que responder. Eu preciso saber.

Tentei empurrá-la ao sair da minha sala.

— E por que você precisa saber?

— Porque quero dar conselho de amiga, mas você se fecha tanto que não conseguimos encontrar uma solução para isso.

Joguei pesadamente meu corpo frágil no sofá do corredor, diante dos elevadores, e coloquei a cabeça entre as mãos.

Caitlin massageou minhas costas.

— O que está acontecendo com vocês dois? Por que estão se comportando assim?

Eu sacudo a cabeça negativamente.

— Se você se apaixonar por alguém que acabe se revelando um mentiroso e ainda amar alguma coisa nele e, além disso, tiver filhos, então você está fodida. É como se Lucy e Blake formassem este bloco de concreto que me prende. Eles merecem a família que eu nunca tive. Vou dizer uma coisa: estou muito perdida nessa confusão.

— Bem, talvez Wade simplesmente não seja o homem que parecia ser quando vocês...

— Wade é só uma criança grande. Ele quer tudo, e quer agora. E ele é bacana, interessante em muitos aspectos, mas tem umas fraquezas muito, muito reais. E isso causa um enorme sofrimento, pois um companheiro mentiroso não implica o fechamento da conexão, como se faz com uma torneira. Implica apenas a predominância do conflito e, no meu caso, um estado penoso e constante de perguntar a mim mesma: *o que eu faço agora?*

— Bem, quanto tempo você pode aguentar? — perguntou Caitlin, como se isso a afetasse de alguma forma. — Você vai tentar, apesar do... não sei, do estilo de vida dele?

— Eu não seria a única mulher no mundo a ignorar esse problema. Meu coração doía e eu sentia um ataque de ansiedade tomar conta de mim porque não tinha a menor ideia do que queria nem de como solucionar o problema.

— Pense em Jackie Onassis — disse Caitlin, parecendo desanimada.

Eu sacudi a cabeça e fitei a blusa toda amassada com a qual eu tinha dormido.

— Nada em mim se parece com Jackie Onassis.

— Pense em Hillary Clinton! — sugeriu Caitlin em seguida. — Ela pode ser presidente um dia; então poderíamos dizer que a líder da porra do mundo livre ignorou um cara galinha!

Sim, mas talvez eu simplesmente não pudesse ignorar o problema nem encontrar a resposta certa. Uma Allie feliz não despontava em nenhuma situação. Eu tinha duas escolhas: deixá-lo, ficar sozinha com as crianças e enfrentar Deus sabe o quê, ou ficar com ele e achar que não merecia nada do que tinha acontecido no meu casamento.

Então me levantei empertigada como um bom soldado e apertei o botão do elevador. Tinha um relatório para apresentar ao meu chefe, um envelope confidencial para entregar a ele, e duas crianças cansadas lá embaixo, no hall, em um dia horrível, opressivo, quente e úmido de Nova York. Não havia alternativa a não ser levá-las à reunião e entupi-las de sorvete para mantê-las o mais felizes possível. Pensamentos terrivelmente dolorosos arrastavam-se por cada centímetro do meu corpo, mas fechei os olhos e optei por escondê-los por enquanto.

HÁ UMA REGRA implícita em Manhattan que diz: "Em sextas-feiras de verão, vá para Hamptons antes das duas da tarde ou depois das sete da noite. — Nunca entre esses dois horários." Quando acabei de acomodar as crianças no carro e coloquei um filme na tela de DVD, eram 13h30.

Desta vez, a regra implícita estava errada por trinta minutos, o que só fez aumentar aqueles pensamentos dolorosos. Duas horas depois, eu estava parada na Long Island Expressway, presa em um perfeito tumulto pré-hora do rush e engarrafamento com turista rico de fim de semana de Hampton, próximo à saída 50, vinte longas e lentas saídas, antes da rampa para Hamptons.

Estávamos completamente parados em uma estrada de quatro pistas, e o ar-condicionado do Volvo antigo não dava vazão. Pelo menos as crianças tinham adormecido depois da primeira hora de ininterruptas provocações, empurrões e choramingos. Dei uma olhada no banco de trás, onde eles finalmente haviam dormido, e eles pareciam pequenos querubins encolhidinhos. *Pelo menos eu tinha meus filhos, e ninguém poderia mudar isso, jamais.*

Meu telefone tocou — o número de Tommy no visor — e eu cliquei rapidamente no receptor do Bluetooth, antes que o ruído os acordasse. Ao menos um pequeno raio de luz em uma manhã complicada.

— Como ficou a apresentação? — perguntou ele.

— Meio confusa, na melhor das hipóteses. Meu chefe vai enfatizar cada falha.

— Bem, foda-se seu emprego. Fique firme com o roteiro.

— Para quando é o seu? — perguntei.

— Daqui a uma semana.

— Vou ficar em cima de você na próxima semana então — prometi.

— Gostei de você em cima de mim. Podemos talvez tentar isso antes da semana que vem, para praticarmos um pouco...

Eu tossi constrangida.

— Estou um pouco indecisa em relação a isso, você sabe — falei, enquanto me assegurava de que as crianças estavam dormindo no banco de trás.

— Posso ajudá-la com essa decisão. Por que você simplesmente não relaxa, vem ao meu apartamento, arranca minha roupa e fica no comando; faça o que quiser comigo...

— E que tal se, em vez disso, eu ajudá-lo com seu roteiro? — perguntei, esperando dar o troco, e também dar uma esfriada no ânimo dele.

— Por acaso estou tendo dificuldade com meu personagem principal. O cara gosta de uma garota interessante, mas quer traí-la com uma gata gostosa, totalmente perigosa, e estou com medo de que isso possa fazer o público odiá-lo. Como resolvo essa situação e faço as mulheres quererem assistir a este filme e, de alguma forma, gostarem dele?

— Bem, isso não é fácil, mas você deve dar graças a Deus porque é *o cara* que você está tentando tornar simpático. O público odeia quando uma mulher trai, especialmente se ela for mãe, com tanto preconceito puritano em relação a tudo isso. Se uma mulher casada de fato trair, o escritor tem de fazê-la se jogar na linha do trem para que o público possa ir para casa feliz... ah, merda — xinguei, batendo na testa com a palma da mão.

— Allie? — disse Tommy, visivelmente assustado. — Tudo bem?

— Sim, tudo bem. — Então sacudi a cabeça quando minha raiva voltou. — Mas tem algo que preciso fazer. Ligo para você depois.

— Certo, tudo bem. E pode ficar em cima de mim na próxima vez que for conveniente.

Ouvi resmungos no banco de trás, quando Blake se mexeu e reclamou de sede, com os olhos ainda fechados.

— Filho, tem Capri Sun de morango, seu favorito, no cooler. Tome um golinho e volte a dormir. Quando vocês dois acordarem, enquanto eu estiver preparando a reunião, podem assistir a *Toy Story 3*.

Em seguida, liguei nervosa para a recepção.

— Boa tarde, 553 West Nineteenth Street.

— Oi, Lorenzo, é Allie Crawford dos escritórios Hillsinger. Eu queria fazer uma pergunta.

— Pode falar.

— Você lembra que desci para cumprimentar meu marido e as crianças?

— Claro. Sempre me lembro das crianças. Não posso dizer o mesmo sobre os maridos.

— Está bem, Lorenzo — assenti. — Por favor, por favor, por favor, tente se lembrar. Pouco antes da chegada do meu marido, você enviou um mensageiro aqui em cima, o Sr. Prissert?

— Ah, sim, entendi. Sra. Crawford, aqui é como a Grand Central Station, não me lembro de cada rosto que faço o registro.

— Por acaso você viu meu marido falar com esse Sr. Prissert, o cara que subiu com o envelope? — Eu agarrava o volante como uma louca. Aquilo me atingiu como um choque elétrico. Se Wade e o Sr. Prissert conversaram na recepção, então Wade e Murray com certeza estavam juntos em uma espécie de transação financeira. E eu poderia acreditar em tudo que Jackie me dissera. Talvez eu até entregasse a ela o pen drive.

— Honestamente, Sra. Crawford, eu realmente gostaria de ajudar, mas simplesmente não me lembro. Lembro-me das crianças entrando correndo quando a senhora desceu, e de pensar que a senhora deveria ser uma mãe muito bacana, vendo como sempre me trata bem. Lembro-me disso. E lembro que a senhora foi até o lado de fora para falar com alguém; o que me faz pensar que as crianças não tivessem chegado sozinhas.

— Você pode encontrar alguma gravação das câmeras de segurança?

— Sim. Mas não posso...

— Por favor, Lorenzo. Dê uma olhada nas gravações. E também me diga se há um SUV preto do lado de fora, onde estaria o cara que subiu com meu envelope.

— Está bem. Dê-me uma hora.

Eu só precisava de uma conexão entre Wade e o envelope que Murray tanto queria de um banco, e estaria bem perto de acreditar em tudo que Jackie dissera — por que outro motivo meu marido agradeceria a Deus, de joelhos, quando lhe entreguei um pen drive que havia desparecido? As peças eram óbvias demais para serem ignoradas: Max Rowland, também conhecido como o Rei da Aquisição do Texas, tentando ficar ainda mais rico; meu marido manipulando histórias nos meios de comunicação; Delsie transmitindo notícias falsas no canal de notícias CNBC, com o objetivo de ganhar mais algum dinheiro para garantir cada blazer Valentino de cores variadas; e Murray inventando mais histórias com a ajuda do cara mais influente dos meios de comunicação, Wade Crawford, para proteger todos eles. Um belo círculo do crime que girava sem parar.

Jackie havia dito que esse grupo estava planejando outra transação ainda maior. Eu tinha de achar a conexão que faltava, antes que isso acontecesse. O problema era que eu não entendia todos os códigos e números no pen drive. Embora eu soubesse que os projetos Vermelho, Verde e Azul tinham informações sobre contas bancárias ligadas a eles, eu não sabia o que eles significavam. Ainda temia que tudo aquilo envolvesse Wade a ponto de prejudicá-lo, e que pudesse nos afetar, por isso eu não abria mão do pen drive, de jeito nenhum. Eu não o entregaria a Jackie, pelo menos por enquanto.

23

Aristocracia rural

Às 16h40 daquele dia abafado, atravessei o portão automático da casa de Murray e imediatamente avistei sua mansão revestida de estuque, em Southampton. As pedras no acesso circular à casa eram inclinadas de maneira tão perfeitamente uniforme, que pareciam a cobertura de um bolo. Um enorme olmeiro, novo no jardim, projetava-se junto à entrada.

No gramado em frente, avistei Murray com uma bola e um taco de beisebol Wiffle, no quadrilátero. Ele estava usando uma bermuda listrada, presa na cintura pelo provavelmente mais longo cinto de lona existente — suas iniciais, HH, bordadas em quadrados rosa e verde a cada dez centímetros, com dois tacos de golfe cruzados entre elas. Ele também usava mocassim laranja brilhante J.P. Todd que parecia estar a ponto de estourar dos seus pés inchados.

A musculosa esposa de Murray, Eri, bem elegante na exibição da noite anterior, em um vestido Dennis Basso, com joias e o cabelo arrumado em um coque, parecia completamente perdida em uma academia improvisada. Ela usava legging branca sobre as pernas esguias, uma camisa polo fúcsia e sapatênis Lanvin de pele de cobra que custavam uns mil dólares. Suas lentes de contato azuis brilhantes davam um tom etéreo aos seus olhos asiáticos escuros, de um modo profundamente sinistro.

Dirigi até certo ponto em volta do círculo e fiquei observando a família Hillsinger do banco dianteiro, enquanto fingia falar ao telefone. Eu não aguentava sair no sol brilhante e escaldante imediatamente.

Murray jogava bola com os dois filhos, Benjamin de 6 anos e Noah de 4, com Eri supostamente na posição de receptor: uma daquelas famílias instantâneas criadas por homens ricos mais velhos, que trocam suas esposas leais de longo tempo por todas as esperanças e promessas que carne mais jovem parece oferecer. Os meninos usavam camisas de sarja coloridas, por dentro de bermudas cáqui que iam até os joelhos. Benjamin, a pele inchada acima das meias como o pai, aproximou-se da área do lançador que Murray ocupava e se lamentou:

— Odeio esportes coletivos. Por que temos que jogar este jogo estúpido?

— Murray! O menino tem que descansar um pouco. Pega leve com ele — gritou uma mulher corpulenta, de meia-idade, da sombra do pórtico dianteiro.

— Não, mãe! Ele precisa aprender a jogar bola. Você pensa que dava mole para mim?

— Você não era como Benjamin. Não conseguia fazer nada direito. Tinha que se esforçar muito só para se nivelar aos outros. — A Sra. Hillsinger levantou pesadamente da cadeira e desceu os degraus, enquanto seus seios enormes balançavam de um lado para o outro. —

Benji já é uma estrela. Vem cá, meu Benji. Venha para a vovó ganhar um pouco de carinho.

— Mãe! Pare com isso! — Murray bateu na cabeça de Benjamin, derrubando seu boné, e disse: — Isso só termina quando uma equipe alcança 12 pontos. Entendeu?

Saí do carro no calor intenso, deixando o motor e o ar-condicionado ligados, e fui direto até Murray, esperando que meus filhos permanecessem hipnotizados pelas maravilhas dos estúdios Pixar.

Murray gritou:

— Só dez minutos, Allie. Você trouxe o envelope, certo?

Peguei minha bolsa e a segurei com força.

— Sim. Intacto.

— Murray! — A Sra. Hillsinger gritou novamente. — Não vá trabalhar e ignorar os meninos. Allie tem tudo sob controle. Você tem a tarde inteira para trabalhar!

Aproximei-me dos degraus da casa e cumprimentei a formidável Toni Hillsinger com um beijo. Ela pegou meu braço.

— Allie, querida. Você parece muito magra. O que acontece com essas garotas da cidade? Eri está tão magra que parece a namorada do Popeye. Uma Olívia Palito japonesa! — Quando ela riu, sua enorme barriga estilo Murray chacoalhou.

— Bem, na verdade, Eri está muito elegante — disse eu, contornando a situação.

— Para quem gosta desse tipo de coisa. — Então ela acrescentou em um sussurro alto, para que Eri pudesse ouvir: — *Eu não acho bonito! De jeito nenhum!* — Quando voltou à escada, continuou seu discurso encantador, sem qualquer discrição. — E meu Murray, onde ele arrumou aquele cinto louco e o mocassim de mulher, alaranjado? Ele esqueceu suas origens. Só porque comprou uma casa em uma baía, com flores bonitas, não significa que seja um nobre.

— Eu estou ouvindo, mãe — berrou Murray. — **Allie**, vá pedir ao Eduardo um chá gelado *nobre*. Caso contrário, ele irá servi-la na porta dos fundos. Vá sentar, Allie — vociferou, como se eu fosse seu cachorrinho, de cuja função eu não deveria estar muito longe.

— Claro. — Voltei para dar uma olhada nas crianças e ver se elas queriam entrar na sala de televisão ou assistir ao jogo do lado de fora.

Naquele momento, *uma* picape Ford F-150, 1986, caindo aos pedaços, subiu a entrada. Dentro dela pude ver uma mulher mais velha na direção e um passageiro, que não consegui visualizar muito bem. O carro parou perto de Murray, e a mulher de cabelo despenteado, aparentando mais de 50 anos, acenou um amável olá do banco do motorista. Na lateral do carro, uma placa com os dizeres: ORGÂNICOS DA BARBARA.

— Barbara, o que você trouxe para nos contaminar hoje? — Murray parou o jogo e se aproximou do carro.

— Tudo. Acho que você pode incluir algumas frutas na sua dieta. Nada de torta para você hoje — exaltou Barbara com uma voz áspera que parecia ter sido causada por excesso de Mentol Kool. Eu notei três embalagens vazias no painel imundo. Ela pegou um pequeno cesto de morangos do banco de trás e ergueu um especialmente grande. — Olhe essa preciosidade. Rubi dos deuses.

Ela era uma mulher bonita, de cintura atarracada, pernas longas, cabelo loiro encaracolado e olhos castanhos profundos, que parecia ter nascido e se criado na área leste de Long Island. Barbara abriu a porta traseira pesada e barulhenta do carro, que havia muito tempo perdera as molas, e retirou uma caixa de papelão quase arrebentando com o peso das frutas, ervilhas e alface frescas. Ela descarregou mais caixas dos produtos pesados, como se, em vez de comida, contivessem algodão.

— E para mim? — gritou Eri, fingindo decepção e ciúme. — Eu não sou importante, Barbara? Você não trouxe nada para mim?

— Por acaso é *você* quem paga as contas? — gritou Toni Hillsinger do pórtico. Eri disparou-lhe um olhar frio, enquanto Barbara empilhava as caixas.

— Eu conheço Murray há muito mais tempo do que ele conhece você — gritou Barbara. — Talvez antes de você nascer, querida! — Mais risada se ouviu das duas senhoras que disputavam território. Barbara caminhou com raiva, com o corpo forte e sólido até a porta dos fundos, em direção à despensa.

— Viu, mãe? Viu como uma mulher me trata bem? Você poderia tentar isso uma vez? Eu a mando para Boca Raton, na Costa Leste, a Bacara, no Oeste, sem falar de provavelmente Cipriani, em Veneza. Você poderia ser um pouco agradecida.

— Você sabe que seu pai e eu demos muito duro para fazê-lo ser bom em tudo, para ganhar todo esse dinheiro e ter tudo isso. E não recebo sequer um obrigada. Ah, quer saber? Dane-se. Vou tirar minha soneca. — Em seguida, mamãe Hillsinger atravessou a porta da frente sem dizer outra palavra e deixou que ela se fechasse sozinha com barulho atrás de si.

De repente, saltou do banco do carona uma mulher muito sexy, vestindo um shortinho alaranjado curtíssimo, que murmurou à mulher mais velha:

— Espere aí, vou te ajudar, não sabia que havia mais... — O short era tão curto que parte da bunda saltava para fora a cada passo provocante. Um rabo de cavalo com mechas loiras cacheadas, preso no alto de um boné dos Yankees, foi a primeira coisa que notei. Em seguida, pude notar seios pequenos e durinhos em uma camiseta justa de algodão azul-esverdeada. E por último, aquele rosto inconfundível.

Não. Não pode ser.

Era. Jackie Malone. Aqui em Southampton. *Que porra é essa? Será que ela estava me seguindo?*

Quando ela se aproximou, vi os olhos de Murray se arregalarem diante daquela mulher moderninha e charmosa.

Eu mal a reconheci. Aquela não era a bela e sofisticada mulher que deslizava suavemente nas minhas festas e no Tudor; era a versão animada, simples e informal, cantora country, da Barbie.

— Pode deixar comigo — disse Jackie. Caramba! A senhora envelhecida que dirigia o carro devia ser a mãe dela, e a história de Jackie sobre uma suposta mãe com problemas financeiros começava a fazer mais sentido.

Examinei a expressão de Murray. Algo sobre essa tal de Jackie o apavorava. Eu tinha certeza que ele a havia visto por Nova York e no Tudor, mas vê-la neste local era assustador de um modo que eu não conseguia decifrar. Podia ver isso em seu rosto, que não estava só vermelho; estava completamente roxo, como as beterrabas frescas que Barbara tinha colhido.

Jackie arqueou uma sobrancelha e deu a volta no carro, o que fez Murray pestanejar desesperadamente para se livrar do suor que escorria da testa pelo rosto marcado de cicatrizes e, depois, caía em cascata até o gramado. Quando ele viu a mulher dar a volta no Ford F-150, para ajudar a mãe trabalhadora de modo tão abnegado, pensei que ele poderia derreter em uma poça de suor, como um personagem de desenho animado.

— Murray. Tente se acalmar um pouco — sussurrei, cutucando levemente seu braço. Pude observar Eri olhando para Murray, que não tirava os olhos de Jackie, e não consegui compreender exatamente a dinâmica do trio.

— Quem é aquela mulher? — Ele me perguntou.

— Você a viu antes, Murray? Eu acho que a vi em algum lugar.

— Eu... não sei. Só não consigo lembrar quem ela é, mas não importa. — Em seguida se virou para ficar de frente para os filhos, no campo.

— Não tenho certeza. Parece que ela apenas está ajudando a senhora — respondi para curtir com a cara dele.

Só depois de algum tempo percebi que Blake estava ao meu lado, com uma expressão juvenil, igualmente boquiaberto. Eu o virei na direção do carro, deixando cair meu envelope de planilhas, cuidadosamente conferido. Jackie se aproximou e pegou o envelope escrito CONFIDENCIAL.

— Deixe-me ajudá-la — disse ela ao dobrar os joelhos em um agachado elegante ao meu lado.

24

O segurança viu tudo

Jackie pegou o envelope confidencial que havia caído nas pedras da entrada de carros, limpou um pouco a sujeira e agilmente o guardou na sua sacola.

— Não tão rápido, Jackie. Devolva-o. — Segurei seu braço com força e me surpreendi cravando as unhas na sua pele lisa, enquanto mantinha os olhos em Murray, que tentava atravessar seu vasto gramado para pegar uma bola voadora, que ele naturalmente deixara escapar por dez metros. — Devolva o envelope antes que eu faça um escândalo.

Jackie me encarou.

— Estou tentando protegê-la. Vou entrar no carro, examinar o que tem aqui e devolvê-lo discretamente a você. Minha mãe vai levar vinte minutos para acomodar tudo lá dentro; ela ajeita algumas plantas silvestres no...

— Você está drogada ou algo assim? — perguntei. — Não quero saber se sua mãe vai cuidar da jardinagem da casa inteira enquanto estamos esperando. Você NÃO vai ficar com este envelope. *Devolva-o ou vou chamar Wade e...*

— Mãe. Está muuuito calor. — Lucy se pendurou nas minhas costas curvadas e colocou os braços em volta do meu pescoço.

Tentei me soltar de Lucy, mesmo enquanto segurava Jackie com força.

— Lucy. Por favor, me solte, querida. Eu sei que está muito quente. Vá esperar no carro, no ar-condicionado; vou perguntar se eles têm limonada.

A buzina do meu carro tocou por três segundos ininterruptos. Era Blake. Olhei na direção do carro, atrás da garagem e fora da visão do gramado do jogo.

— Blake! Pare com isso agora mesmo!

— Mãããããe. Vem loooogo. — Ele colocou a cabeça na janela do carro, com a língua para fora, arquejando como um cachorro.

Agarrei Jackie, temendo que ela fugisse com o envelope.

— Você conhece Murray?

— Não posso responder a essa pergunta agora. — Aquilo era tudo que ela diria.

Lucy começou a chorar, me puxando pela cintura, tentando me levantar.

— Lucy. Por favor, está quente demais para você ficar em cima de mim e me puxar assim. Mamãe está trabalhando. — Afastei seu corpo pegajoso. — Prometo que vou comprar sorvete assim que sairmos daqui.

— Promete? — Lucy fungou e finalmente voltou para o carro.

Acenei a cabeça e voltei minha atenção para Jackie.

— Certo, então responda uma coisa: Wade tem alguma coisa a ver com este envelope?

— Tenho certeza que sim. É um dos motivos pelos quais preciso dar uma olhada nele. É para o próximo esquema que eles estão planejando e deve conter alguma informação importante. É tudo que preciso. Sei que o pen drive tem os números da conta, que com certeza os mandará para a prisão, e os nomes. Mas você disse que não conseguia encontrá-lo de jeito nenhum. Então o conteúdo deste envelope deve ser muito útil.

— Allie! — berrou Murray. — Venha aqui! O que seus filhos estão fazendo? Eles bem que poderiam fazer algo de útil enquanto você organiza seu trabalho. Faça-os ensinarem meus filhos como lançar uma maldita bola. Cacete, podemos jogar todos juntos, família contra família, por dez minutos. O que acham, crianças? O vencedor leva o novo Mercedes GT3! — Naturalmente, mais risadas foram ouvidas com sua brincadeirinha idiota. Lucy e Blake saíram do isolamento e correram felizes para se juntar ao grupo.

— Solte meu braço — disse Jackie em tom áspero, com os dentes cerrados e me puxou para trás de um arbusto de hortênsias azul-violeta, típicas de Hamptons. — Deixe-me ver os papéis antes que ele perceba que nós nos conhecemos. Deixe a bolsa no seu carro. Participe do jogo. Vou fingir que estou ajudando minha mãe. Depois vou colocá-lo de volta na sua bolsa.

— Está lacrado.

Ela abriu sua bolsa.

— E o detalhe mais importante. — Em seguida abriu um bolsinho interno e pegou um rolo de fita vermelha, idêntica à que fechava o envelope, em que se lia Confidencial.

Examinei seus olhos esquivos.

— Como você sabe tudo isso, Jackie? Como sabe tudo isso sobre esses caras?

— Porque eu transava com seu marido.

Eu pestanejei com força.

Jackie continuou.

— Desculpe falar assim, mas é a resposta correta à sua pergunta. E sei onde ele esconde as informações. E o rapaz que trabalha na recepção do Tudor me deixa vasculhar a pasta dele. Examinei as pastas e os arquivos de Murray também. Você tem que seguir meu conselho a respeito do festival; posso ajudá-la a mudar as coisas. Os filmes independentes costumavam contar com um grande mercado de DVDs, mas eles não têm mais isso. O plano de negócios que você usa é tão antiquado: o Fulton Festival. Ouça o que estou dizendo. Faça com que Max pague por isso e você vai enriquecer por conta própria, sem precisar das falcatruas desses caras.

— Como é que eu mesma não vi nenhuma falcatrua se você está tão certa...

— Como você pode *não* saber, Allie? Está tudo bem na sua frente. Se você apenas tirasse essa venda e olhasse ao seu redor. Eu já disse, esse grupo está planejando outro grande golpe de imenso impacto para muito breve; registre minhas palavras e aguarde. Você está bancando a ingênua. Você está anunciando à imprensa no dia da sua exibição que Max não vislumbra a aquisição de uma novíssima companhia, a Luxor, mas na verdade ele já é dono de grande parte dessa empresa. Não é exatamente uma falha da sua parte, mas se você não tiver cuidado pode se complicar em tudo isso. — Jackie bateu o pé, tilintando os berloques amarrados aos cadarços do tênis.

— Pare de ser tão absolutamente leal aos homens à sua volta e abra os olhos. Assuma o controle. Pare de evitar a verdade. Ou no mínimo, compreenda a verdade e aja sobre ela.

Quando ela fechou a porta da garagem, o pó voou como faísca no sol de fim de tarde.

Murray gritou:

— Allie, apanhe suas tralhas e venha aqui. Seus filhos estão esperando!

Minutos depois, eu estava contornando a terceira base, procurando pelo Mercedes conversível, muito mais suada do que este jogo de criança ou até calor justificavam, quando meu celular tocou no bolso. Após alcançar a base do rebatedor, dei uma olhada na tela.

O identificador de chamada dizia: *Guard Station*. Lorenzo. Nesse instante ganhei uma segunda camada de suor.

— Já estou indo — respondi, de um modo alegre demais, fingindo realmente me importar com aquele jogo idiota de Wiffleball. — Blake está à frente. Vamos lá!

— Sra. Crawford, é Lorenzo.

— Sim? — Minha expressão se transformou em um enorme sorriso falso. — Vamos em frente, Equipe Crawford!

— Acabei de tirar meu intervalo de café.

— Sim?

— Vamos, mãe! — gritou Lucy. — Blake está fora. Estamos no campo.

— Bem, vendo como você está bem todo o tempo, eu...

— Por favor, Lorenzo — falei calmamente, como um policial falando com alguém prestes a pular da janela do quadragésimo andar. — Somente me dê as novidades.

— Bem, não há nenhuma tela de segurança na minha mesa, está tudo na sala dos fundos, portanto tive que sair para ver...

— Sim? — A essa altura meu sutiã estava encharcado.

— Ei, Allie. — Murray agora estava ao meu lado, gritando no meu outro ouvido. — Vá agora mesmo para a área do arremessador. — Tentei manter o sorriso, mesmo quando Murray começou a me cutucar no braço, como uma criança.

Ergui um dedo, e Murray esbravejou em direção à base do rebatedor.

— Agora!

— Bem, pelo aspecto da fita de segurança — prosseguiu Lorenzo na sua maneira terrivelmente meticulosa —, o homem que trouxe seus filhos ao edifício, não sei se é o Sr. Crawford, mas ele saltou do banco do motorista com as crianças e as levou até a senhora.

— Sim. Meu marido. O que tem ele? Você viu um SUV preto?

— Allie. Largue essa porra de telefone! — Eu conhecia esse tom, e conhecia seus limites. Murray estava seriamente enfurecido.

— Bem, sim, um SUV estava atrás de ambos os homens, mas nenhum saltou. Mas está tudo claro na fita: seu marido estava com as crianças, e depois foi ele que deu aquele envelope ao homem que subiu para vê-la. Ele até deu um tapa nas costas do homem depois de sussurrar algo no seu ouvido.

25

Fúria texana

— Sim ou não? — gritou Wade para mim no corredor, do lado de fora do nosso apartamento. Eu estava me despedindo de Lucy e Blake, que estavam com a babá, Stacey, no elevador, com suas mochilas e sacos de dormir. Eles iam passar a noite na casa da tia Alice, a meia-irmã solteira e atarefada de Wade. Quase nunca a víamos, mas ela adorava levar as crianças para noites especiais.

— Só mais dois minutos, Wade. — Beijei as crianças na testa enquanto aninhava suas cabeças nas mãos. — Tchau, amores. Odeio ficar longe de vocês, mesmo por uma noite quando vocês não têm escola no dia seguinte. — Então dei uma piscadela para ambos. — Tenho certeza que ninguém vai comer bala. E nada de milk-shake esta noite. — Isso os fez dar risadinhas quando a porta do elevador deslizou para fechar.

— Sim ou não o quê? — gritei de volta para Wade e deixei a porta da frente do apartamento bater com força atrás de mim. Então voltei para nosso quarto e fiquei observando ele se preparar para o coquetel da *Meter* naquela noite, para homenagear Svetlana Gudinskaya. A festa era para celebrar seu *Belle de Jour II, As tentações continuam*. Ela abrilhantava a capa da revista *Meter* da semana seguinte em um vestido amarelo de verão, com seu rabo de cavalo loiro, bem puxado para trás da pele de porcelana, em uma foto destinada a imitar os anúncios dos anos 1970 do Chanel Nº 5, com Catherine Deneuve. Eu me perguntei o que viria primeiro na cabeça de Wade: os guardanapos amarelos de sua casa ou o vestido na garota?

Seus gestos pareciam tanto com os do meu pai naquele momento, especialmente o modo como ele continuava ajeitando o cabelo molhado, recém-saído do banho. A situação do nosso casamento era irrelevante para ele: algo que me consumiu quase todo momento de todos os dias era, pelo visto, algo que ele podia simplesmente ignorar e não prestar muita atenção.

Enquanto arregaçava atentamente a calça jeans escura, até que a parte brilhante das meias roxas pudesse ser vista, Wade perguntou novamente:

— A resposta é simples: sim ou não. Você viu a lista de convidados de Svetlana ou não?

Joguei meu sapato no chão, indignada.

— Para falar a verdade, tenho uma pergunta simples, de resposta sim ou não, que gostaria de fato que você respondesse primeiro, Wade: Você é um mentiroso contumaz? Eu preciso saber, porque durante as últimas semanas não sei exatamente com quem me casei.

Ele desfez o nó da gravata e começou tudo novamente, igualando as pontas com grande concentração, obviamente esforçando-se para elaborar uma resposta apropriada.

— Bem, não sou. Você sabe muito bem disso — respondeu ele, olhando seu reflexo no espelho, sem se virar para mim.

— Wade, você não consegue sequer olhar para mim enquanto diz isso? Eu nem sinto que você é mais meu amigo, que dirá meu marido. Que merda! — Como eu iria persuadi-lo a falar?

Ele abaixou a cabeça e puxou a gravata do colarinho, num gesto de desistência. Então se aproximou de mim, me enlaçou com a gravata e me puxou contra seu corpo. Eu não sabia se aquela seria uma das últimas vezes que nos abraçaríamos ou se poderíamos, de alguma forma, sair das terríveis e imensas dificuldades que atravessávamos naquele momento.

— A vida está confusa, Allie. Desculpe. Estou me sentindo muito fora de foco neste novo mundo em que vivemos. Eu me sinto a ponto de perder tudo... meu sustento; minha revista, que simplesmente não funciona bem on-line; toda minha indústria está se modificando de um jeito que não vejo luz no fim do túnel. Isso está me afetando em casa. Eu sei que está nos contagiando e interferindo na forma como a trato. Mas estou sem entusiasmo esta noite. E mal posso dar conta de umas cem pessoas, muitas delas clientes publicitários prestes a cancelar seus anúncios na revista. Então, se vamos ganhar a vida e arcar com as despesas das crianças e da casa, acho que nossa prioridade agora é garantir nossas contas nesta economia, e não ficar nos concentrando em algo sem importância, sem sentido...

— Sem sentido para você, Wade!

Então ele disse suavemente:

— Eu não quis dizer que era sem sentido para você; eu quis dizer para mim. Absolutamente sem sentido.

— Wade, em primeiro lugar, o que a perda de um anunciante tem a ver com outras mulheres? Não posso confiar em você se você fica transando com outras e fazendo merda no trabalho. Eu não entendo e...

— Eu... não posso fazer isso agora, Allie. Simplesmente não posso. Desculpe se não estou sendo um bom amigo, ou amante, ou marido, mas estou desabando nos negócios e preciso de você ao meu lado, e você precisa estar ao meu lado esta noite, pelo bem das crianças.

Ele devia estar me manipulando de forma magistral naquele momento, mas também estava desesperado, de um jeito que eu nunca tinha visto desde que conheci o empresário poderoso. Então fechei os olhos, relaxei e me preparei para fazer o que meu marido precisava que eu fizesse naquela noite, emocionada por ser membro da irmandade que cede a tudo. É como age a maioria das mulheres atenciosas, embora mereçam tratamento melhor.

— Fique ao meu lado e me ajude a dar atenção aos clientes e anunciantes que vão invadir nossa sala. Você não tem ideia da tensão que estou enfrentando nessa situação.

Ele jogou a gravata no chão e disfarçou uma marca do seu sapato Gucci clássico que acabara de comprar no Ebay. Em seguida foi para a festa que ele tinha organizado para Svetlana, sua supermodelo russa favorita, de talento zero.

Antes de me comportar como a anfitriã feliz, eu me sentei na cama e analisei minhas opções. Será que deveria tentar fazê-lo confessar tudo e investir no nosso casamento? Seria aquele o pior problema, e nós conseguiríamos superá-lo pelo bem de Blake e Lucy? Honestamente não achava que seria capaz de fazer isso. Não via como poderia viver com um homem em quem eu não acreditava.

Mesmo que *possivelmente, talvez,* o deixasse, queria inventar uma versão das atitudes de Wade que eu conseguisse engolir. (Tinha me casado por livre e espontânea vontade, se bem me lembro.) Então contei a mim mesma esta história mirabolante: talvez o Wade tolo estivesse tão acostumado a atrair pessoas, como insetos à luz da varanda, que não percebia a única vez em que estava sendo usado.

Wade tinha assumido muita responsabilidade com Murray e Max como um meio de compensar sua impotência diante da era da internet. Não deve ter sido fácil ser destronado na última década por um bando de garotos do Vale do Silício que converteram suas páginas brilhantes da revista em notícias obsoletas. Talvez as pistas que Wade dava aos repórteres fossem válidas de alguma forma, ou talvez Murray e Max não o colocassem inteiramente a par de tudo. E talvez Wade não soubesse que todos eles se beneficiavam dos falsos rumores que ele estava plantando.

Sim, ele tivera um "caso" com Jackie, mas possivelmente haveria uma possibilidade de encarar isso como uma crise de meia-idade do passado e não um mecanismo de defesa de longo prazo que ele seguramente repetiria (o único problema com essa racionalização patética é que esta era a segunda vez, pelo menos de que eu tinha conhecimento).

Wade voltou para pegar seu discurso como se tudo estivesse perfeitamente normal entre nós.

— E você lembra do pessoal da *Meter* que vai estar lá, da divisão de revista e do livro?

— Não consigo lembrar de cada rosto. Eu tento — respondi ao arrancar a pequena fivela fechada na minha sandália de salto alto com mais que uma insinuação de raiva. — Mas eles trocam de emprego com frequência, principalmente com a recessão do mercado publicitário, e naturalmente irão todos puxar o saco da esposa do chefe, portanto eles me conhecem e... — Não conseguia me livrar dessa sensação de desconfiança.

— Apesar dos nossos problemas, por favor, tente se lembrar do pessoal da Svet. É só o que eu peço.

Suspirei e atravessei o corredor a uma distância de três passos atrás de Wade, forçando o brinco em buracos na orelha que não conseguia encontrar.

— Ok, vou examinar a lista dela — prometi. — É a produtora dela, a relações-públicas...

— Sim, todos eles. Mas Max é o convidado mais importante. — Wade parecia excepcionalmente nervoso, como se toda aquela atitude e aquela afetação já não fosse fácil para ele. Eu me lembrei de como Wade tinha puxado o saco de Max Rowland na estreia do Sudão, e de que ele tinha dispensado os próprios filhos para jogar golfe com ele. — A satisfação de Max é o mais importante, posso assegurá-la.

Direcionei meu olhar fixo para ele.

— Sim. Eu conheço Max. Ele é o criminoso que acabou de sair da prisão e que pode voltar para lá.

— Sim. Sim. Claro — disse Wade distraidamente, sem me ouvir, ao se apressar em direção à porta para dar as boas-vindas aos primeiros convidados, com um ofegante: — Ah, que bom que você chegou. Agora a festa pode começar.

Vinte minutos depois, jovens empresários da internet, vestindo casacos com capuz, e executivos boêmios de filmes independentes tomavam minha sala. Em vez de mergulhar na festa, fiquei bebericando uma vodca-tônica e estudei as táticas da próxima geração, do peitoril da janela: mulheres e homens belos e presunçosos esperando fazer amizade com um dos maiores empreendedores naquele local.

Lá estava Delsie Arceneaux, com seus sensuais óculos de âncora de notícias, dando em cima de Wade, no bar. Quando olhei, ela subiu nas pontas dos pés para sussurrar algo no ouvido dele. Examinei o olhar que se sucedeu entre os dois. Foi um olhar "estamos combinados"? Um olhar "vamos transar"? Não consegui decifrar exatamente. Talvez não haja nenhuma diferença quando a esposa está excluída. Minha humilhação explodiu novamente. Então fechei os olhos e resolvi me livrar da sensação de *por que eu?* que me oprimia.

No canto, no pufe de tecido zebrado, uma artista da Somália chamada Maleki, mais uma daquelas mulheres sem sobrenome, estava sentada com seu benfeitor, Murray, que tinha dominado o mercado do trabalho dela comprando todas as peças que podia. Wade a homenageara no mês anterior com um perfil de seis páginas, definindo-a como a nova "queridinha" do mundo das artes. Fiquei observando Murray falar com a impressionante Maleki, ambos claramente usando um ao outro em benefício próprio: ela precisava do dinheiro dele; e ele precisava da atitude e estética negra dela. Fiquei examinando a aparência exótica da mulher: o pescoço esticado de bailarina, os olhos de Cleópatra pesadamente delineados, e seu cabelo farto e longo puxado para trás, quase no topo da cabeça, espalhando-se de modo fabuloso e selvagem atrás da faixa dourada. Murray continuou avançando lentamente, cada vez mais perto, fitando seus olhos, quase no colo dela, como uma criança encantada pelo Papai Noel.

O negócio é o seguinte, a mulher normalmente conhece o cara com quem ela trabalha melhor do que conhece o próprio marido. Enquanto eu observava Maleki olhar seu benfeitor como se estivesse se preparando para transar com ele para sempre, liguei os pontos. Aquela não era a expressão feliz de Murray, que diria, *por favor, me dê uma chupada no meu avião*. Era uma expressão que dizia *estou ganhando dinheiro com isso*. Após dez anos vendo-o interagir com milhares de mulheres, eu sabia a diferença.

Então pensei o seguinte: ela, a artista; ele, o mago das relações públicas manipulando histórias sobre ela por toda Manhattan, enquanto secretamente possuía a maior parte de sua obra, e a tinha adquirido por um preço bem reduzido. O homem que fizera pessoas ricas comprarem mais de duas dúzias das suas pinturas incomuns, quando ela era praticamente desconhecida.

Depois disso, as pinturas de Maleki foram vendidas na Art Basel Miami Beach, no ano seguinte, por aproximadamente um milhão de dólares, cada peça. No mínimo. Os ricos ignorantes em termos de arte colocavam suas telas arrojadas, saturadas de grafite nas suas salas, ao lado das cortinas de seda Scalamandre verde-esmeralda para fingir que, por baixo de toda aquela pompa, eram estilosos.

Em um período de queda mundial da atividade econômica e recessão na revista, meu marido tinha gasto milhares de dólares da *Meter* para enviar uma equipe de repórteres e fotógrafos à Somália para a página dupla sobre moda que aparecia dentro da revista — e foram raras as vezes em que gastou isso em uma. Será que a sessão de fotos na Somália estava sendo usada para impulsionar o perfil público de Maleki para benefício financeiro de Murray?

Se bem me lembro, Delsie Arceneaux tinha sido o destaque daquela capa, posando com os cotovelos apoiados em um tanque do exército, vestindo uma jaqueta amarelo-canário que fazia sua pele escura brilhar como manteiga. Então voltei minha atenção para a artista, que botava um pão de queijo na boca de Murray. Eu achava que Murray era um visionário por tê-la descoberto, e era sorte o fato de meu marido promovê-la. Agora eu chamaria a ascensão de Maleki de deliberada, proposital, planejada e bem-realizada, sem ter nada a ver com sorte. Eles forjavam o crescente sucesso dela para obtenção da própria margem de lucro, adquirindo o maior número possível das suas obras de arte, e depois manipulando a imprensa para fazê-la parecer o próximo Damien Hirst.

Provavelmente eles estavam transando com ela também, mas no caos em que minha vida tinha mergulhado, isso parecia secundário.

Então pensei: *sou uma completa idiota*. Eu não precisava de Jackie para tecer estes fragmentos em conjunto; eles estavam enfileirados, claros como o dia, no meu pufe de zebra "roubado de uma sessão de fotos". Essa era a espécie de conexão a que Jackie se referia. Wade sai publicando o material e Murray obtém lucro com os fundos dele ou de Max, e depois converge o dinheiro de volta para Wade. Era tão simples. Wade era capaz de manipular a imprensa a favor desta artista para beneficiar Murray financeiramente.

Pelo menos eu tinha desvendado o jogo, além de uma conexão entre eles que fazia sentido, e sem a ajuda de Jackie. Pensei em Max, na súbita intromissão dos seus possíveis capangas do SUV na minha vida, e comecei a me preocupar que estivéssemos em perigo real. Quanto dinheiro eles pegavam de Max, se esse jogo fosse totalmente verdadeiro? E se havia outro grande esquema a caminho, conforme Jackie tinha avisado quando examinou os conteúdos daquele envelope, em que tipo de enrascada estávamos todos nós?

Observei Svetlana ao lado de um homem de negócios que parecia ter acabado de adquirir o monopólio internacional do mercado de ouro. Decidida a compreender o papel dela neste jogo de alto risco, fingi verificar a quantidade de bebida, enquanto ouvia o que eles diziam. Podem me chamar de paranoica, mas de repente todo mundo na sala lançava uma sombra sinistra sobre minha vida e meu futuro.

— Fale-me sobre seu *trabalho* — pediu Svetlana ao Sr. Fundo de Investimento, obviamente uma profissional em seduzir homens ricos. Eu não conhecia o nome dele, mas sabia que era cheio da grana, um daqueles caras "2 x 20", que levavam para casa dois por cento dos seus fundos de cinco bilhões de dólares, independentemente do seu desempenho. Depois pegavam vinte por cento dos lucros, caso conseguissem.

— Esqueça meu trabalho, vamos falar de você — sugeriu o Sr. Fundo de Investimento a Svetlana. — Deixe-me dar-lhe um conselho: Sundance. É muito mais importante que o Fulton Film Festival. Você deveria pensar nisso no ano que vem.

Foda-se ele e o montante de comida e bebida que consumia na minha casa, insultando dez anos de trabalho de relações públicas que eu tinha realizado para pôr o festival no mapa!

Ele continuou:

— Sabe de uma coisa, eu adoraria levar você e algumas amigas a Utah no próximo ano, no meu avião; é muito confortável. O homem que projetou meu apartamento também projetou o interior desse avião, portanto é muito acolhedor. Posso apresentá-la às pessoas certas.

— Eu o vi roçar o cotovelo no seio dela ao pegar algumas nozes. Ela deu um risinho e o empurrou, e ele me olhou de cima a baixo, percebendo rapidamente que eu não era gostosa o bastante para ele, quando pediu ao barman mais duas doses de tequila.

Enquanto ele estava de costas, Svetlana foi direto ao lavabo. O Sr. Fundo de Investimento se virou com as bebidas.

— Então, estou falando sério, você deveria ir ao Sundance... — E se desapontou ao descobrir que sua beleza russa havia ido embora.

O discurso de M-E-R-I-T-O-C-R-A-C-I-A de Murray durante nosso almoço no Four Seasons — *"não tem nada a ver com dinheiro"* — ecoou na minha cabeça. Esse babaca podia ser rico até não querer mais, mas nunca teria uma mesa no Tudor, porque não sabia jogar. Até Svetlana percebeu isso após cinco frases e uma roçada de mau gosto no seio dela.

A reunião rapidamente transformou-se em uma festa cheia de gente, e abri caminho por vários grupos para procurar Max, que havia desaparecido. Da janela, vi o mesmo SUV preto parado do lado de fora, e me perguntei se era o carro de Max, e por que ele ainda não havia chegado?

Um funcionário da *Meter* deixou cair um copo no chão de madeira, perto do bar. Ao me ajoelhar para ajudá-lo a recolher os cacos, notei o par de sapatos mais escandalosamente sexy que eu já tinha visto na vida: tiras verdes na parte de cima e o que pareciam penas mergulhadas em ouro nos saltos. Aproximei os dedos para tocar o salto para ver se as penas eram de fato fofas, ou se aquilo era, de alguma forma, uma ilusão de ótica. De joelhos, com a bunda para cima, dei de cara com as pernas longas mais torneadas e sedosas da história da humanidade feminina. Jackie sorriu para mim e acenou com a cabeça.

Eu sussurrei para ela:
— Wade convidou você?
— Não, vim com um investidor babaca.

— Acho que sei quem é.

— Pois é, bem, eu queria avisá-la pessoalmente — prosseguiu — que rolou algo complicado hoje com umas ações da Novolon. Acabei de descobrir. E seu marido está bem enrascado. — Em seguida, ela se afastou rapidamente e sumiu na multidão.

Tim-tim.

— Svetlana, um brinde a você. — Aquele mesmo marido estava ocupado reunindo todo mundo, completamente alheio aos acontecimentos.

A branquíssima Svetlana andou com passos largos até Wade, afastando a multidão conforme passava, com suas pernas longilíneas, seios pequenos e firmes e rabo de cavalo liso tão puxado da testa que suas sobrancelhas pareciam esticadas para trás, como uma cirurgia plástica facial malsucedida. Seu cabelo dourado roçava o topo dos seus quadris conforme ela se aproximava, como uma girafa, do meu marido pra lá de excitado. Ele passou o braço em volta da sua cintura incrivelmente fina, ainda mais apertada pelo minivestido de chiffon cor de pétalas de rosa: mangas compridas, nenhum decote, dando a ilusão de conservador, mas com uma saia pornograficamente curta, que mal cobria a parte de baixo da sua bunda.

— Eu propus uma pequena lista das dez armadilhas para Svetlana evitar quando dominasse o caminho do superestrelato de Hollywood. — Wade estalou os dedos duas vezes no ar. — Venha aqui, linda. — Então, com uma pausa estudada, ele se corrigiu. — *A mais bela.*

Ah, meu Deus, me poupe, será que ele estava transando com ela também? Minha imaginação foi direto às posições mais insanas que ele poderia usar com ela. Olhei para aquela cintura apertada e xinguei o pneuzinho protuberante na parte de trás da minha calça. Será que era algo puramente físico com essas mulheres? Ou ele as amava? Será que ele as amava muito mais do que o clichê "nós"? Esta não era a "família" que imaginei quando pensei que nos manteríamos juntos pelo bem de Blake e Lucy. Ninguém deve se obrigar a continuar num casamento por isso.

Apesar do meu humor sombrio, havia uma atmosfera festiva e animada na sala; em parte porque Wade tinha convidado muitos funcionários jovens da *Meter*, de última hora, para encher o ambiente; bem como alguns Mestres do Universo menos tristes, como o Sr. Fundo de Investimento.

Toda aquela alegria desapareceu rapidamente quando Max Rowland adentrou subitamente a sala, como um touro feroz com o traseiro recentemente marcado.

Murray deixou sua magnífica máquina de dinheiro da Somália de lado, caminhou rapidamente e tentou parar o enorme texano com os braços abertos à sua frente, pisando firme, com seu imenso corpo, os saltos do seu sapato deixando marcas no meu chão de madeira.

— Max. Por favor. Você sabe que não poderíamos ter previsto...

Jackie surgiu na multidão e falou para mim com movimentos labiais: *"Eu avisei a você."*

Fiz uma oração silenciosa para agradecer por meus filhos estarem no quarto pacote de Starburst, na casa da tia Alice; e não aqui para testemunhar esta loucura.

Dois guarda-costas de ternos pretos deram uma peitada em Murray, que voou do caminho de Max como um enorme almofadão com pernas, esmagando o pufe de zebra abaixo dele.

Wade colocou a mão no bolso para pegar o discurso do brinde, julgando-se a pessoa mais inteligente do planeta, e deu início à sua Lista "David Letterman" Dos Dez Mais.

— Número dez: Como é que uma estrangeira inexperiente com tanto talento...

Wade não fazia ideia que àquela altura do seu brinde Max Rowland, do outro lado da arena, estava a fim de briga e seguia rapidamente na sua direção.

— Número nove: Quando uma sósia de Catherine Deneuve...

— Wade! Pare! — gritei.

Wade então agarrou o quadril ossudo de Svetlana com mais força.

Finalmente, seguindo o exemplo das brigas na prisão, Max foi até a frente do grupo de admiradores de Svetlana e fiéis bajuladores de Wade. Quando atravessou a última fileira de convidados — com suas taças de champanhe e copos de vodca na mão —, Max usou os braços para abrir caminho na multidão, derrubando alguns como dominós humanos embriagados.

Wade lançou os braços para cima, como se uma dúzia de gângsteres apontassem rifles para seu peito.

— Max! Espere! Eu posso explicar tudo!

Max não escolhia o momento nem tinha paciência com garotos da cidade, cheios de frescura, da Costa Leste. Ele agarrou Wade pela gravata verde estampada de seda, e por entre os dentes cerrados disse com raiva:

— Como uma pessoa consegue foder tudo de uma vez só?

Wade sacudiu a cabeça para a frente e para trás.

— Eu... eu não tive nada a ver...

Antes que Wade pudesse terminar a frase, Max deu um violento murro de direita no lado esquerdo do seu rosto, e dois dentes do meu marido voaram em um perfeito arco de três metros, através do cantinho laqueado de verde.

26

Como manter o nível?

— Se há um elemento-surpresa no seu roteiro, uma mudança dramática — explicou Heller —, então você precisa se assegurar de que está guiando seu público de forma apropriada. Por outro lado, é excitante espreitar na escuridão. Apenas se certifique de que o desconhecido é um lugar que você, o autor, conhece. Se você vai escrever, tem que amar o que faz.

Disparei um olhar na direção de Tommy e sussurrei:
— Isso deve ser bom.
— Você tem que quebrar a cara, nadar contra a maré, cometer erros terríveis e pagar o preço; tem que estar em sintonia, ficar ligado, desistir, voltar, lutar, gritar, perder, ganhar.

Bati na cabeça com a ponta da borracha do lápis e tentei concentrar-me em outra coisa além da loucura texana que tinha acontecido na minha casa.

— Acima de tudo, não fique confortável demais. Arrisque-se e permita-se ficar de coração partido. Você

não será capaz de escrever enquanto não fizer isso.
— Nesse caso, meu roteiro deveria custar um milhão de dólares.

Não consegui acompanhar e absorver os ensinamentos de Heller com todas as minhas preocupações colidindo ao mesmo tempo. Para piorar as coisas, Tommy começou a delinear a costura interior da minha calça com uma das suas malditas barrinhas de Twizzlers que estavam sempre à mão. Meu sistema nervoso crepitava com o tipo de energia errada, minha pele estava em chamas, e eu sentia coceira por todo o corpo. Ter um caso de verdade, com todos os elementos belos e feios, simplesmente não era algo com que eu poderia lidar nesta altura, embora outra parte do meu corpo quisesse tanto que eu poderia gritar.

Uma voz dentro de mim falou calmamente: *Você não precisa fazer isso. Mantenha o nível, simplifique as coisas na sua cabeça; chegue a uma resolução dos problemas com seu marido antes de tomar qualquer decisão — inclusive as falcatruas no campo dos negócios e as traições no campo doméstico —, e, acima de tudo, pare de se distrair com Twizzlers.*

Tentei respirar mais profundamente, mas não consegui. Tommy apertou minha coxa e deu uma risadinha. Ele pensava que estava me excitando tanto que eu não conseguia respirar direito.

— Vamos analisar primeiro o roteiro do Sr. Foster — disse Heller. — Em seguida trabalharemos na cena de Allie Braden. — Examinei cada linha do seu rosto em busca de pistas: minha cena brilhante cheia de tensão e *páthos*? Minha cena desordenada?

Em vez de me concentrar nas instruções de Heller, continuei tentando dar sentido a todas as cenas que aconteceram na festa: a brutalidade de Max, o braço de Wade em volta da cintura de Svetlana, o sussurro abafado de Delsie perto demais do ouvido dele, Jackie prevendo tudo aquilo, e os dentes quebrados do meu marido.

— Merda, meu dentista viaja e não deixa nenhum substituto — gritou Wade para mim enquanto limpava o sangue do rosto, no banheiro, depois que os convidados deixaram a festa. — Que outra porra de dentista a gente pode procurar? — Wade não estava assustado. Estava furioso. Humilhação era uma emoção estranha para ele.

Ele continuou vociferando ordens para mim.

— Ligue para o dr. Brownstein. Pergunte a ele que porra de dentista ele conhece que pode estar no consultório às nove da noite.

— Não vou ligar para ninguém enquanto você não me disser o que está acontecendo com Max Rowland; o que está acontecendo com tudo — respondi calmamente, de braços cruzados, encostada na porta do banheiro. — Isso sem falar da sua amiga Svetlana.

Ele pestanejou, nervoso, mas ignorou minha terceira menção, só este mês, a respeito de envolvimentos com outras mulheres. Mas àquela altura, totalmente no Ato II, Svetlana parecia uma trama menor em comparação a ter seus dentes arrancados por um magnata texano do estacionamento, abastecido pela raiva da perda de uma fortuna.

— Wade — exigi. — Por que ele bateu em você? — Então decidi lançar outra pergunta na conversa para ver como ele se contorceria de nervoso. — Por que Murray ficou dando em cima de Maleki na festa? Por que todo mundo ficou bajulando Max Rowland na exibição? *Como se vocês estivessem envolvidos em algum negócio com ele.*

Wade estremeceu de dor ao falar e pôs um saco cheio de gelo cuidadosamente sobre o rosto.

— Do que você está falando? Mal falei com Max; eu me senti desconfortável só de vê-lo com aquela esposa ex-aeromoça, tentando de todas as formas assegurar a posição dela na sociedade, depois de ter ficado na prisão. Patético. — Ele passou por mim no quarto, procurando uma camisa limpa.

— Não sei. — Eu o segui, ajudando-o a soltar a gravata para que pudesse manter o pacote de gelo no lugar, e para que eu pudesse olhá-lo nos olhos. — Só que me pareceu que você, Max e Murray cochichavam o tempo todo. — Fiz esse comentário para ver sua reação, observando se ele iria fazer algum movimento com os olhos, se mexer ou gaguejar. Mas Wade era um jogador calculista, a menos que se tratasse de traição e de mulheres. Então ele pestanejou. Mas àquela altura eu já não sabia se era capaz de interpretar suas reações, o mínimo que fosse.

Wade olhou para mim, sem saber se eu estava engolindo seu papo-furado. Seus olhos se arregalaram.

— Para falar a verdade, nem me lembro de ter visto Max na exibição.

— Vocês são amigos de Delsie, não negue isso. Você e a apresentadora pareciam bem íntimos. Ela estava praticamente esfregando os seios nas suas costas quando sussurrou no seu ouvido essa noite. — Bati o pé atrás dele.

Ele se virou para ficar de frente para mim.
— E qual é o problema?
— Bem, vi um relatório da Luxor na sua mesa. Achei estranho, esse é o problema.
— Você vasculhou minha mesa?
— Eu precisava do talão de cheques — respondi. — Apenas pareceu esquisito. Só isso.
— Nós não temos ações da Luxor, Allie. — Ele estava praticamente correndo para fora do quarto quando mencionou isso.
— Você controla as informações, é só o que estou dizendo. E este controle pode valer muito para alguém que, digamos, compra e vende ações.
— Eu, eu... — Ele estava olhando para mim, mas sua expressão era impossível de ser interpretada.
Então fui em frente.
— E quanto à princesa da arte da Somália sem nenhum talento? Nós temos *ações* dela?
— Maleki tem talento. — disse ele, visivelmente tenso. Caramba.
— Não tem, não.
Wade beliscou a ponta do nariz, como se estivesse a ponto de sangrar.
— Você está completamente louca, sabia? Maleki tinha feito uma exibição no Museu Guggenheim antes de termos contato com ela. Você ao menos tem noção de que ela já havia aparecido na revista *Art in América*?
— Sim, tenho certeza que você fez uma bela página dupla dela, mas esse foi um atrativo que você podia usar para ajudar um amigo a obter lucro. Murray comprou toda a obra dela pouco antes de a revista com a página dupla ser publicada.

— Pare de reclamar de um emprego que paga as contas. Você não está escrevendo nada poético ultimamente. — Eu me perguntei se o primeiro passo para a separação significava mergulhar em críticas que certamente destruíam um ao outro.

Ele prosseguiu:

— Pare de fazer ligações absurdas entre coisas que você não compreende. — Arrancou a camisa ensanguentada, jogou-a no lixo e conseguiu passar uma camiseta pela cabeça, sem minha ajuda.

— Eu entendo mais do que você imagina, Wade.

— Então entenda isso, Allie: eu preciso da porra de um dentista. Tenho o cartão de um médico, em algum lugar, que mora a uma quadra daqui. E ele disse que eu poderia ligar a qualquer hora. Talvez ele conheça algum dentista próximo.

— Wade. Você está sendo imaturo ao supor que não precisa explicar o que está acontecendo. Max bateu em você. — Eu o segui pelo hall e o observei, enquanto ele vasculhava a pilha de cartões de visita. — Ele o *atacou*. Você admite isso, certo? Você vai processá-lo? Esta agressão não viola as regras da condicional ou algo assim?

— Você viu o tamanho dos guarda-costas do cara?

Uma coisa não saía da minha cabeça durante essa discussão: a imagem de Svetlana pedindo para Max parar antes que ele desse aquele soco em Wade. Eu a vi agarrar o braço de Wade quando Max abriu caminho à força entre os convidados, na direção dele. O modo como ela esfregou o queixo no ombro do meu marido, o modo como ele agarrou seu quadril me disseram tudo.

Então perguntei calmamente, mais uma vez.

— Sabe de uma coisa, desculpe-me por ficar pressionando você com esse gelo no seu rosto inchado, mas você fez alguma coisa que pudesse ofendê-lo, talvez tenha publicado algum artigo em algum lugar que ele não gostou? — Queria ver sua reação.

— Não escrevo artigos de negócios, Allie. Você está tão por fora...

— Você teria como conseguir que alguém escrevesse um artigo de negócios com um simples telefonema com notícias que poderiam ajudar qualquer um dos seus amigos.

Wade me lançou um olhar frio. Eu sabia que o pegara. E também sabia que ele contaria uma mentira atrás da outra para sair daquela situação. Ele só veio com isso:

— Max é um mal-educado abominável, esnobe, que seria capaz de bater a própria cabeça em uma parede de tijolos. De que outra forma você acha que ele apoderou-se da metade das fábricas de concreto do país?

— Eu sei que ele é brigão — respondi. — Nossa, Wade, eu sei quem ele é, e infelizmente do que ele é capaz, mas por que ele bateu em você? E por que você anda transando com aquela atriz loira adolescente, Svetlana, com quem você ficou agarrado, como se fosse um barco salva-vidas?

— Do que você está falando? — Ele pôs o casaco nos ombros. — Não estou tocando naquela garota. E ela não é adolescente. Tem 22 anos e meio! Ela já tem permissão de beber em Nova York, há um ano e meio; não é nenhuma criança! Não fique dando importância

sem motivos a essa garota. Wade se aproximou de mim, o nariz a poucos centímetros do meu, e disse:
— Por favor, sem mais perguntas.

Aquele era o momento que eu deveria ter saído pela porta.

— Não — repliquei. — Vou dizer uma coisa. Se você não falar o que está acontecendo com você e o mafioso texano...

— Ele é um homem de negócios. Não é mafioso. Pelo amor de Deus, você não entende nada?

— Estacionamentos e todo aquele concreto para construí-los não é coisa de mafioso...?

— Não. Allie. Ele não é mafioso — retrucou Wade em um tom fino e detestável, zombando da minha voz feminina e balançando a cabeça de um lado para o outro. Em seguida, apontou o dedo para meu nariz. — Você sabe por quê?

Só pensei em uma coisa: *Odeio este homem*.

— Pode me esclarecer, Wade.

— Porque quando alguém possui a metade dos edifícios do país, ele caga para a máfia. — Ele levantou o colarinho do casaco ao máximo e se dirigiu até a porta, discando o número que constava em um cartão na sua mão e chamando o elevador.

— Afinal o que ele quis dizer com "foder tudo de uma vez só"? Você está investindo em ações com ele? Não pense que não percebo as coisas.

Wade olhou para mim como se não tivesse nenhuma ideia de como eu poderia ter juntado aquelas peças. Nesse instante, ele se mostrou fracassado. Toda a tensão e o desejo de lutar comigo simplesmente desapareceram do seu rosto. Uns vinte longos segundos se passaram, em silêncio, antes que ele admitisse:

— Allie. A vida da minha revista está se extinguindo diante dos meus olhos. Aquilo é o meu mundo. É tudo para mim. Nunca se esqueça disso.

Peguei meu casaco no hall.

— Vou com você. Por favor.

— Não vai, não. Preciso dar alguns telefonemas. Você realmente deve ficar aqui. — Ele saiu rapidamente pela porta. E foi isso. O casamento tinha saído da unidade de terapia intensiva, coberto com um lençol branco. E estava oficialmente fadado a sucumbir.

27

Não dá para chegar ao clímax

— Esta aula está me confundindo mais do que me ajudando — disse a Tommy, enquanto caminhávamos pelo hall, durante o intervalo. Por causa da imagem do meu casamento em uma maca de hospital indo em direção ao necrotério, um texano esmurrando meu marido e uma embalagem vermelha de Twizzlers na minha coxa, eu não tinha ouvido nada que o professor havia dito. Prestei atenção apenas ao ouvi-lo alegrar a turma com suas histórias épicas, certamente exageradas, de trabalhar com pessoas chamadas Marty e Francis. Eu não poderia falar com Tommy a respeito de nada daquilo; ele sempre afirmava, como fez na noite que nos conhecemos, que não queria saber nada sobre meu marido. Isso significava que ele nem sequer sabia que eu era casada com Wade Crawford e com a *Meter*. Em vez disso, mantive uma conversa neutra e me concentrei na aula. — Não sei até que ponto devo seguir as regras de Heller e até que ponto devo ignorá-las.

— Você vai ver. Tudo que ele diz vai ser absorvido pela sua mente; você precisa ter alguma estrutura interior para escrever — respondeu Tommy de forma gentil. — Depois você pode se soltar e quebrar todas as regras.

— Então qual é o propósito de assistir a essas aulas se a licença poética, em última análise, leva justamente ao que vou acabar usando? — A contradição inerente às regras de roteiro estava começando a me incomodar. — Estou escrevendo muito bem esta semana. As cenas estão brotando; os sentidos, palpitando, como você mesmo disse. E estou colocando tudo em uma espécie de ordem, eu acho.

— Bem, pelo menos você está aprendendo com meus erros. — Ele riu um pouco e beliscou a parte de trás do meu quadril quando íamos embora. — Este é o ano catártico, quando você se dá conta de que estava na pista errada porque não estava escrevendo aquilo que sabe. Agora que está escrevendo uma bela história de amor não correspondido, repleta de anseios e desejos como sua história fracassada com James, vai ser uma louca corrida para a linha de chegada. Mas lembre-se: matar o tubarão significa que você vai ter que decidir se eles acabam juntos.

— Talvez não acabem juntos. Talvez sua protagonista tenha uma imagem do que ela quer que ele seja, e ela está se agarrando a isso, mas não é algo real. Então considere essa hipótese. Todo mundo faz isso; o mais importante é compreender se o amor é verdadeiro ou uma ilusão; ou uma idealização de algo que queremos. Vamos pegar um café para você e um docinho. — E ao dizer isso agarrou minha bunda com força.

Quando viramos no patamar da escada no segundo andar, vimos um zelador empurrando um enorme carrinho de limpeza, com esfregões, sprays, alguns panos de chão e sacos de lixo pendurados, bem longe do quartinho onde o carrinho ficava guardado.

— Acho que você e eu precisamos de um tempo a sós para falarmos sobre sua história. — Agora Tommy beijava meu pescoço de maneira escancarada, contra a parede, bem na curva do patamar. — Ah, sim, tem mais uma coisa — mais ataques ao meu pescoço —, seus personagens. Eles precisam ser mais elaborados também.

— Tommy. Pare com isso. — Comecei a esfregar a vermelhidão no meu pescoço. — Está muito claro aqui. Com todo mundo...

— Todo mundo se resume a nós dois e um zelador. — Ele começou a me beijar novamente, desta vez com a mão na parte de trás da minha blusa.

— Não, estou falando sério. — Eu ri quando ele tentou pôr os dedos por baixo do meu sutiã. — Você tem que ser mais discreto. Não podemos fazer isso. Sério.

— Ah, sério — respondeu em tom de brincadeira, zombando do meu tom sóbrio. — Eu não acho...

Assim que o zelador empurrou o carrinho cheio de produtos para uma sala de aula vazia, Tommy agarrou meu braço com força, puxou-me para o quartinho de limpeza escuro e enrolou seu corpo em volta do meu.

— Nossa, você está tão sexy hoje — falou, deslizando uma das mãos na parte de trás da minha calcinha e a outra na frente, em plena escuridão tomada pelo cheiro de amônia.

Antes que ele fizesse mais alguma coisa, eu me livrei dos seus braços, mas não pude deixar de sorrir.

— Agora não. Aqui não.

— Qual é. Vai ser divertido. Você não vai se arrepender, prometo. — Ele parou de pressionar e me beijou com intensidade. Eu pensei no que Jackie dissera sobre os caras com 30 anos ou menos, e me perguntei se ele tinha visto algum filme pornô sobre uma zeladora sexy em um quartinho de produtos de limpeza, na universidade.

Conforme ele ficava mais decidido a fazer prevalecer sua vontade, prendendo meus braços contra a parede, conforme sua língua explorava cada centímetro da minha boca, nada daquela bobagem sexy funcionava para mim. Nem um pouco.

Eu estava muito distraída, e horrorizada com o fato de Max ter batido em meu marido. E meu casamento se desmoronando me apavorava ainda mais. Eu não ganhava dinheiro suficiente para manter nada parecido com nossa vida atual. Minha mente correu por lugares onde eu poderia morar. Naturalmente não poderíamos manter outro apartamento além do nosso. Será que eu conseguiria alugar um apartamento pequeno, em um lugar bom o bastante para assegurar uma boa escola para as crianças?

— Tommy, afaste-se de mim. Não é exatamente propício...

— Acho que é bem sensual. — Ele começou a me beijar novamente.

Se eu ia fazer aquilo pra valer, teria de ser *lá fora*, não *aqui*, em um quartinho de produtos de limpeza.

— O que há com você? — perguntou Tommy. — Deixe-me só... — Sua língua foi até os meus seios.

Eu não conseguia relaxar diante do carinho dele. *Especialmente naquele momento*. Wade ficaria louco quando descobrisse sobre Tommy, o que só complicaria um acordo de separação. Eu não precisava de algo do tipo *"ela estava tendo um caso"* acrescentado ao meu currículo de família.

Então soltei um breve gemido confuso. Nada daquilo estava funcionando; eu não queria Wade nos meus pensamentos enquanto tentava *não* me livrar de Tommy.

— Vamos lá, gata, é isso aí! — murmurou Tommy, confundindo minha angústia com tesão.

Eu o afastei um pouco.

— A aula está começando. Vamos. Não podemos fazer isso.

— Podemos, sim — disse ele, beijando meu pescoço e voltando a colocar a mão no cós da minha calça, deslizando para baixo. — Quero que você goze. Aqui. Agora.

Eu até cedi um pouco, por um momento, mas o tique-taque da minha vida conturbada não parava de vibrar na minha cabeça.

— Nós... temos... que... parar... — Precisei de toda minha força para puxar as mãos de Tommy para fora da minha calcinha. Embora Wade desse umas derrapadas de vez em quando, ainda me sentia mal em relação à minha própria infidelidade, que eu definitivamente experimentava em cores cinematográficas, naquele momento. Meu caso não consumado com Tommy parecia um crime.

— Eu sei que você quer — sussurrou ele.

Bons costumes à parte, aquilo foi ridículo. Eu não ia ter um orgasmo, de pé, no escuro, em um lugar estranho na universidade de Nova York, em um quartinho úmido e com cheiro de amônia.

— Você é tão gostosa — sussurrou Tommy novamente.

Eu me sentia justamente o oposto.

— Desculpe. É a amônia.

— Nós temos todo o tempo do mundo, você sabe — disse ele, por fim, cedendo. — Mas quando você realmente se considerar pronta, vai ser seriamente atacada.

Abri lentamente a porta do quartinho do zelador; a última coisa que eu precisava era ser flagrada por um aluno da nossa turma. A maioria estava aglomerada na porta da sala de aula, no corredor.

— Tommy, deixe-me ir; você pega o café.

Em vez disso, ele começou a me beijar novamente.

Eu beijei sua testa da maneira mais inocente possível.

— Vou sair primeiro e desviar a atenção de todo mundo para o outro lado. Aí você dá uma olhada no corredor e sai quando estiver vazio, certo?

— Sim, senhora. — Seus olhos azuis soltaram faíscas na minha direção quando ajeitou o colarinho gasto da camisa de flanela e colocou a aba por dentro da calça. Ele estava penteando o cabelo eriçado quando saí furtivamente do quartinho.

— Vá rápido, mas com cuidado — sussurrei para Tommy no caminho.

Ele estacionou a moto em frente a uma farmácia Walgreens, na rua 27 com a Décima Avenida, quatro quadras ao norte do meu apartamento. Eu andaria o resto do caminho. Não havia muita chance de alguém que eu conhecesse me ver na parte oeste de Chelsea depois da hora do jantar, mas ainda assim queria ser prudente, não me arriscar.

— Vejo você amanhã? — perguntei. Nós tínhamos planejado passar algum tempo avaliando o trabalho dele. As luzes fluorescentes brilhantes da farmácia brilhavam nos meus olhos e matavam o romance não existente.

Ele levantou os olhos para os arranha-céus que iluminam a cidade.

— Tenho uma semana ocupada. Talvez a gente precise esperar até a próxima aula.

A próxima aula estava simplesmente longe demais. Antes disso, eu não queria Tommy me tocando. Agora todo meu desejo mental e físico oscilava na sua direção, como uma balança de humor bipolar equipada com turbo.

— Tem certeza? — supliquei. — Você me ajudou tanto com meu roteiro. Eu te devo isso.

— Sim. Positivo. — Claramente não era nenhum problema para ele não me ver até a aula. Bateu o pé com força no chão, fixou o descanso e levantou o visor. Foi quase um desafio. Seu corpo dizia: *Você tem problema com isso?*

Sim, para falar a verdade, eu tinha. Primeiro ele me quer demais, e rápido; e agora não estava sequer interessado? Sei que ele estava furioso por eu não ter ido até o fim, mas talvez algumas pessoas sintam-se mais tranquilas com uma traição e outras não. Achei que ele deveria ser paciente comigo.

— Tem certeza que é isso mesmo? — perguntei, com certo desespero. Ele me entendia tão bem; conhecia meu passado e minhas histórias tão profundamente, que deveria saber que eu não podia precipitar as decisões, mas precisava dele.

A sensatez não estava governando minhas emoções. Não fazia sentido para mim o fato de ele desistir só porque, egoisticamente, eu não queria que ele desistisse. Assim como Wade, eu estava quase sem estímulo, e em nenhuma posição para entender totalmente em que ponto e como Tommy tinha chegado ao limite com minhas rejeições.

— Posso ajudá-lo com o roteiro, e podemos conversar, sobre tudo...

— Eu entendi. Entendi claramente. E não estou pronto para mexer no roteiro.

Aquele homem tinha gasto tanta energia para me atrair... Agora estava definitivamente me rejeitando. Eu podia sentir meus olhos arderem, mas não o deixaria saber disso nem ver nenhuma lágrima.

— Mas você me ajudou tanto. Lembre-se do que a turma disse, e muito daquilo é graças a você. Eles realmente gostaram do trabalho, e Heller me disse para continuar seguindo o mesmo caminho — falei. — Conforme planejamos, só quero retribuir e me concentrar no seu trabalho dessa vez. Será que não podemos...

Meu coração doeu como se Tommy fosse o amor da minha vida e eu tivesse acabado de perdê-lo — nenhuma das duas hipóteses era remotamente verdadeira. Porém uma mulher em um casamento fracassado, que está se agarrando à ideia de um outro cara, e o que ele fará para salvá-la, fica louca ao ponto de pensar em se jogar na linha de trem mais próxima; bem ao estilo Anna

Karenina. Pode acreditar, eu sei disso. Foi exatamente assim que me senti naquela noite.

— Meu Deus, Allie. Relaxa. Eu tenho muito trabalho para fazer. Só isso. — Normalmente ele brincava sobre o quanto queria arranjar tempo para ficar comigo. Eu não iria esperar uma semana inteira, de jeito nenhum. E bem ali, em frente à Walgreens de Chelsea, às 22h10, percebi que o ponto de apoio daquela relação tinha declinado para um território instável. Ele olhou para a avenida. — Eu te mando uma mensagem.

O que só significava uma coisa: eu ia me colocar em posição de ser magoada. Lá estava a viciada em amor apresentando-se para o trabalho.

28

Situações em banho-maria

Pela minha presença sob as luzes brilhantes do Tudor, no dia seguinte, eu só tinha uma coisa a culpar: uma característica quase totalmente autodestrutiva que mostrava seu lado ameaçador, porém estimulante. Naquela manhã, Wade exigira que nos encontrássemos no Tudor para rebater a matéria publicada na página de fofocas chamada Page Six do *New York Post*, afirmando que ele havia sido seriamente ferido pelo punho forte de Max, cujo título era "DOIS MURROS TEXANOS". Um repórter do *Post* sempre rondava pelo bar do famoso lugar para verificar quem estava sentado, onde e com quem.

— Tem que ser no Tudor — exigira Wade. — Nós temos que manter as aparências e eu preciso mostrar a todo mundo que estou bem, obrigado. Por que isso é tão importante? Porque estou fodido; por isso. Totalmente fodido neste momento. — Eu sabia que aquele almoço não tinha nada a ver com o fim do nosso casamento nem com suas paqueras. Wade não cedia em relação ao local e, desnecessário dizer, não consegui explicar que não queria dar de cara com Tommy O'Malley ajeitando a adega durante nosso almoço, nem por que isso poderia se mostrar inconveniente.

Como se estivesse me preparando para uma batalha a ser travada em todas as frentes, eu tinha escolhido cuidadosamente boas armaduras: uma saia justa, um escarpim preto de camurça com plataforma, uma blusa Tory Burch de renda, que pode ser usada em todas as ocasiões, e um cardigã preto longo, preso na cintura por um cinto de dez centímetros, com uma fivela prateada. Eu me armei de uma atitude "também sou importante" para ir da porta até a mesa. Ao chegar, eu sabia que aparentemente estava ótima, embora tudo estivesse péssimo.

Assim que entrei no restaurante, tentando a todo custo agir como se estivesse me sentindo simplesmente maravilhosa, meu telefone tocou. Quando vi o número, estremeci por um momento: era James. Então me virei e achei uma pequena cadeira de couro, ao lado das janelas altas, longe do bar, longe da área de almoço, e longe do desagradável maître, Georges.

Então me sentei e atendi o telefone.

— Oi. Como está seu pai? Como vai?

— Estou bem, Allie. É só uma questão de espera. Com certeza não é um momento divertido. Você sabe que nós nunca fomos muito chegados e ele sempre foi um cretino durante toda a minha...

— Não diga isso agora, James. Eu sei tão bem quanto você como ele é frio, mas vamos apenas deixar isso de lado enquanto ele está no hospital. É carma ruim. Precisa de minha ajuda? O que posso fazer?

— Eu esperava ir a Manhattan para vê-la. Desculpe não ter ligado, mas fiquei preocupado com o modo que você falou, da última vez que conversamos. Seu casamento parecia estar uma merda.

— Eu estou bem. — Então resolvi pressioná-lo: — Seu pai está morrendo. Vamos nos concentrar em você, não em mim.

— Bem, tenho visto o pessoal dos tempos de escola e ficado nesta área de família deprimente, no fim do corredor, para uma longa espera.

Meus olhos vagaram pelas janelas envidraçadas que emolduravam o restaurante, e me perguntei se todo mundo ali dentro se sentia em um aquário. Eu me sentia exatamente assim. Parecia errado estar ali, naquele restaurante pressurizado de Nova York, e não com James, em Massachusetts, na sala de espera do hospital. Georges se aproximou para informar que haviam telefonado do escritório de Wade dizendo que ele ainda estava em reunião. Enquanto James falava sobre as pessoas que faziam visitas, recostei a cabeça no vidro duro e frio atrás de mim, lembrando do momento, doze anos atrás, quando ambos tínhamos 20 e poucos anos, e eu disse a James que havia conhecido um editor chamado Wade. Foi o momento em que claramente fiz minha escolha, trocando James, meu verdadeiro amor, por Wade, o pai e marido que eu psicologicamente tanto desejava.

— ENTÃO, ALLIE, quem é o cara sortudo da cidade grande? — perguntou James, em meio às garrafas de cerveja, há doze anos.

— Bem, nós ainda não começamos nada exatamente, mas acho que vale a pena ir à luta, vamos dizer assim.

Ele suspirou e ergueu as sobrancelhas para mim, num gesto que dizia *divirta-se com sua traição,* antes de virar um longo gole de cerveja na boca.

— Eu não estou *traindo* — falei, hesitante. — Não estou mesmo. — Insisti, caso ele não tivesse me ouvido.

James sacudiu a cabeça e riu.

— Foi você que disse isso, não eu. Fale sobre esse *cara.*

— Não sei o rumo que as coisas estão tomando exatamente, James. Ele é apenas um editor. Não sei. Ele me leva a muitas festas. Será que temos...

James pousou a cerveja na mesa com tanta força que o líquido espumou e vazou pela borda da caneca.

— Isso é ótimo, Allie. Estou muito feliz por você ter encontrado alguém *importante* para compartilhar a vida. — Ele olhou na direção do bar e fez um sinal para o garçom trazer a conta.

— Qual é o seu problema? — perguntei, dando um tapa no braço dele. — É você que vive viajando pelo mundo, dormindo com Deus sabe quem. E eu não posso nem ter um eventual namorado?

— Você sempre teve namorados, Allie. Um monte de namorados. — Então me olhou bem nos olhos. — Este somente parece...

Eu ergui as mãos, num gesto de rendição.

— É uma situação de merda, se você quer saber a verdade. — Até eu estava começando a ficar zangada. Se James me desejava como mais que uma simples amiga, era tarefa dele demonstrar isso, mas não era justo que ficasse depreciando a vida que eu tentava construir.

— Sabe de uma coisa? Esqueça, só vou ficar dois dias aqui antes de viajar; não é... — Ele parou de falar quando o garçom deixou a conta sobre a mesa.

Quando saímos do restaurante, James tinha encontrado modos de atenuar a situação de merda, zombando da minha descrição de Wade, e aquilo me fez sentir como se fôssemos simplesmente dois colegas que conheciam um ao outro melhor do que ninguém. A tensão sexual permeou a noite; ele pagou a conta, carregou meu casaco e abriu a porta (sem balançá-la, de brincadeira, na minha cara, pela primeira vez) como se estivéssemos em um encontro de verdade. Quando voltamos ao meu pequeno apartamento com tijolos aparentes, na 83 West, decidi pegar mais algumas cervejas. Mas quando cheguei na cozinha, a pergunta se manifestava por todo meu corpo. *Se não for agora, então quando?* Nós tínhamos que fazê-lo novamente, fazia tanto tempo desde aquela noite, no jipe. Afinal de contas, eu era adulta agora. E estava prestes a entrar em um relacionamento sério com outro homem, caramba.

— Allie — disse James de repente em um tom muito sexual. — O que você está fazendo? Venha aqui.

Com as mãos apoiadas firmemente na pia da cozinha, os braços rígidos segurando meu corpo trêmulo, os olhos bem fechados, abri um enorme sorriso, porque eu nem precisava olhar para ele para saber o que ele queria. Dessa vez, eu realmente queria que acontecesse e sabia que ia acontecer. Um grande problema: a luz fluorescente acima de nós era tão forte que praticamente disparava um zumbido. Estávamos a ponto de fazer amor em uma sala iluminada para cirurgia.

Eu me virei, fui até a sala e apaguei a luz. Em seguida voltei à pia, e comecei a sentir meus joelhos tremerem. Mordi o lábio quando senti James se aproximar lentamente, diminuindo o espaço entre nós até eu sentir sua respiração no meu pescoço.

Com os olhos fechados, e me segurando com força com medo de cair...

— Ah, meu Deus — sussurrei. — Eu juro que não sei como fazer amor.

— Juro que você sabe — disse ele. — Nós já fizemos uma vez, portanto eu sei que você sabe.

— Isso foi há muito tempo, e não foi...

Ele somente respondeu.

— Para mim, foi.

Então encostou o corpo atrás de mim e pressionou meu quadril, colocando as mãos entre minhas pernas. Em seguida afastou-as delicadamente e agarrou a parte interna das minhas coxas, conforme empurrava o corpo contra minhas costas. Eu fixei as mãos sobre a pia e deixei a cabeça pender para o lado, quando ele começou a beijar meu pescoço.

— Ah — sussurrei.

Seus dedos abaixaram devagar o zíper da minha calça e ele cuidadosa e lentamente abriu o cós. Segurei as mãos dele, em parte retendo-o, em parte tentando guiá-lo.

— Não ouse me fazer parar — disse no meu ouvido, antes de dar um beijo molhado na minha orelha.

Eu sussurrei contra o seu peito.

— Não vou, só estou um pouco...

— O que foi? Você não quer? — Ele molhou o dedo e o deslizou na minha calcinha, me contornando lentamente.

— Isto é um tanto... — Respirei fundo. Pelo menos ele estava atrás de mim, e eu não tinha de encará-lo. — ...um tanto louco.

— Estou pronto para deixá-la muito mais louca.

Alguns minutos depois estávamos no chão, ele de joelhos, arrancando minha calça. Eu estava deitada, sentindo tudo ao mesmo tempo: alívio por estarmos fazendo aquilo; medo por estarmos fazendo aquilo, excitação por estarmos fazendo aquilo. Conforme ouvia seus gemidos profundos, percebia o quanto eu realmente queria aquilo. Eu tinha esperado tanto tempo, desde aquela vez no jipe frio, com a tempestade de neve iluminada do lado de fora pelas luzes do estacionamento.

O cheiro de sexo predominava no ar à nossa volta, com o suor de James pingando do seu corpo nu, e nós dois rolando, em um frenesi, no chão duro e empoeirado, de madeira...

— ALLIE? VOCÊ ESTÁ AÍ? — A voz de James berrou ao telefone, em um canto, no Tudor. — Você ouviu o que eu disse que havia encontrado Neal e Max?

— Ouvi. Muito esquisito. — Não tinha me concentrado em uma palavra sequer. Estava muito perdida naquele momento, anos antes, no chão ensopado de suor, e me questionando por que eu não tinha tomado aquele caminho. *Merda. Por que não tomei aquele caminho? Por que estava tão impaciente para casar com James e desapareci depois que realmente fizemos amor?* Rapidamente perguntei: — Eu posso passar aí qualquer dia para falar com você? Seria útil?

— Agora não, especialmente porque Clementine não pôde vir. Isso não iria...

Clementine não estava com ele, então eu não entendia por que uma velha amiga não podia apoiar um velho amigo.

— James. Por que não posso ir até aí? Qual é o problema? Só estou tentando ajudá-lo e... — *E talvez reacender algo no seu momento de necessidade...*

— Não, está tudo muito confuso aqui. Estou bastante feliz de falar com você e saber como você está. Mas com minha família aqui, só quero me concentrar neles, portanto só irá me frustrar... Enfim, Allie, eu preciso desligar. Só queria saber de você. — Em seguida, desligou o telefone.

AO ME VER na cadeira atrás da plataforma, Georges, o maître, lançou os braços no ar como se eu fosse a Rainha de Sabá.

— Ah, Sra. Crawford, a senhora está maravilhosa. — Ele se aproximou de mim e me fez parar. — Por que seu marido faz uma mulher como a senhora esperar é algo que está além da razão. — Então lançou os olhos à prateleira iluminada para verificar o cardápio. — Vamos ver, com esta bela mulher aqui as coisas mudam... — Ele disse, batendo a caneta na testa. Precisei de um minuto para manter a concentração, já que estava um pouco atordoada com o telefonema de James e as que eu tinha feito, que talvez não tivessem sido as escolhas certas.

— Georges. — Li o cardápio de cabeça para baixo. — As coisas mudam como? Você vai dar a Wade uma mesa melhor porque a esposa dele está aqui, ou uma mesa menos importante porque ele não vai jantar com um executivo de prestígio?

— Está brincando? Se a senhora está aqui, eu me concentro em torno da sua presença.

Esse cara era um idiota pretensioso e falso, agindo como se eu fosse muito importante, enquanto tinha possibilitado o caso de Wade com Jackie, eu imagino, entre outros. Em um sofá no canto, Murray virou a cabeça e avistou sua presa.

— Allie! — vociferou ele. — Tentei ligar para você a manhã inteira.

— O que houve, chefe? — perguntei, enquanto olhava ao redor do salão. Nada de Tommy.

— Svetlana. Você a conhece.

Pensei na mão do meu marido intimamente agarrando o quadril ossudo daquela mulher.

— Sim, eu conheço Svetlana.

— Bem, há um problema — disse Murray.

Pensei nos dois dentes do meu marido voando através da minha sala de jantar.

— Sabe de uma coisa, Murray? Senti que havia um problema. Pode me chamar de sensitiva, mas...

— Precisamos fazer alguma coisa com o filme dela; as críticas da pré-estreia vão simplesmente arruiná-la. O festival fica parecendo pouco convincente quando uma modelo famosa tem um desempenho ruim. Precisamos divulgá-lo mais um pouco.

— Mas, Murray, o filme dela é uma merda. Nosso foco é *"qualidade; não ostentação",* lembra de sempre repetir isso?

— Sim, sim, está certo. — Ele não deu a menor importância ao fato de que eu o havia confrontado. — Faça um trabalho de divulgação com a garota. Certo? Fale com Delsie Arceneaux para promovê-la na CNBC. Desse jeito, muitas coisas vão se desenrolar sem problemas. Prometo. Não preciso de Max Rowland furioso, me enchendo o saco.

— Acho que testemunhamos, na minha casa, que isso não é uma boa ideia.

Murray olhou para o outro lado do salão, na direção de Delsie. Ela estava usando uma jaqueta Valentino roxa, de primavera, com uma blusa transparente por baixo, tendo uma conversa bem íntima com o secretário-geral da ONU. E, pelo que eu via, prestes a ficar de quatro sobre a mesa.

Quando me levantei para sair, Murray fez um gesto para que eu sentasse novamente.

— E me faça um favor, aqui entre nós.
— O que é, Murray?
— Pare de perguntar ao seu marido sobre Max Rowland. Não vai ajudar você em nada. Fique fora disso.

Ele fez um gesto com a mão para que eu fosse embora. Bem, aquilo foi revelador: mais um ponto para unir. Ele e Wade tinham comentado sobre minhas perguntas complicadas e frequentes. Eu era uma cúmplice desses cretinos ao fazer prevalecer a vontade deles por tanto tempo. Com o atraso de vinte minutos de Wade, observei atentamente o salão e me aborreci diante do fato de que, naquele lugar, os grosseiros novos-ricos ganhavam dinheiro à custa de trabalhadores reais, como eu. E com uma proporção de salário de um milhão para um. Uma raiva incontrolável começou a subir pelo meu pescoço, quando me afastei de Murray.

Max Rowland, na mesa comum ao lado da minha, estava novamente no auge da atividade fraudulenta, repassando ensinamentos a alguns investidores extasiados, com a voz nasalada do Texas.

— Se considerassem o quanto seus negócios consomem energia, vocês realmente deveriam se precaver mais. Tenho contato com pessoas próximas do líder do Cazaquistão e posso dar a vocês informações confidenciais sobre aquele oleoduto.

As taxas de reincidência provavelmente não são registradas para pessoas como Max, mas elas dizem que é característico de todos os criminosos voltar à vida do crime.

E logo depois... à esquerda, estavam duas beldades onde antes só havia uma. Jackie Malone surgiu atrás do bar, onde ninguém podia vê-la, com uma ruiva igualmente escultural. Foi a primeira vez que a vi com outra mulher. Uma mulher de 20 e poucos anos vestida com roupas exclusivas era uma coisa. Mas duas? Desde quando amantes de um mesmo homem andavam juntas? Ou talvez a outra garota fosse apenas uma amiga que estava passando a semana na cidade, e Jackie a trouxera para exibir seu reduto de poder. E ainda assim... era raro ver alguém da idade delas no Tudor.

A amiga de Jackie era bem sexy sob o dissimulado traje formal. Seu cabelo liso ruivo, em um perfeito corte na altura dos ombros, era ligeiramente mais longo na frente. Ela usava um vestido de linho cinza que eu deduzi ser Dolce & Gabbana por causa do enorme zíper nas costas.

Jackie olhou direto para mim, claramente querendo me perguntar algo. Apontou para a cadeira ao lado da minha, e perguntou se eu estava esperando Wade.

Eu dei de ombros, indicando que não tinha a menor ideia de onde ele estava. Então ela fez um gesto para que a encontrasse na área de vinho. Ótimo. Dar de cara com Tommy e Jackie.

Ela passou por mim e piscou na minha direção quando se dirigiu ao banheiro feminino. Eu a segui, deixando meu casaco de lã no sofá para que Wade soubesse que eu havia chegado.

Atravessei um corredor longo com portas de vidro trancadas com pequenos refletores das principais regiões. Imagens perigosas de Tommy me agarrando em quartinhos e elevadores, e em românticos corredores de vinho, começaram a me atordoar. Então me apressei pelo corredor até o banheiro.

— Aqui. Rápido! — sussurrou Jackie.

Os banheiros da parte de cima do Tudor pareciam pequenas salas de estar elegantes de ébano. A cada trinta centímetros, tulipas brancas em vasos de cristal acentuavam uma prateleira de vidro que contornava toda a parede. Uma mulher, discreta, mas conhecedora dos maiores segredos de Nova York, esfregava de maneira obsessiva cada superfície e dobrava e redobrava as toalhas de mãos de linho, bordadas com um discreto 4S marrom, no canto.

— Preciso falar com você! — sussurrou Jackie novamente de um dos banheiros. Não havia cabines no Tudor. Em vez disso, havia quatro saletas separadas, com pias de laca preta brilhante. A atendente se manteve ocupada com a limpeza ligeiramente mais frenética das superfícies que já estavam limpas.

— Podemos sentar do lado de fora... — sugeri.

— Não. Aqui. Eu sei por que Max bateu no seu marido. — Ela me puxou para uma das saletas e fechou a porta. — Max tinha razão. E você tinha razão. Wade não sabe o que está fazendo, e ele *definitivamente* fodeu tudo com a conotação dada pela mídia nas ações da Novolon. Eles apostaram tudo na alta das ações. Wade tentou reforçar os rumores da tecnologia superior da Novolon plantando algumas notícias exageradas e fazendo Delsie enaltecer a empresa no seu programa sobre mercado de ações. Mas a história simplesmente não foi mantida.

— Ele não tem o controle de todas as opiniões. Certamente apareceram alguns opositores — acrescentei.

— Sim! — sussurrou ela. — Wade não é o Mágico de Oz que pensa que é. Ele superestimou a própria força diante desses caras e Max apostou muito na alta das ações da Novolon, o que não aconteceu. Tudo que falei é verdade. Agora que você sabe de tudo, por favor, entenda que estamos nisso juntas. O pen drive será nossa melhor prova dos lucros ocultos desses caras da transferência de dinheiro para o exterior. No pen drive estão os números da conta em que Max Rowland esconde o dinheiro. Nós não teremos como descobrir se é em Liechtenstein ou na Suíça se não soubermos os bancos e os números da conta das empresas de fachada

— O que você quer dizer com "nós"?

— Eu me refiro a mim.

— Bem, não quero envolver meu marido em problemas; ainda somos uma família. Mas realmente preciso saber a respeito de tudo isso; como vou ter certeza que você não fará algo que possa trazer problemas para ele?

Ela segurou meus braços.

— Eles querem Murray e Max. Juro. Wade é uma peça insignificante no jogo. O pen drive será o elemento mais importante e você tem de entregá-lo a mim.

— Quem são *eles*?

— Apenas confie em mim. Entregue-me o pen drive.

29

Por favor, não permita que isso aconteça

— Desculpe, acabei me atrasando um pouco — disse Wade apressando-se à mesa onde eu estava. Após um pequeno esforço, ele conseguiu sentar no sofá.

— Você está 35 minutos atrasado — respondi, querendo que ele se justificasse. — É sua prática regular fazer todo mundo esperar esse tempo todo? Espero que não.

Ele pediu seu habitual chá gelado e deu uma olhada no salão — seus olhos tremularam ligeiramente ao avistarem o bar, onde Jackie estava com sua nova amiga — antes de se concentrar em mim. Então, concentrou-se em si mesmo.

— Desculpe. Tenho que cumprimentar Maude Pauley.

Antes que eu percebesse, Wade já estava se levantando para ir até a mesa e dizer algo do tipo: "Ah, que maravilha" à envelhecida presidente de uma poderosa indústria de cosméticos, que ela havia criado a partir de um negócio de porta em porta, havia quase cinquenta anos. Ele acenou de forma animada ao passar pela mesa de Murray e sussurrou algo, do qual ambos riram de maneira cordial.

Aquilo tinha sido uma mera exibição a todos ali presentes, ou eles tinham se recuperado da intimidação de Max? Acho que a primeira hipótese era a mais provável. Agora, todos no restaurante pareciam estar agindo de modo duvidoso, destruindo o país e, possivelmente, a mim também.

— Bem — disse Wade, voltando à mesa, segurando minha mão e abaixando a voz. — Allie, tenho sido grosseiro com você, e peço desculpas por isso, mas tudo se resume à mesma coisa. — Ele juntou as mãos cuidadosamente para enfatizar o que dizia.

— Trata-se da parte financeira da *Meter*, Allie — explicou, suspirando quando revirei os olhos. — Nós estamos à beira do colapso. — Olhou ao redor para ver se alguém poderia ouvir e baixou ainda mais o tom de voz, abrindo seu sorriso típico. O efeito era assustador.

— A parte financeira está muito pior do que minhas projeções, e posso ter entrado em uma verdadeira catástrofe tentando resolver esse problema. Alguns me querem fora, mas não vou permitir que isso venha a acontecer.

Tentei sorrir também, mas nada sobre essa conversa me deixava feliz.

— O que você vai fazer? E eu preciso saber o que isso tem a ver com Max Rowland.

— Ele faz parte de uma história mais longa. Vamos no momento nos concentrar na *Meter*.

— Wade — pousei a mão no seu braço. — Um texano zangado que pode até usar terno, mas que acabou de sair da prisão, é um pouco mais importante do que sua revista. Principalmente se for um texano zangado que dá um soco que arranca seus dentes. Você pode arranjar outro emprego se eles o demitirem.

— Arranjar outro emprego? A *Meter* não é somente um *emprego,* Allie; é algo que criei há vinte anos... é a minha carreira inteira. Aquilo não era nada antes de mim. Mas realmente não posso fazê-la entender que também não sou nada sem ela. *Nada.* — Ele parecia aflito de verdade com aquela ideia. — Já tomei medidas para assegurar que nós iremos sobreviver a esta recessão publicitária.

— Que medidas? — Finalmente, havia um vislumbre do velho Wade, fazendo planos para manter nossa família em segurança. Então dei a ele uma última chance de me convencer.

— Para começar, tivemos que acabar com a tarifa básica de anúncio. Não posso nem dizer a quantia em voz alta. Vamos somente dizer que é menos do que um sanduíche de queijo.

— Caramba — falei antes de me recostar, com as mãos dobradas no colo. O "nós" dele era diferente do *meu* "nós".

Ele me olhou com os olhos semicerrados, como se estivesse a ponto de me dizer que tinha desviado milhões de dólares para as ilhas Cayman.

— Eu queria que você soubesse antes da divulgação na imprensa.

— Quanta consideração — respondi, imitando seu olhar.

— O que há de errado com você? — Ele estava furioso. — Nós estamos *numa merda de fazer gosto.* Essa economia instável me deixa numa situação muito difícil. Esperava-se que fosse entrar nos eixos agora, cacete. Mas, em vez disso, o quadro está muito pior do que eu poderia projetar. — Ele deu uma mordida no pão e colocou a mão no lado esquerdo do rosto, onde Max

o tinha socado. Então pôs um guardanapo na boca e ajeitou a coroa dentária de volta no lugar. — Merda, meu sorriso está arruinado para sempre por causa daquele babaca. — Ele falou mais baixo para ninguém ouvir.
— E só colocar a *Meter* on-line não é uma opção. Eu quero tocar e sentir a versão impressa. Muitos dos nossos leitores ainda querem aquelas fotos brilhantes nas mãos.
— Eu sei como você se sente. — Tentei ser solidária.
— As nossas doações também estão muito abaixo para algumas instituições beneficentes com que estamos trabalhando. Ninguém quer pagar por filmes importantes que ajudam pessoas quando...
— Estamos falando sobre a *Meter*, não sobre seus projetinhos de filme.
— Meus o quê?
— Por favor, pare de ser tão sensível. — Ele usou um guardanapo para tocar de leve a testa ligeiramente suada. — O que você não está percebendo é que quando me refiro a *Meter* estou falando de *milhões e milhões* de dólares *saindo pela janela*, para uma empresa de grande porte. Tudo acontecendo bem debaixo dos *meus* olhos. As pessoas vão dizer que minha má administração levou a revista à falência.
— Este é o único problema agora? Não há mais nada?
— Sim, há — respondeu Wade. — Há outras coisas. Mas tenho um plano, e preciso de você ao meu lado. Se eu conseguir tirar a *Meter* do seu controle societário e administrá-la de forma independente, posso superar este problema. Posso fazer alguns investidores externos comprá-la e me deixarem administrá-la. Só não posso deixar as coisas do jeito que estão.

Ele se acomodou e fez um breve aceno para alguém do outro lado do salão, e meu coração se apertou. Eu não era casada apenas com um mulherengo; eu era casada com um apostador.

— Nós temos que ficar unidos. Se divulgarem o quanto as coisas estão ruins, teremos que fazer o possível para controlar as consequências. Falei com o diretor financeiro de Max Rowland e peguei algumas ideias de como impulsionar nossos custos, como impressão e correio para o próximo trimestre e antecipar a receita de anúncio para mascarar nossa situação financeira. Isso poderia nos colocar em uma posição satisfatória diante dos investidores.

— E depois, Wade? Você faz os amigos de Max investirem em algo absurdo e eles quebram suas pernas quando não obtiverem o dinheiro que você prometeu? Ou promete que pode ajeitar tudo na mídia para o benefício dele?

Ele me olhou como se tentasse decifrar o quanto eu falava de forma genérica e o quanto eu sabia.

— Como assim "e depois"? Eu vou continuar a ter controle absoluto sobre a marca *Meter*.

— Não foi isso que eu quis dizer. Em que tipo de negócio obscuro você está envolvido com Max? Qualquer coisa que você esteja fazendo com ele é pior do que a falência da *Meter*. Mais perigoso, quero dizer.

Wade levantou os olhos e sorriu quando Georges se aproximou.

— Hoje temos uma bela posta de robalo chileno em um molho de tomate verde, com alho-poró caramelizado e batatinha-roxa com uma cobertura de missô de açaí.

Wade tamborilou os dedos na mesa num gesto nervoso, esperando Georges terminar a lista de opções, enquanto eu fitava o pequeno buquê de flores brancas no vaso de prata, até a imagem ficar embaçada.

— Temos um delicioso lombo assado com polenta de queijo mascarpone, coberto com fios crespos de cogumelos chanterelle e uma salada de verduras da estação...

Eu odiava pensar no tipo de ideia estúpida que Wade estava a ponto de realizar e com quem. Eu sabia que ele nunca admitiria isso para mim agora, e nunca se daria ao trabalho de explicar por que Max o agrediria. Uma coisa eu sabia ao certo: eu não podia mais adiar minha decisão. Se ele fosse à ruína, certamente levaria Blake, Lucy e a mim com ele.

Fiquei observando Wade acenar para algumas pessoas e checar, de forma desesperada, seus e-mails no telefone, alheio a tudo o que se passava na minha cabeça e a todos os sentimentos que afligiam meu coração. A vida é tão difícil de se enfrentar: nós achamos que estamos tomando as melhores decisões; aí uma confluência de eventos acontece e ficamos sem saber se tomamos a decisão errada ou se as coisas fugiram do nosso controle e acabaram transformando "boas" decisões em "péssimas".

Com o passar do tempo, desde aquele dia de verão à beira do lago, passando pelo acidente de avião, até chegar aos meus 20 anos, sempre achei que James e eu ficaríamos juntos. Como poderia ser diferente? Em meio àquela nevasca, quando a equipe de salvamento o resgatou e ele segurou minha mão depois, no asfalto, nunca pensei que ficaríamos separados, de jeito nenhum. Então algo simplesmente aconteceu. A vida o mandou para o exterior, justamente quando eu queria fincar os pés no chão. Eu queria estabilidade; queria filhos. Eu queria ficar com alguém que substituísse tudo o que eu havia perdido.

Quando tinha 25 anos, achei que este homem ao meu lado me daria a vida que tinha sido tirada de mim, que ele substituiria o brilho do meu pai, extinto de forma tão violenta no acidente. James não era essa pessoa, mas era meu melhor amigo e alma gêmea. Como teria sido a vida se eu tivesse me casado com minha alma gêmea, em vez da adrenalina de Nova York, agora ao meu lado? Provavelmente mais fácil, mais ajustada; eu iria me sentir mais protegida, mais amada, segura de mim mesma. Se era isso o que eu queria e precisava, por que o substituí por Wade, uma pessoa tão difícil de ser compreendida?

Olhando para meu marido agora, tentando aguçar minha compreensão em relação a ele, tentando me lembrar do quanto ele era divertido, de como sabia lidar com as crianças — tentando desesperadamente recuperar aqueles sentimentos e justificar o caminho que eu havia escolhido —, não conseguia evitar a decepção por ele não olhar para mim agora. *Ele não entendeu.* Será que alguma vez no nosso casamento aquele brilho se concentrou *em mim* do modo que eu precisava?

Ou ele era apenas mais um tipo de mídia, de Nova York, naquele salão: um homem abastecido por uma combinação tóxica de autoengrandecimento e autoexecração?

— Então, madame Crawford, vamos começar com a senhora — disse Georges, sempre o leal maître, enquanto dava ordens aos clientes. — Vou ficar muito triste se a senhora não experimentar o peixe.

— Pode trazer. — Eu não conseguiria argumentar.
— Escolha excelente. E o senhor, Sr. Crawford?
Meus olhos vagaram pelo salão enquanto Wade importunava Georges sobre as margens de lucro ridiculamente altas.
— Não abuse com seus preços exorbitantes, porque quero batata assada no forno com cebolas e brócolis. Chega da sua comida sofisticada. Não estou a fim hoje.
Georges disse:
— Vou trazer nossa versão de cebolas e queijo derretido: cebolinhas caramelizadas com mascarpone. Tenho uma ideia para este mascarpone. E vou servir-lhe a melhor taça de vinho que temos aberto. Grátis. Isso deve prejudicar minhas margens mais que uma batata insignificante! Vou buscar o Sr. O'Malley, o verdadeiro perito em vinho daqui. Ele sempre tem boas ideias de combinações...
— Tudo bem — falei, apertando o braço de Georges.
— Não queremos vinho. Só um chá gelado para mim, por favor.
— Allie, não seja grosseira — repreendeu-me Wade.
— Obrigado, Georges, seria um prazer falar com ele.
— Muito bem, Sr. Crawford — disse o maître quando tirou minha mão do seu braço e foi até a outra mesa. Então comecei a respiração de Lamaze que eu tinha aprendido, mas nunca tinha usado, durante o parto. Não funcionou dessa vez também.
Wade sorriu para mim e disse entre dentes.
— Olhe, conforme eu dizia, quando ultrapassarmos este período e eu estiver firme no comando da *Meter,* vai ser muito importante parecermos unidos. Assim que

a revista entrar nos eixos, quero realmente falar sobre nós, e como poderemos encontrar um caminho, mesmo que isso signifique, quer dizer...

— Não tenho certeza de nada, Wade. — Eu me perguntei se ele diria a palavra *separação*, mas naquele instante avistei Tommy a meio caminho do salão, o que pareceu um problema muito maior naquele momento.

Meu corpo inteiro ficou tão encharcado de suor quanto minhas mãos já estavam. Decidi correr para o banheiro, antes que Tommy pudesse chegar à nossa mesa. Ao fazer isso, acabei esbarrando na mesa e derrubando meu copo d'água em cima do pequeno sofá. Sem ter o que fazer a não ser me esconder de todos, deixei o cabelo cair sobre o rosto, enquanto fingia enxugar o líquido, que pingava no banco aveludado, com meu guardanapo, incitando Tommy a vir me ajudar.

Isso não está acontecendo, eu disse a mim mesma.

— Allie, pelo amor de Deus. Deixe Tommy cuidar disso; é só água.

Wade sabia o nome dele? Que espécie maluca de trio estava se desenvolvendo ali?

Insisti na minha farsa, jogando todo o cabelo por cima da cabeça para o lado esquerdo, a fim de cobrir o rosto. Há muitas Allies no mundo. Ao me inclinar, minha cabeça ficou em uma posição que parecia que eu estava fazendo sexo oral.

— Posso pegar o guardanapo? — perguntou Tommy, pondo a mão no espaço entre mim e Wade. Eu me rendi, sacudi a cabeça e o encarei.

Tommy apertou os olhos de uma maneira óbvia e deliberada, mas não estremeceu. Eu não sabia se ele se sentia constrangido por estar me ajudando e tentando parecer descontraído mantendo-se firme, ou tão surpreso que não sabia como se sentir.

— Posso recomendar um vinho, *senhora* — disse ele, mantendo o olhar fixo no meu.

— Eu... acho que não bebo durante o dia. — Foi tudo que consegui falar.

— Bem, então, Sr. Crawford, o senhor gostaria de uma taça de vinho tinto ou branco? Creio que Georges...

— Tom — respondeu Wade. — Vou beber aquele que você serviu quando trouxemos o pessoal da Estée Lauder aqui, na semana passada. Aquele, você lembra, com... se não me engano você disse, uma espécie de mistura de alcaçuz?

— Domaine Armand Rousseau Chambertin 1996?

— Isso, exatamente. E só uma taça; minha esposa vai ficar com o chá gelado. Obrigado.

— Sua esposa? — Naquele instante Tommy ficou ligeiramente pálido, a aparência de durão se desfez. — Eu... não tinha...

— Ah, acho que você não a conhece. Allie Crawford, Tommy O'Malley.

— Allie *Crawford*. Nunca vi *sua esposa* antes.

— Sou Allie Braden — falei. — Eu... uso o Braden profissionalmente, eu...

— Desde quando? — Wade, olhando para mim como se eu tivesse enlouquecido.

— Eu uso — retruquei.

— Não no seu trabalho. Que outra profissão você tem?

— Quero dizer, às vezes quando sou apresentada... — Minha voz falhou.

— Então, Domaine Armand. Muito bem, senhor. — Tommy se virou com elegância e se afastou com passos largos, tentando a todo custo agir de forma inabalada. Eu estava totalmente abalada.

Wade segurou meu cotovelo com força.

— Allie — sussurrou ele com um sorriso. — Não me importo se você já está usando seu nome de solteira. Eu entendo.

— Não foi o que eu quis dizer. — Meu rosto estava queimando. Nenhuma menção de divórcio, e ainda assim aqui estávamos praticamente discutindo os termos da separação.

— Quero saber tudo sobre sua relação com Max Rowland.

O rosto de Wade brilhava com o esforço de mentir para mim.

— Preciso lavar as mãos. — Obviamente os mares que o cercavam eram mais perigosos do que eu imaginara.

Quando Wade atravessou o salão e chegou às escadas, não fiquei nem um pouco surpresa quando a amiga de Jackie, que estava no bar, jogou a bolsa por cima do ombro e desfilou, no seu vestido justo, até a escada, bem à frente do meu marido. Passaram-se uns bons dez minutos antes que um deles voltasse.

30

Momento raro de maturidade

Saí do Tudor com o casaco jogado nas costas, o cachecol pendurado no ombro e os sapatos na mão, como se estivesse correndo pela vida. Wade tinha saído alguns minutos antes de mim, a ruiva sexy com seu cabelo de corte reto fora logo atrás dele. Eu tinha pensado em segui-los furtivamente, mas decidi que, àquela altura da minha vida, simplesmente não podia controlar com quem Wade transava ou onde isso acontecia. Contornei a esquina a toda velocidade, sem motivo, arrependida pelo modo como eu tinha tratado Tommy, angustiada por ter casado com Wade, em primeiro lugar. Descansei em um poste de telefone e considerei a hipótese de vomitar o peixe de 48 dólares de Georges em uma lata de lixo, em plena luz do dia, em Midtown Manhattan.

Naquele momento, Jackie tocou meu braço com o dedo indicador.

— Eu vi tudo. Fiquei muito constrangida. Não havia nada que eu pudesse fazer.

— Ah, meu Deus. Foi terrível, Jackie. Gosto tanto do Tommy, e juro que ainda não aconteceu quase nada entre nós. Eu só queria escrever com ele, ajudá-lo com o roteiro como ele me ajudou com o meu. Sei lá... apenas ter uma espécie de parceiro enquanto realizo um trabalho que me apavora. Ele nunca se preocupou com meu marido, mas agora tenho certeza que se preocupa.

— Posso dar um conselho? — perguntou ela, incentivada pelos seus poucos 25 anos de experiência de vida.

— Porque parece que você precisa.

— Sim.

— *Casos extraconjugais não são para covardes.*

— Do que você está falando? — perguntei, espantada por ela ter me rotulado tão acertadamente.

— Acredite, eu sei disso. Lembre-se de que caso extraconjugal é um jogo sujo e obscuro, só para o mais valentão dos valentões.

— Mas você me disse para simplesmente transar com qualquer um, como você faz — comentei, lembrando-a do que ela havia falado.

Ela baixou o olhar.

— Tenho certeza que você não age assim. Estou começando a conhecê-la um pouco. Você fica obcecada e depois deixa os caras assumirem o controle sobre você.

— Sei muito bem o que estou fazendo — respondi severamente. — É só um lance de roteiro.

Aquela explicação pouco convincente caiu por terra, e ela revirou os olhos.

— Olhe, debaixo de cada caso extraconjugal há um fundo falso que serve para ceder justamente quando a pessoa pensa que chegou ao fundo do poço. Se você acha que pode controlar isso, esqueça.

Eu me sentia como se tivesse chegado ao fundo do poço, e não tinha nem mesmo começado oficialmente o caso amoroso. Eu disse a ela:

— Ele simplesmente foi até nossa mesa, do nada; não é tipo eu vou ser destruída. Eu nem...

— O problema é o seguinte: parece que você realmente se preocupa; e muito. Somente tenha cuidado. — Ela sorriu.

— Caso extraconjugal é como aposta; é tudo que estou dizendo. Você tem que parar no pequeno espaço de tempo que está ganhando. Você vai desejar mais uma puxada na alavanca. Mais uma volta na roleta. O maior dos tesões pode ser uma pequena superação de uma pequena crise, e sua obsessão assumirá todo seu poder de raciocínio.

Fiquei surpresa diante do seu conselho perspicaz, mas Jackie estava certa: justo quando fiquei obcecada por Tommy O'Malley, e sua língua mágica, o chão cedeu, e toda a confiança que eu tinha artificialmente adquirido com seu carinho simplesmente desmoronou.

Meu celular tocou.

— Que merda é essa, Allie *Crawford*?

Pausa longa. Olhei para Jackie e falei com gesto labial, apontando para o telefone: *É o Tommy*. Ela acariciou meu ombro, se virou e voltou ao restaurante.

— Você parece maluco — respondi, tentando não parecer frágil nem perturbada demais. — E se você é maluco, não posso fazer nada, e não vou aceitar críticas suas e não tem mais nada a ver entre a gente, se essa é sua posição. — Eu estava transtornada, e nem de longe quis dizer aquelas palavras. Era tudo falsa presunção da minha parte e não era culpa dele o fato de termos nos encontrado no restaurante.

— Você acha que eu pareço maluco? Allie Braden? Botei seu nome no Google e não apareceu nada.

— Meu marido não é parte do acordo, você mesmo disse isso. Nós concordamos nunca falar sobre ele. — Fiz uma pausa. Nenhuma resposta do outro lado da linha. — Imagino que você esteja um pouco surpreso, mas se está enfurecido, não é justo. Você também omitiu detalhes da sua vida.

Silêncio absoluto. Eu me sentia pouco desconfortável tendo aquela conversa com todo o barulho de buzinas e de freadas de carros, mas não havia como parar.

Tommy finalmente respondeu, com uma calma controlada na voz:

— Você tinha dito que seu marido trabalhava em uma revista. Você age como uma mulher normal, que trabalha em uma firma de relações públicas, com planejamento de festas, como se fosse uma coisa simples.

— Meu trabalho é uma coisa simples. Falei a verdade sobre isso.

Ele suspirou.

— Há uma diferença entre falar superficialmente sobre alguma coisa e dar detalhes da verdade.

— Pare de agir assim — reclamei. — Estamos em uma relação indefinida. Você me disse especificamente para não entediá-lo com minha vida. Você nunca quis saber quem ele era ou o que fazia. É isso o que você faz quando um relacionamento está começando; ignora o mundo real.

— Você realmente sabe que se estivéssemos envolvidos estaríamos transando, certo? E, além disso, há uma diferença entre manter em sigilo e mentir, Allie Braden, ou será que eu deveria dizer *Crawford*? — O tom da sua voz parecia menos zangado, e mais para magoado. — Olhe, nós conversamos sobre tudo. Ele não é somente um cara qualquer, você sabe. Por acaso, sirvo a ele o vinho que ele gosta, três vezes por semana. Se estou transando com a esposa do cara, ou prestes a fazer isso, gostaria de saber para que possa ou cuspir no vinho ou arranjar outra pessoa para servi-lo.

Eu me virei rapidamente. Com Tommy ainda no restaurante, talvez eu pudesse resolver um pouco as coisas, pessoalmente.

— Tem razão — respondi com calma.

— E daí se sou bom em ficar falando coisas do tipo: "Ah, Sr. Wade Pau Grande Crawford. Sim, o suave aroma de framboesa preta com um leve toque defumado que o senhor saboreou com o peixe chileno na semana passada? É da safra de 1994..." Isso não merece uma explicação, Allie. Não é *mentira* porque eu não disse a você exatamente para que restaurantes presto consultoria.

— Não foi mentira da minha parte também — falei.
— Foi discrição. Há uma grande diferença.

— Certo. Discrição. Dá tudo no mesmo.

Vamos acabar com tudo? Era isso o que ele estava querendo dizer?

Eu continuei.

— Você tem razão. Ambos escondemos particularidades um do outro. Por razões que só cada um é capaz de entender, e que o outro não entende. Será que não podemos apenas reconhecer isso e parar com esses jogos de adivinhação que só levam a Deus sabe onde? Ou ficar tentando desmascarar um ao outro só por prazer? Será que não podemos apenas seguir em frente?

Silêncio. Ele estava analisando minha proposta, que surpreendeu até a mim mesma na sua maturidade, especialmente no meu atual estado de espírito completamente confuso.

— Preciso pensar em tudo isso — disse ele apos um momento.

Talvez a descoberta a respeito de Wade Crawford fosse um novo elemento que mudaria drasticamente nosso relacionamento. Talvez Tommy estivesse intimidado pelo sucesso de Wade. Ou talvez tivesse ficado aborrecido por conhecer o marido, pessoalmente. Isso, suponho, realmente faz diferença. Eu me sentia mal. E não sabia se deveria contar a ele.

— Eu me sinto mal com tudo isso — confessei.

— Eu também — respondeu ele, baixinho.

Fiquei em silêncio. Eu podia ouvi-lo respirar. *Caso extraconjugal não é para covardes,* lembrei das palavras de Jackie.

Após uma longa pausa, perguntei:

— Se ambos nos sentimos mal, talvez devêssemos considerar por um minuto o quanto é incomum nos sentirmos tão unidos em um espaço de tempo tão curto.

— Concordo.

— Bem, e agora?

— Não sei, Allie. Simplesmente não sei. Temos que pensar.

— Certo. Olhe. Podemos conversar esta noite? Preciso voltar ao trabalho. — Naturalmente eu não queria ser a primeira a telefonar. Queria que ele me chamasse e dissesse: "Isso tudo foi uma bobagem." Não havia razão para interrompermos nada naquele momento. Além disso, tínhamos o trabalho de roteiro para fazer. — Você tem me ajudado tanto com meu trabalho, realmente quero retribuir o favor. É a sua vez, você sabe.

— Claro. Eu mando uma mensagem.

Quando enfiei o telefone no bolso e atravessei a rua 54, o vento bateu na lateral do edifício e praticamente me lançou contra a pessoa ao meu lado. Dois passos atrás, nenhum vento; aqui, um tufão. Mantive os olhos fechados, rezando para que Tommy não fugisse de mim.

Naquele dia, às 18h, meu telefone tocou e vi o número dele com uma mensagem. Pulei para pegar o aparelho.

A mensagem dizia:

Td acabado entre nós.

31

A vida dentro de uma caixa

Um sentimento muito *egoísta* tomou conta de mim durante esse tempo, e eu sentia sua força batendo contra uma caverna profunda no meu coração: o medo de ficar sozinha.

Eu acordaria em uma caixa, solitária e desesperada, coberta com o nevoeiro da insegurança. Naquela caixa, não era só a falta de confiança que envolveria as paredes à minha volta; seria uma incapacidade total de ver que eu era capaz de me afastar da pessoa confusa que eu havia me tornado.

Aquele medo tinha o poder de me tornar irracional. Ele me convencia de que eu tinha escolhido a porta número dois, quando deveria ter escolhido a número um; assim, quando acordasse às quatro da manhã, faria tudo para ter James neste lado do Atlântico. Ou, quando James não preenchesse aquele vazio, eu buscaria outra pessoa para fazê-lo. Eu ficaria na minha mesa, sentada sobre as mãos para não mandar mensagens a Tommy pedindo uma segunda chance, certa de que todo seu adorável comportamento simplesmente me salvaria. Mas salvaria do quê, exatamente? Por que eu precisava preencher o vazio com outro homem, no instante em que considerei a hipótese de me livrar do meu marido?

Algumas vezes, por pena, esse medo não me perturbaria tanto. Então eu diria a mim mesma que poderia sobreviver com as crianças sozinha; Wade simplesmente compraria um pequeno apartamento no fim da rua e iria se divertir com qualquer mulher nua no balcão da cozinha. Ah, que bom não ter um marido mentiroso em casa! Ele moraria perto! Nós manteríamos um bom relacionamento! Eu não me preocuparia com sua assistente de fotos ou seu caso com Jackie das pernas torneadas! A vida seria como férias permanentes no Taiti, sem marido e sem nenhuma obrigação masculina.

Eu andaria pela cidade e me sentiria confortável e protegida na caixa que me passaria força, confiança e a certeza de "poder dar conta"; provavelmente imitando Jackie mais do que pensei que poderia. *Não preciso de ninguém. Não sou confusa.* Mas esse desafio seria passageiro...

Para superar isso, disse a mim mesma que muitas mulheres que contemplavam o divórcio para valer provavelmente reagiam como eu. Era normal ceder a ambas as sensações — experimentar as vantagens momentâneas da independência e os temores da solidão que destrói a alma. Então, qual o problema se eu era forte dez por cento do tempo e medrosa os outros noventa? Se eu me sentisse corajosa o tempo todo e ignorasse a parte dolorosa da minha realidade, então minha suposta força não seria mais do que uma mera fachada frágil. Enfim, este era o discurso de autoajuda que eu fazia para mim mesma.

Três dias depois da mensagem de Tommy terminando tudo entre nós e após setenta e duas horas da triste incapacidade de ver como eu voltaria a sentir os dez por cento da força, experimentei o efeito rebote.

Escancarei as cortinas para deixar entrar o primeiro raio de sol da manhã, enquanto me forçava a começar a trabalhar no meu roteiro. Pensei em algo que Helen Gurley Brown, fundadora da *Cosmopolitan,* que estava maravilhosa nos seus 80 anos, dissera uma vez: *O maior amor da sua vida deve ser seu trabalho, não seu homem.*

Decidi que faria exatamente aquilo: me esforçaria por paixões intelectuais para me sentir bem comigo mesma, em vez de ficar obcecada por homens que me magoavam ou que eu deixava escapar.

Era manhã de sábado, e Wade como de hábito levava as crianças para comer panquecas e passava um tempo com elas. Eu ia trabalhar na cama e deixá-lo cuidar deles. Eu gostava desse plano: minhas paixões cerebrais me salvariam! Naquele ponto do tumulto, eu agarraria qualquer coisa como tábua de salvação, fosse homem ou um conceito de trabalho.

Peguei o laptop da mesinha de cabeceira e comecei a fazer anotações no meu roteiro. Fui até a página 115, pensando em como o problema seria montado no Ato 1, como a avaliação teria que começar a acontecer no Ato III. Minha avaliação se desenvolvia com ímpeto, mas eu via redutores de velocidade à frente, sem a certeza de um homem para me segurar com força, quando eu voasse sobre eles.

Duas horas depois, estava mergulhada na composição de uma cena bem-escrita, em que o novo amor dá o fora na heroína, deixando-a no fundo do poço, antes mesmo de começarem qualquer coisa — em outras palavras, escrevendo o que eu vivia —, quando Wade abriu a porta. As crianças apareceram carregando uma bandeja de café da manhã que haviam preparado na cozinha; a primeira de muitas ofertas de paz dele naquele fim de semana, para se redimir das traições com outras mulheres.

— Ei, crianças! — disse com uma voz áspera matutina. — Muito obrigada!

Blake carregava a bandeja, Lucy tinha nas mãos um pequeno buquê de tulipas, comprado no mercado coreano da esquina. Wade caminhava com cuidado ao lado deles, apoiando a pesada bandeja, com suco de laranja e ovos que balançava de um lado para o outro nos braços do meu filho.

— Você dormiu até tarde, mãe — disse Lucy. — Papai nos levou para comprar isto para você. — Ela colocou as flores ao lado da minha cama.

— Vou levar as crianças para passear o dia todo para você descansar — avisou Wade, indo em direção à porta. — Deixamos alguns presentes do lado de fora. Você é a melhor mãe do mundo e queríamos que soubesse.

— Obrigada, crianças, significa muito para mim — respondi, saindo da cama para abraçar meus filhos. O fato de Wade dizer aquilo só me abateu; ele sabia o quanto eu era boa para ele, então como foi deixar tudo isso acontecer?

Blake sussurrou no meu ouvido:

— Obrigado por me dar o melhor conselho sobre Jeremy. Eu queria escrever um cartão para você, como papai disse, mas não tive tempo.

— Bem, o que você teria dito, filho?

— O que eu disse ao papai. Que você é uma boa mãe por me dizer que, se eu ignorasse o Jeremy e jogasse com o William, o Jeremy deixaria de me perseguir.

— Você pode tomar todas as decisões certas sozinho; só quis lembrar que você não pode deixar um brigão vê-lo reagir. Isso é exatamente o que ele quer. Que tal pegar algo gostoso na cesta de balas no meu armário? — Elas se animaram e saíram correndo do quarto. Eu andei de um lado para o outro entre a cama e a porta, enquanto vestia um jeans e experimentava três blusas diferentes, antes de me decidir, todo o tempo esperando Wade falar. Então fiz algumas respirações de ioga para tentar trazer à tona um pouco da força profunda que eu não sabia se possuía. Wade permaneceu ao lado da cômoda, apavorado como uma criança.

Finalmente me aproximei dele.

— Você tem algo a dizer?

— Tenho — respondeu ele em um tom baixo e humilde. — Desculpe por tudo. Desculpe mesmo. Você é a mulher mais atenciosa do mundo. Não merecia isso.

Eu olhei para o homem com quem me casei.

— Eu sei que você vai fundo quando se apaixona por alguém. Isso aconteceu?

Silêncio.

Eu prossegui:

— Deixe-me colocar as coisas dessa forma: isso aconteceu várias vezes nos últimos dois anos?

Ele simplesmente abaixou a cabeça, como um garotinho.

— Então você continua insistindo que cada um desses casos, alguns mais sérios, outros menos, não passam de uma *sequência de slides* que você, como um macho, viveu? Não um filme de *narrativa*? Sem qualquer ligação entre as imagens. Não sei, pode me chamar de louca, mas acho que vejo um padrão: você me traindo com muitas mulheres, algumas pelas quais se apaixona. Não creio que haja casos isolados. Você não pode mentir para si mesmo ou para mim e insistir nisso.

Ele tentou responder:

— Esses casos foram específicos, separados... Não sei, Allie. É difícil explicar. Eu me importo com você. Não sei por que agi assim sabendo que a magoaria. E não quero ter de passar...

— Sabe de uma coisa? — falei, tentando controlar a voz. — Não preciso de detalhes; a *narrativa* já foi clara o bastante.

— Você não merecia, Allie. — Foi tudo que ele conseguiu falar.

— Bem, você não é o único que pensa assim. Estou considerando minhas opções.

Eu precisava escolher as palavras com cuidado ou Wade poderia cobrir suas pistas.

— Há alguma coisa sobre seu trabalho ou nossas finanças que eu deva saber antes de falar com um advogado?

— Não posso falar de negócios agora, e realmente agradeceria se você pudesse esperar um pouco antes de tomar qualquer decisão precipitada — suplicou Wade. — Além disso, foi só essa única vez.

Meu pulso omitiu uma batida. Nós estávamos claramente navegando nas águas do divórcio, e eu estava praticamente certa que nenhum de nós tinha um remo, muito menos um barco.

— Você já está mentindo. E a assistente de fotos, quando Lucy tinha três meses? Mas não me importo com as garotas, Wade; eu me importo com nossos filhos.

— Eu também. E é por isso que você precisa acreditar em mim quando digo que não há nada com que se preocupar.

— Estou preocupada, Wade. Muito preocupada — respondi, com lágrimas nos olhos. — Como chegamos a esse ponto? Como *você* nos levou a esse ponto?

— Tenho tudo sob controle — disse ele, secando minhas lágrimas e me puxando para junto dele.

Apoiei a cabeça no seu ombro, e ele passou os braços em volta de mim.

— Bem, com certeza não parece. De jeito nenhum.

— Não posso amenizar seu sofrimento, mas saiba que estou tentando, Allie.

Tão rapidamente quanto tinha entrado no quarto, ele se virou e saiu. Pude ouvi-lo animando as crianças com o grande dia com o papai mágico. Quando o segui para fora do nosso quarto, abraços de despedida já eram oferecidos.

Wade me deu um beijo apressado na testa.

— Estamos no mesmo time, Allie. Lembre-se disso.

32
Medo do desconhecido

Algumas noites depois, voltei do trabalho mais cedo, e brinquei de jogos de tabuleiro com as crianças durante algumas horas. Em seguida comecei a me preparar para a aula de roteiro e para a primeira vez que veria Tommy depois da mensagem TD ACABADO ENTRE NÓS. Jogar com Blake e Lucy foi consolador. Talvez fôssemos uma unidade que poderia sobreviver feliz sozinha. Eu me sentia melhor, mais forte. Mas quando entrei no chuveiro para me preparar para a aula, desabei.

Pensei como encarar Tommy naquela noite, no curso; minha única esperança atraente e divertida de um barco salva-vidas, se eu acabasse meu casamento. E voltei para a caixa triste e solitária. Jackie iria me matar por me preocupar tanto com a mensagem de Tommy, por querer substituir um homem por outro, imediatamente.

Eu não conseguia evitar.

Quando as crianças estavam tranquilas assistindo a um programa de televisão, decidi que uma chuveirada poderia aplacar minha tristeza: talvez eu pudesse fisicamente retirar do corpo minhas lágrimas e medos. Então abaixei a cabeça e deixei a água bater na parte de trás do pescoço. Observando a água ensaboada se acumular sobre os dedos do meu pé, entrei em uma espécie de transe com Tommy. Tudo o que surgia na minha cabeça parecia ridiculamente imaturo:

Quero você de volta.

Preciso de você.

Wade não representa mais nada para mim.

Não consigo escrever sem você me incentivando com boas dicas.

E se eu mentisse?

Estou bem sem você.

Não preciso disso.

Podemos apenas ser amigos.

Às 20h05, entrei na sala de aula com o cabelo úmido. Sabia que meus ombros estavam caídos.

Nem precisei levantar os olhos para ver se Tommy havia notado minha chegada; senti que ele me olhava. Havia umas quinze cadeiras em volta do círculo, na sala iluminada. Eu me dirigi para o lado mais afastado da porta, bem ao lado do professor. Normalmente Tommy e eu sentávamos perto da porta, como alunos descolados que precisavam de um plano rápido de fuga — mas não esta noite. Esta noite me comportaria como uma nerd, puxa-saco, ao lado do professor, para obter todas as ideias que conseguisse para meu futuro como roteirista de cinema; um futuro com o qual, agora, eu tinha de contar.

Acho que me senti melhor quando Nicky Chace rompeu comigo, quatro meses depois da morte do pai e tive de passar por ele e seus amigos góticos, na cafeteria. Conforme evitava Tommy de forma calculada, continuava dizendo a mim mesma: *Você é uma mulher adulta, tem uma carreira próspera, um excelente roteiro em andamento; filhos lindos e sadios. Tommy é um ponto luminoso no radar. Mantenha a cabeça erguida, mulher.* Bela tentativa, mas nada disso funcionou naquela noite. Eu estava mergulhada em uma tristeza recentemente adquirida.

Quando me sentei e olhei para minha bolsa, vi as pernas musculosas de Tommy e o tênis Nike gasto, a uns quatro metros de distância. Também percebi que a cadeira ao lado dele estava vazia. Eu não podia levantar os olhos; em vez disso, me virei na direção do professor, pousei o cotovelo na pequena mesa anexada à minha cadeira, e pus a mão na testa, como se bloqueasse luz solar dos olhos.

— A senhora leu a cena do Sr. O'Malley, Sra. Braden? — Como pude esquecer que aquele era seu grande dia? Eu poderia jurar que não havia recebido nenhum e-mail da turma com um anexo de Tommy. Olhei para ele, que me encarou com decepção, antes de desviar o olhar. Eu queria desesperadamente dizer a ele que, se eu soubesse que era sua vez, teria devorado seu roteiro. Eu não somente tinha sido um simples fogo de palha, como uma amiga bem imprestável. Não é de admirar que ele não estivesse mandando mensagens de texto com conteúdo sexual ou não.

— Acontece muita coisa na cena do Sr. O'Malley, Sra. Braden. Concorda?

— Ah, sim — menti.

Heller prosseguiu.

— É uma interessante sátira social que achei divertida, embora um pouco exagerada. Naturalmente, o protagonista precisa ser um pouco mais elaborado. — Ele foi até o quadro e escreveu o seguinte: — Ele quer a garota? Ou está a fim do cara? Talvez você não saiba. Sabe por quê? Você tem que estar presente na sua vida! — Heller começou a bater nas carteiras dos alunos em mais uma das suas circuladas pela sala. Ele colocou o rosto a menos de dez centímetros do meu e joguei o pescoço para trás. — Allie! Como você escova os dentes? De forma horizontal? Você escova em pequenos círculos como deveria?

— Eu... não sei muito bem.

— Bem, isso é um modo de viver sem sentido, Allie! — *Como é que é? O cara era louco.* — Preste atenção a cada detalhe! Seja uma repórter. Veja o que consegue trazer à tona! — Naquele momento Heller dava vida às suas palavras, escovando os dentes, com os braços no ar e batendo no peito. — Se você está descrevendo o pior personagem, o mais desprezível assassino de filhotinhos de foca, encontre algo de você nele. Há um coração batendo em algum lugar naquele peito, sangue correndo naquelas veias. Se você não puder encontrar humanidade nos seus personagens, eles serão apenas como estátuas em um museu!

Enquanto me esforçava para entender o que escovar meus dentes tinha a ver com o assassinato de focas branquinhas e peludas, Tommy ergueu a mão e se dirigiu à turma:

— Bem, eu tenho trabalhado na cena durante as últimas quarenta e oito horas, basicamente dia e noite. — Em seguida olhou para mim, como se aquilo fornecesse uma explicação para não ter feito mais contato, e interpretei as palavras como um pedido de reconciliação. — É um afastamento da minha redação antiga, só uma cena que veio na minha cabeça, e eu quis fazer exatamente o que você disse: encontrar-me nela, e escrever para praticar. Eu estava tendo dificuldade, mas então decidi conferir um pouco de veracidade à situação. — Ele me olhou atentamente.

— Por que você não injeta veracidade em cada fala, Thomas? — perguntou o professor. — É assim que você conquista seu público e o mantém encantado: quando as pessoas identificam o que elas conhecem como verdade. Uma peça dentro de uma peça. Será que só eu penso assim, ou é meio engraçado o fato de Hamlet ter montado uma peça sobre um cara que mata o rei, com o objetivo de pegar o assassino do próprio pai? Dê a seu público a verdade, Tommy.

— Eu não estava pensando nos atores; estava protegendo pessoas que conheço na vida real, eu acho — explicou ele à turma. — Só por diversão, dei um tempo na trabalheira do meu roteiro para escrever sobre um restaurante para o qual presto consultoria. Minha intenção era escrever algo que acabara de acontecer comigo, enquanto as emoções estavam fervilhando. É uma história incrível, e no início eu não queria expor pessoas, mas então a cena ficou sem consistência. Então levei algum tempo para deixá-la do jeito que está, e escrever o que sei. Acabei abrindo umas brechas, de alguma forma.

— Você não tem que expor pessoas para colocar veracidade na ficção — interpôs Heller. — Não é isso que estou falando. Mas tem que contar a história como você acha que ela realmente é. É uma diferença sutil, mas espero que você entenda a distinção.

— Neste caso específico, tive de contar da forma que aconteceu. Se pessoas foram expostas ou não, não dou a mínima. — Tommy me encarou. Outros alunos olharam na minha direção, e meu rosto começou a arder.

Àquela altura, uma dor aguda martelava minha cabeça. Do que ele estava falando? Que estava escrevendo sobre nós no seu roteiro? Que uma das coisas que aconteceram foi baseada na nossa própria briga? Eu começava a entender por que Tommy não tinha me enviado o roteiro antes da aula: ele não queria que eu lesse.

Tommy continuou:

— Escritores escrevem o que sabem, e este foi o único modo que encontrei de contar a história. Você conhece aquela expressão: "não dá para sair inventando coisas". — A voz de Tommy estava mais alta; como costuma ficar a voz de um homem quando está zangado. — A realidade era melhor do que minha tentativa de tapar o sol com a peneira e ficar protegendo pessoas.

Tommy levantou-se e bateu as folhas com sua cena na minha carteira.

INTERIOR DO RESTAURANTE. Hora de almoço.

WAYNE CRAWLEY, editor de uma revista de luxo chamada *The Grid*, está em uma mesa lateral, destinada a executivos de nível intermediário, no novo e badalado salão do Tudor. (Outras mesas são ocupadas por homens e mulheres no comando de empresas mais importantes ou bancos de investimento.) Ele acena com a cabeça discretamente a alguns "sócios" no salão. Ele conhece todo mundo em Nova York, naturalmente, mas prefere cumprimentar só aqueles que seriam úteis para ele naquela semana, antes de tomar uma taça cara de vinho tinto. Ele sacode o cabelo, um tanto comprido, para afastá-lo do rosto, ao girar a taça e cheirar a bebida. Em seguida bebe seu vinho favorito, Domaine Armand Rousseau Chambertin 1996. Quando estala os lábios numa demonstração de familiaridade, leva a mão ao bolso e dá uma piscadela para o MAÎTRE.

CRAWLEY tira uma ficha de cassino de 2.500 dólares do bolso e o desliza na mão do MAÎTRE, como se estivesse passando um grama de cocaína.

MAÎTRE
[coloca a ficha discretamente no bolso]
"O de sempre? É essa sua preferência hoje, senhor?"

CRAWLEY
"Sim. Sempre. Genevieve. 16h. Hotel Willingham. Quarto 1602."

O EDITOR JÚNIOR em uma mesa próxima vê o que está acontecendo e tenta interromper seu chefe, Sr. Crawley.

EDITOR JÚNIOR
(sussurrando)
"Será que você não vê? Ela vai pegar seu dinheiro e fazer parecer que foi sua ideia."

CRAWLEY
"Bobagem, Tom. Sei o que estou fazendo. Com ela não há risco."

MAÎTRE
(ignorando as advertências do sócio jovem)
"O senhor me deu uma ficha cara; está querendo um verdadeiro exercício físico, senhor"?

CRAWLEY
"Sim, quero me apaixonar, se você entende o que estou querendo dizer."

MAÎTRE
"Vou me assegurar que a moça receba a mensagem."

Ambos dão uma olhada no bar, onde GENE-VIEVE McGREGOR, uma bela jovem de cabelos com mechas loiras, muito bem-vestida de maneira sensual, lê atentamente um manual de economia.

De repente, a cena inteira entrou em foco com tanta rapidez que meu pescoço inteiro doeu com a tensão. Toda a dor na expressão de Tommy, do outro lado da sala, imediatamente fez sentido. Ele escrevera o que sabia, em todos os sentidos. E, fazendo isso, expôs meu marido e tudo o que ele tinha visto no Tudor. Não só alguns caras violavam a lei em relação a investimentos, como Jackie Malone agia em parceria com eles. E era prostituta.

33

Problemas que se alastram

O gerente do Moonstruck Diner, no cruzamento da rua 18 com a Décima Avenida, vociferou aos cozinheiros:

— Ovos mexidos, torradas e bacon! — As espátulas de metal deslizavam sobre a chapa de ferro, e o café fermentava em imensas chaleiras de prata. Passei por um mar de nova-iorquinos impacientes, todos ansiosos para chegar ao trabalho, esperando por sua comida em embalagens para viagem, e encontrei uma mesa tranquila, nos fundos do restaurante.

Quatro horas antes, eu tinha me virado na cama e havia visto que o relógio da mesinha de cabeceira marcava 5h07, e notava a seguinte mensagem de Wade:

Vou trabalhar até tarde para fechar uma edição. Vou ficar até terminar e dormir no escritório, se tiver sorte. Beijo nas crianças.

Não havia como saber se ele dizia a verdade ou não. Cinco e nove. Duas horas completas antes de uma falsa exibição de serenidade necessária para preparar as crianças. Duas horas completas de inatividade poderiam me permitir atravessar o dia, acordar na caixa-forte, feliz, sem uma dor de cabeça latejante. Duas horas completas antes de precisar perguntar a Jackie o que estava acontecendo. Fechei os olhos.

Em seguida, os abri completamente. Uma fala específica no roteiro de Tommy repercutiu na minha mente, àquela hora da manhã: *"Será que você não vê? Ela vai pegar seu dinheiro e fazer parecer que foi sua ideia."* Era aquela hora sensível de início da manhã, quando minhas ansiedades tendem a explodir com várias possibilidades. Será que eu tinha me apaixonado pelo cara mais safado do mundo, cuja intenção era se mostrar compreensivo com a esposa, depois a manipular psicologicamente para obter informações bancárias, para se apoderar dos lucros? Saí da cama com dificuldade e fui até o escritório, agradecida por ter tido ao menos o bom senso de não entregar o pen drive a Jackie. Ela já dispunha de informação suficiente dos arquivos que havia arrancado de mim na casa de Murray, em Southampton, para descobrir quem possuía o quê.

Foi então que outra constatação forte e desagradável, antes do amanhecer, me ocorreu: eu nunca tinha prestado muita atenção às nossas contas de investimento mais importantes. Eu pagava as contas on-line e me assegurava de que teríamos o suficiente entrando e saindo. Além disso, Wade depositava dinheiro na conta no primeiro dia do mês, a fim de cobrir nossas despesas. Ele e Danny Jenson, um cara habilidoso quando o assunto é dinheiro, se encontravam a cada trimestre para revisar nossas despesas, impostos e investimentos. Não tínhamos muito dinheiro para esbanjar, especialmente quando se aproximava o fim do ano, mas tínhamos juntado algumas economias, à custa de muito trabalho. Esse era o fundo para a universidade dos nossos filhos, nosso pé-de-meia, o dinheiro intocável, que tratávamos como sagrado. Não era algo que eu verificava com frequência.

Vasculhando a mesa de Wade em busca do levantamento contábil anual, lembrei de que em abril Wade tinha encontrado com Danny enquanto eu viajava. Ele tentou me contar o que Danny dissera, como tínhamos conseguido resistir à última crise econômica sem as perdas surpreendentes que muitas pessoas tinham sofrido.

Tínhamos um cartão de serviços bancários Chase, com um código de quinze dígitos que dava acesso on-line à conta de investimento, nosso pé-de-meia, e foi o que não consegui encontrar no lugar habitual, às 5h14 da manhã. Será que Wade o escondera de mim?

A campainha tocou. Talvez Wade tenha perdido a chave? Agora posso perguntar a ele.

Vesti um roupão e fui de chinelos até a porta. O zelador do edifício estava lá, ligeiramente atordoado.

— Sim, Joe, o que houve? Está tudo bem?

— Sim, Sra. Crawford. É só um bilhete que ela queria que fosse entregue em mãos. Desculpe acordá-la, mas ela me pediu para entregar-lhe imediatamente.

— Ela? — Como se eu não soubesse.

— Sim. Uma mulher jovem. Ela estava lá embaixo, mas não quis que eu chamasse a senhora pelo interfone. Não entendi muito bem, mas ela disse que era muito importante que a senhora recebesse este bilhete.

— Obrigada, Joe. — Fiquei curiosa. O que possivelmente Jackie poderia querer de mim agora?

Abri o envelope.

Não telefone, nem mande e-mail ou mensagem de texto para mim sobre o procedimento duvidoso desses homens. Você e eu temos que parar de falar disso. Você só pode enviar textos sobre outros assuntos comuns. Por que Wade está tão descontrolado? Espero que você não tenha dito nada a ele. Encontre-me no Moonstruck Diner, perto da sua casa, às 9h.

Ela esperava que eu não tivesse dito nada a ele? Que direito ela achava que tinha... por que *ela* não me disse que era *prostituta*?

Em sete segundos, minha cabeça estava envolta por um mar de blazers de caxemira, no closet abarrotado de Wade. Após vinte minutos suados verificando cada bolso de fora e de dentro de cada terno e casaco, e caso minha memória falhasse, cada casaco no closet do hall, encerrei a busca sem o cartão do banco Chase.

Preparei uma xícara de chá verde e deitei na cama, vestida com meu moletom. Então procurei entre o colchão e a base da cama por uma caixa de mogno que guardava as fichas do cassino Borgata, que não ficavam mais nos fundos da gaveta de cuecas dele.

Meu pressentimento estava correto: entre o colchão e a base da cama boxe, bem guardadas achei três fichas de 2.500 dólares e o cartão Chase Manhattan com o código de quinze dígitos. Nós usávamos a mesma senha, Penny, o nome do primeiro cachorro de Wade quando ele era criança, em todas as contas on-line na nossa casa: Bancos, Amazon, PayPal, Barnes and Noble; tudo. Havia uma segunda chave de segurança on-line na nossa conta de banco. Além da senha "Penny", havia o número de quinze dígitos no cartão do banco.

Uma vez, este ano, quando eu quis verificar as contas, não consegui encontrar o cartão Chase e perguntei a Wade, sem atribuir nada estranho ao fato de o cartão estar sumido. A resposta dele agora ecoava na minha mente com muito mais força: "*Deixe Danny cuidar dos investimentos, Allie. Nos dias de hoje é tudo muito volátil por causa das oscilações dos mercados. Isso só vai deixá-la perturbada. Mas em dez anos os fundos terão aumentado aproximadamente dez por cento ao ano, de acordo com o que eles dizem. Então deixe-o cuidar disso. Eu perdi aquele cartão do Chase. Mas vou pegar outro. Logo.*"

Naturalmente, ele nunca perdeu o cartão do banco; ele só estava escondendo o cartão de mim. Apesar da raiva que sentia de Wade, não conseguia deixar de me perguntar se ele tinha sido enganado, se sua incapacidade infantil de se concentrar o tinha levado a uma montanha de problemas que ele nem percebera. Fiz o login, selecionei nossa conta de investimento e inseri a senha Penny, mas ela foi rejeitada. Ele deve ter mudado. Fechei os olhos e tentei os nomes dos nossos filhos, meu nome de solteira, Braden, e depois, por fim, Jackie. Deu certo. Filho da puta. Então introduzi o código do cartão Chase.

Foi quando me deparei com minha nova realidade econômica na tela. Tudo o que havíamos economizado tinha evaporado. Senti o estômago embrulhar e não consegui chegar a tempo no banheiro.

34

De mulher para mulher

Com uma colher de metal amassada, coloquei uma grande quantidade de açúcar no meu chá. Conforme o açúcar se dissolvia, minhas incertezas também se dissipavam. Jackie Malone tinha controle sobre o pênis de Wade e sobre suas finanças. De algum modo ela o tinha usado; e *me* usado. De algum modo ela o tinha atraído para algo falso e tirara proveito disso. Eu tinha certeza absoluta de que só uma mulher poderia conseguir tanto de Wade, um manipulador de nível internacional, por si mesmo.

A multidão na frente do restaurante diminuiu quando o relógio marcou 9h. Eu podia ver pela janela, na minha mesa solitária nos fundos, as pessoas apressadas para chegar ao trabalho, quase se esbarrando na calçada, com a mesma pressa com que os alunos correm para a sala de aula, antes de tocar o sinal.

Será que as fichas de cassino na gaveta do meu marido realmente eram provenientes das suas excursões a Atlantic City com Murray e Max? Eu tinha visto Georges, o maître e cúmplice, passando a Jackie uma ficha; ele poderia facilmente estar pedindo tudo a um dos poderosos que frequentavam o Tudor. Eu tinha percebido — ou Tommy percebera para que eu pudesse ver. Era assim que Jackie pagava seus empréstimos — se é que havia qualquer empréstimo. Ela era uma prostituta de primeira classe, ponto. Sua moeda eram fichas de cassino, impossíveis de serem rastreadas. Nada de cheque, nem transferência bancária, que poderiam ser rastreados, e nenhum dos seus clientes precisava sujar as mãos com uma transação suja de caixa. Eles faziam o pagamento com fichas de cassino, que ela poderia resgatar em qualquer lugar em Atlantic City, a qualquer momento que quisesse dinheiro vivo. Posso apostar que ela também tinha alguns clientes executivos lá.

Se eu apenas tivesse confiado nos meus instintos. Primeiro Jackie chupava o pau deles; depois sugava informação nas pastas e BlackBerrys. Então ela encontrou a esposa infeliz para ajudá-la a ter acesso a mais daquele dinheiro, trapaceando todos nós durante todo o tempo. Até onde eu sabia, a conta em Liechtenstein tinha sido ideia dela, obtida a partir de alguma aula, na Filadélfia. Se é que havia uma conta lá. Ou uma escola de negócios.

Tenho que admitir que quando Jackie atravessou a porta, toda confiante às 9h09, fazendo com que vários olhos a acompanhassem enquanto passava, virando cabeças por todo o caminho, eu fiquei surpresa. Realmente não pensei que ela fosse aparecer. Ela se sentou à minha frente.

— Ah! Nossa! Graças a Deus você está aqui. — Jackie mantinha a pretensão de tentar, de fato, me ajudar. —

Desculpe pelo atraso. Tenho algumas perguntas muito importantes para fazer a você. Por que...

— Eu só tenho uma pergunta: Você pegou todo meu dinheiro? — Falei em parte gritando, em parte sussurrando.

Desde que a conheci, era a primeira vez que ela parecia completamente atordoada, e eu não fazia a menor ideia de como ela responderia. Permaneceu em silêncio, fitando primeiro a mesa e depois a mim, lentamente. E, de fato, parecia magoada.

— Como você pôde fazer isso?

— Como eu pude...

— Depois de tudo por que passamos; depois que admiti o caso com seu marido, na primeira vez que você perguntou? — disse tentando se defender. — Depois de nós falarmos sobre sua vida e sobre homens e eu contar sobre minha mãe. Depois de tudo o que discutimos, achei que tivéssemos formado rapidamente uma dupla improvável, de algum modo esquisito, mas importante. — Ela fez uma longa pausa. — Realmente dormi com seu marido, e foi magnânimo da sua parte falar comigo, mas como você pôde pensar que eu tomaria seu dinheiro? Você acha mesmo que esse é o problema?

— Não sei o que pensar. Minha conta bancária está quase zerada e você...

— E eu o quê? — interrompeu ela, parecendo terrivelmente magoada com a acusação.

— Você espera que eu acredite em tudo nessa questão, quando todo meu dinheiro sumiu? — O suor escorria pelo meu pescoço, e joguei o cardápio de volta na mesa. — Você fica examinando arquivos confidenciais na casa de Murray, em Southampton, então diz que a informação está toda lá, mas depois diz que não está. Suponho que seja alguma conta de banco ligada a Wade e...

— Você ainda não confia em mim. Incrível. — Ela examinou as opções de café da manhã, deu um suspiro profundo. — Eu disse que não havia nenhuma conta bancária naqueles arquivos em Southampton. Eu disse que ainda preciso daquele pen drive. — Sua voz fraquejou e ela esfregou o canto dos olhos.

Eu disparei algumas perguntas.

— Posso ver que você está aflita. Realmente. Mas agora, isso não tem nada a ver com seus sentimentos feridos. Desculpe, mas preciso saber de uma coisa: onde está meu dinheiro, Jackie?

Ela dobrou o cardápio e acenou para um garçom.

— Seu marido o pegou, para investir, e depois se fodeu, como o próprio Max Rowland disse, na sua casa.

— Como vou saber que você não o pegou? — perguntei. — Prove.

Um garçom alto, usando um avental branco, aproximou-se da nossa mesa.

— O que vai ser?

Jackie continuou a olhar para mim, em seguida se virou calmamente ao garçom suado: — Uma omelete grega, por favor. Torrada de centeio como acompanhamento.

— Vai querer batatas fritas da casa? Quer omelete só da clara do ovo? — perguntou ele.

— Nenhum dos dois, obrigada — respondeu ela com um sorriso.

— Não quero nada — disse, sem tirar os olhos da minha xícara de chá fumegante.

— Você não acha clara de ovo horrível? — perguntou Jackie. — Parece borracha. Não sei como algumas mulheres comem isso.

— Jackie! Não estamos falando sobre nossas preferências de ovo. Estamos falando sobre como fui confiar em você. Acho que você mentiu para mim!

— Nunca menti para você — assegurou-me Jackie.

— Por favor, vamos nos concentrar em Wade. Preciso saber o que você disse a ele e por que ele está tão aflito por você saber de tudo. Nem tudo é como parece. O dinheiro está em outro lugar, e ele o investiu. Depois perdeu. Mas agora ele o recuperou. Você não terá acesso ao seu dinheiro durante um tempo, mas vai ter, em algum momento, muito em breve.

— Eu tenho dois filhos. "Muito em breve" não adianta — retruquei concisamente, me perguntando como iria desmascará-la. — E a propósito, como você sabe? Você é perita em lavagem de dinheiro e operações no exterior também?

Ela tirou uns papéis da bolsa.

— Vocês tinham aproximadamente 275 mil dólares, certo? Quero dizer, em planos de aposentadoria, conta-corrente, economias e tudo mais.

— Como você sabe dessa quantia, Jackie?

— Bem, dê uma olhada neste papel. Projeto Verde é Wade, está vendo? O envelope que tomei de você tinha muitas informações sobre a movimentação financeira de várias pessoas, mas nenhum número de conta para pegá-las com certeza. Esta informação está no pen drive.

Está vendo esse montante? Está tudo sendo transferido deles e de volta para Wade. Não se preocupe, está tudo lá. A coluna verde é a de Wade. Viu, sobe aqui... e agora está simplesmente onde estava quando ele começou tudo isso. Ele ganhou muito com as apostas, e depois perdeu muito.

— Como vou saber que o Projeto Verde é o nosso dinheiro, e que vamos recuperá-lo?

Ela respirou fundo.

— Porque as autoridades estão em cima disso agora, Allie. Aquela mulher com quem você me viu no bar, a ruiva com corte de cabelo reto e vestido de linho cinza, naquele dia, com Wade? Ela trabalha para o FBI. De que outra forma eu poderia saber tudo isso? Eles se aproximaram de mim quando perceberam que eu estava seguindo as mesmas pessoas que eles. Eu não podia mentir, e não vi nenhuma razão para não ajudá-los a descobrir quem estava cometendo as fraudes.

— Você está trabalhando com o FBI? Wade está muito enrascado?

— Não, não é ele quem eles querem pegar. Se ele falar, ganha imunidade total. Você e eu só precisamos ficar quietas durante os próximos dois dias. Por isso enviei aquele bilhete a você, para só trocarmos mensagens superficiais.

O garçom jogou a omelete gordurosa de Jackie na mesa e encheu minha xícara de chá, derramando um pouco no pires.

— Desculpe — gritou Jackie para ele por cima do barulho da cafeteria cheia de gente. — Tem ketchup, por favor? — Em seguida apanhou o vidro de pimenta e polvilhou uma boa porção do condimento sobre o omelete.

Bati na mesa para que ela não fugisse do assunto:

— Quero falar agora mesmo sobre você, Jackie. Sobre o que a motiva a agir assim.

Ela espetou um enorme pedaço da omelete com o garfo e virou ketchup sobre ela, antes de devorá-la, quase no estilo Murray. Então ela disse:

— Tem certeza que você não disse nada a ninguém nem fez nada?

Estremeci diante de sua maneira de comer nada refinada.

— O que eu fiz? O que eu fiz? — Em seguida vasculhei calmamente minha bolsa. Tirei um monte de fichas de cassino e as espalhei sobre a mesa. — Naturalmente você pode me dizer que sabe como são os homens na cama; homens de todas as idades. *Isso porque dorme com todo mundo.* Só que você *é paga* por isso. Você omitiu essa parte de propósito ou ia me contar, de *mulher para mulher*?

Jackie tirou um pedaço ainda maior da omelete e o mastigou, enquanto olhava para mim, engolindo com dificuldade e tomando um gole de água antes de falar.

— As coisas não são como parecem, Allie.

— O que não é como parece? Tommy trabalha no Tudor. Ele a vê em serviço, e isso o enlouquece. Ele a vê transar com Wade, e ele não suporta Wade. Acredite, agora entendo por que ele odeia meu marido. Primeiro, pensei que fosse por minha causa, mas é por causa disso. — Apontei para as fichas. — Ele vê você se vender para os caras: Wade, Max, Deus sabe quem mais. E, a propósito, você sabe o que Tommy acabou de fazer?

A imperturbável madame tocou levemente os cantos da boca com o guardanapo, em uma súbita demonstração de boas maneiras à mesa. Depois cruzou os braços e ergueu as sobrancelhas bem-feitas.

— O que Tommy fez? — perguntou ela.

— Ele expôs você. Ele escreveu uma cena no curso que estamos fazendo, sobre uma garota de programa da Ivy League, em um badalado restaurante.

— Essa não. — Ela revirou os olhos.

— Você não se importa que as pessoas saibam que você transa por dinheiro? Como sua mãe acha que você conseguia todo aquele dinheiro para ajudá-la a quitar os empréstimos?

— Minha mãe é ingênua, uma das razões que fizeram com que confiasse nas pessoas erradas, toda a sua vida. Ela pensa que consegui todo meu dinheiro com empregos de verão em bancos, e ela é agradecida. Ponto. Eu deixo as coisas ficarem assim. Quanto às outras pessoas por aqui, realmente não estou nem aí para o que elas pensam.

35

Reforço de caixa

— Você não se importa que as pessoas saibam que você transa por dinheiro?

Jackie empurrou seu prato para a frente e debruçou-se sobre a mesa de linóleo manchada de vermelho.

— O que nós realmente estamos falando é o seguinte: eu transo para obter muitas coisas, Allie. Por muitas razões que ficarão todas claras para você. E tudo bem, se você quer que eu seja franca, eu transei, sim, algumas vezes por dinheiro.

— Deseja mais alguma coisa? — perguntou o garçom ao retirar o prato dela enquanto tentava prolongar um pouco mais aquela conversa.

— Eu ouvi — respondi.

— Há clientes esperando, senhora. — Ele começou a fazer nossa conta.

— Quero um muffin de mirtilo e outra xícara de chá, por favor. — Então me virei para Jackie. — Continue, por favor, explique por que você transou por dinheiro.

O garçom tentou ouvir até ela lançar um olhar furioso na direção dele, para que ele se afastasse.

— Foi muito simples, na verdade, em muitos aspectos.

— Não parece simples.

Ela puxou o cabelo para trás das orelhas.

— Eu queria que minha mãe pudesse dar entrada na casa dela agora, e não mais tarde. Precisei de uns quatro meses para juntar esse valor. Cinco mil dólares em fichas de cassino, em algumas horas. Para falar a mais pura verdade, era tudo tão eficiente, que não pude resistir. Alguém importante para quem trabalhei como analista durante o verão estava a fim de sexo, e eu disse que ele teria que pagar uma boa grana primeiro. Foi realmente simples assim, nada mais que uma transação. E depois houve mais.

— Algumas horas de puro inferno! — exclamei.

— Bem, sim, de certa forma era bem insatisfatório, mas eu conhecia todos eles e eles eram perfeitamente cavalheiros e práticos. Foram aproximadamente quatro caras nos últimos anos, e minha mãe está instalada onde deveria. Sei que pode parecer estranho, mas algumas garotas ganham presentes; eu ganhei muitas fichas de cassino.

— Dinheiro não é o mesmo que presentes. Presentes normalmente significam que você está em uma relação, de alguma espécie, não em uma transação fria que...

— Bem, por razões que me beneficiaram, decidi optar pela transação fria... e a propósito, pense um pouco no que você está insinuando. Sei que não é exatamente uma atividade comum para uma garota formada em administração, mas acho que sou apenas mais realista do que a maioria, sobre como as coisas funcionam.

— Posso dar um conselho a você?

— Estou escutando. — Ela colocou um pouco de creme no seu café e ergueu a sobrancelha, mostrando-se curiosa.

— Será que dá para você se livrar do oportunismo cruel e desumano de tudo isso? Quero dizer, isso vai acompanhá-la. Vai destruir uma parte de você ou foder com sua cabeça, de alguma forma.

— Allie. Quando há pessoas que você ama e que precisam do seu cuidado, você faz qualquer coisa. — A voz dela fraquejou.

— Você não tinha que usar o próprio corpo.

Ela abaixou o olhar e o seu lábio estremeceu.

— Você tem razão. Eu não tinha que fazer isso. Mas se você aprendesse a dar um tempo às pessoas, poderia ver que eu estava tirando minha família de uma situação financeira desesperadora, o mais rápido que podia. Usei meu conhecimento em negócios e meu corpo para chegar lá. O dinheiro que eu obtinha em empregos de verão não daria para acomodar minha mãe tão rápido assim.

— O que você quer dizer? Que se prostituir é mais realista? Você não acha degradante?

— Sério mesmo, Allie? O que é prostituição exatamente? — Ela ergueu as sobrancelhas. — Metade das mulheres nesta cidade deveria se olhar no espelho.

Recuei na cadeira para ouvir o próximo ataque violento. O garçom trouxe meu muffin e colocou a conta ao lado do prato.

Jackie colocou os cotovelos na mesa e me fitou.

— Seria mais honesto se eu tivesse pegado todos os empréstimos da faculdade, casado com algum banqueiro rico de quem eu gostasse o suficiente, e assim que ele quitasse minha dívida, eu me divorciaria e o chifraria duas vezes mais, assim que eu *"caísse na real"*?

Ela fez o sinal de pequenas aspas com os dedos e continuou:

— Muitas mulheres fazem isso, ficam numa boa até um ponto onde não aguentam mais, e tomam a metade da grana do homem, sem nunca ter amado o cara. Aposto que você não julga essas mulheres. Isso poderia ter funcionado também, eu acho. Mas se a esposa deixa de amar o marido, e ele está ganhando muito dinheiro, ela não estaria transando por dinheiro também?

Respondi rapidamente:

— Em algum momento, a maioria das pessoas se amam num casamento.

— Cascata. Eu conheci muitas garotas na faculdade que estão buscando só uma coisa: o anel de noivado. Não estão nem aí para o pau do cara, mas se tiverem que chupá-lo um pouco até conseguirem o que estão procurando, elas se abaixam tranquilamente — zombou ela. — Eu de fato gosto de sexo. Acho que isso **é** o que me faz realmente diferente.

— Jackie, imagino que você considere isso normal.

Ela sacudiu a cabeça.

— Foda-se se é normal ou não. Eu só disse que é mais honesto do que a maioria das pessoas admitem. E nesse sentido tem mais integridade. Mas aquele negócio de fichas de cassino agora acabou. Não preciso mais fazer isso.

— E Wade? Como ele se encaixa nessa história exatamente?

— Max dava a ele algumas fichas nas suas viagens a Atlantic City, e ele guardava algumas para mim. Com ele foram poucas vezes, mas ele não queira mais parar. Foi quando resolvi parar e disse que ele era todo seu.

— Tem certeza que não está mais transando por dinheiro?

— Sim, tenho certeza. A entrada da casa já foi paga e minha mãe e eu podemos ganhar o restante com empregos "normais", conforme você diz. — Ela lançou seu guardanapo de papel sujo sobre a mesa. — Você entende melhor minhas razões agora? E, o mais importante, como ficaram as coisas com Tommy?

— Não quero falar sobre ele.

Ela tocou meu braço:

— Allie, quer você goste ou não, estamos nisso juntas agora. Diga-me o que aconteceu com ele.

— Nada. Nada sério. — E dois segundos depois, acrescentei: — Ele foi embora depois da aula, sem falar comigo!

— Isso se chama rotina de um homem infantil. Ele só quer um pouco de atenção, e, se você estiver disposta a dar isso, ele volta a comer na sua mão.

— Ele não está interessado em sequer ter uma amizade comigo — falei, lançando uma nota de dez dólares em cima do dinheiro dela, onde estava a conta, e colocando as fichas de cassino de volta na minha bolsa.

— Bem, talvez ele esteja magoado porque não sabia que você era casada com o famoso Wade Crawford, mas ele vai superar a raiva se você lhe oferecer um pouco de atenção feminina.

— Devo confessar que estou lutando contra um impulso imenso de mandar uma mensagem, mas simplesmente não é um bom momento para falar com ele. Tenho consciência disso. E, honestamente, não creio que ele me queira de volta. Agora vamos nos esquecer de Tommy e de mim por um momento. O que mais você ou as autoridades sabem sobre Wade? Você sabe qual é a situação dele agora, em tudo isso? Vamos começar daí, já que tenho o quadro inteiro e... — Fiz uma pausa. — ...e estou optando por acreditar. — Dei um sorriso sarcástico.

— Bem, é a decisão certa na hora certa. Wade tecnicamente se apaixonou por mim, mas agora está chorando as mágoas com outras. É algo que acabei de descobrir com ajuda das pessoas que o estão seguindo. Eu soube disso ontem à noite, e agora você precisa saber.

— Outras?

Ela pegou uma chave.

— Vá ao Hotel Willingham agora mesmo. Suíte 1602. É aonde todos os caras do Tudor vão quando querem discrição máxima. Eles são tão estranhos. Todos competem para conseguir essa suíte com cortinas automáticas que sobem para aumentar o prazer da visão durante qualquer outro prazer que eles estejam experimentando na área da virilha. Vá encontrar seu marido e pergunte a ele pessoalmente.

Ela me deu a chave. Agora eu imaginava que devia isso a ela. E, sendo a entrada para o Ato III, eu poderia chegar a um momento decisivo em meio a essa loucura. E assim, no fundo de uma divisória lateral imunda e bagunçada da minha bolsa, enfiei o dedo em um pequeno buraco no forro e, de forma hábil, tirei um pequeno pen drive e o coloquei sobre a mesa.

Jackie fechou os olhos e colocou as mãos na posição de oração, descansando a cabeça nas pontas dos dedos, como se acabasse de testemunhar a segunda vinda de Cristo.

Em seguida, pegou calmamente seu laptop, colocou o pen drive, esperou dois minutos enquanto carregava as informações e disse:

— Obrigada, Allie. Era exatamente disso que estávamos precisando. — Então mordeu o lábio inferior, conforme balançava a cabeça de cima para baixo, várias vezes, enquanto lia atentamente as colunas dos projetos Vermelho, Verde e Azul. — Wade vai conseguir imunidade total. Não se preocupe.

Tentei olhar por cima do computador.

— O que é isso?

— Preciso de vinte e quatro horas.

Então peguei a chave que estava sobre a mesa.

— Você quer que eu vá ao Hotel Willingham agora? — perguntei.

— Não posso dizer que realmente quero que você vá lá, mas quero que você acredite em duas coisas. A primeira é: nunca menti para você, nem uma vez, jamais. E a segunda é: quero que você confie em mim sempre, porque os agentes do FBI não se preocupam com Wade; e ele está cooperando agora, de qualquer maneira, para garantir a imunidade. E sei onde os corpos estão enterrados e estou muito perto de encontrá-los.

Ela pegou a conta para levá-la ao balcão da frente e acrescentou:

— Ah, sim, só mais uma coisa para você lembrar quando for ao Hotel Willingham: seu marido é que se prostitui, não eu.

36

Banquete à tarde

O taxista avançou lentamente pela Sexta Avenida, com todas as sedes corporativas e suas imponentes fachadas de vidro cinza em ambos os lados. Então atravessou o parque na rua 59 e seguiu até a parte mais residencial e arborizada, na 63 com a Madison, onde ficava o privativo e elegante Hotel Willingham.

A chave do hotel na minha mão trêmula estava presa em uma cordinha grossa de seda vermelha, com uma pesada moeda dourada, de metal, estilo romano, com o número 1602 gravado em relevo. Será que eu ia mesmo dar de cara com Svetlana, a supermodelo que fingia saber atuar, ou talvez Delsie Arceneaux, ou alguma outra sereia e meu marido? Eu não sabia que mulher encontraria, mas realmente sabia que, em aproximadamente quatro minutos, eu entraria de forma sigilosa em um hotel sofisticado e descobrir algo muito desagradável.

Paguei ao taxista, perguntando a mim mesma em que posição sexual exata eu encontraria as pernas grossas de Delsie abertas, enquanto Wade satisfazia cada desejo dela? Nada disso. Mais provável dar de cara com a bunda ossuda de Svetlana satisfazendo Wade e me dando as boas-vindas.

Uma mão enluvada de branco abriu a porta do táxi, enquanto a outra se ofereceu para me ajudar a descer.

— A senhora vai se registrar? Precisa de ajuda com as bagagens?

— Não, obrigada. — Eu me sentia como um ladrão, prestes a invadir o local. Minhas mãos tremiam. Para falar a verdade, tudo em mim tremia: minha respiração, meus dedos, meus joelhos, até a gordura na parte de trás dos meus quadris.

— Uma reserva no restaurante talvez?

— Está tudo bem. Obrigada.

Além das portas giratórias, outro porteiro de luvas brancas com um gorro perguntou se poderia ajudar.

— O restaurante fica à direita.

Então balancei minha chave para ele.

— Ah, sim, ele está lá em cima à sua espera. — Ele então me acompanhou até o elevador e virou uma trava de segurança para permitir meu acesso até a cobertura. O Hotel Willingham tinha um ar antigo e uma decoração estilo século XIX para combinar: o hall tinha teto alto, com sofisticadas molduras de gesso; tapetes orientais ligeiramente gastos e poltronas de couro escuro, em todos os cantos.

Por que o porteiro já sabia que ele estava esperando por mim? Eu entrei e, meio indecisa, apertei o botão do décimo sexto andar. Será que o plano inteiro estava arruinado? Será que eu tinha chegado cedo demais?

Será que Wade estava esperando pela prostituta do meio-dia, ou sua amante e eu tinha me antecipado?

Então me apavorei e apertei o botão do décimo quarto andar, e praticamente pulei do elevador para conseguir respirar e decidir o que faria em seguida. Não havia mais nada a fazer a não ser mandar uma mensagem para Jackie.

EU: *O porteiro lá embaixo disse que Wade está à minha espera. O que é que está acontecendo? Eu cheguei antes de outra mulher?*

Levou aproximadamente quatro segundos para ela responder.

JACKIE: *Não. Está tudo certo. Vá em frente.*
EU: *Você está me metendo em alguma situação esquisita?*
JACKIE: *Não posso prometer que não vai ser esquisito, mas é 100% certo que ele não está esperando você.*

Jackie estava certa quanto a isso, também.

Voltei para o elevador e usei o pequeno cartão de segurança no chaveiro para, mais uma vez, ter acesso ao décimo sexto andar. O toque anunciando a chegada do elevador me assustou tanto que pulei.

Retorcendo a cordinha de seda entre os dedos, atravessei um corredor com paredes cobertas de pinturas a óleo com cavalos de corrida e retratos de heróis de guerra britânicos, de Deus sabe que guerra, há centenas de anos, até o quarto 1602, que tinha um pórtico exclusivo e ficava no fim de um longo corredor. Levei uns dois segundos para soltar os dedos da trancinha de seda do chaveiro. Colei o ouvido na porta, mas não ouvi nada. Então enfiei a chave na fechadura, muito lentamente, e a virei até a porta abrir. O barulho foi alto o bastante para que alguém no interior virasse a cabeça; mas não o bastante para que, preocupado com algo, notasse o barulho.

Em seguida, enfiei o rosto pela porta entreaberta da suíte do hotel. A sala parecia intocável: nenhuma champanhe, nenhum sutiã pendurado no lustre, nenhum traço de "roupa recentemente arrancada" que levasse até o quarto. Minha respiração acelerou quando parei, como uma estátua, na entrada da suíte, incapaz de me mover. Diante de mim, uma prateleira de mármore esculpida sobre a lareira, piso de madeira escura e dois sofás de chita amarelos, um de frente para o outro. Enormes cortinas de cor marrom enfeitadas com pendões de seda emolduravam as janelas enormes. À minha esquerda, outra sala.

Ah, meu Deus, me ajude. Mordi o lábio e andei nas pontas dos pés, na direção de um gemido ao longe, e fui até a porta do quarto, ligeiramente entreaberta. Outro gemido. Desta vez, uma mulher, dizendo "Sim, sim" com a voz abafada sob os lençóis. Por um breve segundo, pensei ter reconhecido aquela voz ruidosa e enérgica. Não pode ser. Mas eu precisava descobrir.

Empurrei a porta, e ela se abriu uns trinta centímetros, sem fazer barulho; o bastante para me dar uma visão total do que estava acontecendo sob os lençóis amassados. Wade estava de joelhos, a bunda ligeiramente cabeluda diante de mim, cabeça baixa, olhando para o próprio corpo; obviamente curtindo uma espécie de prazer.

Como Wade estava claramente absorto, decidi chamar sua atenção inspirando bem alto, pelo nariz. Deu certo. Ele se virou como um animal assustado, de quatro, pálido, e jogou os lençóis sobre a amante.

— Merda, Allie. Não... não é... como você entrou...

Apenas cruzei os braços e apertei os lábios com força. Precisei reunir toda a sobriedade para não gritar.

Wade saiu da cama, correu para pegar a cueca e pulou em um pé só, enquanto tentava colocá-la.

— Já vi você nu antes — disse a ele.

Ele jogou o enorme cobertor na cama por cima do corpo da mulher e sentou-se na beira, com a cabeça nas mãos.

Após uns Quarenta e cinco segundos dolorosos, o corpo sob os lençóis permanecia parado na posição de águia de asas abertas. Wade levantou a cabeça.

— Olhe, você me pegou. Acho que seria mais fácil para nós dois se pudéssemos nos encontrar lá embaixo, no bar.

— Não — respondi.

— Se você pelo menos me deixar vestir a roupa, resolver a situação aqui da forma mais elegante possível, eu desço em dez minutos e você pode fazer o que quiser.

— Não.

— Se puder fazer isso por mim, Allie, você pode...

— Onde está nosso dinheiro, Wade? Este é realmente o objetivo da minha vinda. Não é a garota, agora.

É nosso dinheiro, meu futuro, o futuro das crianças. Diga-me onde está. Está em outro país em alguma conta? Você me diz onde está e eu saio do quarto, porque não dou a mínima para quem está debaixo dos lençóis.
— Aquilo não era verdade, mas graças a Deus chorar naquele momento estava fora de questão, à medida que minha raiva assumia o controle e eu conseguia falar.

Era como se não fosse eu, de pé, ali, naquele palco grotesco. E já que naquele exato instante eu havia mentalmente excluído Wade do nosso casamento, precisava me manter firme; por mim, mais do que por qualquer outra coisa. Tudo estava claro, bem diante dos meus olhos: um futuro *sozinha,* um futuro *por conta própria.* Um marido em quem eu nunca poderia confiar, que nunca iria crescer, que nunca colocaria a mim ou as crianças em primeiro lugar. Um homem que eu precisava abandonar.

— Eu entendi tudo, Allie. — Ele tentou ajeitar o cabelo quando se olhou no espelho da parede. — Você não precisa se preocupar com...

— Ah, mas estou preocupada. Todo nosso dinheiro sumiu. Duas respostas e saio do quarto. Primeira: como nosso dinheiro saiu das nossas contas? Segunda: onde ele está?

— Allie. Isso é particular. Por favor.

— Ok, sabe de uma coisa, Wade? Perfeito. Você tem razão. Vou esperar no sofá, na salinha. Vista a calça e responda a essas duas perguntas, do lado de fora.

— No lobby? — perguntou ele, parecendo esperançoso.

Sacudi a cabeça, com a voz ainda resoluta, enquanto saía do quarto.

— Fui muito clara a primeira vez: na sala de estar desta suíte.

Ele apareceu noventa segundos depois.

— Quero o divórcio — falei na maior calma. Eu não estava necessariamente tranquila, mas realmente me sentia resignada para dizer o que precisava dizer, e resignada para fazer o que precisava fazer, pelas crianças e por mim. — E metade do valor do apartamento e metade do nosso dinheiro. Onde está?

— Está em uma conta no exterior, por questão de segurança. Entenda, perdi muito com algo que...

— Com algo que você *"fodeu"*, conforme Max delicadamente explicou?

— Sim, mais ou menos isso, mas recuperei uma parte agora, e se você me der um tempo, nós teremos mais do que tínhamos antes, mas você precisa me ajudar a manter as aparências.

— Deixe-me ver se entendi direito — disse a meu futuro ex-marido. — Você quer que eu o ajude a manter as aparências, porque está se esforçando muito para manter as aparências transando com outra prostituta, às onze da manhã?

— Não é o que você pensa — respondeu Wade.

— Você não estava transando? — perguntei.

— Quero dizer, a garota, não é o que você pensa; sabe como é, Allie, nós não temos nos entendido muito bem; é só um pouco...

— Vou ligar para meu advogado, assim que você responder às minhas perguntas.

— Não faça isso, Allie, por favor. Existem muitas ramificações agora para envolver um advogado nisso tudo. Por favor, estou implorando, deixe-me somente limpar a sujeira que eu fiz.

Eu me desloquei no sofá e minhas costas bateram em algo duro. Então afastei a almofada. Wade correu para tentar escondê-lo, mas era tarde demais.

Vi um computador cor-de-rosa, parecido com um que eu tinha dado de presente a Caitlin. Wade endireitou os ombros e olhou diretamente para mim.

— Eu gosto dela, Allie.

Um riso profundo se formou no meu ventre, no instante em que tudo se encaixou. Corri em direção ao quarto e escancarei a porta com tanta força que soltou uma lasca da cômoda na parede.

— Allie, por favor, não faça... — choramingou Wade, como o covarde patético que era.

Lá estava ela: a mulher de cabelo curtinho, na cama, como uma pequena ginasta, calçando as botas.

37

Mulher é mais capaz de ferir do que homem

Desci correndo dezesseis lances de escada, até a saída do Hotel Willingham e avistei o dia claro do lado de fora na rua 63. Precisei de alguns minutos até meus olhos se ajustarem à luz forte.

— Allie! Allie! — Ouvi alguém me chamar acima do barulho das buzinas, mas desci a rua correndo, cada vez mais longe daquela voz; não queria ouvir uma desculpa esfarrapada de Caitlin. Continuei correndo e a voz continuou me seguindo, mas ao olhar para trás, não vi ninguém que eu conhecia na calçada.

Finalmente, um carro preto freou cantando pneu, no meio-fio, ao meu lado. Jackie colocou o lindo rosto na janela, parecendo a Sharon Stone jovem.

— Quer parar de me ignorar? Eu queria estar aqui quando você saísse e você nem reconhece minha voz?

— Eu não reconheci sua voz. Pensei que fosse Caitlin, para se desculpar.

— Ela vai precisar de mais tempo para inventar qualquer desculpa, aquela safada. — Então ela sacudiu a cabeça e abriu a porta. — Desculpe, Allie. Talvez eu seja cruel, mas nunca trairia uma amiga assim. Entre no carro.

Tateei a parte interna da minha bolsa para pegar meus óculos escuros, na tentativa de esconder as lágrimas. Jackie suavizou a voz ao notar minhas mãos trêmulas tentando abrir a caixinha dos óculos. Era como se Wade tivesse me acertado um soco no estômago, e em seguida Caitlin tivesse me chutado no chão.

— Olhe, a traição de uma amiga pode doer mais do que a traição de um homem. Desculpe, sinto muito, realmente, mas achei que você devia saber, e como você parecia não acreditar em mim, essa foi a melhor forma para você descobrir.

— Bem, realmente os peguei em pleno ato — enfatizei.

— Caitlin está perdida em muitos aspectos. Ela nem mesmo se dá conta de que aquele é o quarto de hotel que todos os caras no Tudor usam para suas transas de primeira classe. Wade provavelmente diz que gosta dela. Eu já estive naquela suíte, portanto sei como ela é usada, e como os porteiros são os mais discretos da cidade.

— Acho que ele pode ter algum sentimento por ela.

— Sabe de uma coisa, Allie? Seu marido só pensa em si mesmo. Quando o cara está transando com uma garota, ele diz que gosta dela. E começa a acreditar nisso. Wade está só tentando se agarrar a qualquer coisa porque se sente desesperado. Ele está ficando velho e sua grossa e brilhante revista, de produção cara, não interessa a ninguém com um iPad na mão. — Ela pôs a mão firmemente no meu braço. — E eu também lhe dei a chave para que você pudesse ver e acreditar em mim. Não se esqueça de uma coisa: se você o deixar, vai ficar muito bem por conta própria.

Eu mal podia ouvir seu conselho gentil, agora que tantas imagens de Caitlin e Wade giravam na minha cabeça — e não na forma de apresentação de slides, mas em nebulosas cenas de filme, que se juntavam para formar uma narrativa clara. Eu me lembrei de como ela sempre dava risadinhas, como uma adolescente, com as piadinhas dele; o quanto ficou preocupada ao tomar conhecimento das outras transas dele. Será que eu tinha sido idiota por não ver? Ou tudo era tão louco que eu nunca teria como saber? Mal conseguia me concentrar no que Jackie falava, mas tinha de me preparar para ouvir tudo o que ela tinha a me dizer.

— Não entendo como você sabe sobre cada movimento de Wade. — Eu não tinha ninguém em quem confiar além dela naquele momento.

— As autoridades me mantêm informada — sussurrou Jackie no meu ouvido. — A situação está ficando cada vez mais tensa. Por isso dei a chave a você. Eu queria que estivesse munida dessa informação quando lhe fizerem perguntas.

Saí da posição curvada em que estava.

— Quem vai me fazer perguntas? O que mais eu sei além do que você me disse?

Ela olhou para baixo e sussurrou bem devagar:

— Bem, há algumas coisas que você não sabe totalmente. Eu não tinha permissão para contar.

— Por favor, me conte agora; quer dizer, estou magoada, você podia muito bem me contar.

Aquela mulher diante de mim era como se fosse tudo que eu tinha no mundo, naquele momento. Embora eu não tivesse escolha a não ser seguir adiante por conta própria, o medo ainda pulsava dentro de mim.

Ela se dirigiu ao motorista:

— Por favor, o senhor pode parar naquele banco do parque um minuto? Precisamos tomar um pouco de ar fresco. — Ela agarrou meu braço e me tirou do carro assim que o motorista parou. — Wade está sendo seguido pelas autoridades, vinte e quatro horas por dia. E os agentes do FBI vão me dar cobertura até o término da investigação. Por isso não me preocupei com o SUV me seguindo. Eu sabia exatamente quem estava naquele carro. Eu estava colaborando para que eles pudessem juntar umas peças finais do quebra-cabeça. Mas agora não é mais preciso, já que temos o pen drive.

— E Wade vai para a cadeia? — perguntei, apavorada.

— De jeito nenhum. Prometi a você que ele vai ter imunidade total. Eles estão atrás de Max Rowland e de alguns suspeitos com os quais ele investe.

— Como você sabe?

— Sabendo. — Em seguida ela começou a chorar.

— Nossa, Jackie. — Nunca pensei que veria isso. Ela parecia abalada.

— Acabei de descobrir uma coisa.

— Bem — falei em tom suave. — Sei como você se sente. Acabei de descobrir que minha melhor amiga de trabalho está transando com meu marido. — Então dei um lenço de papel a ela.

— Eu juro, Allie, eu não teria feito isso com Wade se nós fôssemos amigas. E mesmo quando não éramos nem amigas, contei tudo a você. Nós não somos como essa gente. Tem mais um problema: há uma coisa que nunca contei, e você vai me odiar por ter ocultado.

— Você está louca? Tem mais?

— Daqui a alguns dias vou poder contar absolutamente tudo. Mas agora preciso ir, antes que eu me descontrole.

Jackie entrou rapidamente no carro, com seus saltos altíssimos e acelerou na avenida, conforme o carro saía, em zigue-zague, do campo de visão.

38

Aguenta firme

Seis horas depois de sair do Hotel Willingham, vi Caitlin do outro lado da sala, na comissão do Fulton Film Festival que ela havia produzido para *Belle de Jour II*. Ela evitou me olhar. Minha mente vinha oscilando entre cenas de Wade e Caitlin transando, e de Jackie em lágrimas por algo que eu não conseguia sequer começar a decifrar. Não tinha a menor ideia de quando compreenderia a causa do choro de Jackie, mas sentia que isso finalmente explicaria seu papel nessa história toda.

Murray agarrou meu ombro.

— Por que a sala está tão vazia?

Eu me virei para ficar de frente para ele.

— Já esqueceu que a publicidade em torno do *Belle de Jour II* é horrível? Os críticos foram cruéis, essa é a verdade. As pessoas o estão descartando antes mesmo da estreia.

— Se os críticos soubessem alguma coisa, estariam fazendo filmes. Eles são os ignorantes do mundo do entretenimento. Onde está Caitlin? — perguntou ele, olhando ao redor. — Você nunca deveria tê-la deixado...

Eu me virei, e meu nariz passou a poucos centímetros do dele.

— Sabe de uma coisa, Murray? Deixe-me colocar isso de forma que você possa entender: Svetlana é um inseto loiro, sem nada no cérebro. Por isso não há ninguém aqui. Não importa o que você e Wade tenham feito para impedir o fracasso desse filme. A garota não tem carreira e o filme é um *remake* horrível que vocês criaram só para deixar Max feliz. Nem mesmo a Hillsinger Consulting é capaz de amenizar essa realidade.

Murray ficou em silêncio pela primeira vez, sem conseguir argumentar. Em seguida, Caitlin caminhou de forma provocativa até nós. Mas Murray estava emburrado, como se tivesse acabado de levar uma bronca da mãe.

— Não preciso de você para me defender, Allie — disse ela.

— Que bom, porque eu não estava fazendo isso.

— Não sei o que dizer, Allie. — Seus lábios estavam tão contraídos, que eu podia ver uma linha branca em volta do gloss.

— Dá um tempo, por favor. — Naquele instante, visualizei tudo. Wade não conseguia controlar o desejo de agarrar o pote de biscoitos, nem uma bundinha atlética bonita. Os homens nunca prestavam atenção a Caitlin, portanto ela era uma babaca disposta a tudo. Simples assim.

— Bem — acrescentou ela —, você disse que ele não era sua alma gêmea. Eu sabia que você não o amava intensamente. Então eu...

— Então você o quê? — Cruzei os braços.

— Foi terrível, cada momento. E mais ainda, porque agora perdi...

— Você transou com meu marido bem na minha cara. Fim de papo. — Eu me virei para ir embora, mas decidi que precisava tornar as coisas piores. — A propósito, tudo o que você sabe está prestes a desabar sobre você. Acho bom se cuidar.

— Diga-me, Svetlana — pediu Delsie Arceneaux, sentada em um banco pouco confortável no palco, ao dar um puxão na barra da saia verde-escura, diante de um pequeno público. Vários acessórios da marca Lanvin, como pérolas enormes e gargantilhas em gorgorão, caíam em cascata pelo seu peito. Ela baixou os óculos sexy e de armação grossa, que não precisava usar, até o osso do nariz, e optou por uma de suas típicas e, por consequência, fortes linhas de interrogatório: — Este é seu grande momento?

— Allie — disse uma voz no escuro, atrás de mim. — Allie. Venha aqui.

Olhei em volta. Ao vê-lo, estalei o pescoço para aliviar a tensão, e pareceu que vinte pauzinhos chineses haviam se quebrado ao meio.

— Eu estava observando você. — James finalmente disse.

— Há quanto tempo?

— Muito tempo. Aqui atrás, no escuro. E você nem notou. — Do confortável banco de veludo amarronzado, ele passou os dedos pelo cabelo loiro, sempre sujo e despenteado. Eu me senti tão aliviada em vê-lo ali que cada músculo no meu corpo de repente relaxou, *como se suspirasse "aaahhhhh"*. Seus braços e cotovelos fortes destacavam-se, e ele reclinou-se na cadeira de um modo incomum para nova-iorquinos. Em seguida pousou o tornozelo sobre o joelho e colocou o suéter preto no colo. Ele parecia estar se acomodando na espreguiçadeira para assistir ao Super Bowl, em vez de estar prestes a assistir à exibição de uma pequena preciosidade de Nova York. A barba por fazer, de aspecto desleixado, cobria o lado do seu maxilar forte. Percebi uma leve mudança no olhar.

— E seu pai? — perguntei.

— Levou mais alguns dias. Meu pai e minha mãe se foram; estou sozinho agora.

— Certo — respondi. — Sinto muito.

— Obrigado, mas na realidade estou aliviado. — Ele se levantou e agarrou meu braço para me conduzir até onde ele estava, no escuro. Tentei me afastar, mas ele me segurou firme e disse: — Nem pense em resistir, Allie. Vamos tomar uma bebida.

— Não há bebida em Manhattan suficiente para dar conta de mim neste momento. Além disso, acho que tenho que ficar...

— Sim, o "acho que" é o termo-chave — sussurrou ele com firmeza. — Você não tem que ficar. Estas pessoas são chatas. Isso é tudo estranho para mim, mas não me diga que não sabe exatamente quanto tempo dura essa mesa-redonda; você fazia esse tipo de coisa de olhos fechados quando tinha 20 e poucos anos. — Ele pegou o programa. — Aqui diz. Discussão: quarenta e cinco minutos. Clipes de filme: uma hora e trinta minutos. Nós retornamos em cinco minutos, antes que as luzes voltem a se acender. Vamos tomar uma bebida do tamanho de Manhattan. Você realmente não tem escolha. Vamos.

— Estou bem — falei com a voz fraca, então desisti de lutar e fomos para o lado de fora.
— Não me diga que está bem quando não está.
Parecia que uma enorme corda se torcia dentro do meu peito.
— Você ainda está aqui sozinho?
Ele exalou pelo nariz.
— Estou. Clementine não pôde vir para o funeral.
Aquele medo de uma vida sem companhia começou a se instalar e tomar conta de mim...
— Ah, certo, bem, ela não conseguiu vir. Quero dizer, não vejo problema. Eu teria ido ao funeral, você sabe.
— Fomos só nós três espalhando as cinzas no local favorito dele, no litoral; não queríamos fazer nada exagerado.
Eu queria tanto ter estado lá para ajudá-lo, mesmo que ele achasse que não precisava de mim. Eu teria *mostrado* que ele precisava de mim lá, *especialmente* se Clementine não estivesse presente.
— Não sei aonde podemos ir — falei, andando mais rápido para acompanhar seu passo largo.
Eu só tinha certeza de uma coisa: tudo parecia surreal porque continuava sentindo que James era a resposta, embora ele não agisse como tal. Ele estava agindo como se fôssemos amigos de longa data e não, como decidi na minha condição sensível, as duas pessoas mais emotivamente ligadas na nossa galáxia. Estávamos descendo a

Gansevoort, no West Village, às 20h, e ele parecia mais um lenhador do que um morador local.

A rua de paralelepípedos estava tranquila. As lojas tinham fechado. Os manequins bem-iluminados nas vitrines estavam dispostos como se tivessem sido paralisados no ato de algo importante. A caminho de uma festa; olhando um cara prestes a chamar a garota para sair; uma imagem de jogadores nos arredores da cidade. Eu estava tão tensa que os manequins quase me assustaram. Parecia um episódio do *Além da imaginação,* em que eles poderiam ter vida, sair das lojas na escuridão e me dizer algo como: *"Allie. A decisão é agora."*

— Olhe — disse James apontando para um bistrô na esquina. Havia aproximadamente doze pequenas mesas redondas do lado de fora, e apenas uma delas vazia.

— Vamos comer alguma coisa. Já decidi. Você parece estar precisando de algo sólido. Podemos voltar quando o filme tiver acabado. — Ele pôs o braço em volta de mim e me apertou com firmeza. — Vamos lá, menina. Relaxe. Você está com o peso do mundo nos ombros. — Então se virou para mim, soltou meus ombros e começou a dar pequenos golpes de caratê nas minhas costas. — Nossa, Allie, você está mal.

Golpes de caratê, o que um irmão mais velho faria na irmã, não era o que eu queria. Eu precisava de carícias, como se ele tivesse concluído, de repente, que eu era aquela com quem ele deveria ter ficado, desde o início. Especialmente por sua namorada estar tão longe. Afinal, a França era quase outro planeta. Começamos a andar novamente, seu braço em volta de mim.

— Você é o novo órfão — falei ao apoiar a cabeça nele.

— Já se passaram quarenta e oito horas e já dei o primeiro passo para dar continuidade a minha vida. Ele está em paz.

Então me virei e procurei seu rosto.

— Você parece estar tranquilo. Realmente parece.

— Sabe de uma coisa? — disse James, baixinho. — Eu estou. Ele era quem ele era, ponto final. E agora ele se foi. Tenho que viver minha própria vida, daqui para a frente.

— Isso parece melhor do que quando falamos na semana passada, quando você o chamou de babaca no seu leito de morte. Você parece realmente bem e tranquilo agora. Não no seu estado normal, apenas quarenta e oito horas após a morte do pai, mas bem. Realmente bem.

Ele me olhou intensamente quando entramos no edifício e colocou a mão no meu rosto.

— Você poderia experimentar um pouco de tranquilidade também. Está tensa demais, Allie. — Em seguida pegou minha mão e fez um pequeno traçado da cicatriz no meu pulso. Eu me afastei. — Já faz quase vinte anos que seu pai morreu.

Então olhei para ele.

— O que isso quer dizer?

— Quer dizer o seguinte: dê continuidade à sua preciosa vida e agarre-se a ela com unhas e dentes. — Em seguida, segurou firmemente meus braços, como se aquilo o ajudasse a se unir mais a mim. — Viva um pouco do jeito que acha melhor. Cacete, viva um pouco sozinha!

Não era o que eu queria ouvir. Não estava, naquele momento, no modo feliz, confiante, "posso dar conta", de jeito nenhum. Então respirei fundo:

— Estou fazendo o que preciso fazer; estou pondo um fim ao meu casamento. — Tentei não parecer insegura.

— É sério? Separou de vez daquele canalha?

Eu olhei para James.

— Pare com isso. — O insulto dele a Wade pareceu me insultar por eu ter me casado com ele; e eu não precisava de mais uma coisa para me chatear. — É grave o que está acontecendo. E sim, realmente estou me separando, de vez. E é trágico terminar um casamento, além de complicado. Então, por favor, não fique dizendo que ele é canalha, mesmo que ele seja. — Deixei escapar um pequeno sorriso, pela primeira vez em semanas. — Isso me faz sentir que eu deveria ter pensado melhor, mesmo depois de você ter me alertado enquanto bebíamos algumas cervejas, há doze anos.

— Bem, tenho que aplaudir esta sua decisão, e o que você está fazendo por si mesma, que...

— Escrevo o tempo todo, ou mergulho no trabalho, penso em algumas novas estratégias de conseguir ganhar algum dinheiro com o Fulton Film Festival. Isso significa viver minha vida do jeito que acho melhor.

— Este é o suporte externo. Estou falando sobre seu íntimo, o turbilhão de emoções que vejo no seu rosto. Você sabe o que quero dizer, quando a vejo com menos frequência e falamos sobre tudo como se tivéssemos nos encontrado no dia anterior, você ainda está congelada, no modo de "menina do papai". Eu me pergunto se você tem consciência de que foi seu pai que morreu naquele acidente de avião, não você.

— Isso é ridículo. Sou uma mulher adulta.

— Não é ridículo. — Em seguida, em um tom mais tranquilo, acrescentou: — Nossa, como é bom ver você. Preciso de uma amiga esta noite.

Eu sorri para ele.

— Eu também, você não faz ideia. — Eu precisava de um pouco mais do que um amigo, mas ele não pareceu notar.

Sentei em uma escadaria de metal, tentando chegar um pouco mais perto dele.

— Vamos lá... não tem discussão... vamos jantar — disse James, torcendo meu nariz, não exatamente um gesto sexual da parte dele. Achei que talvez devesse inclinar-me junto dele novamente. Então coloquei a mão na sua coxa e acariciei a parte interna, de um modo que uma amiga não faria. Ele rapidamente apontou para a varanda do restaurante e me puxou. — Olhe aquela mesa ali adiante. Ninguém irá nos ouvir. Você pode me contar cada detalhe da sua vida fodida.

— Vou sentir frio. — Então voltei a me sentar. Ele sentou ao meu lado e, graças a Deus, me puxou com força para junto de si. Talvez estivesse começando a entender as coisas. Com Clementine longe, isso realmente poderia dar certo. O momento certo é tudo, e o destino estava finalmente do meu lado.

Ele tirou o pesado suéter preto e o colocou sobre meus ombros. Um caminhão de lixo passou se arrastando perto de nós, rangendo de um lado para o outro nos paralelepípedos irregulares. Dois homens na parte de trás do caminhão nos fitaram. Eram as únicas pessoas além de nós na rua.

James virou-se para mim e disse:

— Sabe, eu estava dando uma olhada em algumas fotos do meu pai, na semana passada, e encontrei tantas fotos minhas com você, de muito tempo atrás.

— E...? — *Quer dizer que deveríamos ter ficado juntos?*

— Realmente fiquei pensando no quanto éramos chegados.

— Como assim? Então agora não somos chegados? — Meus olhos encheram-se de lágrimas. De repente senti que estava perdendo tudo: James, Tommy, Caitlin, e meu marido burro para as autoridades.

James sacudiu a cabeça.

— Claro que ainda somos chegados, Allie, mas você tem esse olhar que parece pensar que vou resolver tudo para você, quando isso é simplesmente impossível. Quero dizer, você está nesta situação complicada agora, com certeza, mas é a única pessoa que pode se tirar dela. — Em seguida ele tomou minha mão e dobrou meus dedos, um por um, formando um punho cerrado. Não ouvi nada do que ele dissera, quando aproximei meu rosto do seu. Infelizmente, não me dei conta de que ele esticava o pescoço para trás. — Às vezes, também me envolvo na lenda de nós dois juntos, e até fico perdido nessa ideia que tenho de "nós" como eternas almas gêmeas. Você tem a mim, Allie. Você sempre terá. Não estou querendo dizer que não vou ajudá-la. — A voz dele era uma porta batendo muito longe, a distância.

— Preciso saber que posso contar com meus amigos. Não posso prosseguir com esse divórcio sozinha — expliquei, quase perdendo meus últimos resquícios de força. — Não é a órfã falando...

— Tem certeza? — perguntou ele. — Porque do meu ponto de vista acho que você vai ficar bem, com ou sem minha presença.

Minha raiva apareceu, ao me lembrar de Jackie me dizendo a mesma coisa: que eu precisava de um tempo sozinha.

— Por que todo mundo fica me dizendo isso? Não existe a possibilidade de que eu *não queira* agir assim? Por que tenho que estar bem? Por que não posso querer uma muleta para levar isso adiante? — Então ele esticou o pescoço para trás, quase completamente. — Eu juro que não consigo fazer. Nada. Claro que vou cuidar das crianças, mas quanto ao resto, não sei se posso dar conta, e estou muito assustada e... — Então comecei a falar entre soluços, aquelas lamentações horríveis, que não me deixavam respirar nem recuperar o fôlego. Eu me sentia uma completa louca que precisava de um tranquilizante para cavalo.

O mundo parou.

Então ele agarrou meus ombros e prendeu meus braços.

— Allie. Pare com isso. Eu sei que sua vida está uma merda agora. Mas...

— *É sério*, James.

Então, fiz o inimaginável. Beijei-o com toda a intensidade. Segurei seu rosto como se ele fosse o amor da minha vida, que eu não via há muito tempo. Ele agarrou minhas mãos e até retribuiu o beijo, mas eu não chamaria aquilo de uma reação apaixonada da parte dele. Era mais como uma espécie de "que merda essa mulher está fazendo".

— Allie. Você está perdendo a noção.

Afastei suas mãos e voltei a segurá-las.

— Eu sei que estraguei tudo ao me apressar para casar com Wade, mas estava desesperada e achei que ele resolveria todos os meus problemas. E eu realmente o amava. Quero dizer, acho que o amava, no sentido de que amava o homem que eu esperava que ele fosse; o homem que idealizei. O problema é que não sei se algum dia ele foi o que eu havia imaginado. Para completar, estou arrasada por ele nunca ter me amado da maneira fiel que achei que ele amaria. Como se a fantasia não se tornasse realidade. — Levantei os olhos para ele, esperando que honestidade e franqueza pudessem prevalecer, já que todo o resto não estava acontecendo exatamente como eu desejara. — Sei que você está pensando que foi um desastre nós termos nos beijado, mas juro que não foi.

Ele de fato me olhou com absoluta frieza, como se eu estivesse louca.

Então prossegui:

— Talvez fôssemos felizes juntos. Talvez eu tenha feito a escolha errada, naquela época, estragando tudo ao não esperar por você. E agora é tarde demais, você tem sua vida no exterior; e eu... bem, com ela longe agora, talvez você pudesse reconsiderar e...

James pôs a mão sobre minha boca, e me enfureci novamente. Não conseguia respirar. Perdi as forças diante dele. Havia um nevoeiro do lado de fora, o que me fez sentir frio, embora a temperatura estivesse agradável.

Um grupo de adolescentes passou rapidamente, e comecei a tremer. James segurou com cuidado a parte de trás da minha cabeça com a mão direita e me abraçou com força, com a outra mão. Seu cheiro era o mesmo de sempre: suave e agradável. Ele me balançou para a frente e para trás até minha patética tremedeira parar.

— Nós tentamos — disse ele. — Algumas vezes. E independentemente do fato de estar longe, ainda te adoro. Mas você não pode me beijar assim só porque está apavorada, como uma garotinha.

— Não é isso. Eu só... você não queria que eu o beijasse, não é?

Ele riu.

— Olhe, aceito qualquer beijo de qualquer garota bonita, mas não é essa a posição em que estamos agora. — Então secou as lágrimas do meu rosto e ajeitou meu cabelo. — Olhe para você! Está toda desarrumada! — Eu sufoquei um riso, e ele prosseguiu. — É bem melhor assim, nós dois como amigos, para sempre. Você sabe disso. E vai ficar bem, Allie — sussurrou no meu cabelo. — Pode acreditar. Você vai conseguir fazer o que precisa.

Não gostei daquela reação.

— Não sei se vou ser capaz.

— Allie — começou James, e logo sacudiu a cabeça, olhando para os pés. — Você vai ficar bem. Você meteu na cabeça que essa noção fantasiosa de "nós dois" vai resolver todos os seus problemas, mas isso não vai... *Eu* não vou. Podemos usar o telefone. Ligue para mim a qualquer hora, para falar sobre todas as coisas terríveis que aconteceram no seu casamento, e nós podemos tentar descobrir o que deu errado, e quando. Mas não deve ser tão difícil porque, sabe de uma coisa? Ele era muito divertido, talvez até um bom pai, mas também um canalha egoísta, que só pensa em si mesmo e trai você. Não é tão difícil de analisar. É bom que você esteja saindo dessa.

Então decidi arriscar.

— Tem certeza?

— Claro. Mas tenho algo muito importante para contar a você. — Ele fez uma pausa. — Na realidade vim à cidade para dizer isso, pessoalmente: Clementine está grávida de cinco meses, e estou muito feliz.

— Uau! — Reagi, atordoada. — Acho que por isso ela não pôde voar até aqui, não é?

— É menino. — James estava feliz. Ele tinha dito que estava em paz. E estava.

Ele tinha aspirações.

E foi assim que tudo aconteceu. Eu podia praticamente ouvir a última chamada para o próximo voo para Paris. Naquele momento, tinha duas opções: levantar e abrir mão do seu abraço, ou me lançar num mar de lamentações. Consegui sair do estado de descontrole, e a reação que estava procurando se fechou definitivamente na minha cabeça. E uma coisa boa aconteceu. Aquela caixa de autoconfiança, feliz, inapreensível, de forma súbita e estranha não pareceu tão difícil de penetrar.

39

Surpresa no SUV

Descartando James como tábua de salvação, e sem fazer de Tommy minha muleta, talvez eu estivesse finalmente pronta. Não poderia mais depender de Wade para nada, exceto para ser um pai amoroso. Tinha de entender isso, de uma vez por todas. As crianças sempre teriam todo o meu amor, mas eu teria que me concentrar em me sentir melhor interiormente se quisesse cuidar deles da forma que mereciam, e da forma que eu queria.

O primeiro passo mais saudável seria entrar de cabeça erguida no trabalho e chamar um advogado especialista em divórcio para dar início à separação. A nova Allie faria tudo isso sem dificuldades. Agora, eu terminaria o esboço do roteiro da nova Allie, sem precisar de Tommy me rotulando, me prejulgando.

Mas toda aquela conversa de autoajuda da revista da Oprah teria de esperar.

*

Quando já havia me afastado uns cinquenta metros do meu edifício, a caminho do trabalho, de óculos escuros para esconder os olhos inchados, não notei um SUV de vidros pretos descendo a rua na mesma velocidade dos meus passos. Enquanto andava mais depressa, fiquei imaginando se estava totalmente paranoica: na esquina, um homem usando óculos de aviador espelhados desviou o olhar rapidamente, como se estivesse me observando. Eu tinha certeza que ele era um capanga de Max Rowland, e que aquele era o mesmo SUV preto que eu tinha visto algumas vezes. Talvez não fosse do FBI seguindo Jackie; talvez fosse o veículo de um criminoso. Corri para o mercado coreano de duas portas adiante e fui direto até a parte dos fundos, onde havia vários refrigeradores com portas de vidro. Mas quando abri a porta de um deles para pegar um refrigerante, um homem grandão parou perto de mim.

— Por favor, queira me acompanhar, Sra. Crawford — disse ele com uma voz assustadora e autoritária.

— Ah, meu Deus, que susto! Quem é você? — perguntei me afastando dele.

— A senhora está segura. — Ele me mostrou um distintivo que não consegui ler. Imaginei que era falso. Então, deu outro passo na minha direção. — Por favor, apenas faça o que eu digo.

Corri para a porta da frente, onde dei de cara com outro homem que bloqueava a entrada.

— Está tudo bem, Sra. Crawford. Estamos com o FBI. Vamos evitar escândalos. Apenas nos acompanhe. Por favor. Nós explicaremos tudo.

— Não preciso de nenhuma explicação, e não vou dizer uma palavra a nenhum de vocês enquanto não chamar um advogado. — Tentei passar rapidamente por ele, mas com as câmeras de segurança e o proprietário asiático louco na caixa registradora paparicando a multidão de nova-iorquinos na fila para pedir o café da manhã, eu não estava convencida de que conseguiria.

— Realmente, não estou nem um pouco interessada em falar com vocês; com nenhum de vocês, no momento. Estou indo para o trabalho e vocês podem me telefonar. — Então fui direto para o balcão de chá e café e comecei a preparar uma xícara de chá, imaginando que arranjaria uma alternativa.

Os dois agentes não estavam a fim de ficar zanzando pelo mercado comigo. Eles me cercaram em ambos os lados, me encurralando ao lado do balcão de café. Então, o primeiro sussurrou:

— Sra. Crawford, não se preocupe. — Em seguida puxou o distintivo novamente. — Nós não queremos fazer nenhum escândalo, mas fomos instruídos a levá-la até o carro e estamos seguindo ordens. — Olhei ao redor, procurando Jackie; em parte esperando que ela resolvesse aquilo, de alguma forma.

— O que você quer? — perguntei, soltando o copinho descartável vazio. — Por que não podemos falar na rua, do lado de fora? Ninguém vai nos ver.

— Acho que é melhor a senhora sair calmamente da loja conosco e se dirigir ao nosso veículo, como se fizesse parte da sua rotina matinal. Apenas vá direto até aquele SUV preto e entre imediatamente, por favor.

Obedeci e nós fomos para o escritório do FBI, no extremo de Manhattan. Eu me mantive em silêncio, ao lado do Agente nº 1 no banco de trás, enquanto o Agente nº 2 dirigia. Eu queria evitar falar algo que pudesse me trazer problemas. Era melhor deixá-los *me dizer* algo que eu não sabia.

Quando paramos em frente a um edifício marrom, de tijolos, eu anunciei:

— Vou chamar meu advogado.

— Tudo bem, senhora — disse o Agente nº 1, ao meu lado, ao saltar do carro e me ajudar a descer. — Nós a levaremos até nosso chefe agora mesmo.

Uma dúvida atormentava minha cabeça: meu advogado era o mesmo advogado de Wade, e ele provavelmente o ajudara a desviar ilegalmente todo o nosso dinheiro para Murray e Max Rowland. Então me dei conta de que deveria achar outro nos próximos dez minutos.

No final de um longo corredor de linóleo cinza, fui conduzida a um escritório, cuja porta fechada exibia a seguinte placa: UNIDADE DE TÍTULOS FINANCEIROS, ESCRITÓRIO DO PROMOTOR PÚBLICO DO SUL DE NOVA YORK, ESTADOS UNIDOS.

O Agente nº 1, com os óculos espelhados e cara de Comandos em Ação, passou a minha frente para abrir a porta, e do outro lado da sala um homem bem-vestido, com ar de autoridade, deu a volta na mesa para me cumprimentar.

— Sra. Crawford, sou assistente do promotor dos Estados Unidos, Tom Witherspoon — disse ele, entregando-me seu cartão. Então sorriu para mim com olhar gentil e ajeitou para trás o cabelo curto, castanho. Era um homem bonito, de 30 e poucos anos, e parecia um jovem bem-sucedido na área jurídica. Ele então me levou até uma cadeira, ao lado do seu sofá. — Estes agentes do FBI foram destacados ao escritório da promotoria pública dos Estados Unidos para trabalhar comigo nos principais casos de fraude de títulos financeiros no exterior. A senhora quer um café? Nós vamos ficar aqui um longo tempo.

— Acho que preciso de um advogado — respondi, cruzando os braços e sem nenhuma vontade de sentar.

— Nós não estamos acusando a senhora de nada.

— Você não está me acusando de nada, mas obviamente quer obter informações de mim. E tenho direito a um advogado e direito de permanecer em silêncio para não dizer nada que possa me incriminar. Há uma lei sobre isso, sabia? É bem famosa. Você deveria me dizer isso, não é?

— Sra. Crawford, nós não estamos lendo seus direitos de Miranda porque a senhora não está sendo presa. A senhora pode permanecer em silêncio e ouvir. Pode fazer qualquer pergunta, e nós vamos responder da forma mais sincera possível. — Ele me deu um copinho descartável de café morno, que parecia ter sido feito três dias antes.

— Ainda quero um advogado — respondi. Então fui à janela, onde, logo abaixo, estava o Square Fountain Memorial, no Marco Zero.

— Tudo bem — disse Witherspoon. — É tarde demais para isso, eu lhe asseguro. Mas se quiser chamar seu advogado, vá em frente. Mas eu não tentaria o seu escritório.

— O quê? — perguntei do outro lado da sala, com o corpo ainda mais contraído. — Por que não posso ligar para meu escritório? Onde exatamente está Murray? O que aconteceu com ele?

Witherspoon riu baixinho e sentou no braço do sofá, com as mãos entrelaçadas no colo.

— Por que não relaxa, Sra. Crawford? Eu tenho uma longa história para lhe contar, e sei que a senhora vai ficar interessada em ouvir.

40

Visita de cortesia

Tentei não rir do plano de Witherspoon.

— O senhor não pode pegar um dos maiores narcisistas e vaidosos da nossa era e colocá-lo no Programa de Proteção à Testemunha. Não vai funcionar nem em um milhão de anos. — O couro marrom barato fez barulho quando deixei meu corpo cair na poltrona. — Seu plano habitual de ação simplesmente não vai funcionar com Wade Crawford.

— Ele não tem escolha — respondeu Witherspoon, friamente.

— Acredite, se você colocar Wade Crawford em um programa de proteção à testemunha, ele dará com a língua nos dentes ao primeiro funcionário de mercearia que encontrar. — Então respirei fundo e fiquei olhando os troféus de cristal e diplomas de honra ao mérito emoldurados, ao longo do empoeirado peitoril da janela. — O cara vive de reconhecimento e notoriedade — expliquei, achando graça só de imaginar Wade assumindo um nome diferente. — Ward Cranford. Hahaha. — Sacudi a cabeça numa risada fingida, mas eu sentia que aquilo já era um fato consumado.

Witherspoon apoiou os cotovelos sobre os joelhos e proferiu:

— Seu marido confessou que está envolvido em um esquema de investimento fraudulento, sem nenhuma pressão da nossa parte, e agora precisamos protegê-lo até determos os verdadeiros criminosos.

Eu ri.

— Vou repetir: o Programa de Proteção à Testemunha não vai funcionar por mais de vinte minutos.

— Muitas mulheres têm a mesma reação que a senhora está tendo agora. Pode ser difícil para as famílias, mas temos de cercar cada um dos personagens implicados em um esquema internacional, envolvendo milhões de dólares nessas contas no exterior. Nós só queremos que seu marido fique isolado por três meses. A senhora pode visitá-lo com as crianças. Nós vamos apoiá-la de todas as formas, mas ele precisa ficar no Programa de Proteção à Testemunha durante seis meses; não há como evitar isso.

— Como ele viveria? — perguntei, imaginando Wade com uma bermuda cargo e sandálias em uma fazenda alugada, em Topeka, com um Prius marrom estacionado na entrada de carros. — Você realmente acha que o ego dele vai suportar não estar no comando do pequeno império de mídia por três meses? Acho muito difícil acreditar que ele tenha concordado com isso.

— O Programa de Proteção à Testemunha é uma parte importante do nosso arsenal de investigações. É muito mais frequente do que a senhora imagina. As pessoas tiram licença do trabalho ou se afastam para cuidar de um ente querido. É de fato bastante simples.

— É loucura — insisti, acenando com a cabeça, antes de contrair os lábios com força. Aqueles caras não ouviriam nem mais uma palavra da minha boca.

— O mais importante que a senhora precisa saber é que seu marido terá proteção. Ele estava envolvido como cúmplice, mas, por ter colaborado, pode permanecer livre da acusação e do processo.

— Ele sabe disso? — perguntei.

— Sim.

— Você sabe que estamos nos divorciando?

— Isso não é da minha conta, senhora; mas sim, eu soube.

— É isso o que eles fazem com esposas de chefes de quadrilha? Resolvem o caso, processam os criminosos, depois informam à esposa calmamente, como um gesto de cortesia, quando está tudo acabado?

— Não vou fazer comentários sobre nossas atividades, Sra. Crawford. Além disso, esta situação é atípica.

— Certo. Então, por favor, diga o quanto ela é atípica. — Eu me perguntei onde a participação de Jackie se encaixava em tudo aquilo, e quando eu ouviria o que ela não podia me dizer e que a fez chorar, sentada comigo no banco.

— Nós sabemos que a senhora está ciente de algumas negociações que têm acontecido — disse o agente Witherspoon.

— Mais ou menos, mas...

Witherspoon prosseguiu:

— Primeiro: seu chefe, Murray Hillsinger, está falido.

— Ele pede entradas de 58 dólares todo dia, senhor. E depois pede mais uma ao garçom. Não estou bem certa se falido é o termo exato. Ou então é relativo. Donald Trump esteve falido nos anos 1990, por um minuto e meio.

— Sra. Crawford — falou Witherspoon, batendo de leve no arquivo de Murray diante dele. — Murray Hillsinger está falido e cheio de dívidas. Homens que se encontram numa situação dessas podem ficar desesperados. Eles precisam de dinheiro rapidamente para impedir a queda dos seus impérios. Ele apostou alto demais em investimentos sobre os quais não sabia nada para manter sua firma de relações públicas em atividade. Ele comprou muitas ações, como se estivesse em um cassino rolando os dados, achando que cada boato que seu marido pudesse espalhar nos meios de comunicação teria o peso de ouro e iria disparar os preços das ações. Isso realmente funcionou durante algum tempo, mas o dinheiro não durou. É sempre assim, eles ficam gananciosos demais e depois o dinheiro os derruba. — Ele sacudiu a cabeça. — Nós vemos isso o tempo todo com pessoas importantes que estão com pouco dinheiro. Às vezes elas violam as leis de maneira grosseira, para recuperarem aquele dinheiro rapidamente. Como você fazia o trabalho de relações públicas do Fulton Film Festival, deveria saber que eles na realidade lavaram muito dinheiro através de um filme chamado... — Ele deu uma olha nas suas anotações. — *Belle de Jour II*.

— *Belle de Jour?*

— Exatamente. Quanto maior você faz um filme parecer, mais fácil para conciliar os lucros e perdas.

As mesas-redondas, a cobertura da *Meter* fechando o festival com *Belle de Jour;* tudo para promover um filme que eles sabiam ser horrível.

Witherspoon fechou um arquivo.

— O verdadeiro crime deles foi tentar conseguir dinheiro com o mercado de ações usando os meios de comunicação em benefício próprio. A senhora pode fazer as perguntas que quiser ao seu advogado ou a mim. Não temos nenhum fundamento para acusá-la. Temos certeza que a senhora não teve nada a ver com isso. Nós verificamos. — Seus olhos gentis se enrugaram quando ele deu um breve sorriso.

— O que você quer dizer com verificar?

— Temos nossos métodos, Sra. Crawford. Max Rowland tem feito negócios escusos depois que saiu da prisão. Ele é um dos grandões que nós queríamos, e nós o prendemos. Agora só precisamos pegar os que estão em volta dele. — Pobre Camilla e sua Chanel cor-de-rosa. De volta a Allenwood para visita de família, todo sábado.

— Algum apresentador de notícias envolvido nisso? — Eu queria saber onde Delsie se encaixava na situação.

— Se a senhora se refere a Delsie Arceneaux, ela está de volta ao trabalho e acabou de ganhar um aumento. Aquela mulher sabe como cuidar de si mesma, mas, para falar a verdade, ela não compensava o trabalho.

Contive um sorriso, pensando em como Delsie levara nossa empresa inteira à loucura com seus pedidos. Ao que parece, o FBI concordava. Eles a acharam tão insuportável e exigente que desistiram até de tentar extrair qualquer informação dela.

— Então o que faço agora? — perguntei.

— Pode respirar fundo. — Em seguida, ele colocou um cartão do banco Chase com um código de quinze dígitos sobre a mesa. — E acho que isto é seu.

Eu neguei com um gesto de cabeça.

— Alguém zerou essa conta, imagino que tenha sido Wade.

— Bem, esta é uma nova conta. — Witherspoon então se dirigiu ao homem com óculos de aviador: — Traga a agente Egan aqui, por favor.

A mulher sexy que tinha sentado ao lado de Jackie no bar do Tudor entrou pela porta, com seu cabelo ruivo liso balançando nos ombros. Quando ela se apresentou, notei seu blazer justo preso na parte de trás, como o Dolce & Gabbana que eu a tinha visto usar quando ela seguiu Wade.

Ela se virou para mim:

— Jackie os mandou repor todo seu dinheiro em outra conta, e só no seu nome.

— Wade concordou com isso?

— Na verdade, ele não teve escolha. Nós também obtivemos dele uma renúncia de direitos ontem — respondeu Witherspoon. — Mas ele não pareceu muito apegado ao dinheiro. Estava mais preocupado com os aspectos legais da situação, e em manter o nome limpo. — Aquilo de fato fazia sentido, porque eu sabia que Wade nunca se preocupara com dinheiro. Era atenção e empolgação de jogar com os grandões que ele buscava. Coloquei a mão sobre o cartão do banco, agradecida por meus filhos e eu estarmos salvos.

A agente Egan aproximou-se das cadeiras.

— Eu fui designada para interrogar Jackie Malone. Ela disse que o dinheiro na conta era seu, e que você não tinha feito nada para perdê-lo, portanto deveria ficar com ele. Nós não vamos bloquear a conta.

— Tem certeza? — perguntei. — Tem certeza de que está tudo lá?

— Sim. A Srta. Malone assegurou-se disso — respondeu a agente Egan.

— Nós tínhamos um cara esperto infiltrado que nos ajudou a resolver este caso — acrescentou Witherspoon. — Quando ela percebeu o que realmente estava acontecendo, ficou obcecada em achar as respostas. Ela achava que alguém deveria destruí-los. Nunca vi uma mulher tão determinada. Eu aprecio essa característica em uma mulher! — Aquele cara estava visivelmente empolgado com Jackie. Ele prosseguiu a explicação. — E ouvi falar que Murray Hillsinger quer que a senhora organize o festival sozinha. Max Rowland praticamente o comprou com todo o dinheiro deles, portanto a empresa de Murray é a dona do evento, e agora alguém tem que administrá-lo.

— Ele quer que eu... você quer dizer, organizar? — Então cobri o rosto para que eles não me vissem sorrir. Da tarefa de promover filmes até a função de selecioná-los era simplesmente o tipo de plano de vida independente de que eu precisava àquela altura. — O que Murray vai fazer em relação a tudo isso?

— Bem, Sra. Crawford. — Witherspoon aproximou-se mais de mim. — Murray vai suspender as atividades da firma de relações públicas durante um tempo e retirar-se para algum lugar tranquilo; como seu marido, até prendermos todos os suspeitos. Ele está livre de ação penal por enquanto porque está cooperando, mas não pode exercer atividades empresariais de nenhuma espécie. Portanto, aceita sua saída do departamento de relações públicas para se dedicar à organização do festival. Mas...

— Mas o quê? — perguntei, olhando ao redor. — Você está omitindo alguma coisa.

Naquele momento, a porta abriu com a força de um furacão. Uma secretária nervosa apareceu, desculpando-se com seu chefe por deixar Murray Hillsinger entrar de forma inesperada. Witherspoon piscou para ela, sinalizando que havia entendido que era impossível contê-lo.

— Ah, meu Deus, eu não queria que você ficasse sabendo de tudo por eles. Desculpe — disse Murray.

Eu me senti totalmente desconfortável.

— Murray.

— Você vai ficar melhor sem mim, atrapalhando tudo. — Então ele se jogou no sofá e pôs a cabeça entre as mãos. Depois me lançou um olhar carinhoso. Acho que vi seus olhos lacrimejarem. Caramba! — Há algo mais importante para mim do que os negócios, muito mais, e que...

— O quê? — perguntei, nervosa. — Tem alguma coisa que vocês estão escondendo de mim.

— Nem posso começar... — Murray começou a tremer levemente, sem conseguir falar, pela primeira vez na vida.

Witherspoon então tomou a frente.

— Bem, vamos começar com o fato de que Murray gostaria que Jackie Malone participasse do festival. Na realidade, ele até aprecia a ideia, se a senhora não se importar, Sra. Crawford. Ele acha que Jackie deve ter muita habilidade com as planilhas e aspectos empresariais; ela tem experiência com a indústria de entretenimento, já que se especializou nisso, certo, Murray? Por muitas razões, é importante para você que Jackie tenha êxito nisso, certo, Murray?

— Até que ponto você conhece Jackie? — perguntei ao meu antigo chefe.

Ele não respondeu, parecendo constrangido.

Então fui em frente.

— Eu me lembro do quanto você ficou abalado ao vê-la na sua casa, ao lado da mãe. — Pausa. Ele não deu nenhuma resposta, e sua mão gorda ainda tampava seus olhos. — Tudo bem, Murray; o que ainda não sei sobre você? Não se preocupe, pode me contar. Você era um dos clientes dela? Aqueles que pagavam o serviço com fichas de cassino? — Murray se enrijeceu, aborrecido com o comentário.

— De jeito nenhum!

— Bem, então, como você a conhece?

Todos na sala se entreolharam, como se soubessem algo que eu claramente desconhecia. Era isso que Jackie não podia me contar. Eu não tinha dúvida.

— O que você sabe sobre ela? Quer dizer, eu sei que você conhecia a mãe dela há muito tempo. — Então dei um tapinha no ombro de Murray. — Murray, nós chegamos até aqui; você tem que se abrir. O que está acontecendo entre você e Jackie?

A agente Egan se aproximou e me olhou atentamente.

— Jackie estava investigando a fundo, e descobriu tudo sobre ele. E quando isso aconteceu, ela fez uma exigência, certo, Murray?

— O quê? — Eu não estava entendendo nada do que eles diziam. — Por que ela perseguiu Murray de forma tão obstinada? Não consigo entender.

Silêncio absoluto.

Como os outros agentes não se manifestaram, Egan respondeu:

— Ela queria que Murray fizesse um teste de paternidade.

Eu quase desmaiei.

Quando finalmente me recuperei, uns trinta longos segundos depois, perguntei lentamente:

— Um teste de paternidade de Murray Hillsinger, como pai dela?

Todos na sala fizeram um gesto afirmativo. Murray não conseguia olhar para mim.

— Você é o pai de Jackie? — Eu precisava refletir sobre aquilo por um minuto. — Foi resultado do caso que teve com a mãe dela em Southampton muito tempo atrás?

Ele assentiu em silêncio. Precisei de um longo tempo para assimilar a informação, enquanto os pontos se uniam na minha mente. Até aquele momento, eu não tinha compreendido o que motivara Jackie a fazer tudo aquilo. Sua forma agressiva de perseguir Murray e revelar o esquema fraudulento era muito... impulsiva.

Por isso Jackie não desistia.

— Ela disse que me ajudaria a entender as coisas porque não queria ver outra mulher ser prejudicada financeiramente, e foi a única justificativa que me deu. Agora sei que era só uma razão secundária. Mas você a prejudicou financeiramente, Murray?

Sua respiração tornou-se ofegante.

— A mãe dela, Barbara, e eu tivemos um caso quando eu tinha uma pequena casa e pouco dinheiro, há muito tempo. Ela fazia a jardinagem. Na época, eu estava casado com minha primeira esposa, e Barbara era muito divertida, e acabou engravidando. Eu não queria assumir e, embora achássemos que o filho era meu, nunca tivemos cem por cento de certeza. Ela queria tanto um filho que não se importou com minha decisão, e disse que nunca exigiria nada de mim. Então, uns quinze anos depois, começou a trabalhar para mim porque eu me sentia mal em relação a tudo. Ela precisava de dinheiro e não queria esmola. Arranjei todos os trabalhos que podia para ela, mas não queria saber da criança. Era o acordo que havíamos feito, muito tempo antes. Ela é uma mulher orgulhosa, nunca teria me pedido nada, já que tínhamos um acordo. Cometi um grande erro; eu deveria ter procurado minha filha, e não fazê-la me perseguir dessa forma. Minha mãe vai me matar por ser tão canalha.

Murray pousou a cabeça nos braços e soluçou, seu corpo flácido chacoalhando como um... enorme pote de gelatina.

— Onde está Jackie agora? — perguntei a todos na sala.

— Como eu disse, você pode encontrá-la, mas é melhor se apressar. — Witherspoon olhou o relógio. — Ela irá se formar daqui a duas horas.

O Agente nº 1, de óculos aviador, que dirigia o SUV, se colocou em posição de sentido.

— Eu ficarei feliz em levá-la, senhor.

Witherspoon pegou o casaco e meu braço, quando saímos rapidamente pela porta.

— Nem pense nisso, Frank!

Ele parecia extremamente ansioso para ver Jackie Malone.

Epílogo

Pela janela do carro, as lojas mais elegantes da Filadélfia passavam tão rapidamente que eu mal conseguia identificá-las: J. Crew, Talbots, The Christmas Store, Tiffany; conforme o promotor-assistente acelerava pelo tráfego do centro da cidade.

Eu me reclinei no banco da frente e gritei para Witherspoon:

— Sabe de uma coisa, nós vamos conseguir chegar antes da cerimônia de colação de grau; não há necessidade de matar ninguém justo no dia em que eles finalmente acabam as aulas.

— Espero levá-la depressa e deixá-la sã e salva. O parque principal da Escola de Negócios Wharton fica logo depois daqueles portões. Um pouco adiante do Jon M. Huntsman Hall. — Algo me dizia que aquele serviço rápido de entrega não era só por minha causa. Ele afundou o pé no freio, e após todas as partidas rápidas e o desvio de carros e pessoas, quase botei o café da manhã para fora. — Vou estacionar e chego lá em um minuto.

Do lado esquerdo do carro, ouvi aplausos e comemoração das pessoas, e meu coração se entristeceu.

— Acho que acabou de terminar. Nós literalmente perdemos a formatura inteira. Olhe.

Diante de nós, por entre cerejeiras cor-de-rosa e arquitetura clássica que cercavam o lado universitário da rua, milhares de chapéus de formatura voaram no ar, permaneceram suspensos por alguns milésimos de segundo, e voltaram ao chão, longe das mãos que os lançaram.

— Droga, agora nunca vou saber onde ela está. — Saltei rapidamente do carro e me meti no redemoinho de estudantes, professores e pais, que se abraçavam daquele modo piegas que as pessoas fazem quando se sentem aliviadas por estarem, finalmente, livres de alguma coisa. Não posso dizer que o que eu sentia era muito diferente.

Após dez minutos de busca frenética por entre uma multidão de famílias no gramado da U Penn, avistei a mãe de Jackie, Barbara. Ela estava caminhando, usando um vestido cor de pêssego brilhante, que combinava com o chapéu; o cabelo grisalho meio bagunçado emoldurava seu sorriso radiante.

— Allie, que gentil da sua parte ter vindo. Jackie me contou tudo o que você fez para ajudá-la. Foi um enorme incentivo para ela. — Sua expressão radiante e o corpo robusto conferiam-lhe um ar de durona por fora, mas seus olhos gentis desmentiam isso. Eu me perguntava como ela se sentia diante da descoberta de Jackie de que Murray era seu pai.

— Tenho certeza que muito da determinação dela foi um incentivo para você também.

Ela pôs a mão no meu braço.

— Acho que se pode dizer com certeza que, não importa se é outro diploma importante ou algo que a garota precise descobrir, ela vai fazer o que for necessário até conseguir — disse ela com um gesto de cabeça. — Ela era a criança mais teimosa do mundo quando brincava na caixa de areia na escola, e fazia cenas de pirraça inimagináveis.

Essa característica deve ter sido herdada do pai, só que ele nunca deixou de lado o comportamento da caixa de areia.

Jackie perambulou ao lado da mãe, como se tivesse acabado de conquistar o mundo.

— Mãe, deixe-me falar um minuto com Allie. Conversa de garotas. — Só Jackie poderia fazer uma beca de formatura parecer sexy e charmosa: ela havia colocado um cinto, e, por baixo da beca, uma blusa franzida, de seda, aberta o suficiente para revelar apenas pequena parte dos seios.

— Claro, filha — disse Barbara com uma piscadela, quando se dirigiu a um grupo de professores de Jackie.

— Jackie. Agora eu sei de tudo — afirmei tranquilamente.

— Tem certeza? Tudo? — perguntou ela. — Eles a encontraram?

— Sim, alguns conhecidos seus me levaram até um simpático escritório, no centro da cidade.

— É mesmo, simpático e limpo, e com um cheiro bem agradável. Eu o conheço muito bem. Eles disseram que fariam isso qualquer dia. Espero que não a tenham assustado. Eles não me deixaram ligar para você, para não avisá-la.

— Explicaram que você estava certa em tudo. Quer dizer, que estava me dizendo a verdade. — Tirei os óculos para olhá-la bem nos olhos. — E que estava, como você mesma disse, me ajudando, cuidando de mim o tempo todo. E imagino que ao mesmo tempo descobria algumas coisas mais importantes sobre você mesma. — Minha voz fraquejou e ela me deu um abraço apertado.

— Isso mesmo. — Jackie sussurrou no meu ouvido: — Eu não iria desistir dos homens que estavam prejudicando todo mundo em benefício próprio. E quando peguei Murray, eu sabia que poderia adquirir a prova com um teste de DNA. Eu precisava descobrir. E o tempo todo os agentes do FBI me prometeram que não era Wade nem Murray que eles queriam, portanto só continuei pressionando.

Nós interrompemos o abraço, mas continuamos próximas uma da outra.

— Murray parece completamente surpreso por tê-la finalmente encontrado. Um tanto abalado, mas de um modo positivo. Tomara que isso o modifique de alguma forma.

— Você acha que Murray Hillsinger algum dia vai mudar? Não acredita que aquela personalidade seja imutável? — perguntou ela, sem acreditar que eu pudesse até mesmo sugerir tal coisa.

— Entenda as coisas da seguinte forma — argumentei. — Eu acho que ele está visivelmente humilhado. Veremos aonde isso o levará.

Jackie me conduziu a um banco de ferro, sentando-se e cruzando as belas pernas. Sentou tão perto de mim que nossos joelhos se tocaram. Então falou:

— Sempre suspeitei de algo entre ele e minha mãe, mas quando obtive a prova pude finalmente confrontá-la com as evidências. Ela disse que era orgulhosa demais para fazê-lo pagar alguma coisa, uma vez que tinham combinado que ela cuidaria de mim sem envolvê-lo. No mundo da minha mãe, as mulheres cuidam dos problemas sozinhas.

— Até que você tornou difícil para ele ignorar o assim chamado problema, eu acho.

— Até eu ter idade suficiente e me sentir forte o bastante para agir por conta própria.

— Obrigada por ter cuidado de mim nesse período, Jackie. Você realmente tinha coisas mais importantes para resolver.

— Não tem o que agradecer. — Ela sorriu, como se seu comportamento tivesse sido a coisa mais normal no decorrer daquela situação complicada.

— O que você vai fazer com relação a Murray agora? — Eu quis saber.

Ela manuseou o pingente do chapéu de formatura no colo e pensou por um momento.

— Não sei. Acho que vamos começar do zero. Quero dizer, ele não tem dinheiro para nos dar, e nem minha mãe nem eu realmente queremos. Eu só queria saber a verdade. E ele vai ficar longe durante alguns meses, portanto vou ter algum tempo para decidir se quero manter qualquer tipo de relacionamento com ele.

— Mas deveria manter, sabia? Analisando as coisas agora, eu vejo que vocês são meio parecidos um com o outro.

— Como? — Esse comentário a intrigou.

— Bem, dá para dizer que ambos são bem persistentes e corajosos. — Eu me perguntava se as maneiras à mesa também poderiam ser genéticas.

— Sim, talvez tenhamos algumas coisas em comum, mas acho que não vou me aproximar dele. Ele nunca me procurou, então não espero que o faça agora. Apenas é bom saber a verdade, só isso. — Ela mordeu o lábio para esconder uma emoção que ainda não era capaz de verbalizar. Então bateu nos joelhos com as mãos, como se aquilo a ajudasse a se livrar da tristeza, e acrescentou: — Nós chegamos até aqui sem ele.

— Sim, bem, você pode sentir que precisa do seu pai agora que sabe quem ele é. Não há nada de errado em ter um pai. — Meus olhos arderam quando mencionei aquilo.

— Eu sei. Por enquanto, é um dia de cada vez. — Ela me deu um abraço breve, mas muito afetuoso, e logo me afastou subitamente, toda animada. — Ei! Temos outros assuntos a tratar! Que tal o festival? Você vai organizá-lo?

— Odeio admitir, Jackie, mas acho que vai dar certo. Assim que soube das notícias, pensei em *como* poderíamos realmente fazer isso acontecer. Acho que a escritora que existe dentro de mim vai me ajudar a escolher os melhores filmes, aqueles que realmente tocam as pessoas. E a garota esperta que existe dentro de você vai tomar as decisões comerciais certas.

Ela tocou meu braço.

— Sim, pelo menos Murray percebeu *isso*. Foi ideia dele nos juntar como uma equipe. Ele não teve outra saída.

— Jackie, juro que parei de julgar, mas quando você olha para o passado, em toda essa história maluca, o que passa pela sua cabeça? Há algo que você teria feito de modo diferente para chegar até aqui? — perguntei, apontando para os bancos cobertos de hera e para os prédios de tijolos com friso branco, em estilo colonial, ao nosso redor. — É notável que você tenha se formado nessas circunstâncias, então não entenda mal minhas palavras. Eu admiro muitas coisas em você. Foi somente... não sei, foi uma trajetória incomum, digamos assim.

Ela pensou por um momento.

— Eu estava determinada a cuidar da minha mãe. E poderia afirmar que todos esses homens usavam outras pessoas muito mais do que usavam a mim. Pelo menos tomei as rédeas da situação, e valeu muito a pena, pois descobri tudo que precisava saber sobre meu verdadeiro pai.

Fiquei imaginando o quanto Jackie era jovem e velha; macho e fêmea, ao mesmo tempo.

— Você me promete uma coisa? — perguntei, abraçando-a. — Aja de maneira inflexível com as planilhas de Excel no festival, e assegure-se de que sempre estaremos em condições de honrar nossas dívidas. Mas na sua vida pessoal, talvez você precise ser um pouco menos inflexível. Pode me chamar de louca, mas talvez fosse bom correr alguns riscos e arranjar um namorado de verdade, ou algo assim.

Ela ergueu as sobrancelhas, surpresa.

— Allie Crawford está me dando dicas de relacionamento?

— Bem, só estou afirmando o óbvio. — Lancei um olhar a Witherspoon, que estava encostado em uma árvore, a uns dez metros de distância, esperando por um pouco de atenção; qualquer sinal de boa vontade deixaria o cara extasiado. — Você sabe que tenho razão.

Ela acenou para Witherspoon, que retribuiu o gesto com um aceno superansioso e sorriu para ela.

— Ele até que é bonitinho — acrescentei. — E falou coisas bonitas sobre você, não parava de elogiá-la. Eu me surpreendi com isso.

— Bem, tentei não agir de forma muito *oferecida* durante a investigação, enquanto criticava você por fazer justamente isso. — Ela retribuiu o gesto dele com um sorriso tímido, e em seguida sussurrou: — Sabe de uma coisa, acho que vou experimentar aquela mercadoria federal. Mas quero que você siga dois conselhos meus dessa vez.

— Estou escutando, e na verdade, sempre faço o que você diz.

— Eu diria que você me escuta mas não segue meus conselhos — disse, me desafiando. — Que tal isto: quando você não estiver selecionando filmes, escreva. Escreva muito.

— Você já me disse isso, Jackie. Era o que eu estava tentando fazer, entre algumas outras coisas que estavam acontecendo.

Ela inclinou-se para junto de mim:

— Você está no ponto crítico da sua vida, e sem dúvida é uma história que vale a pena ser contada. Agora você vai escancarar a verdade. Seu roteiro vai ser fantástico.

— Você acha?

— Tenho certeza. Você tem buscado uma realização importante, e seu roteiro esteve bem na sua frente o tempo todo. Você não precisa mais de Tommy para ajudá-la.

— É impressionante como a vida une as pessoas, mas vou tentar me concentrar somente nos meus filhos e no meu roteiro. Só isso. Tomara que dê tudo certo, agora que estou descartando homens de todas as formas. — Olhei para ela. — Você sabe que Wade e eu estamos nos separando.

— Eu imaginei. Desculpe se a fiz ver coisas que precipitaram sua decisão.

— Eu precisava ver coisas que não quis ver antes, e está tudo bem. Quero dizer, está ruim, mas está bom, se entende o que quero dizer.

Ela riu.

— Sei exatamente o que você quer dizer.

Então eu disse:

— Qual é a segunda coisa?

Jackie afastou com a mão o cabelo dos meus olhos.

— Selecione filmes que *você* acha que são importantes para o mundo e escreva cenas baseadas no que *você* quer escrever. Pare de buscar aulas de apoio e homens para dizer que está bom e o que fazer depois, antes de tomar uma decisão. E enquanto está planejando sua nova vida, enfrente tudo sozinha durante um tempo. Isso vai fazer com que se sinta melhor.

— Acho possível — respondi. — Parece um enorme alívio não ter a necessidade de recorrer a todo mundo para me dar apoio.

— Essa atitude isolada vai parecer menos isolada quando você tentar. Vá buscar suas próprias respostas. Acredite que você é capaz. Gostou da ideia?

Eu sorri e suspirei com um nível de conforto que não sentia havia muitos anos. Agora não era somente uma ideia, era real.

— Para falar a verdade, acho que gostei.

Este livro foi composto na tipologia Sabon
LT STD, em corpo 11,5/15, e impresso em
papel off-white no Sistema Cameron da
Divisão Gráfica da Distribuidora Record.